KB065000

고전 소설

서사의 무게를 견디다

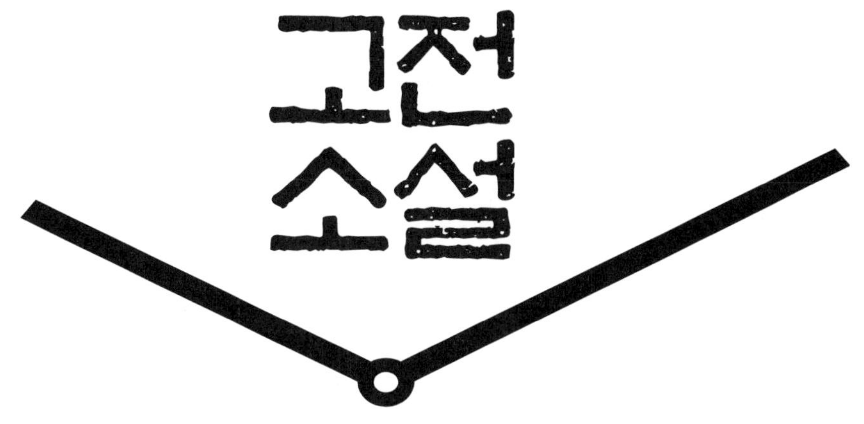

고전소설 서사의 무게를 견디다

김현화 지음

보고사
BOGOSA

머리말

인간은 무엇을 통하여 의미 있는 존재로 거듭나는가? 존재 그 자체로서의 의미가 성립하기 위해서는 반사경이 필요하다. 인간관계, 시공간의 환경, 종교, 신념 등 인간 그 자체를 반사하는 개체 혹은 집합체가 작동한다. 문학적 인간 역시 다양한 개체와 집합체를 반사경 삼아 발전하고 통어되며 변주된다. 발전과 통어, 변주의 역동성은 문학 작품이 지닌 서사의 힘에서 기인한다. 특히 소설 작품의 서사는 그 자체의 존립성과 위상을 견고하게 수성한 저력을 보여준다. 당대의 작가가 빚어낸 인물과 사건, 주제 의식을 우연과 필연의 경계에서 설득 가능한 일련의 구조로 안착시키며 전승되었다.

고전소설 또한 이러한 서사적 맥락 위에서 가장 인간다운 인간, 가장 바람직한 이치, 가장 건설적인 세계를 선보이며 이어졌다. 등장인물의 행위와 공간, 주제 의식을 총체적으로 조율하며 인과관계를 엮는 구조화로서의 서사는 단순한 순서에 의거하지 않는다. 등장인물의 행위에 따라 사건과 시공간의 변화가 일어나며 특정한 양식을 양각한다. 고전소설은 그 양식을 장구한 시간에 걸쳐 전개하고 변주하며 자신만의 생명력으로 삼았다. 시대와 사회에 대한 대응이 바로 고전소설의 서사적 변용이었다. 현실계의 인물과 초월계의 이인이 교섭하는 짜임새의 서사가 주요한 족적으로 남은 것도, 현실계의 인물이 애정 대상을 잃고 부지소종하는 구조의 서사가 특정한 장르로 남은 것도, 종교적 대상과 영웅적 대상이 숭고미보다는 인간미를 부각하는 주제 의식을 우위에 두고 설계된 것도 고전소설의 생존 방식이라면 방식이었다. 내발적이고도 자생적 서사의 힘은 시대와 사회의 담론을 수용하며 통어되기도 하고 변주되기도 하며 오늘에 이르렀다. 고전소설의 서사에 대하여 고답적이라거나 교시적이라는 시선을 거두어야 하는 이유는 이러한 대응력 때문이다.

고전소설은 특질은 이 서사의 미학을 찾는 데서 비롯한다. 이상섭(문학 연구의 방법)은 문학적 관습 중에 가장 근본적이고 큰 것은 장르의 관습이라고 하였다. 물론 전기소설, 영웅소설, 송사소설 등등의 장르 규정에 작품을 넣고 분석하는 것도 중요하다. 그러나 각각의 작품에 내재한 서사 미학을 분석하는 연구가 선행해야 한다. 장르마다의 특질이 보다 선명하게 규명되기 위한 첫걸음이기 때문이다. 그것이 묘사든 은유든 고전소설로 출현하기 위해서는 서사의 힘을 빌지 않을 수 없다. 등장인물의 행위와 배경, 주제 의식의 발현은 서사의 동력에서 기인한다. 이 글은 이러한 논지를 중점으로 고전소설의 서사 미학을 살피고자 한다.

제1부 〈서사, 그 자신 보루로 삼다〉에서는 내발론적 서사 미학을 살필 수 있는 작품을 소개한다. 선사 시대에서 역사 시대로 전환하며 일어난 가장 큰 경이로움은 선대인들이 노래와 몸짓, 그림으로 수용하던 '이야기'를 문자로 기록한 것이다. 이야기가 역사성을 획득한 순간 서사의 원형도 출발했다. 문자라는 실체를 갖춘 구조로서 등장한 서사는 흥미 요소와 교훈 요소를 적절히 안배하며 인간과 세계의 존재 이유를 모색하였다. 이인과 초월계, 모험과 건국 등의 서사는 관습적으로 산재하였고, 고전소설은 이 서사의 원형성을 흡수하였다. 만물을 유기적으로 작동시

키는 관습적 논리를 체득하였다. 관습적 서사의 전통과 계승은 〈만복사저포기〉와 〈하생기우전〉, 〈방한림전〉, 〈바리공주〉 등의 작품에서 엿볼 수 있다. 관습적 서사의 양식으로 '동화적 문법'도 존재한다. 동화성을 관습적으로 수용해 등장한 작품들 역시 서사의 자생력을 투사한다.

제2부 〈타자화된 얼굴의 서사〉에서는 관습적 서사에서 벗어난 정교한 논리의 서사 작품을 다룬다. 정교한 논리의 서사 출현 이면에는 현실 문제를 비틀고 은닉하고 돌출시키고도 싶은 이질적 욕망이 혼재한다. 사회적 통념과 문학적 탈화(脫化)가 충돌하는 서사의 출현이 그것이다. 서사의 개연성과 복선은 한층 복잡해지고 창작자의 주제 의식이 우위에 서는 양상으로 나타난다. 관습적 서사로부터 이탈을 지향하는 구조가 출현한다. 서사는 이제 자신의 얼굴을 타자화해 바라보는 위치에 오른 것이다. 고통을 통하여, 결핍을 통하여, 당대인의 말하기 화법을 통하여, 환상의 작동 원리를 통하여 자신의 얼굴을 관조하는 성격으로 부상한다. 더는 숨은 조력자로서 기능하기보다 한 시대의 담론을 명확히 도드라지게 새기는 일에 도전한다. 관습적 서사에서 볼 수 없는 인물의 행위와 배경, 주제 의식을 부각하며 자신의 역동성을 발휘한다. 타자화된 얼굴의 서사는 〈숙향전〉, 〈주생전〉, 〈심청전〉 등의 작품에서 발견한다.

제3부 〈공간 대 서사〉에서는 서사의 근본 숙명이 문학이면서 사회적 유기체임을 각성하는 작품을 살펴본다. 문학만으로서의 서사는 상상과 묘사, 은유에 있어 맹점이 많다. 인물의 행위는 필연성이 떨어지고 배경은 생략되며 주제 의식은 모호하다. 그 가운데서도 특정한 배경의 부재와 생략은 서사의 힘을 약화시키는 약점으로 드러난다. 고전소설은 사회적 유기체로서의 서사를 고심하기에 이른다. 사회적 환경으로서의 공간 구축과 증축에 힘을 싣는다. 선험적이면서도 유전적이지만 변화에 능한

사회적 환경을 품음으로써 고전소설은 활력을 얻는다. 공간(배경)이 캐릭터처럼 중요하게 서사에 참여하는 존재로 부상한 것이다. 고전소설의 서사는 이 사실을 인정하고 공간의 역할과 기능을 충분히 살려 분량의 장편화도 꾀한다. 팽팽한 저울처럼 공간은 고전소설의 서사와 대등한 힘을 겨루기에 이르렀다. 〈김인향전〉의 원근 구도 공간과 〈김현감호〉의 공간양상에서 이와 같은 공간 대 서사의 위상을 살필 수 있다.

이 책에 선보이는 논문은 그동안 학술지에 게재된 글로 세 개의 요지에 따라 나누어 놓았다. 총 10편의 논문 가운데 3편은 한국연구재단 인문사회학술연구교수 B유형에 선정된 글이다. 오탈자와 비문을 수정하고 원문을 그대로 실었다. 고전소설의 서사를 다룬 논문을 주축으로 책을 엮는 일은 몇 해 전부터 기획하였다. 서사의 통시성과 공시성을 두루 다룰 수 있는 논문을 쓰고 축적하는 일은 꽤나 집중력을 요구하는 일이었다. 고전소설이 어떻게 그 장구한 시간을 견뎌낼 수 있었는지, 또 오늘에 이르기까지 그 숨결을 전승할 수 있었는지 분석하고 답을 내리는 일은 어려운 노릇이다. 이 책에서 내린 결론은 묘책일 뿐이다. 고전소설은 다만 서사의 무게를 견뎌냈을 뿐이란 사실만은 명징하여!

흔적일까. 당신의 마지막 봄이 가고 배롱나무마다 꽃대가 붉게 물든다. 책상에 앉아 있는 딸을 사랑하는 눈으로 건너다보시던 어머니, 그곳에서도 안녕하신지 그립다.

2023년 7월 당신의 구순(九旬) 서사를 기리며,

김현화

차례

제2부 타자화된 얼굴의 서사

❙ 제3부 공간 대 서사

제1부

서사, 그 자신 보루로 삼다

〈만복사저포기〉와 〈하생기우전〉에 나타난 관습적 서사의 구축 양상과 의미

1. 서론

고전소설은 '당대인의 삶을 압축해 놓은 장'이라 해도 무방하다. 그들이 지니고 살았던 신념과 가치를 응축해 놓은 축소판 위에서 후대인은 삶의 정의를 도출해 내고 무엇이 인간답게 사는 길인지 자문한다. 선대인이 구축해 놓은 소설 속의 삶은 '생(生)'의 순간에만 머물지 않는다. 물리적 한계를 벗어난 '사(死)'의 영역에도 특별한 관심을 보인다. "죽음 이전의 삶이 현실적 시공 속에서 이루어지는 것이라면, 죽음 이후의 삶은 기억과 재현(再現)을 통해서 이루어지는"[1] 원리를 서사화한다. 그래서 고전소설 안의 '삶'은 생사의 경계를 뛰어넘은 초월적 세계의 형상화에도 적극적이다. 현실계와 초월계를 망라한 '삶의 연대'에 능동적이었던 의식을 보여준다는 의미이다. 그런 가운데 보다 긍정적인 삶의 향방에 대해 고심했다.

---

1 정하영 외, 『한국 고소설에 나타난 죽음의 인식』, 보고사, 2010, 12면.

〈만복사저포기〉와 〈하생기우전〉은 이와 같은 '삶의 연대'에 지대한 관심을 표명한 작품이다. 내 삶을 타자의 삶과 연대할 때 중요한 것은 주체성의 확립이다. 자주적 사고의 주체여야 자신의 삶을 관장하고 변화시키고자 하는 능동성이 살아난다. "보편적 이념에 해락(偕樂)하고 그 보편적 이념을 소유하는 것이 아니라 나만의 고유한 활동성을 가지고 있느냐 하는 것"[2]이 그 능동성의 발화점이다. "나만의 고유한 힘, 나만의 고유한 욕망을 정면으로 마주할 수 있는지, 그리고 그것을 사건으로 발동시킬 수 있는"[3] 서사 주체여야 삶의 연대가 비로소 가능하다.

〈만복사저포기〉와 〈하생기우전〉의 서사 주체는 '순절'이나 '순응'을 통해 이념과 관습에 대응하는 양상을 보이면서도 한편으로는 '역변'과 '항거'를 통해 제도권 너머로 이탈하고자 하는 욕망을 보여준다. 양 작품의 여귀가 순절할 수밖에 없었던 사유는 여성이라는 숙명 때문이다. 정절을 위해서, 가문을 위해서 희생을 감수할 수밖에 없었던 존재였다. 그런 여귀들이 역변과 항거를 꾀하자 현실계 남자 주인공들의 삶까지 변화를 초래한다. 사회적 통념으로는 함부로 재단하거나 무너트릴 수 없는 정념과 생존에 대한 고유한 욕망을 표출하자 물리적 세계의 장벽을 허무는 삶의 연대가 이루어진다.

주목할 점은 이 삶의 연대가 이루어지는 서사 구조가 양 작품에서 기시감이 들 정도로 닮아 있다는 사실이다. 이러한 점은 이미 학계에서 전기소설의 일정한 서사 원리처럼 수용되어 후대의 작품에까지 영향을 주었다는 사실에 합의하고 있는 바이기도 하다. 세계의 외압으로 인한

---

2 강신주, 고미숙 외, 『나는 누구인가』, 21세기북스, 2014, 215면.

3 강신주, 고미숙 외, 위의 책, 215면.

여주인공의 순절, 곤궁하고 불우한 환경 속에서 방황하는 남주인공의 현실, 이들이 만나고 헤어지는 과정은 일찍이 〈최치원〉에서도 볼 수 있는 관습적인 창작 기법이다. 이 관습적 서사의 패턴은 〈만복사저포기〉와 〈하생기우전〉을 거쳐 〈운영전〉과 〈최척전〉, 〈구운몽〉과 〈육미당기〉 등으로 이어지며 그 전형을 유지하고 있는 것을 발견할 수 있다. 당대의 작가들이 이 같은 관습적 서사를 거듭 구축해 낸 배경을 살피면 전기소설의 창작의식에 보다 접근할 수 있으리라 본다.

이 글은 그와 같은 관습적 서사를 형성하게 된 근원에 주목한 논의를 다룬다. 그간 〈만복사저포기〉에 대한 연구는 배경 사상과 주제론[4], 창작 방식[5], 환상성[6] 등에 주목해 괄목할 만한 성과를 이룩했다. 〈하생

---

4 정주동, 『매월당 김시습 연구』, 민족문화사, 1961.
김성기, 「만복사저포기에 대한 심리적 고찰」, 『한국고전산문연구』, 동화문화사, 1981.
설중환, 「만복사저포기와 불교」, 『어문논집』 27, 고려대 국어국문학연구회, 1987.
이금선, 「만복사저포기에 나타난 사랑」, 『어문논집』 4, 숙명여대 한국어문학연구소, 1994.
경일남, 「만복사저포기의 이합 구조와 의미」, 『한국 고전소설의 구조와 의미』, 역락, 2002.

5 정운채, 「만복사저포기의 문학치료학적 독해」, 『고전문학과 교육』 2, 태학사, 2000.
박일용, 「만복사저포기의 형상화 방식과 그 현실적 의미」, 『고소설연구』 18, 한국고소설학회, 2004.
전성운, 「금오신화의 창작방식과 의도-만복사저포기를 중심으로」, 『고소설연구』 24, 한국고소설학회, 2007.
김문희, 「인물의 내면소설로서 만복사저포기와 이생규장전의 독법」, 『고소설연구』 32, 월인, 2011.

6 윤경희, 「만복사저포기의 환상성」, 『한국고전연구』 4, 한국고전연구회, 1998.
신재홍, 「금오신화의 환상성에 대한 주제론적 접근」, 『고전문학과 교육』 1, 태학사, 1999.
김현화, 「만복사저포기의 환상 구현방식과 문학적 의미」, 『한국문학논총』 65, 한국문학회, 2013.

기우전〉에 대한 연구 역시 전기소설적 특질과 주제론[7], 창작론[8] 등을 통해 이 작품만의 독창성을 탐문하는 다기한 성과를 얻었다. 양 작품 모두 『금오신화』와 『기재기이』를 총체적으로 다루는 관점에서 접근한 비중이 커 개별 작품에 대한 심층적 분석과 해석이 요구된다. 〈만복사저포기〉와 〈하생기우전〉은 장르적 속성의 동질성뿐만 아니라 소설사적으로도 선후대 가교 역할을 하는 작품이라는 점에서 비교 연구 대상으로 삼을 만하다.

앞서 밝힌 것처럼 이 논문은 〈만복사저포기〉와 〈하생기우전〉에 나타난 관습적 서사의 구축 양상에 대해 논의해 보고자 한다. 아울러 선

---

7 소재영, 『기재기이 연구』, 고려대 민족문화연구소, 1990.
유기옥, 「기재기이의 소설사적 의의」, 『논문집』(인문사회과학편), 전주우석대학교, 1992.
채연식, 「하생기우전의 구조와 전기소설로서의 미적 가치」, 『동국어문학』 10·11합집, 동국대학교 사범대학 국어교육과, 1999.
권도경, 「16세기 기재기이의 전기소설사적 의의 연구 – 현실성의 확대와 주체의 의지 강화 양상을 중심으로」, 『한국고전연구』 통권6, 한국고전연구학회, 2000.
유정일, 「기재기이의 전기소설적 특징」, 동국대학교 박사논문, 2002.
신상필, 「기재기이의 성격과 위상」, 『민족문학사연구』 24, 민족문학사학회 민족문화연구소, 2004.
최재우, 「기재기이의 장르적 특성과 형상화 의미」, 연세대학교 박사논문, 2007.

8 박태상, 「하생기우전의 미적 가치와 성격」, 『조선조 애정소설 연구』, 태학사, 1996.
정운채, 「하생기우전의 구조적 특성과 서동요의 흔적들」, 『한국시가연구』 2, 한국시가학회, 1997.
최재우, 「하생기우전의 결핍-충족 구조와 그 의미」, 『민족문학사연구』 15, 민족문학사연구소, 1999.
신태수, 「기재기이의 환상성과 교환 가능성의 수용 방향」, 『고소설연구』 17, 한국고소설학회, 2004.
정규식, 「하생기우전과 육체의 서사적 재현」, 『한국문학논총』 53, 한국문학회, 2009.
김현화, 「하생기우전 여귀인물의 성격 전환 양상과 의미」, 『한민족어문학』 66, 한민족어문학회, 2013.
김현화, 『기재기이의 창작 미학』, 보고사, 2014.

대인들이 그처럼 기시감이 드는 서사 구조를 전승해 가며 의도하고자 했던 문학적 의미를 도출한다. 2장에서는 관습적 서사의 구축 양상이 시간의 변속 기능, 여성성의 환기와 치유, 사후세계의 탐색과 전경화로 나타나는 사실에 주목한다. 3장에서는 관습적 서사의 구축을 통해 구현하고자 했던 문학적 의미를 이해해 본다. 〈만복사저포기〉와 〈하생기우전〉[9]의 관습적이고도 모방적인 문법(文法)이 형성된 창작의식을 규명해 볼 수 있을 것이다.

2. 관습적 서사의 구축 양상

1) 시간의 변속(變速) 기능

〈만복사저포기〉와 〈하생기우전〉은 남녀 주인공이 현실적 난관을 극복하고 애정을 성취하는 작품이다. 여자 주인공은 아름답고 의연하다. 귀족 가문의 일원이며 고상한 학식을 갖추었다. 반면에 남자 주인공은 가세와 일신이 곤궁하다. 출사의 기회를 얻지 못한 채 신분제 제도권 밖으로 밀려나 있다. 부모를 통해서도 사회를 통해서도 의탁할 만한 곳이 없는 인물들이 학덕을 갖춘 미모의 여인들과 만나 애정을 성취한다. 이것만 놓고 보면 기이할 것이 없는 애정소설이다. 그러나 남녀 주인공이 극복해야 하는 생사의 경계를 중점에 놓고 보면 이 작품들만의

---

9 〈만복사저포기〉와 〈하생기우전〉의 원문은 다음의 자료를 활용한다(이재호, 『금오신화』, 솔, 1998; 박헌순, 『기재기이』, 범우사, 1990). 이후부터는 작품명과 인용 면수만 명기한다.

기이하고도 비밀스러운 서사에 이입된다.

남녀 주인공이 극복해야 하는 난관은 신분이나 가문 상의 차별에서 발생하는 문제가 아니다. 물론 〈하생기우전〉의 경우 혼사 장애 문제를 후반부에서 다루긴 하지만 서사의 중점은 그보다 형이상학적이고 초월적인 사건에 있다. 바로 생사를 뛰어넘은 사랑의 완성이다. 현실 세계에서 생사를 뛰어넘어 사랑을 완성하기란 불가능하다. 이 세계와 저 세계의 삶이 연대하지 않으면 불가능한 일이다. 〈만복사저포기〉와 〈하생기우전〉은 이 불가능한 삶의 연대를 공감 가능한 것으로 실현한다. 그 중심에는 불가사의하고도 기이한 시간 변속이 자리한다.

양 작품 모두 시간 변속이 일회성이 아닌 중첩된 현상으로 나타나고 있다. 서사 주체의 이동에 따라 시간이 확장되거나 응축되는 변속 현상이 반복되어 나타난다. 시간 변속은 현실적이지 않은 서사를 현실적인 이야기로 설득하고자 하는 창작의식에서 기인한다. 현실계와 초월계의 시간을 달리 구조화함으로써 환상성과 아울러 사실성을 부여한다.

〈만복사저포기〉의 시간 변속은 여귀와 양생의 조우를 통해 나타난다. 초월계의 존재가 물리적 경계를 넘어 현실계의 존재 앞에 나타나 인연을 맺는다. 여귀와 양생의 공통점은 '불우한 삶'의 양상에 있다. 여귀는 정절 수호라는 통념 아래 비명횡사한 삶의 주인이고, 양생은 제도권 밖의 고독하고 궁핍한 삶의 주인이다. 불우한 삶끼리 연대하여 사랑이라는 숭고한 가치를 향해 나아간다. 이승과 저승의 물리적 장벽뿐만 아니라 가문이나 신분과 같은 제도적 장벽도 넘어 선 삶의 연대이다. 이들의 조우가 가능했던 것은 바로 시간의 변속 기능 때문이다.

여귀와 양생의 조우는 두 세계의 시간이 충돌했다면 성사되지 못했을 일이다. 물리적으로 불가능한 두 세계의 시간이 어떻게 교섭해 여귀와 인간의 조우가 가능했는지 살펴보아야 한다. 서사의 동력은 인물의 동선과 불가분의 관계에 있다. 인물이 움직이고 걷고 이동하는 매 순간 시간이 확장된다. 이렇게 볼 때 양생은 응축된 시간을 살고 있는 인물이다. 외진 절간에서 한 걸음도 떼지 않은 채 궁벽하게 살고 있는 삶은 곧 응축된 시간을 상징한다. 그 안으로 초월계의 시간이 확장되어 온다. 여귀는 개령동 무덤에서부터 산간 마을을 지나 만복사에 이르는 동선을 확보한 인물이다. 그에 따라 초월계의 시간이 확장된다.

반대로 인간인 양생이 어떻게 여귀의 무덤에서 3년이란 시간을 동거할 수 있었는지 주목해 보자. 양생은 여귀를 따라 절간을 나서고 산간 마을을 지나 개령동 무덤에 이른다. 응축되어 있던 양생의 시간이 초월계로 점차 확장되어 간다. 바꾸어 말하면 확장되어 있던 여귀의 초월계 시간이 점차 응축된 것이다. 개령동 무덤 속에서 현실계의 시간은 정체되어 있다. “이곳의 사흘은 인간 세상의 3년과 같다”고 전하는 여귀의 말처럼 현실계의 시간 흐름이 정지한 곳이다. 초월계의 시간 역시 응축된다. 서사 주체의 동선이 전혀 이루어지지 않는다. 잔치가 열리는 순간조차 “여인은 곧 시녀를 시켜 이웃 친척들에게 알렸다. 이날 모인 사람은 정씨 오씨 김씨 유씨 등 네 여인인데 모두 귀족집 따님이며 이 여인과 함께 한 마을에 사는 친척들로서 성숙한 처녀들이었다.”[10] 정도로 동선을 압축하고 있다.

---

10 “공감 가능한 귀신의 정체는 사회가 내재적으로 길러온 위험성의 요인이나 사회가 의식적/무의식적으로 은폐한 불행지수를 지시한다. 역설적이게도 그렇게 형성된 공포는 당대 사회의 건강성을 반영하는 지표가 된다. 귀신 이야기를 한다는 것은 사회가 소외시키고 배제시킨 대상이 무엇인지를 고민하고 발설하는 증표가 된다(최기숙, 『처녀귀신-조선시대 여인의 한과 복수』, 문학동네, 2010, 175-176면 축약).

〈하생기우전〉의 시간 변속 역시 하생과 여귀의 만남에서 시작한다. 이때는 현실계의 시간이 초월계로 확장되어 만남이 성사된다. 하생은 고향 평원 땅에서 서울 태학으로, 태학 학사에서 낙타교로, 낙타교에서 도성 남문으로, 도성 남문에서 산중의 고택으로 동선을 확장해 나간다. 그곳에서 죽은 지 사흘째인 여귀를 만난다. 산중고택에서 응축된 시간을 보내고 있던 여귀는 하생과 조우한 이후 빠른 속도감으로 현실계로 복귀한다. 여귀의 현실계 부활을 다루는 만큼 〈하생기우전〉의 시간 변속은 응축보다는 확장된 시계로 작동된다. 〈만복사저포기〉처럼 산 자와 죽은 자가 장시간에 걸쳐 동거를 한다거나 이웃 고혼들이 등장해 회포를 푸는 등의 사연은 생략된다.

이 작품에서 현실계로의 시간 확장이 신속하게 일어나도록 작동한 인물이 등장하는데 바로 낙타교의 점복자[11]이다. 점복자는 엄연히 하생과 같은 현실계의 인간이다. 그런 만큼 하생의 입장에서(그리고 독자의 입장에서) 공연히 사자(死者)를 인연 맺어 줄 리 없다는 예측이 가능하다. 비록 그녀가 여귀라고는 하나 이유가 있으려니(현실적으로 이해 가능한) 한다는 것이다. 곧 그녀의 현실계 귀환이 이루어질 수도 있겠다는 가망성을 암시하는 기호로 작동한다.

또 하나, 죽은 자가 부활해 현실계로 돌아오는 서사가 설득력을 얻는

---

11 "점복자들은 모두 문복자의 길흉을 정확하게 예측해 주는 예언자적 모습을 지닌 존재들이며, 이들의 예언을 통해 작품 속 문복자의 궁금증이 해결됨과 동시에 작중 사건의 향방이 독자에게 노출된다."(경일남, 『고전소설의 특수인물 연구』, 충남대학교 출판문화원, 2015, 65-66면); "점쟁이의 충고에 따라 맺는 '운명론적 만남'은 외계적인 장애를 사랑으로 뛰어넘으려고 하는 낭만적 사랑의 양상을 보여준다. 독자에게 신비로운 영적 체험과 초월적 세계에 대한 호기심을 충족시켜 준다."(박태상, 「하생기우전의 미적 가치와 성격」, 『조선조 애정소설연구』, 태학사, 1996, 129면)

것은 무엇보다 '사흘'이라는 명계의 시간 영향[12] 때문이기도 하다. 죽은 지 3년이나 된 〈만복사저포기〉의 여귀는 그 시간의 이질감으로 인해 현실계로 복귀하지 못한 채 이승을 떠난다. 반면에 〈하생기우전〉의 여귀는 사흘이라는 짧은 시간에 힘입어 현실계로의 부활이 가능했고, '그럴 법하다는 공감대'도 형성한다. '사흘'로 응축되어 있던 여귀의 시간이야말로 현실계로 확장되는 시간을 개연성 있게 하는 요소이다.

이처럼 〈만복사저포기〉와 〈하생기우전〉은 시간의 변속을 통해 서로 다른 세계의 삶을 연대한다. 양 작품의 시간 변속은 "경험적 현실의 세계에서 벌어지는 사건일 수도 있고, 경험적 현실의 세계를 연장한 세계에서 벌어지는 사건일 수도 있는"[13] 몽환성을 부각하며 이 작품의 환상성에 기여한다. 양 작품의 독자들은, "물리적으로는 죽었으나 관념적으로는 죽지 못한 존재들"[14]에 대한 인식을 하고 있었고, 그 존재들의 삶을 엿보고자 하는 욕망이 있었다. 그것이 산 자와 죽은 자의 시간 변속이라는 방식을 통해 구현되었고, 현실계와 초월계의 삶을 연대하는 관습적 서사 문법으로 나타난 것이다.

---

12 "그 사흘은 영혼도 육신도 제 형태 그대로 아직 이승에 남아 있을 법하다고 모두가 공감할 만한 시간이다. 여귀가 이승에 재편되어 혼사 장애라는 현실적 문제를 겪는 사건이 어색하지 않은 것도 바로 사흘이라는 짧은 시간의 공로 덕분이다. '살아올 법하다'는 인식이 가능한 범위의 시간이다."(김현화, 「하생기우전 여귀인물의 성격 전환 양상과 의미」, 『한민족어문학』 65, 한민족어문학회, 2013, 213-214면)

13 아니면, "아예 우리의 경험적 세계와는 다른 시공간적 특성을 가진 병립적인 세계에서 벌어진 사건일 수도 있는 것이 서사 텍스트가 참조하고 있는 원복 사건의 세계"로 이해해 볼 수 있다(김성룡, 「환상적 텍스트의 미적 근거」, 『한국고소설의 창작방법 연구』, 새문사, 2005, 104면 참조).

14 정하영 외, 『한국 고소설에 나타난 죽음의 인식』, 보고사, 2010, 48면.

2) 여성성의 환기와 치유

"환상, 혹은 초현실 세계는 현실에서의 고독과 좌절을 보상하는 일종의 '가상현실'로서의 성격"[15]을 띠는데, 양생과 하생은 궁핍하고 초라한 현실에서 벗어나고자 가상현실과도 같은 명계로 진입하는 인물들이다. 그들은 여귀가 이승의 존재가 아니라는 사실을 알면서도 명계로 진입한다. 명계에서의 기연을 한낱 꿈으로 치부하지도 않는다. 양생과 하생이 초월계에 대한 거부감을 갖지 않고 여귀들과의 시간에 적극적으로 동참하는 것은 현실적 삶의 고뇌에서 단서를 유추할 수 있다.

양생과 하생의 환경을 살피면 상통하는 부분이 있다. 그들은 조실부모한 채 궁핍한 생활고를 겪는 인물들이다. 절간에 의탁해 살아야 할 만큼 곤궁한 양생보다 비복을 거느리고 사는 하생의 환경이 낳아 보이기는 하나, 장가를 들고자 하였으나 사위로 데려가는 사람이 없을 만큼 하생 역시 궁박한 처지의 인물이다. 그렇다면 양생과 하생이 우선 도모해야 할 일은 마땅히 입신양명과 부귀영화를 이루는 사회적 입지였을 법도 하다.

그런데 그들은 달빛 휘황한 배나무 아래서 짝을 찾는 기원을 하고, 미지의 배필을 찾아 산속으로 여정을 떠나는 기행을 펼친다. 다른 어떤 현실적 질곡보다 애정의 부재에 큰 관심을 둔 것이다. 현실계도 아닌 초월계의 애정 대상을 향한 관심이 그처럼 증폭된 것은 유년 시절에 배재된 어머니의 사랑에 대한 탐색이 반동해 일어난 결과가 아닌가 짚어 볼 필요가 있다. 양생과 하생은 조실부모한 존재들로서 모성에 대한

---

15 박희병, 『한국전기소설의 미학』, 돌베개, 1997, 219면.

갈망이 컸을 인물들이다. 여귀라는 사실을 알고도 애정 관계를 맺는 심리 저변에는 이러한 욕망이 자리하고 있다.

가문으로도 관직으로도 극복할 수 없는 불우한 환경 속에서 마지막으로 희망을 품어봄직한 궁극적인 본능, 생명체라면 누구나 품고 살기 마련인 애정에 대한 갈망은 자연스럽게 모성을 갈구하는 마음으로 연결되었을 법하다. 모성의 부재로 인한 고독감, 그 고독감을 치유해 줄 수 있는 애정의 대상을 향한 관심, 그것을 바탕으로 한 초월계로의 월장이 연결된다. 세상에서 가장 숭고한 사랑을 주는 대상인 어머니의 부재 상황을 겪고 있는 인물들이고 보면 애정의 대상을 초월계에서 찾는 행위가 일면 수긍이 되기도 한다. 그들에게 있어 어머니라는 대상은 현실적으로는 소멸된 대상이지만 유교적 관념 속에서는 여전히 초월계에 건재하는 존재로 유대감을 맺고 있었기 때문이다. 여귀는 그러한 모성의 세계에 존재하는 대상이므로 두렵거나 거리낄 이유가 없었던 대상이다.

미완의 기억으로 남아 있는 어머니에 대한 환영은 여귀들과의 애정 관계를 긍정적 방향으로 이끈다. 초월계는 기이하고 두려운 세계가 아니라 어머니가 존재하는 안온한 거처로도 인식된다. 그런 까닭에 여귀와 애정 관계를 맺으면서도 이질감이 없었다. 양생과 하생은 어머니의 부재로 인한 애착과 갈망이 큰 인물들이었고, 여귀와의 사랑을 통해 그것을 극복하고자 했던 인물들이다. 이 과정을 통해 서사 전편에 여성성이 환기되는 효과를 만들어 내고 있다.

양생과 하생은 밤 시간에 달을 매개로 여귀들과 조우한다. '밤'과 '달'은 문학 작품 속에서 '여성', '어머니', '모성' 등으로 비유되어 왔다.[16] "여성 비유에서 선택되는 미적 대상물은 사람들의 의식에서 한결

같이 공명을 일으킬 수 있는 유감(類感)에서 온 미적 객관물"[17]이다. 〈만복사저포기〉와 〈하생기우전〉에서는 이 '밤'과 '달'이라는 미적 대상물이 여성성을 환기시키는 역할을 한다. 특히 남자 주인공이 여자 주인공을 인식하는 장면에서 달이 중요한 역할을 한다. "달은 그 빛이 부드럽고 감싸는 듯 물기를 머금은 듯한 느낌으로 여성적인 서정성, 조화와 융합, 내밀한 공감 등을 상징한다. 고전 문학에서 달은 미인, 절개, 고독, 정한, 평화 등을 상징"[18]하는 바, 〈만복사저포기〉와 〈하생기우전〉의 여성성 환기에 주목해 볼 만하다.

양생은 '달밤이면' 배나무 아래를 거닐며 고독한 감정을 의탁한다. "고전 문학에서 배꽃의 흰 이미지가 흔히 아름다운 처녀나 임의 얼굴 등을 환기시키는 소재로 등장"[19]하는데, 바야흐로 봄을 맞이하여 눈부신 꽃을 피운 배나무는 양생의 가슴에 '그리운 인물'에 대한 정감을 불러일으켰음직하다. 어머니에 대한 그리운 환영은 미지의 여성을 갈구하는 마음으로 확대되고, 이어 마주하는 여귀와 맺는 호의적이고 긍정적인 유대 관계에 영향을 미친다.

작품 전편에서 환기되는 이와 같은 안온한 여성성은 〈하생기우전〉에서도 엿볼 수 있다. 하생이 달빛 괴괴한 숲 속의 여귀를 만나서도 스스럼없이 애정 관계를 맺고, 그녀가 이미 죽은 사자임을 알고 난 뒤에도 가족을 찾아 주고 혼사를 진행하는 등의 후속 조치를 취한 것도

---

16 '어머니'와 '모성'은 '여성'이라는 범주 안의 개념들이므로 이 논문에서는 '여성성'이라는 개념으로 등장인물의 심리적 치유 과정을 살피기로 한다.

17 김기종, 『우리말의 문체론과 수사학』, 훈민, 2006, 127면.

18 김기종, 위의 책, 152면.

19 김기종, 위의 책, 134-135면.

그 때문이다. 그에게 절대적으로 필요했던 것은 불우한 자신의 삶을 연대할 수 있는 대상이었다. "인간적 욕망 뒤에 따르는 운명적 장애와 좌절을 점복이라는 그럴 듯한 방법으로 해결"[20]하는 서사를 취하는 가운데, 여귀를 통한 여성성의 환기에 초점을 맞춘 작품이다.

그렇다면 양 작품에서 여성성을 환기시켜 구현하고자 했던 의도는 무엇인지에 대해 짚어볼 필요가 있다. "그윽한 골짜기에서 외로이 살면서 한평생의 박명함을 한탄했고, 꽃다운 밤을 혼자 보내면서 짝 없이 홀로 살아감을 슬퍼했다."[21]고 토로하는 여귀의 말에서 양생은 이미 그녀가 저승의 존재임을 눈치 챈다. 개령동 여귀의 집에 이르러 "이곳의 사흘은 인간 세상의 3년과 같다(此地三日 不下三年)"는 말을 듣고도 놀라기보다 이별이 돌아오는 것에 대해 탄식할 뿐이다. 하생 역시 "이곳은 사실 인간 세상이 아닙니다. 첩은 바로 시중 아무개의 딸인데 죽어 이곳에 묻힌 지 사흘이 지났습니다.(此實非人世 妾乃侍中某之女也 死而葬此 今已三日矣)"라고 고하는 여귀의 말에 놀라기는커녕 울먹이며 응당 목숨을 걸고 그녀와 해로하기를 약조한다. 그녀들이 초월계의 음귀라는 사실은 양생과 하생에게는 두려운 사실이 아니었다. 그녀들을 통해 남성 세계의 질서로 인해 파국 난 삶을 치유하는 과정을 보고 있었던 것이다.

---

20 유정일, 『기재기이 연구』, 경인문화사, 2005, 217면.

21 "저는 가냘픈 몸으로서 멀리는 피난가지 못하고 깊숙한 골방으로 숨어들어 끝내 굳건히 정절을 지켜 치욕을 당하지 않고서 난리의 화를 면했습니다. 때문에 부모님께서도 여자로서의 수절함이 그르지 않았다고 하여 한적한 곳으로 옮겨 잠시 초야에서 살게 해 주셨는데 그것도 어느덧 3년이나 되었습니다…… 그윽한 골짜기에 외로이 살면서 한평생의 박명함을 한탄했고, 꽃다운 밤을 혼자 보내면서 짝 없이 홀로 살아감을 슬퍼했습니다.(妾以蒲柳弱質 不能遠逝 自入深閨 終守幽貞 不爲行露之沾 以避橫逆之禍 父母以女子守節不爽 避地僻處 僑居草野 已三年矣…… 幽居在空谷 歎平生之薄命 獨宿度良宵 傷彩鸞之獨舞)", 『금오신화』, 55면.

양생이 퇴락한 절간 방에 의탁한 채 살았던 것은 영달한 가문이나 입신양명의 출사를 중시하는 신분제 제도권 밖으로 밀려나 있었기 때문이다. 신분제 제도권 중심으로 편입하지 못했다는 것은 곧 기존 제도권의 주축인 남성 세계의 외압으로 인해 파국 난 삶을 살고 있었던 것을 의미한다. 하생을 괴롭히는 울분은 공정한 인재 선발이 이루어지지 않는 현실에 있었다. 그 외압의 실체는 요직을 차지한 채 불의를 자행한 시중 같은 남성 인물로 구체화되고 있으며 하생이 그 직간접적인 피해자로 드러나고 있다. 이 부당한 세계의 외압과 그로 인해 파국 난 양생과 하생의 삶을 치유해 주는 것이 바로 여귀들이다. 여귀들의 삶에 대한 의연한 자세는 양생과 하생이 세상을 깊이 있게 이해하는 데 일조한다.

〈만복사저포기〉와 〈하생기우전〉에 나타난 관습적 서사의 구축 양상은 이처럼 여성성의 환기와 치유라는 차원에서도 이루어지고 있다. 여성성은 세계를 지탱하는 근원적 포용력이자 평화로움으로 작동한다. 양생과 하생은 그 세계를 찾아 이승과 저승에 걸친 삶의 연대를 감행한다. 안온한 여성성을 환기시켜 현실계의 상처를 치유하는 과정을 통해 당대인이 희구하던 삶의 향방을 찾았다. 이러한 의식이 양 작품을 통해 관습적 서사 문법으로 수용되었다.

3) 사후세계의 탐색과 전경화(全景化)

모든 삶은 '결핍'으로부터 자유롭지 않다. 인간은 욕망을 품고 살기 마련이고, 그것의 충족 유무에 따라 정신적 육체적 결핍 상황이 따르기 때문이다. 〈만복사저포기〉와 〈하생기우전〉은 이러한 삶의 전제 조건 속에서 사후세계에 대한 탐색을 집중적으로 다룬 작품이다. 현실계의 결핍 상황을 극복해 내고자 한 당대인의 열망이 투영된 결과라고 예단하기에 앞서 그 구축 기반을 먼저 살펴볼 필요가 있다.

이미 선대의 서사문학 속에서는 초월계에 대한 탐색이 흥미롭게 펼쳐졌다. 미지의 영토 탐색이라든가(거타지의 항해, 동명왕의 노정) 도깨비 세계의 탐색(비형랑의 神異), 종교적 초월 세계의 탐색(광덕·엄장의 극락, 욱면의 정토)이 자유롭게 구현되었다. 다른 한편으로는 망자의 세계에 천착한 탐색이 이루어졌는데 〈최치원〉이나 〈수삽석남〉 등의 작품에 등장하는 사후세계가 그것이다. 미지의 영토나 도깨비의 세계, 종교적 초극의 세계에 비하면 사후세계는 현실계의 인간 입장에서 가장 멀고 낯선 탐색 지대라고 할 수 있다. 전자의 경우들은 산 자의 상상력 안에서 얼마든 가볼 법하다는 가능성이 크게 다가오지만 정신적·육체적 죽음이 가로막는 사후세계는 체험 불가능한 것으로 인식되기 때문이다.

그런데도 사후세계에 대한 탐색은 16세기 〈만복사저포기〉와 〈하생기우전〉으로 이어져 하나의 관습적 서사로 구축되는데 그 주요한 원인으로 '전경화' 문법의 정착을 들 수 있다. 즉 선대의 작품에서 보이지 않던 사후세계의 전경(全景)이 그림처럼 시각화되어 출현한 것이다. 과거 〈최치원〉이나 〈수삽석남〉에서는 사후세계의 대상들과 조우는 하지만 그들이 거처하는 세계나 환경에 대한 제시는 간략하다. '초현관 앞의 쌍녀분', '석남 가지를 꽂고 이슬에 젖은 옷을 입은 시신' 정도가 그들이 탐색한 사후세계의 전경화다. 그에 비해 양생과 하생이 체험하는 사후세계의 전경은 현실감 있는 문법으로 살아난다.

〈만복사저포기〉와 〈하생기우전〉에 나타난 사후세계의 전경화는 '여귀들의 무덤'을 통해 엿볼 수 있다. 양생을 통해 탐색한 사후세계는 개령동 여귀의 공간을 입체화하는 것으로 실현된다. "다북쑥이 들을 덮고 가시나무가 공중에 높이 늘어선 속에 집 한 채가 있는데 자그마한 것이 매우 화려했다…… 이부자리와 휘장이 잘 정돈되어 있었는데 벌여놓은 품이 어젯밤과 같았다…… 좌우에 진열된 그릇은 깨끗하면서도 사치스럽지 않았다."[22] 하생을 통한 정경화 역시 입체적이다. "멀리 나무숲 사이에서 등불이 하나 별처럼 깜빡였다. 사람 사는 집이겠거니 길을 더듬어 나갔다…… 아담하고 아름다운 집 한 채가 있는데 그림으로 꾸며진 마루가 높다랗게 담장 위로 보였다. 고운 비단 창 안에는 촛불 그림자가 비쳤다…… 나이 이팔 청춘의 아름다운 여인이 각침에 기대어 비단이불을 반쯤 덮고 있었는데…… (이하 생략),"[23] 이러한 전경화는 추상적으로 막연히 인식되던 사후세계를 현실감 있는 배경으로 변주했다는 데 특이점이 있다.

양생과 하생은 각각 '만복사'와 '낙타교'라는 경계 공간을 통해 사후세계를 탐색하게 되고 그 형이상학적인 사자의 세계를 경물처럼 펼쳐놓음으로써 서사에 한층 사실성을 확보하는 문법을 선사하게 되었다. 비밀스럽되 정교한 배경을 구축함으로써 환상성과 사실성을 교합한 16세기의 관습적 서사 양식을 구현하게 된 것이다. 생과 사의 운명을 벗어나지 못하는 인간으로서 물리적 세계에서 벗어나 영속적 삶으로 나아갈 수 있는 사후세계의 탐색은 무엇보다 중요한 일이었다. 그래서 사후세계를 상징하는 '무덤'은 미지의 영토나 도깨비의 세계, 종교적

---

22 蓬蒿蔽野 荊棘參天 有一屋 小而極麗 …… 裀褥帳幃極整 如昨夜所陳 …… 器皿潔而不文, 『금오신화』, 57면.

23 望見遠樹間 孤燈點星 意有人家 索途前行 …… 見一屋小而麗 畵堂高出墻外 紗窓裏 燭影靑熒 …… 有美人 年可二八 欹倚角枕 半掩錦被 …… (이하 생략), 『기재기이』, 182-183면.

초극 세계보다 인간의 삶과 밀접한 관계에 있는 대상이었다. 〈최치원〉이나 〈수삽석남〉에서처럼 사자가 거하는 장소만으로 간략히 서술하고 넘어가기에 모호한 세계관 아래 있었다. 가장 인간과 밀접한 것에서 가장 인간다운 욕망을 말하는 방편, 그것이 무덤이었고 보다 현실적인 환경 조성을 기반으로 한 관습적 서사가 이행되었다.

〈만복사저포기〉의 여귀는 왜구의 침범 속에서 정절 수호를 위해 비명횡사한 인물이다. 외로운 골짜기 무덤에서 고혼으로 지낸 지 3년이나 된 존재이다. 무덤은 처녀의 삶을 단절시킨 남성 세계의 폭력성을 함의한 공간이다. 백수(白壽)의 영화를 누리지 못한 단명, 그로 인해 단절된 남녀지간의 기쁨과 해로에 대한 열망은 여귀의 삶에 남아 있는 결핍 요소이다. 남성 세계의 폭력성이 각인된 이 공간을 긍정적 유대관계로 변화시키는 인물 또한 남성(양생)이다. 현실세계에서 배재되었던 여성의 삶을 사후세계에 투영해 탐색해 보고자 했던 전기소설의 문법이 드러나는 대목이다.

〈하생기우전〉의 여귀 또한 마찬가지이다. 여귀가 무덤에서 부활의 시간을 기다리고 있었던 것은 상제의 천명을 수행하기 위해서이다. 무덤은 여귀의 부친이 수많은 인명을 해쳤기 때문에 여섯 명의 자식이 요절한[24] 상처가 새겨진 공간이다. 부친이 옥사를 심리하여 무고한 사람 수십 명을 살려 주면서 지난날 남을 중상하고 해쳤던 죄를 용서받을 수 있게

24 "우리 아버지께서 오래 요직을 차지하고 계시면서 사소한 원한까지도 복수를 하여 사람을 매우 많이 해쳤기 때문에, 애초에 아들 다섯과 딸 하나를 두고 계셨는데, 다섯 오빠들은 아버지보다 먼저 요절하였고 제가 홀로 곁에서 모시고 있다가 지금 또 이렇게 되었습니다.(吾父久居權要 以睚眦中傷人甚衆 初有五子一女 而五娚皆先父夭折 妾獨在側 今又至此)", 『기재기이』, 185면.

되었고 그 대가로 딸이 부활하게 된다.[25] 이 무덤 공간에는 "환상계에서 보이는 체계화된 지배 질서가 표면적으로 나타나지 않는다. 그러나 우주의 일부분으로써 상제의 천명 아래 놓여 있다"[26]는 특징이 드러난다. 곧 이 사후세계는 남성세계의 폭력성으로 해체되었던 여귀의 삶이 온전히 드러난 곳이며, 남성세계의 긍정적 변화로 인해 그녀의 삶이 복원되는 과정을 담고 있는 공간이기도 하다. 현실세계의 정쟁이나 암투에서 빚어진 결핍 요소, 예컨대 정의나 선의, 인간적 도리와 같은 가치에 대해 토로해 볼 공간이 필요했고, 그것이 가능한 세계를 찾던 염원이 사후세계에 대한 동경과 탐색으로 나타난 결과이다.

〈만복사저포기〉와 〈하생기우전〉에 등장하는 사후세계는 "허구의 공간일 뿐만 아니라 원칙적으로 모든 것을 말할 수 있게 해 주는 허구적 제도"[27]로써 작동한다. 현실계의 작동 원리를 전복함으로써 긍정적 변화를 유도하고자 한 열망이 사후세계의 탐색과 전경화로 나타난 것이다. 이와 같은 과정을 통해 유도한 것은 숭고한 삶의 가치이다. 현실계 공간에서 무너진 욕망의 결핍을 초월계 공간에서 충족하고, 다시 거기에서 깨달은 사유를 현실계 공간의 숭고한 가치로 치환하고 있다. 결국 인간과 세계의 화평한 공존을 바라는 의식이 사후세계의 탐색과 전경화로

---

25 "어제 옥황상제께서 저를 부르시어 명하시기를 '네 아비가 큰 옥사를 심리하여 죄 없는 사람 수십 명을 완전히 살려주었으니, 지난날 남을 중상하여 해쳤던 죄를 용서받을 수 있게 되었다. 다섯 아들은 죽은 지가 이미 오래 되어 어찌할 수가 없고 너를 다시 인간 세상으로 돌려보내야 되겠다'고 하셨습니다.(昨上帝召妾命之曰 爾父頃鞫大獄 全活無罪數十人 可贖前日中傷人之罪 五子死已久 不可追也 當遣爾歸)", 『기재기이』, 185면.

26 조재현, 앞의 책, 115면.

27 자크 데리다, 『문학의 행위』, 정승훈·진주영 옮김, 문학과지성사, 2013, 54면.

이어지는 관습적 서사 양상을 구축했다고 볼 수 있다.

3. 관습적 서사의 전승 의미

〈만복사저포기〉와 〈하생기우전〉의 중심 서사는 현실계와 초월계 존재의 애정 성취이다. 현실계에서도 가능한 애정 서사를 초월계로 확장시킨 이면에는 당대의 통념만으로 충족할 수 없는 개아적 욕망의 분출 때문이다. "개인보다는 집단 운명이 선행하는 공동선(共同善)의 추구"[28]를 중시했던 제도권 안에서 인간의 본능적 욕망을 구현하고 또 그것을 긍정적 결말로 이끌기 위해서는 대안이 필요했다. 현실 세계의 이념에 따르면서도 본능적 욕망을 솔직하게 표출할 수 있는 발화점, 〈만복사저포기〉와 〈하생기우전〉은 바로 이 지점에 서 있는 '서사 주체의 탐색'에 집중한 작품이다.

양 작품의 남녀 주인공은 '공동선'을 따르면서도 "나만의 고유한 힘, 나만의 고유한 욕망을 정면으로 마주하고 또 그것을 사건으로 발동시킬 수 있는 주체"[29]로서 등장한다. 자신의 솔직한 욕망과 대면하고 실현하는 서사 주체로 서기까지 현실적 타협점이 필요하다는 사실을 자각하는 인물들이다. 이승의 삶과 저승의 삶을 연대하며 성취한 애정 관계를 통해 그들은 다른 차원의 각성을 경험한다. 바로 자신들의 존재 가치이다. 애정의 성취는 현상적인 욕망일 뿐 그 기저에는 한 인간으로서 존중

28 이상택, 『한국 고전소설의 이론 I』, 새문사, 2003, 78-79면 참조.

29 강신주, 고미숙, 『나는 누구인가』, 21세기북스, 2014, 215면 축약.

받고 이해받고자 하는 근원적 탐문에 대한 열망이 담겨 있다. 이 존재론적 탐문에 대한 열망이 당대인의 사유체계로 작동하고 있었고, 그것이 거듭 작품화되는 관습적 문법이 출현한 것이다.

양 작품의 서사 주체가 삶을 연대하는 형상은 기시감이 들 정도로 닮아 있다. 산 자와 죽은 자의 교섭을 바탕으로 하는 서사 구조 때문이다. 양 작품의 애절한 사랑 이야기는 여귀와 남자 주인공의 기연이 빚어낸 것이지만, 영육의 세계를 뛰어넘고자 하는 서사 주체의 탐색이 관습적으로 이루어진 결과이다. 〈최치원〉 같은 선대의 작품에서 이미 이루어진 관습적 서사 주체의 탐색을 하고 있는 것이다. 낯익은 관습적 서사 주체의 탐색 과정을 통해 〈만복사저포기〉와 〈하생기우전〉이 의도한 것은 보다 확장된 세계관으로서 '상생과 공존의 세계관'이라고 접근해 볼 수 있다.

상생과 공존의 세계관은 양 작품에서 산 자와 죽은 자를 아우르는 기제로 작동한다. 〈최치원〉에서 죽음의 세계와 교섭한 남자 주인공의 후신들이 〈만복사저포기〉와 〈하생기우전〉의 주인공들인 만큼 그 익숙한 행위와 동선에 시선이 간다. 이 같은 관습적 행위와 동선은 후대의 〈운영전〉이나 〈구운몽〉 등으로 전승되며 맥을 유지한다. 상생과 공존의 세계관은 생사를 극단적 경계의 것이 아니라 만복사나 낙타교, 여귀들의 무덤처럼 일상적 경계의 것으로 인식한다. 즉 나와 세계, 현실계와 초월계의 공존이 가능하다는 사실을 인정한다.

인간이라면 영생에 대한 희구와 애정과 행복을 추구하고자 하는 욕망이 있기 마련이다. 이 바람들을 가로막는 것이 생사의 경계이다. 현실계와 초월계의 존재가 서로 내왕하는 서사는 그러한 경계에 대한 불안과 두려움을 희석시켜 주는 역할을 한다. 그래서 초월계나 초월계의 존재는 불온하거나 음험하지 않은 대상, 산 자의 삶에 바람직한 영향을 끼치는 존재, 그로 인해 현실계 삶의 가치가 오히려 투명해지는 순리로 작동한다는 역변의 논리가 통시적으로 수용될 수 있었다. 현실계의 상처와 핍박을 초월계라는 대리처에서 해소함으로써 나와 세상이 균형을 이루는 상생과 공존의 세계를 꿈꾸었다.

영육의 분리가 가능하고 생존 능력이 배양된 가운데 장생과 불사, 무궁한 복락이 가능한 초월계의 존립은 당대인의 희구 사항이 되어 관습적 서사로 전승되기에 이른다. 현실에서 찾지 못한 이인에 대한 동경, 그들이 빚어내는 환상적 사건, 우주 삼라만상에 깃든 초월계에 대한 외경심은 〈만복사저포기〉와 〈하생기우전〉의 비옥한 토양으로 작용했다. 그러한 상상력에 힘입어 시간의 변속이 가능하고, 여성성을 환기시켜 현실계의 상처를 치유하며, 사후세계에 대한 탐색과 전경화마저 자연스러운 소설 문법이 전승되었다.

4. 결론

〈만복사저포기〉와 〈하생기우전〉에 나타난 관습적 서사의 구축 양상은 시간의 변속 기능, 여성성의 환기와 치유, 사후세계의 탐색과 전경화 측면에서 살필 수 있다.

양 작품의 관습적 서사의 구축 양상은 우선 시간 변속을 통해 드러난다. 시간은 인물의 동선과 불가분의 관계이다. 동선을 확보한 서사 주체에 따라 초월계에서 현실계로, 현실계에서 초월계로, 시간이 확장되거나 응축된다. 시간 변속은 작품의 환상성에 기여하며 현실계와 초월계의 삶을 연대한다.

두 번째 양상은 여성성의 환기와 치유라는 차원에서 이루어진다. 여성성은 세계를 지탱하는 근원적 포용력이자 평화로움이다. '밤'과 '달'은 문학 작품 속에서 '여성', '어머니', '모성' 등으로 비유되어 왔다. 〈만복사저포기〉와 〈하생기우전〉에서는 이 '밤'과 '달'이라는 미적 대상물이 여성성을 환기시키는 역할을 한다. 작품 전편에서 환기되는 안온한 여성성은 남성 세계의 질서로 인해 파국 난 삶을 치유하는 역할을 한다.

세 번째 양상은 사후세계의 탐색과 전경화로 나타난다. '만복사'와 '낙타교'는 사후세계를 탐색하게 되는 전제 조건으로 작동하고 그것을 입체화해 놓은 것이 바로 '여귀들의 무덤'이다. 사후세계로 상징되는 무덤을 통해 정의나 선의, 인간적 도리 등의 가치가 변절되지 않는 세계에 대한 염원이 나타난다.

〈만복사저포기〉와 〈하생기우전〉에 거듭 관습적 서사가 구축되고 전승된 배경에는 한 인간으로서 존중 받고 이해 받고자 했던 '존재론적 열망'이 자리한다. 이 열망이 당대인의 사유체계로 작동하고 있었고, 그것을 거듭 작품화하는 관습적 문법이 출현한 것이다. 또한 양 작품이 의도한 바는 '상생과 공존의 세계관'이다. 이는 현실계의 상처와 핍박을 초월계라는 대리처에서 해소함으로써 나와 세상이 상생하고 공존하고자 하는 욕망에서 기인한다.

관습적 서사의 구축과 전승은 비단 〈만복사저포기〉와 〈하생기우전〉을 통해서만 이루어진 것은 아니다. 이에 대한 통시적 조명은 〈운영전〉, 〈구운몽〉 등과 같은 후대 작품과의 비교 연구를 통해 그 외연을 확장해 나가는 부분이 중요하다.

〈방한림전〉에 나타난 서사 전개의 특질과 의미

1. 서론

고전소설의 영웅은 개인의 삶을 영위하기보다는 사회나 국가의 수호자, 급변하는 시대 창출의 대변자로서의 삶을 선택한다. 영웅의 삶을 접하며 당대의 독자는 경외감과 신성함 속에서 제도권 너머로의 일탈과 이적을 소망하였다. 신분과 계층, 위계와 관습을 뛰어넘는다는 것은 일종의 자유와 낭만을 보장받는 기호로 작동한다. 특히 조선 후기에 출현한 영웅소설의 주인공들은 독자층의 열망에 충족한 삶을 표방하는 존재들이었다. 새로운 시대상을 표방하며 등장한 그들은 나와 타인, 세계에 대한 인지 확장을 이룬 독자층의 수요에 걸맞은 대상이었다. 홍길동과 소대성, 유충렬과 조웅이 그러하였으며, 정수정과 홍계월이 그러하였다. 그래서 영웅의 삶은 완벽하였는가 묻는다면, 적어도 여성영웅을 두고 묻는다면, 특별할 수는 있어도 당대의 통념을 온전히 극복해 내는 데는 한계가 분명 있었음을 시인할 수밖에 없다.

그러나 〈방한림전〉의 방관주는 19세기에도 여전히 영웅에 대한 수요가 존재하였음을 증명하는 서사 주체이자 그 한계에 도전한 인물임이 자명하다. 방관주의 영웅성은 그녀의 독립적 삶보다 영혜빙이란 인물과의 조우, 동반과 조력을 통해 두드러진다는 점이 여느 영웅소설의 주인공과 다르다. 방관주는 시대와 통념을 뛰어넘는 동성애 주체로서 등장하기 때문이다. 같은 여성영웅이더라도 정수정이 이성인 장연과 우월한 역량을 겨루고, 홍계월이 여보국과 월등한 재량(才量)을 겨루며 영웅성을 획득하는 과정과는 결이 다르다. 타고난 여성의 본질로는 이룰 수 없었던 사회적 영역의 영웅성을 동성인 영혜빙의 음조로 극복한다. 성(性)에 따른 사회적 역할이 분명했던 시대상을 극복하기 위한 양상이 동성의 조력으로 나타난 것이 〈방한림전〉의 특별함이다.

〈방한림전〉은 영웅소설로 분류[1]되어 학계의 조명을 받았다. 이후 이 작품을 논하는 큰 흐름은 두 가지 측면으로 나아갔다. 첫 번째는 당대 가부장제의 현실을 거부한 작품으로 해석한 경우다. "영웅일대기 구조의 소설이면서도 혼사 장애 주지가 나타나지 않는 점"[2]도 구태여 가부장제에 얽매이지 않았던 여주인공들의 사고와 행위 때문이란 접근이 그것이다. 그렇다 보니 '부부, 처첩, 고부 갈등 등 작품 내적인 갈등 요소를 구태여 필요치 않다고 본 것'[3]이 이 작품의 특수성이란 요지다. 곧 '여성적 삶의 제약성을 자각하고 그것으로부터 벗어나고자 소망한 두 여성 인물을 형상화한 작품'[4]이란 주장이다. 나아가 조선 가부장제를 거부한 것을 뛰어넘어 '혁명적이고 도전적인 사고와 대안을 추구한 작품'[5]이란

1 김기동, 『한국고소설연구』, 교학연구사, 1985, 408면.

2 양혜란, 「고소설에 나타난 조선조 후기 사회의 성차별의식 고찰-방한림전을 중심으로」, 『한국고전연구』 4, 한국고전연구학회, 1998, 125면.

3 양혜란, 위의 논문, 124면.

4 김정녀, 「방한림전의 두 여성이 선택한 삶과 작품의 지향」, 『반교어문연구』 21, 반교어문학회, 2006, 235면.

5 차옥덕, 「방한림전의 구조와 의미-페미니즘적 시각을 중심으로」, 『고소설연구』, 한

해석으로도 확장되었다. 〈방한림전〉을 페미니즘 시각에서 연구한 시발점이 된 논의로, '주인공 여성의 강인한 자율적 삶의 동기와 실존적 의지를 보여주는'[6] 작품으로 접근하였다. 그러나 과연 '남장'과 '동성혼'의 특질로 당대 여성의 모순된 삶을 실질적으로 해결하는 데까지 이르렀는가에 대해서는 의문이 남는다. 〈방한림전〉이 구축한 서사는 1900년대 사회상을 여전히 낭만과 환상으로 처리하는 문법에서 벗어나지 못한 지점을 보여주고 있기 때문이다.

두 번째는 앞서의 논의들과 달리 '방관주가 여도를 거부하고 남성을 지향한 것은 남성 콤플렉스의 표출'[7]이며 오히려 '남성에 대한 일방적이고 무의식적인 지향 속에서 당대 남성의 출세한 모습을 훨씬 잘 알 수 있다'[8]는 이견이다. 방관주가 취한 젠더 규범에 대하여 '무조건 남성에 대한 선망이나 콤플렉스로 볼 수 없다'[9]고 하면서도, '방관주는 모사할 대상이 없었고, 존재하지 않는 대상이 되기 위해 남성 젠더의 일반적 특성 혹은 이상적 자질들을 모방하고 인용'[10]하였음을 시인한 견해 역시 동일한 결론을 내놓는다. 곧 방관주와 영혜빙이 남성 세계를 거부하고자 하였지만 〈방한림전〉은 가부장제의 이념에 귀속된 작품이란 사실을 강조한 논의다. 방관주와 영혜빙의 관계를 지기로 접근해 주목

국고소설학회, 1998, 114면.

6 차옥덕, 앞의 논문, 140면.

7 장시광, 「방한림전에 나타난 동성결혼의 의미」, 『국문학연구』 6, 국문학회, 2001, 267면.

8 장시광, 위의 논문, 268면.

9 조현우, 「방한림전에 나타난 '갈등'과 '우울'의 정체」, 『한국고전여성문학연구』 33, 한국고전여성문학회, 2016, 105-106면.

10 조현우, 위의 논문, 108면.

한 논의[11]도 동성결혼의 설정이 통속적 소재로서 기능할 뿐이라는 사실을 강조하였다. 문학은 현실이자 이상이다. 〈방한림전〉의 이상은 여성으로서의 삶보다 본질적인 한 인간으로서의 존재론을 탐문하는 데 있다. 무조건 남성과 남성 세계를 부인하는 서사 주체가 아니라 그 대상을 전제로 변화하고 성장하는 성찰적 존재로서의 깨달음에 비중을 둔다. 콤플렉스, 모방, 인용이란 해독은 이러한 존재론적 타진을 간과하고 있어 역시 한계점을 시사한다.

조선 가부장제 질서의 수용과 거부란 양단에서 〈방한림전〉을 논의하는 영역에서 벗어나 개성 있는 시각으로 접근한 논문들이 출현하였다. 〈방한림전〉에 구현된 영웅성은 부권제 대안으로 제시된 모권제 가족 만들기에서 비롯한 것이며 '모권제 가족의 공식적 인정'을 모색한 작품[12]이란 논의는 고전소설 작품의 여성 문제가 불거질 수밖에 없었던 상황에 대한 대안을 조명한다. 한 걸음 나아가 이 작품이 동성애를 현실적으로 수용하는 '성담론의 새로운 장을 연 작품'[13]으로 평가한 논의는 동성 결혼의 사회적 개방 가능성을 타진한 견해이다.

'주류에서 소외된 집단의 심층적 성격'[14]이 비극성으로 드러났고, 아이러니하게도 이러한 비극성으로 인해 '타자의 삶에 공감하고 그들에게

---

11 김하라, 「방한림전에 나타난 지기관계의 변모」, 『관악어문연구』 27, 서울대학교 국어국문학회, 2002.

12 윤분희, 「방한림전에 나타난 모권제 가족」, 『숙명어문논집』 4, 숙명여자대학교, 2002, 278면.

13 김경미, 「젠더 위반에 대한 조선사회의 새로운 상상-방한림전」, 『한국고전연구』 17, 한국고전연구학회, 2008, 207면.

14 정병헌, 「방한림전의 비극성과 타자(他者) 인식」, 『고전문학과 교육』 17, 한국고전문학교육학회, 2009, 376면.

주체적 삶을 부여할 수 있었다.'[15]는 점이 이 작품의 의의란 논의도 눈여겨볼 만하다. 제도와 이념 안에서 숨어 살 수밖에 없었던 소외된 존재에 대한 각성과 공감의 시선을 제시하였다. 이러한 단서에 힘입어 '소수자'와 '가족'의 조합에 착안한 작품이 곧 〈방한림전〉이며 그에 따른 소수자 가족 공동체에 대한 고찰을 시도한 연구[16]는 기존의 여성영웅소설론과 페미니즘론에서 벗어난 새로운 해석이다. 방관주와 영혜빙을 욕망의 주체로 조명한 논의[17]는 주인공들을 단순히 소외자의 표상으로 접근하지 않고 한 존재로서의 욕망의 발현자, 정체성을 묻는 서사 주체로 모색하였다는 점에서 부각된다.

〈방한림전〉의 서사 주체는 이처럼 당대의 질서와 이념을 수용한 인물인가, 거부한 인물인가에 따라 그 주제의 향방을 달리하는 기능을 한다. 그만큼 방관주와 영혜빙이 던진 동성애와 동성혼이란 화두가 이 작품의 중심에 서 있음을 시사한다. 그렇다면 제도와 통념을 뒤흔들 만한 동성애와 동성혼이란 서사가 왕권과 가부장권 안에서 정당하게 인정받고 행복한 결론에 이르는 과정은 어떻게 설명해야 하는가, 그것이 가능하도록 유도한 궁극의 힘은 무엇인지 짚어볼 만하다. 당대의 질서 안에서 분명 이질적 사랑과 결혼이었음에도 긍정적 독려를 얻을 수 있었던 근원은 바로 이 작품에 포진된 특수한 서사 전개의 특질 때문이다.

이러한 논지 위에서 〈방한림전〉의 창작기법과 문학적 의미를 살펴보

---

15 정병헌, 앞의 논문, 376면.

16 이유리, 「방한림전의 소수자 가족 연구」, 『한국문학논총』 75, 한국문학회, 2017, 95면.

17 이지하, 「욕망주체로서의 방관주와 자기애의 미덕-방한림전에 대한 새로운 독법의 모색」, 『국제어문』 82, 국제어문학회, 2019, 223면.

고자 한다. 불온하고도 전복적 행위였을 소수자의 동성혼 행위가 왕권과 가부장권 안에서 수용된 배경에는 작가의 세밀한 문법이 힘을 더하였다는 사실을 부인할 수 없다. 그 점은 바로 외양과 행위의 등가성(等價性), 양극 감정의 혼효성, 단명(短命) 화소의 변용 등을 통하여 서사화된다. 이질적인 삶의 방식을 독자층이 긍정적으로 수용하도록 유도한 중관적(中觀的) 서사 전개의 문학적 의미에 주목한다. 이러한 논의 과정을 통하여 여성영웅소설론과 페미니즘론에서 한 걸음 나아가 〈방한림전〉의 문예적 특질을 새롭게 부여하는 계기로 삼고자 한다.[18]

2. 서사 전개의 특질

1) 외양과 행위의 등가성(等價性)

〈방한림전〉은 여성인 방관주가 남장한 채 관계에 진출하고 동성혼을 하는 영웅 서사 작품이다. 방관주가 영웅의 위치에 오른 것은 남성성으로 획득한 공적을 인정받았기 때문이다. 남성 세계의 질서와 제도권 안으로 입성해 최고 지위를 획득하고 위기에 빠진 나라를 구국하는 행위로 영웅의 입지를 세운다. 남장의 삶과 구국 영웅담 면에서 홍계월과 정수정, 이현경의 행보와 유사하다. 그러나 이들은 일정한 공적을 쌓은 뒤에는 여복으로 환복한 후 남성 세계의 질서 안으로 재편입된다. 반면에 방관주는 사회적으로 인정받은 남성성과 동성혼을 유지한 채

18 이 논의는 다음의 자료를 참고하여 진행한다(장시광 옮김, 『방한림전』, 이담, 2006). 이후 작품명과 인용 면수만 명기한다.

생을 마무리한다는 점이 확연히 다르다.[19]

방관주란 인물이 남장을 한 채 성장하고 관계에 진출한 것은 물론 동성혼까지 별다른 장애 없이 누릴 수 있었던 배경이 어디에서 기인하는지 중요하다. 여성 영웅을 그린 소설이라고 하지만, 여성 인물이 그토록 활연한 처세술을 보여 줄 수 있었던 데에는 그만한 창작기법이 작동하고 있기 때문이다. 당대의 체재에 어긋난, 기이한 형태의 삶을 담은 서사가 당대인의 독서물로 수용될 수 있었던 이면에는 독자를 설득하기 위한 특별한 서사 전개가 큰 몫을 하고 있음을 발견한다.

방관주가 여성으로 태어난 것은 불변의 사실이다. 이 불변의 사실을 역행하며 남성의 행적을 그려가는 서사는 어떻게 구축된 것인가.[20] 바로 방관주의 '외양과 행위의 등가적 속성'에서 그 실마리를 찾을 수 있다. 곧 남성적 외양 묘사에 따라 남성 행위가 타당하게 수용되고, 영웅적 외양 묘사에 따라 영웅 행위가 타당하게 수용되는 서사 전개의 특질을 목격한다. 남성의 외양이든 영웅의 외양이든 여성으로 태어난 방관주로서는 극복해야 할 부분이다. 그러니 방관주의 외양 묘사에 있어 남성성과 영웅성을 함의한 수사가 필요했고 그에 따라 관계 진출과 구

19 이러한 점에 있어, "남장 화소는 '평등의 가능성'을 일깨우는 일종의 계몽적 장치 역할을 하는 측면도 있다."(박혜숙, 「여성영웅소설의 평등·차이·정체성의 문제」, 『민족문학사연구』 31, 민족문학사학회 민족문학사연구소, 2006, 166면)는 논의에 주목해 볼 수 있다.

20 "여성영웅들은 여성적 현실에 머무는 한 주체가 되지 못하고 타자로서 살아갈 수밖에 없다는 현실을 인식하고 자신의 특별한 능력을 발휘하기 위해 주체가 되고자 하는 욕망을 간직하게 된다. 이들이 남자가 되지 못한 것을 한탄하는 것은 여성적 현실에 대한 인식 때문이기보다는 여성인 육체와 남성인 정신 사이의 불일치, 그로 인한 사회적 압박감에서 기인한 것이다."(이지하, 「주체와 타자의 시각에서 바라본 여성영웅소설」, 『국문학연구』 16, 국문학회, 2007, 6-7면).

국담, 동성혼 등의 특정한 서사가 자연스럽게 연결되었다는 의미다.

방관주의 출생부터 외양 묘사는 '몸'에 집중[21]된다. '몸이 눈부시게 빛났고 해와 달의 기운을 받아 몸이 빼어났다. 풍채가 반질반질 윤이 났으며 눈빛은 가을 물과 같이 맑고 깨끗했고…….' 이러한 외양은 서너 살이 되자 '기상이 빼어나 규방 여자의 행동이 없었다. 몸은 날로 늠름해지고 흰 연꽃 같은 얼굴색이며 가을 하늘과 같이 높은 기운에 진주와 같은 눈빛이 있었다.'[22]란 묘사로 이어지며 풍운아로서의 면모를 부각한다. 용모의 비상함은 여성성을 절제하거나 생략하는 외양 묘사에 집중된다. 그에 따라 방공 부부가 '딸의 뜻에 맞추어 소원대로 남자 옷을 지어 입히고 여공을 가르치지 않았다. 오직 시 짓는 법과 글 쓰는 법을 가르쳤다.'[23]는 행위가 자연스럽게 수용되는 서사로 전개된

---

21 왜 이러한 묘사법이 두드러지는가에 대해서는 조현우의 논지를 통해 접근해 보아도 좋을 것이다. 그는, '남성 주인공들은 여성영웅에게 성적으로 매혹되고 있다. 특히 남성 주인공이 매혹된 주요한 이유가 '풍채'와 '용모' 같은 외모라는 점이 흥미롭다. 즉 그들은 남장한 여성영웅을 명백하게 남성으로 인식하면서도 그들의 외모를 보고 성적 매혹을 느끼는 것'(조현우, 「여성영웅소설에 나타난 위반·봉합·균열의 문제」, 『한국고전연구』 30, 한국고전연구, 2014, 219면)이라고 설명하는데, 외양에 대한 미학적 흠모, 곧 이러한 영웅소설의 전통적 수사 기법을 〈방한림전〉이 차용한 가운데 동성애와 동성혼이 성립 가능한 기저로 작동한 것으로 보인다.

22 방관주의 외양을 묘사하는 데 있어 유난히 '몸'을 부각하는 것과 아울러 '풍채'와 '기상', '기운', '정기'처럼 영웅성을 은닉한 묘사도 반복된다. 용모의 비상함과 유명세는 '얼굴과 풍채가 더욱 시원스러워'라거나 '가을 하늘과 같은 기상', '자태가 참으로 아름다워 해와 달의 정기를 모은 듯했으니' 등과 같은 외양 묘사로 구체화된다(『방한림전』, 앞의 책, 90-91면).

23 김경미는, '천성이 소탈하고 검소해서 삼베옷을 입는 것과 남자 옷을 입는 것은 사실 아무런 연관도 없다. 화려한 옷과 검소한 옷의 대비이지 남자 옷과 여자 옷의 대비는 아니다. 따라서 이를 남자에 대한 선망으로 쉽게 이야기할 수는 없을 것 같다. 방관주의 복장전환은 여성의 사회적 역할에 대한 거부로 이어진다.'(김경미, 앞의 논문, 195면)는 점을 들어 방관주가 무조건 남성성에 대한 선망을 지향한 인물이 아님을 지적하

다. 방공 부부의 후광 아래 관주의 이름이 고을에서 유명세를 획득하는 서사로 연결된다.

12살 출사를 앞둔 방관주의 외양은 온전히 남성성에 근접한 등가성을 띠고 표현된다. '위엄이 있고 매서워 조금도 여자의 부드러운 모습이 없었다.'라거나 '풍채는 버들 같고 봉황의 두 팔이 날 듯하니 하늘에서 귀양 온 신선 같았다'는 외양 묘사는 방관주의 남성성을 전면에 내세운 표현이다. '조금도 여자의 부드러운 모습이 없고', '선녀가 아닌 신선' 같은 외양의 방관주였기에 '흰 도포를 휘날리며 태양이 부상에 돋은 듯 눈썹 사이에 강산의 신령한 기운'으로 한림학사에 임명되는 행위도 타당성을 얻는다. 외양에 따른 행위의 등가성은 남성 세계로 진입한 방관주의 행보에 설득력을 높인다.

방관주가 상서에 이르도록 남성성의 외양이 두드러지지 않을 경우 독자는 의심할 법하다. 소년기와 다른 청년기 방관주의 외양을 어떻게 설득할 것인가에 대한 우려를 작가도 내심 고심하였던 듯하다. 이미 유년 시절과 등과 시절의 외양에서 남성성을 확보하고 그에 따른 행위를 등가시켜 온 만큼 이 대목에서도 당대의 독자를 위한 묘사 연출로 서사를 전개한다. 즉 '상서의 나이가 스물넷에 이르도록 수염이 보이지 않으니 당시 사람들이 다 아름답고 깨끗하다 하여 칭찬하고 의심하는 자가 없었다.'라는 일종의 공감 기법을 활용한다. 충분히 의심스러운 부분이지만 유년 시절부터 '남성 외양'으로 자라 온 방관주이므로 여성적 외양은 오히려 고결한 상징이란 연대감을 독자와 형성하는 서사로 전개한다.

였다.

마땅히 의심스러운 외양의 극복 과정은 방관주가 죽음 앞에 이르러 임금과 독대한 자리에서도 동일한 서사 전개로 이루어진다. 임금은 방관주가 여성이라는 사실을 알고, '오직 키가 여러 신하 중에서 작고 수염이 없는 것을 괴이하게 여겼으나 우두커니 깨닫지 못한 경의 인륜을 온전히 못했도다.'고 하여 도리어 자신의 우매함을 탓한다. 방관주가 여성성을 어떻게 극복해 올 수 있었는지 '알고도 모르는 듯' 넘겨온 작가와 독자의 공감 과정을 임금의 말로 대변한다. 그렇게 해야 이 작품의 낙관적 결론에 도달할 수 있기 때문이다. 작가와 독자는 심리적 연대감을 형성하는 것으로 이 서사 전개를 포용한다. 청년기와 중년기의 여성적 외양을 극복하기 위해 〈방한림전〉에서는 유년기와 소년기에 그처럼 상당한 분량을 들여 방관주의 남성적 외양을 부각한 서사를 전개한 것이다.

방관주의 남성적 삶이 가능했던 것은 영혜빙의 음조 덕분이기도 하다. 그녀의 외양과 행위 역시 등가성을 띤다. 영혜빙은 13살의 나이로 처음 작품에 등장하는데 흰 연꽃, 복숭아꽃, 단사 같은 입술, 별 같은 눈길, 비단 같은 허리[24] 등의 외양으로 나타난다. 이러한 외양만으로 그녀가 등장하였다면 동성혼이라는 제도권 밖의 파고에 부합하지 않는 인물이었을 것이다. '기질은 달과 같았고 성정은 동쪽에 떠 있는 찬 달 같았다.'는 외양은 '그 마음이 철석과 빙옥 같았고 마음이 가볍고 가뿐해 홍진의 티끌에는 별생각이 없어 얽매이지 않았다.'는 행위로 연결된

24 중추의 보름달이 하수에 비친 듯 흰 연꽃 같은 귀밑과 희고 흰 두 뺨은 희미한 복숭아꽃 같았다. 아름다운 입술은 단사를 찍은 듯하였고 낭성 같은 눈길과 두 팔은 날아가는 봉황이 구름 낀 산을 향하는 듯하였으며 가는 허리는 촉갑을 묶은 듯하였다(『방한림전』, 앞의 책, 111-112면).

다. '여자는 죄인이다. 온갖 일에 이미 마음대로 못하여 남의 규제를 받으니 남아가 못 된다면 인륜을 끊는 것이 옳다'며 일생의 복락에 만족하는 언니들의 삶을 구차하다고 비웃는 행위로 연결되며 방관주와 부부 연을 맺는 행보로 구체화된다.

이처럼 〈방한림전〉의 서사 주체가 보여주는 외양은 특별한 행위를 전제하는 기능으로 작용한다. 방관주가 영웅의 자태로 마지막 순간까지 남장을 한 채 서사가 마무리되기까지 남성성을 연상시키는 외양[25]은 그에 걸맞은 행위로 귀결된다. 동성혼에 연대한 영혜빙의 당돌한 기상 역시 그 외양과 행위의 등가성으로 설득력을 갖춘다. 특히 이들의 동성혼이 기괴하거나 통속적 정서로 남는 것을 우려한 천상계의 서사 설정도 눈여겨볼 만하다. 두 사람은 천상계에서 벌을 받고 하강한 것으로 본래 남자였던 문곡성이 방관주로, 그가 사랑한 상아성이 영혜빙으로 태어난 사실이 드러난다. 천상계의 개입으로 인해 이원론 세계관을 탈피하지 못한 정형성은 한계로 남는다. 그러나 동성혼이라는 특수한 삶의 방식이 이 세상에 존재하며, 천상계로부터 그들이 하강한 사실을 들어 모든 인간은 고귀하다는 의미를 설파하는 서사로 전개된다. 방관

25 서론에서 살펴본 것처럼 조현우는, '방관주는 모사할 대상이 없다. 그는 존재하지 않는 대상이 되기 위해 남성 젠더의 일반적 특성 혹은 이상적 자질들을 모방하고 인용'(조현우, 앞의 논문(2016), 108면)한다는 점에서 방관주가 젠더 이탈자가 될 수밖에 없었던 사실을 부각한 반면, 서신혜는 '그가 세상 다른 남자들로부터 영향을 받아 그를 모방하려 했다고 설명할 수 없다. 방관주는 태어났을 때부터 죽을 때까지 자신의 내면을 남자로 파악하였다.'(서신혜, 「개인의 아픔으로 읽는 방한림전」, 『한국고전여성문학연구』 2, 월인, 2010, 278-284면 축약)는 입장에서 내면의 성과 외면의 성이 불일치한 존재로서 이해하였다. 이처럼 대사회 규범의 이탈자로서 혹은 성 소수자로서의 해독이 모두 가능한 이유는 〈방한림전〉이 구축한 외양과 행위의 등가성이 그만큼 다양한 설득력을 확보하였다는 사실을 의미한다.

주와 영혜빙의 범상치 않은 외양과 행위의 등가성은 이러한 세계관 안에서 구축되었다.

2) 양극 감정의 혼효성

〈방한림전〉의 서사 주체는 성 주체성에 대해 양가성을 띤 소유자들이다. 방관주는 여성의 몸으로 태어났지만 정신은 남성 세계를 지향한다. 남성 세계에 편입하기 위해 여성의 몸을 숨긴다. 남장한 방관주가 오롯이 남성이 될 수 있었는가에 대한 의문은 남는다. 남성성을 지향한 정신이 방관주의 삶을 지배하였다고 해도 여성인 몸의 한계를 극복해내는 데 있어서는 작품 곳곳에서 번민의 흔적을 보여준다. 영혜빙 역시 마찬가지다. 물론 그녀는 여성으로서의 정신과 몸을 부정한 것은 아니다. 영혜빙이 부정한 것은 여성으로서의 닫힌 삶이다. 당대의 제도와 통념에 갇힌 여성으로서의 굴레에서 벗어나고자 한 인물이다. 이 점에서 두 사람은 성 주체성에 대해 양극 감정을 띤 인물들[26]이다.

방관주는 여성으로 태어났기에 길쌈과 바느질 같은 여공은 필수로 갖추어야 했다. 서너 살에 이르러 방관주는 '소원대로 남자 옷을 입고' 시와 글을 수학하였다. 남장의 뜻은 부모의 뜻인가 오롯이 방관주의 뜻인가. 처음부터 서너 살 아이가 스스로 남장을 선택하였다기보다는 부모의 영향에 따라 정해진 삶의 방향이었을 가능성이 크다. 수십 년

---

26 이러한 양단의 감정이 혼효된 인물이었기 때문에, '지기로서 남장을 한 여성 대 여성 간의 결혼을 계약하고, 계약 결혼에 합의, 일종의 여성 동료애적 계약 결혼'(윤분희, 앞의 논문, 284면)이 가능했다.

만에 태어난 아이가 귀하기도 했거니와 풍채가 비상하니 '대장부였다면', '대장부로 키워보면 좋겠다는' 식의 부모 언사가 은연중 방관주에게 영향을 미쳤을 테고, 별다른 의심이나 갈등 없이 남장을 받아들였을 것이다.[27] 남다른 풍모와 문재(文才)로 고을에 유명세를 떨친 것도 남아였기 때문이요, 부모가 졸하자 친척과 노복을 통솔하여 장례를 치르고 삼년상을 치를 수 있었던 것도 남아였기 때문이었다. 적어도 부모의 삼년상을 치른 8살까지는 남장한 삶에 대하여 의심하지 않았음이 분명하다. 부모의 이상적 아들로 살아간다는 정체성에 대한 소신도 엿보인다.

이러한 정체성의 균열은 부모의 삼년상을 치른 뒤 불거진다. 유모가 이제 그만 공자의 행세에서 벗어나라고 하자 그동안 문면에 나타나지 않았던 방관주의 감정이 드러난다. '내 마땅히 입신양명하여 부모의 후사를 빛낼 것이니 나의 정체를 다른 사람에게 말하지 말기를 바라네. 괴로운 말을 다시는 말게.' 자신의 남장을 지지하던 부모가 부재하자 방관주는 어느 순간 자신의 정체성에 대한 양단의 감정을 느끼고 있었다. '괴로운 말'이라는 표현 속에는 남장 속에서 입신양명하고 싶은 열망과 여성으로서 자신의 한계를 깨달은 복잡한 감정이 담겨 있다. '한결같이 남자로 처신하고 비복을 위엄으로 다스리니 그의 정체를 친척

---

27 이러한 단서는 방관주 부모의 모호한 행위에서 드러난다. '방관주의 부모는 여공을 권하기는 하였으나 스스로 하지 않으니 구태여 권하지 않았다. 여자 옷을 입히지 않고서 친척에게는 아들이라고 하였다.'(『방한림전』, 앞의 책, 93-94면). 만약에 여아의 삶을 원했다면 방관주에게 반드시 여공을 가르쳤을 것이고, 설령 그것이 여의치 않더라도 친척에게 아들이라고까지 속이는 일은 하지 않았을 것이다. 방관주의 부모는 관주를 통해 아들의 형상을 그리고 있었고, 은연중에 관주는 그 뜻을 받아들인 채 성장한 것이다.

도 알지 못하였다.' 이 대목만으로도 방관주가 얼마나 남장의 삶을 당당하게 누렸는지 알 수 있다. 유모의 간청을 통해 스스로 알고도 모른 척하고 있었던 감정이 '괴로움'으로 표출된 것이다. 그런가 하면 군계일학으로서의 자부심도 뚜렷하다.

> 선비 중에는 소년도 있고 혹 귀밑에 백발을 드리운 사람도 있으며 중년의 유생도 있었다. 모습이 못나고 깨끗하지 못하며 기질이 못나게 보이는 사람도 시원스러운 선비의 무리로 유건을 끄덕이며 쓰는 사람도 있었다. 한 손을 짚고 읊조리는 자도 있고 혹 먼저 지었다며 의기양양해 하는 자도 있었다. 공자가 한바탕 웃고 한편으로는 탄식하며 말하였다. "우리나라에 참으로 인재가 적어 기이한 광경이 이와 같으니 안타깝구나."[28]

이 대목은 방관주가 과거장의 남성들을 구경하는 장면이다. 일필휘지로 답안을 작성하고 과거장의 남성들을 살피는 방관주의 감정은 양단의 것이 혼효되어 있다. 자신은 남장을 해야 참석할 수 있는 남성세계의 영역. 소년부터 백발의 남성까지 문재를 겨루는 곳. 모습이나 기질이 못나 보이는 사람도 남성이기에 학문을 겨룰 수 있는 곳. 붓을 입에 문 채 답안을 작성하지 못하는 자도 유건을 쓴 남성이기에 학문을 겨룰 수 있는 곳에서 방관주는 헛웃음을 친다. 인재랄 수 있는 남성은 보이지 않는다. 주관적 진술이지만 방관주의 자부심이 극대화된 서사 전개다. 이때의 자부심은 남성보다 뛰어난 자질과 역량을 갖춘 자신, 곧 남장한 자신이자 여성으로서의 방관주가 느끼는 복잡한 감정을 보

---

28 『방한림전』, 앞의 책, 102-103면.

여준다. 남장한 신분으로 느끼는 자부심과 함께 여성이기 때문에 남장을 방패 삼을 수밖에 없는 한계가 혼효된 심리를 중점으로 서사가 전개된다. '나라에 인재가 적다'는 조소와 경멸, 내가 진짜 남자였다면 하는 선망 등의 감정이 뒤섞여 나타난다. '재능을 발휘하여 사회적으로 성공하고자 하는 욕구가 남성의 전유물은 아니기 때문'[29]에 방관주의 혼효된 양단의 감정은 현실감 있는 것으로 서사를 형성해 나간다.

이와 같은 양단의 감정 상태는 영혜빙과 혼인하는 때에 이르러 극대화된다. 서평후가 길일에 이르러 신부에게 옷 입기를 재촉하는 시를 지으라고 요구하자 방관주는 '그윽이 실소'한다. 동성혼을 치러야 하는 상황에 이르자 방관주는 자신에게 일어나고 있는 현실을 부정할 수도, 인정할 수도 없는 양단의 감정에 빠진다. 영혜빙이 방관주의 성 정체성에 대한 고백을 듣길 원하자 '옥 같은 얼굴에 구슬 같은 눈물이 흘러 기운을 수습하지 못'할 만큼 혼란한 감정 상태에 빠진다. '8살에 부모님을 여의고 고독한 몸이 되었소. 외딴 시골 마을에 친척이 드물어 사방을 둘러봐도 의탁할 사람이 없어 어찌할 방법이 없었소.' 이 고백을 통하여 그때까지 남장의 삶을 정체성으로 삼고 살아온 속내를 솔직히 인정한다. 남장의 삶은 제도와 통념 속에서 자신의 삶을 지키기 위한 방편이었음을 시인하는 서사 전개를 통하여 작가는 독자의 공감대를 유도한다.

방관주는 결코 평면적 캐릭터가 아니다. 자신의 삶이 흘러가는 향방에 대한 고심과 번뇌를 표출하는 입체적 인물이다. 영혜빙과의 동성혼을 앞두고 '그녀가 자기에게 와 인륜이 끊기고 일생이 매몰될 것을 생각하니 불쌍하고 가여웠다.'고 느낄 만큼 감정선이 살아 있는 인물이

29 이지하, 앞의 논문, 231면.

다. 앞으로 나아갈 수도 없고 뒤로 물러설 수도 없는 남장의 삶에서 작품 전면에 걸쳐 '괴롭다'는 표현을 자주 표출한다. 남성 세계에 편입해 과거에 장원급제하고 관계에 진출하며 느꼈을 자부심 이면에는 여성성을 숨기며 살아야 하는 두려움과 고뇌가 혼효되어 분출되고 있었던 것이다. 이것이 극대화된 시점이 동성혼을 치러야 하는 상황이었고, 결국 영혜빙에게 자신의 정체성을 토로하는 고백에 이른다. 방관주가 남장의 삶을 살며 마주친 문제 가운데 가장 괴로운 일이 동성혼이란 사실은 누가 보아도 명백하다. 이때의 방관주가 느꼈을 혼란스러운 양단의 감정 상태는 〈방한림전〉이 의도한 극적인 서사 전개에 힘입은 결과이다.

방관주가 처한 동성혼이란 난처한 상황을 해소하고 음조하는 인물은 영혜빙이다. '형제의 의'를 맺자고 말하는 방관주에게 '부부의 예'를 차리자고 주저 없이 말한다.[30] 당대의 독자들에게 동성혼을 설득하고 수용시키기 위해서는 영혜빙과 같은 적극적인 인물이 서사 전개에 반드시 필요했다. 영혜빙은 상하 위계 관계의 부부가 아닌 평등한 관계의 부부를 꿈꾼 인물이다. 그런 인물인 까닭에 방관주를 본 순간 남장한 사실을 알아채고, '영웅 같은 여자를 만나 일생 지기가 되어 부부의 의리와 형제의 정을 맺어 한평생을 마치는 것이 나의 소원'이라고 다짐할 만큼 독립적 세계관을 갖춘 인물로서 특별한 서사 전개에 힘을 보탠다. 누군가의 아내가 되어 '그의 제어를 받으며 눈썹을 그려 아첨하는 것을 괴롭게

---

30 조현우는 이 작품의 '동성 결혼 설정은 서사적 논리와 관음증적 통속성의 결합'으로 보아 '기존 여성영웅소설이 갖고 있던 통속적 흥미를 강화하는 과정에서 동성결혼 설정이 가능'하였다고 주목하였다(조현우, 앞의 논문(2016), 109-111면 축약).

여기고' 살 만큼 절망감에 빠져 있던 영혜빙에게 방관주의 등장은 새로운 삶을 개척하는 목표점이다. 방관주가 여성과 남성의 삶을 이중으로 살며 혼효된 양단의 감정 속에서 산 것처럼 영혜빙 역시 여성으로서 살아가야 하는 한계와 또 다른 삶의 향방에 대한 기대 속에서 양단의 감정을 표출하는 인물로 서사가 전개되는 것이 이 작품의 특질이다.

〈방한림전〉의 서사 주체는 자신의 감정 상황을 솔직히 표출하고 그 감정대로 이행하는 능동형 인물들이다. 사건의 흐름대로 행동하는 정형성에서 벗어나 사회 제도와 성 역할에 있어 고뇌하고 번민하는 사고와 행위를 선택한다. 방관주와 영혜빙이 보여주는 혼효된 양단의 감정 표출은 당대의 성 역할 규범을 뛰어넘고자 했던 의식에서 비롯한다. 제도와 통념에 갇힌 의식이 아니라 그것의 한계를 절실히 인지하고 새로운 개척을 시도하는 서사 전개에 있어 이 양단의 감정이 중요한 기능을 한다. 작품 문면에서는 등장인물이 보여주는 시대상의 한계이자 그 너머에서는 작가와 독자 사이에 연대한 새로운 시대상의 매개로 작동한다. 이 작품이 동성혼을 서사 주축으로 삼을 수 있었던 것도, 또 그러한 내용의 작품이 독서물로 출현할 수 있었던 것[31]도 입체성을 띤 감정 활용 때문이다. 이는 19세기를 건너는 당대인의 심리를 표방한 것으로 혼효된 감정을 적절히 활용한 서사 전개의 특질을 선명히 부각한다.

---

31 김경미는 이에 대해, "조선사회의 저변에 흐르던 동성애적 흐름을 소설한 것"(김경미, 앞의 논문, 209면)으로 파악하였다. 허구가 아닌 현실 문제를 소설화한 것이라는 점에서 특별한 논의이긴 하나 19세기 조선 사회가 그처럼 개방성을 띨 만큼 유연했는가에 대해서는 회의적이다. 분명 동성애나 동성혼을 꿈꾸는 대상들이 존재하였겠지만, 그것을 전적으로 지지하고 옹호하는 글로 표방하는 데에는 시대적 한계를 느낀다. 다만 그들의 삶을 차용하여 사회적 모순을 소설화한 것이라고 이해하는 것이 설득력 높다.

3) 단명(短命) 화소의 변용

고전소설의 여주인공은 단명의 대명사다. 〈최치원〉의 자매가 그러하였고, 〈김현감호〉의 호녀가 그러하였으며, 〈이생규장전〉과 〈만복사저포기〉, 〈하생기우전〉, 〈운영전〉의 여성 주인공까지 그들은 하나같이 단명 화소의 주인공 역할을 맡았다. 〈최척전〉에 이르러 단명에서 벗어난 여성 주인공의 생명력을 보게 된다. 옥영은 앞서의 주인공들처럼 단명하지 않고 20년이 넘도록 이국을 떠돌며 항해하는 자생력을 보여준다. 이러한 자생력은 보다 강화되어 〈구운몽〉과 〈육미당기〉 등의 여성 주인공들을 통해서는 장수형 캐릭터로 변모한다. 한편으로는 여성영웅소설의 주인공들을 통해서도 단명 화소가 극복되었다. 홍계월이나 정수정, 이현경 같은 여성영웅을 통하여 장수(長壽)형 인물들이 조형된다.

〈방한림전〉은 전기소설의 단명 화소와 영웅소설의 장수(長壽) 화소를 안배한 작품으로 서사를 전개한다. 방관주와 영혜빙은 꽃다운 열여덟에 단명하는 것도 아니요, 백수를 누리며 장수하는 것도 아니다. 서른아홉의 나이로 함께 생을 마감한다.[32] 백수에 비하면 단명이라고 할 수 있으나, 〈최치원〉부터 〈하생기우전〉에 이르기까지 전형처럼 나타나던 꽃다운 청춘의 단명 화소가 불혹 즈음에 생을 마감하는 것으로 변주된 것만은 분명하다. 이러한 단명 화소의 변용은 적어도 이 작품의 서사 전개에

---

32 서신혜는, "두 사람이 함께 죽는 것으로 처리하는 것은 관포지교나 도원결의 같은 지기의 관계로 이 둘의 관계를 규정하는 것으로 사회의 경직성을 보여주는 대목"(서신혜, 앞의 논문, 295면)이라고 설명하였다. 방관주와 영혜빙은 당대 사회의 통념을 이탈한 동성혼의 주체들로서 장수의 삶을 누릴 수 없는 존재들이다. 두 사람의 단명은 작가와 독자의 상호 절충점으로, 지기의 관계로든 부부의 관계로든 이들이 함께 단명할 수밖에 없는 합의점에 이른 것을 시사한다.

있어서만큼은 반드시 필요한 장치였다. 사회 규범 안에서 보았을 때 이탈 행위였던 동성혼을 심상(心想)으로나마 수용 가능한 것으로 만들기 위해서는 '현실에 부재하는' 인물들이 필요했다. '현실에 실존하는 동성혼'은 위법이자 관습과 이념의 전복을 꾀하는 불온한 것이었다.

동성혼의 관계 속에서 아이를 입양하여 키우고 혼사를 치르며 여느 가부장 집안과 같은 가정을 일군 방관주와 영혜빙의 삶은 실은 매우 위태롭고 불안한 것이었다. 방관주가 출생한 순간부터 지켜봐 온 유모는 특히 그 삶이 위태로워 보였다. 방관주가 변방 고을의 안찰사로 출궁할 때에 유모는 몸을 보중하라며 애석해 한다. 남장의 몸으로 살며 동성혼을 치를 수밖에 없었고 거기에다 간신의 간언(間言)에 휘말려 출궁하게 된 방관주를 지켜보는 유모로서는 감정을 주체할 수 없었을 듯하다. 그런 속마음을 읽은 방관주가 유모를 달래다시피 무심코 한 말이 '끝내는 내 먼저 죽을 것이니 그대 어찌 이러는가'였다. 자신도 모르게 미래의 일을 예언하듯 던진 소리지만, 이 언참(言讖)은 남장의 삶을 살고 있는 방관주의 불안한 심리를 대변한다. 이 언참을 통해 독자는 그녀의 삶에 서린 불안한 기미를 눈치채는 서사 전개를 간파한다.

방관주는 임금과 세상 사람에게 여성이란 사실을 숨기고, 나아가 영혜빙과 동성혼까지 치른 제도권 밖 이탈자다. 낙성을 입양해 한 가정을 이룬 그의 삶은 당대인에게 온당한 대우를 받을 수 없는 것이었다. 임금을 기망한 것이자 사회 제도를 사익에 따라 변형한 인물이다. 이상이 높다고 하여도 현실의 벽을 허물 수는 없다. 남아로 행세하며 친족을 속인 것부터 등과, 관계 진출, 동성혼 이력까지 방관주의 삶은 어느 것 하나 현실 속 규범을 따른 것이 없다. 그렇다면 방관주의 삶을 어떻게 마무리할 것인가에 대한 고심이 작가에게 가장 큰 벽이었을 것이다.

남성의 삶으로 마무리하는 서사로 전개하자니 현실을 부정하는 허황한 이야기로 남을 것이요, 여성으로서의 현실을 수긍하는 서사로 전개하자니 방관주의 모든 가치가 거짓으로 몰릴 것이다. 그로 인해 당대의 제도권과 이념을 넘어 보고자 하였던 방관주의 열망과 신념은 부정당할 것이다. 〈방한림전〉 작가의 선택은 선대의 단명 화소를 변용하는 것으로 서사 전개를 선회한다.

> 그대의 이마는 달 같아서 눈썹이 팔자로 높고 맑으니 비록 재주가 있으나 일찍 부모를 여읠 것이요, 콕 살지고 두 귀와 뺨이 희미한 복숭아꽃 같으니 출장입상하여 만인의 윗사람이 될 것입니다. 두 눈이 가늘고 길며 흐르는 듯한 빛이 흘러 물결 같으니 재주가 있고 지극히 귀할 것입니다. 입술이 단사를 찍은 듯하여 얇으니 구변은 소진 같으며 흰 이는 백옥 같으니 진실로 나라를 기울게 할 상입니다. 참으로 아름다워 도리어 금실의 즐거움이 그칠 것이고 이마에 한 점 사마귀가 없고 피부가 너무 맑아 자녀가 없을 상입니다. 골격이 우아하여 속세의 모습이 없으니 수명은 사십을 넘지 못할 것이니 반드시 오래지 않아 하늘 궁전에 조회할 것입니다.[33]

선풍도골의 인물이 방관주에게 찾아와 단명을 예언하는 대목이다. 짧지만 그녀가 이룬 삶의 궤적을 요약하듯 일러준다. 외양의 비범함을 들어 말하고는 있으나 방관주가 현실 세계에 어떤 족적을 남겼는지 알려주는 부분이다. 조실부모, 출장입상, 일세지웅, 가인박명을 알리는 데 요지는 사십 수명이다. 방관주에게 미리 단명수를 일러줌으로써 현실계 인연들과 하직할 기회를 준다. 방관주가 마흔 살을 채우지 못하고

33 『방한림전』, 앞의 책, 192-193면.

단명하는 이유도 덧붙인다.

> 음양을 바꿔 임금과 온 천하를 속였으니 그 벌이 없지 않을 것이로다. 천궁에서 여색을 좋아해 멋대로 하였으므로 이승에서 금실의 즐거움을 끊게 하였으니 스스로 죄를 아는가? 그 못이 차면 넘치고 영화가 극하면 슬픔이 오니 옥황상제께서 옛 신하를 보시고자 하시는도다. 원컨대 공은 내년 삼월 초사일에 상제를 만나도록 하라.[34]

방관주는 홍계월이나 정수정, 이현경과 같은 영웅보다 비극적 결말로 치달을 수밖에 없는 비밀을 품고 산 인물이다. 도인의 말대로 '음양을 바꿔 임금과 온 천하를 속인' 인물이다. 동성혼이야말로 〈방한림전〉이 구축한 서사 가운데 중추 역할을 하는 것이다. 그래서 남장을 했던 다른 여성영웅과 차별되는 결말로 향할 수밖에 없는 서사 전개로 나아간다. 그런 까닭에 천상계의 호출이라는 장치를 통하여 현실에서 불가능한 동성혼을 감행한 인물들의 결말을 다소 이른 단명으로 처리한다. 제도와 통념에 반한 위법 행위에 대한 교화 측면도 갖추면서 여전히 유효한 환상세계를 전제로[35] 방관주와 영혜빙과 같은 삶도 존재한다는 사실을 환기시킨다.

〈최치원〉의 팔랑과 구랑은 늑혼 때문에 요절하고, 〈김현감호〉의 호

34 『방한림전』, 앞의 책, 194면.

35 한편으로는 후반부 결미에서 일어나는 '천상계의 과도한 개입이 다른 여성영웅소설과의 차별점이면서 동성결혼과 남장의 유지라는 파격적 위반을 무마하기 위한 '과도한 봉합'이란 지적도 나온다. 그로 인해 오히려 서사적 종결의 실패, 젠더 규범의 필연적 실패가 또렷하게 각인'되었다고 지적받는다(조현우, 앞의 논문, 121-125면 축약). 반대로 환상세계의 개입을 통해서라도 방관주와 영혜빙의 삶이 영속성을 띠고 단절되지 않았다는 점에서는 긍정적 평가를 받을 만하다.

녀와 〈하생기우전〉의 처녀는 천상계의 대리 징벌로 단명한다. 〈만복사저포기〉와 〈이생규장전〉의 여주인공들은 전란 때문에 단명하고, 〈운영전〉의 주인공은 신분 질서의 억압으로 인해 일찍이 생을 마감한다. 그녀들은 세계의 외압으로 단명한 희생자들이었다. 이들이 단명하며 이룰 수 없었던 꿈은 일생의 배필을 만나 백년해로하는 것이었다.[36] 더불어 자신의 가치를 남성과 균등하게 만들어 보고자 꿈꾸었던 존재들이기도 하다. 홍계월과 정수정, 이현경은 남성과 균등한 실존 가치를 실현해 본 영웅들이다. 다만 남성 세계의 질서에 재편입하는 과정, 곧 본연의 여성성으로 돌아오는 것으로 백수를 누리는 결말을 확보한다. 자유 의지의 발현, 출장입상, 화혼 등 한 인간으로서 도전해 볼 수 있는 가치들을 실현함으로써 선대의 여성들이 단명 속에서 이루지 못하였던 꿈들을 이룬다. 아울러 그녀들이 불우하게 마친 단명이란 화소도 극복해 낸다.

〈방한림전〉은 결말에서 '단명' 화소를 변형하여 활용하는 서사 전개의 특별함을 선사한다. 기존 여성영웅소설의 주인공들이 누린 자유 의지의 발현, 출장입상, 화혼 등의 영화는 공유하되 남성 세계로 재편입되는 과정을 '단명' 화소로 대체한다. 그녀의 성 정체성을 알게 된 임금이, '규방 여자의 지혜가 이 같을 수 있으리오? 규방의 약한 몸이 지략과 용맹이 대단하여 적진을 대해 신출귀몰하여 싸우면 반드시 승리할 줄 알았으리오?' 하고 전하는 말에서 '여성이 아닌 한 인간으로서'의 방관주를 이해하는 장면을 전개한다. 임금은 방관주의 죄를 묻지 않고 벼슬 또한 거두지 않는다. 만고의 영웅으로서 방관주의 죽음을 목도한

36 배필을 만나 백년해로를 꿈꾸기 이전에 이미 천상계의 대리 징벌자로 단명한다는 점에서 다른 여주인공들과 동일하게 볼 수 있다.

다. 비록 그녀의 삶은 서른아홉에 단명하지만 결코 비극적 결말로 치닫지 않는 서사 전개다. 오히려 이 단명을 통해 '여성이 아닌 한 인간의 위대한 발견'에 초점을 맞춘다. 〈방한림전〉은 선대의 단명 화소를 변용해 남성 세계의 질서에 위축되지 않는 '균등한 자아'를 구현한다는 점에서 그 서사 전개의 특질이 유별하다.

3. 중관적(中觀的) 서사 전개의 문학적 의미

〈방한림전〉은 영웅의 성별을 떠나 한 인간으로서의 고유한 역사성과 실존성에 주목하였다. 타고난 성별은 저버릴 수도 없고 배제할 수도 없는 천성으로 작동한다. 기존 여성영웅소설의 주인공들이 여복으로 환복한 것도 이 천성에서 벗어날 수 없었기 때문이다. 〈방한림전〉에서는 이 난관을 어떻게 수습해 내는가. 남녀 성별을 중화(中和)시킨 서사 위에서 동성혼과 여성 가장의 출현을 도모하는 중관적 서사를 전개하는 것으로 타개한다. 곧 기존 여성영웅소설 주인공이 환복한 뒤 현실 제도권 안으로 회귀하는 보수성을 고수하면서도 동성혼과 단명이란 낭만성을 더하는 치밀함으로 중관적(中觀的) 서사를 구현한다. 현실과 이상 사이의 간극을 중도(中道)로 제시하는 구조다.

중관적 서사 전개가 필요하였던 까닭은 그만큼 〈방한림전〉이 구축한 동성혼과 여성 가장의 출현이 충격적이면서도 이질적이기 때문이다. 남성 간의 동성혼도 아닌 여성 간의 동성혼 서사를 전면에 내세웠다는 점에서 제도와 통념, 관습에 항거한 창작의식을 조명해 볼 수 있다. 여성이 가부장의 위치에 선 가정을 구축한 이면에서는 다양한 삶을 추구하게 된 19세기 시대상과 의식의 흐름이 내포되어 있음도 간과할 수 없다. 여성 간의 동성혼, 그리고 여성 가장의 출현이란 서사 전개는 기존 여성영웅소설의 한계를 뛰어넘고자 하였던 낭만성의 발로다. 방관주가 남성 세계의 질서와 제도에 편입하는 방편으로 단명한다는 점에서는 여성영웅을 결국 대외적으로 수용하지 못한 기존 여성영웅소설의 보수성도 엿본다. 보수성과 낭만성은 이 작품의 중관적 서사를 조율하는 축으로 작동한다. 보수성과 낭만성을 균등하게 가미한 중관적 서사는 방관주의 거듭된 심리적 균열과 봉합 과정을 통하여 전개된다.

부모의 죽음으로 인해 더 이상 남장의 삶을 지지해 주는 존재가 부재한 상황을 인지한 순간에 방관주는 심리적 균열 상태에 빠진다. 삼년상을 치르고 대여섯 달 동안 바위에 시를 짓고 암자에서 숙식하며 산천을 주유[37]한 것도 그 때문이다. '마음이 울적해 스스로 심사를 위로하려고' 떠난 길은 비단 부모의 죽음으로 인한 상실감 때문만이 아니다. 처음으로 정체성에 대한 심리적 균열을 느꼈기 때문이다. 남장의 삶을 지속한 채 살아가야 하는가, 물러서야 하는가 고민하며 심신을 단련한 시기다. 만약 남장의 삶을 지속하는 데 별다른 심리적 균열이 없었다면 굳이 가택을 벗어나는 여정이 그려지지 않았을 것이다. 남장의 삶을 꿋꿋하게 살아나갈 수 있는지 도도한 자연의 품에서 가늠해 볼 여정이 필요했던 것이다. 이러한 심리는 다음과 같은 풍광 묘사에서 잘 드러난다.

---

37 이러한 자유의 구가에는 일상의 구속뿐 아니라 당대의 규범이나 인식에 구애되지 않는 대범함이 전제되어 있다. 이는 자유를 욕망하는 방관주의 기질을 보여준다(이지하, 앞의 논문, 226면).

> 늦가을 스무날께 단풍은 산골짜기를 붉게 물들였고 버들가지는 만 갈래로 겹쳐 낙엽이 어지러이 날리고 하늘은 높았다. 초겨울 흰 눈이 흩날려 눈서리가 쌓인 곳에서 홍매화가 만발하여 그 향취가 은은하였고 겨울바람은 옷깃을 날렸다.[38]

대자연 앞에 선 방관주의 초연한 모습이 상기된다. 풍광 묘사는 단순히 시간의 흐름만 알리는 지표로 작동하지 않는다. 여성이 아니라 한 인간으로서 사회적 제도와 이념의 벽을 넘어설 수 있는지 자연을 관조하며 스스로 자문하는 방관주의 내면을 투사한다. 물아일체의 풍광 묘사 속에서 방관주는 일대사를 깨닫듯 자신의 앞날을 선택한다. 자연 속에서 호연지기를 키우는 영웅의 낭만성이 극대화된다. 일 년이 지나 귀가한 방관주는 '인간 세상의 사람 같지가 않았다. 위엄이 있고 매서워 조금도 여자의 부드러운 모습이 없었다.'고 할 만큼 남장의 삶을 계속 걸어가기로 다짐한 용모로 묘사된다. 일 년 전 피차간의 문제로 벌어진 심리적 균열을 봉합한 모습이다. 결국 자신의 천성(여성)을 숨긴 채 남성의 제도권 안으로 들어섰다는 점에서 기존 여성영웅소설의 한계를 뛰어넘지 못한 보수성을 보여준다.

방관주의 심리적 균열과 봉합은 낙성을 얻고 입양하는 과정에서도 드러난다. 동성의 부부가 아이를 얻을 수 있는 길은 현실적으로 불가능하다. 방관주와 영혜빙의 동성혼이 유지되기 위해서는(사회적으로 인정받기 위해서는) 득아 과정이 필수다. 방관주와 영혜빙은 이 문제에 있어 심리적 균열 상태에 봉착하였을 것이다. 이것을 자연과의 교감을 통한

---

38 『방한림전』, 앞의 책, 97면.

득아 과정으로 동성혼 부부로서의 한계를 봉합한다.

방관주가 안찰사로 출궁하였을 때 산중에서 천둥소리와 함께 큰 별이 떨어진 자리에 있던 아이가 낙성이다. 하늘이 준 자식이라고 단정을 짓는 방관주의 모습이라거나 그 아이의 두 가슴에 낙성이란 두 글자가 쓰여 있어 이름으로 삼는 대목은 다소 서사 전개를 서두르는 듯한 인상을 준다. 자연의 이적 속에서 출현한 아이이기는 하나 '난 지 몇 달 지난 아이'란 뜻은 누군가 유기한 아이란 의미이기도 하다. 가슴에 낙성이란 글자가 있었다는 것은 친부모가 남기고 간 이름패란 뜻과도 같다. 이와 같은 '유기'와 관련한 아이란 현실적 의문을 거세하기 위해 〈방한림전〉은 초월적 이적처럼 입양 과정을 전개한다. 선대의 작품에서처럼 초월적 이적을 통하여 득아 문제를 극복한다는 점에서도 이 작품의 보수성이 두드러진다. 한편으로는 세밀한 자연 묘사와 걸출한 영아를 연결하는 대목[39]에서 기이하고도 신비한 낭만성이 배가된다.

방관주의 심리적 균열이 가장 크게 그리고 무력하게 전개되는 대목은 임금 앞에서 여성이라는 사실을 밝힐 때이다. '신은 본디 여자입니다. 부모가 일찍 죽어 어린 소견에 부모 사후에 없어질까 슬퍼하였습니다.' 이 고백은 세상에 혼자 남은 여성의 위치가 얼마나 불안한 것인지 대변한다. 여아의 몸으로 혼자 가택과 노복을 관리할 수 있는 시대가

39 늦가을 초순이었다. 산속의 경치가 빼어나 붉은 비단 휘장을 친 듯하였다. 향기로운 바람이 가득한데 봉우리들은 삐죽삐죽 겹쳐 있고 바위 절벽의 폭포수는 콸콸 쏟아졌다. 가을 물에 비친 하늘이 한가로우니 이에 바위 위에 올라가 거문고 줄을 어루만져 줄을 고르고 남초를 태우며 노래하고 읊었다. …… 홀연 천둥소리가 한 번 나고 큰 별이 떨어지니 밝은 기운이 찬란하게 일어나 상서로운 기운이 어렸다. 잠시 뒤에 햇빛이 밝게 비치었다. 안찰사가 다시 보니 별의 광채는 없고 옥 같은 아이가 놓여 있었다(『방한림전』, 앞의 책, 41면).

아니었기에 남장의 삶이 필요했음을 고한다. 낙성을 입양한 사실과 팔뚝의 주표를 내보임으로써 동성혼에 대한 징벌도 청한다. 여성의 위치를 인정하는 가운데 남성 세계에서 세운 가치들을 부정한다. 자신의 행위가 인륜을 헤친 것이었다고 고하는 방관주의 심정은 극도의 균열 상태였음이 자명하다. 여성이기에 남성 세계에서 세운 공적을 예법에서 어긋난 행위였다고 인정해야 하는 순간은 〈방한림전〉도 뛰어넘지 못한 여성 영웅소설의 보수성[40]을 드러낸다.

1900년대 작품이지만 방한림 부부의 과거사가 담긴 초월계 회상 장면은 〈방한림전〉이 지향하는 낭만성을 보여준다. 이 낭만성은 본래 초월계에서 연인관계였던 방한림과 영혜빙이었기에 현실 세계에서의 동성혼은 위법이 아니라는 사실을 아름답게 부각한다. 원래 남성 선관이었던 문곡성과 여성 선인이었던 상아성이 하강해 만난 것이 두 사람이란 부연으로 독자층을 설득한다. 여전히 천상계의 순리에 따른 적강 구조로 인한 보수성도 농후하나 동성혼을 설득하기 위한 낭만적 장치란 사실도 가늠해 볼 수 있다. 동성혼을 통한 '이들의 전복성은 사회 체제에 대한 가시적 전복성에는 미치지 못하지만 사회적 통념에 대한 고도의 전복성으로 평가'[41]해 볼 수 있는 것도 그와 같은 낭만성을 기저

---

40 이 부분에서는 류준경의 주장에 주목해 볼 필요가 있다. "여성영웅의 출현은 영웅소설의 자기 갱신의 한 과정에서 이루어진 것으로, 하나는 여성에게 판매할 상품의 성격으로 여성영웅이 영웅소설에 수용되었을 가능성이고, 하나는 이미 존재하는 구매층(주로 남성독자)에게 새로운 영웅소설의 형식을 제공해 흥미를 부여하는 방식으로 진행되었을 것이다. 그러므로 여성에 대한 반성이 개진될 가능성은 없으며 여성이 사회적으로 자아를 실현하는 것은 불가능한 사실을 보이는 것이다."(류준경, 「영웅소설의 장르관습과 여성영웅소설」, 『고소설연구』 12, 한국고소설학회, 2001, 17면 축약). 〈방한림전〉의 보수성 역시 이러한 장르 관습에서 비롯한 한계를 뛰어넘지 못한 결과로 보인다.

로 하기 때문이다.

이처럼 〈방한림전〉은 서사 주체의 심리적 균열과 봉합에 중점을 둔 채 성별을 떠난 한 인간의 고유성과 역사성에 비중을 둔 서사를 전개한다. 당대의 이념과 제도, 관습과 부딪칠 때 그 인물은 보수성을 띤 사고행위를 보여주기도 하고 낭만성을 띤 사고행위를 보여주기도 하는 서사 전개를 선사한다. 이러한 특질이 인물의 외양과 행위가 등가성을 띠는 서사 전개로 나타났고, 양단의 감정이 혼효된 사건 전개로 출현하였으며, 단명 화소를 변용해 활용하는 중성적 서사 전개로도 투영되었다. 이 작품이 함의한 '한 존재의 본질적 자아 탐색' 마련에 중관적 서사 전개는 특별한 작용을 한다. 여성과 남성이라는 성 역할에서 벗어난 한 인간으로서의 방관주를 묘사하고 설득하는 데 있어 〈방한림전〉의 작가는 가장 유리한 지점을 알고 있었다. 성별에 치우치지 않고 영웅적 삶으로서 방관주를 관조한 중관적 서사 전개로 당대 독자층의 상상력을 섭렵한 것이다.

4. 결론

이 논문은 〈방한림전〉에 나타난 서사 전개의 특질과 문학적 의미를 살핀 글이다. 기존 여성영웅소설의 남장 화소를 수용한 가운데 동성혼이란 파격적 화소를 삽입할 수 있었던 서사 배경을 찾는다.

---

41 이유리, 「방한림전의 소수자 가족 연구」, 『한국문학논총』 75, 한국문학회, 2017, 103면.

첫 번째 서사 전개의 특질은 외양과 행위의 등가성(等價性)으로 나타난다. 그에 따라 관계 진출과 구국담, 동성혼 등의 특정한 서사가 자연스럽게 연결된다. 방관주가 영웅의 자태로 마지막 순간까지 남장을 한 채 서사가 마무리된 것은 남성성을 연상시키는 외양에 걸맞은 행위가 등가적으로 나타났기 때문이다. 영혜빙이 역시 그 외양과 행위의 등가성으로 동성혼에 연대한 선택에 대하여 설득력을 갖춘다. 이들의 동성혼이 기괴하거나 통속적 정서로 남는 것을 우려한 천상계의 서사 설정도 눈여겨볼 만하다. 동성혼이라는 특수한 삶의 방식이 이 세상에 존재하며, 모든 인간은 고귀하다는 의미를 전한다.

두 번째 서사 전개의 특질은 양극 감정의 혼효성으로 나타난다. 〈방한림전〉의 서사 주체는 성 주체성에 대하여 양가성을 띤 소유자들이다. 이들이 보여주는 혼효된 양단의 감정 표출은 당대의 성 역할 규범을 뛰어넘고자 했던 의식에서 비롯한다. 제도와 통념에 갇힌 의식이 아니라 그것의 한계를 절실히 인지하고 새로운 개척을 시도하는 데 중요한 기능을 한다. 〈방한림전〉이 동성혼을 서사 주축으로 삼아 서사를 전개할 수 있었던 것도, 또 그러한 내용의 작품이 당대의 독서물로 출현할 수 있었던 것도 입체성을 띤 양단의 감정 활용에 힘입은 결과다.

세 번째 서사 전개의 특질은 단명(短命) 화소의 변용으로 나타난다. 〈방한림전〉은 전기소설의 단명 화소와 영웅소설의 장수(長壽) 화소를 안배한 작품이다. 자유 의지의 발현, 출장입상, 화혼 등의 영화는 누리되 방관주가 남성 세계로 재편입되는 과정을 '단명' 화소로 대체한다. 이 단명 화소는 '여성이 아닌 한 인간의 위대한 발견'에 초점을 맞춘다. 즉 선대의 단명 화소를 변용해 남성 세계의 질서에 위축되지 않는 균등한 자아를 구현한다는 점에서 그 서사 전개의 특질이 있다.

〈방한림전〉은 여성영웅이 남성 세계의 질서와 제도에 편입하여 겪는 심리적 균열과 봉합을 시도하는 가운데 기존 여성영웅소설의 보수성과 낭만성을 균등하게 조율한다. 선대의 작품이 지향한 가부장제 이념과 제도를 유연하게 활용하면서도 서사 주체의 독립적이고 개방적 세계관을 펼치는 중관적(中觀的) 서사 전개에 비중을 둔다.

보수성과 낭만성의 조율은 중관적 서사 위에서 구현된다. 인물의 외양과 행위가 등가성을 띠는 서사 전개, 양단의 감정을 혼효한 서사 전개, 단명 화소를 변용해 활용한 서사 전개 등은 이 작품이 성별이 아닌 한 인간의 발견에 집중하고 있다는 사실을 표방한다. 곧 '한 존재의 본질적 자아 탐색' 마련에 있어 중관적 서사 전개는 특별한 작용을 한다. 기존 여성영웅소설의 보수성을 수용하되 새로운 열망과 세계를 함의한 낭만성을 작품 전면에 투사한 것도 이러한 중관적 서사의 영향 때문이다.

〈방한림전〉은 중관적 서사 전개 위에서 기존 여성영웅소설의 보수성과 낭만성을 강화한다. 이 작품 이전의 여성영웅소설에서도 중관적 서사 성격을 선별해 연대해 보는 논의가 필요하다. 작품 간의 특별한 공유 현상이 발견된다면 그 배경은 또 어떻게 형성된 것인지, 가령 남성영웅소설이라거나 전기소설과의 대비를 통해 접근해 보는 것도 유익할 듯하다. 오늘의 논의는 동성혼과 여성 가장이란 파격적인 서사를 구축할 수 있었던 〈방한림전〉만의 중관적 서사 전개의 특질을 살피고 문학적 의미를 타진하는 것으로 마무리한다.

서사무가 〈바리공주〉의 이야기 주조방식과 문학적 성취

1. 서론

인류가 '이야기'를 지니기 시작하면서부터 신화와 역사는 인간과 불가분의 관계로 존재해 왔다. 건국신화, 시, 소설, 철학 등에서 인간의 존재론을 다루기 위해 이야기가 필요했고 신화시대의 기억과 역사시대의 기록은 그 비옥한 토양으로 작동했다. 이야기의 속성, 다시 말해 인간이 이야기를 만들고 전승한 본질적 이유는 다름 아닌 존재론의 규명 그 자체에 있기 때문이었다. 자아에 대한 원천적 해명, 세계에 대한 본질적 탐색, 이 양자의 궁극적 존재 이유와 관계에 대한 추적이 이야기의 출발이었다.

무속신화 〈바리공주〉의 지난한 일생이 세인들에게 전승되고 찬미의 대상으로 자리 잡게 된 것도 신화적·역사적 기억과 기록을 통한 '한 존재'의 의미 규명에서 기인한다. 그 존재가 지향한 가치, 제도와 관습을 뛰어넘은 순정한 삶의 각성에 대해 민중이 환호했고 고통과 낙원을 넘나드는 행로에 기꺼이 동참하면서 완형의 서사무가로 안착할 수 있었다. 이 신화의 기저에는 자신이 누구인지 자문하며 고행을 마다하지 않았던 바리의 근성이 수용층의 자의식으로 투사되면서 세대를 이어 탯줄처럼 자리하고 있는 셈이다.

이러한 까닭에 〈바리공주〉에 대한 학계의 관심이 집중되었고 연구 업적 역시 충족하게 축적되었다. 우선 문학사적 위치와 더불어 100편이 넘는 이본 자료의 현황과 계보의 유형화 작업[1]이 두드러진다. 〈바리공주〉 연구를 위한 가장 기본적인 논의의 구축 과정이었다. 이 작품의 영육관과 저승관의 차이점을 논의한다거나 불교와의 연관성이 덜 나타나는 전라도 지역 혹은 함흥 지역의 이본을 대상으로 영혼불멸관과 삶과 죽음의 일원성, 비극적 운명관 등을 다룬 논의들은 신화적 세계관[2]에 주목한 연구다. 〈바리공주〉가 한국의 대표적인 본풀이 무속신화로 자리매김할 수 있었던 신화적 맥락과 특성을 추론해 냈다는 데 의의가

---

1 서대석, 『한국무가의 연구』, 문학사상사, 1981.
홍태한, 「서사무가 바리공주의 변이 양상 고찰」, 『한국민속학보』 7, 한국민속학회, 1996. ; 「서사무가 바리공주의 형성과 전개」, 『구비문학연구』 4, 한국구비문학회, 1997.
홍태한은 〈바리공주〉의 이본을 북한 지역, 동해안과 경상도 지역, 중서부 지역, 전라도 지역의 네 개 무가권으로 나누어 그 전개 상황을 살폈다. 1997년부터 2004년까지 총 네 권의 〈바리공주〉 전집을 선보였는데 제1-2집에서는 47편의 이본을, 제3집에서는 22편의 이본을, 제4집에서는 19편의 이본을 소개하고 있다. 그 자료를 정리하면 다음과 같다.
김진영·홍태한, 『서사무가 바리공주 전집』(제1-2집), 민속원, 1997.
홍태한·이경엽, 『서사무가 바리공주 전집』(제3집), 민속원, 2001.
홍태한, 『서사무가 바리공주 전집』(제4집), 민속원, 2004.

2 김열규, 『한국신화와 무속연구』, 일조각, 1982.
김영민, 「바리공주 무가에 나타난 영육관과 저승관」, 『문화연구』 7, 한국문화학회, 2002.
유선영, 「바리공주를 통해 본 한국인의 죽음관」, 『한국의 민속과 문화』 13, 경희대학교 민속학연구소, 2008.
윤준섭, 「함흥본 바리데기의 서사문학적 특징」, 서울대학교 석사논문, 2012.

있다. 표면 구조의 신화적 전개에서는 부권 지배 제도 아래서 실존상황에 순응하는 바리의 여자로서의 숙명을 다루고, 심층구조의 심리학적 전개에서는 부권제도 아래의 실존상황에 반역한 채 자유혼을 개척해 가는 입신한 바리의 영적 재생 과정을 다룬 논의와 같은 심리학[3] 측면의 연구들도 한 획을 그었다. 관습과 제도로부터 자유를 구가한 초월적 대변인으로서 바리를 유추하고 있어 주목된다.

한편에서는 바리가 가부장제 질서 속에서 자신의 정체성을 확인하고 자아를 실현하는 단계를 여성주의적 관점에서 논의하거나 〈바리공주〉가 고전의 후보에 오르게 된 데는 페미니즘의 역할이 지대했다는 점을 부각한 여성학[4] 논의들도 주요 업적으로 등장했다. 여성 영웅으로서의 자질과 역량을 선보였다는 점에서 바리는 여성주의 측면에서 새로운 시대를 대변할 만한 존재로 거듭났다. 〈바리공주〉가 국어 교과서에 수록되어 문학 교육의 토대로 자리 잡으면서 이에 대한 교육학[5] 논의도 활발히 이루어졌다. 더불어 이 서사무가의 갈등과 비극적 요소에서 오히려 긍정적 삶의 가치를 창출해 낸 문학치료학 분야의 연구 성과도 두드러졌다. 바리공주보다는 바리공주의 부모에 초점을 맞추어 작품을 해독

---

3 강은혜, 「바리데기 형성의 신화·심리학적 두 원리」, 『한국어문연구』 1, 한국어문연구학회, 1984.

4 김영숙, 「여성중심 시각에서 본 바리공주」, 『국어문학』 31, 국어문학회, 1996.
이경하, 「바리공주에 나타난 여성의식의 특징에 관한 비교 고찰」, 서울대학교 석사논문, 1997.
이경하, 「바리신화 '고전화' 고정의 사회적 맥락」, 『국어국문학』 26, 국문학회, 2012.

5 최유권, 「서사무가 바리공주 연구: 교육적 의미를 중심으로」, 홍익대학교 교육대학원 석사논문, 2002.
황윤정, 「상상적 이해의 문학교육 방법 연구: 서사무가 바리데기를 중심으로」, 서울대학교 석사논문, 2010.

함으로써 문학치료학적 의미를 도출한 논의[6]와 같은 경우다.

각기 다른 서사단락과 공통의 서사단락을 수용하고 있음에도 불구하고 공통된 화소의 이형태들이 존재하다는 점에 주목한 심층사회학적 연구[7]나 신화 속에서 추구하는 자연과 인간의 모습, 그리고 생명의 가치와 함께 공존하고자 하는 모습이 유교에서 추구하는 효의 기제와 일맥상통하며 그 기저에는 천리와 인륜의 가르침이 들어있다고 접근한 종교학[8] 관련 논의도 설득력을 띤다. 여성 영웅소설의 갈래와 전통이 바리공주에서 시작한다고 본 견해나, 무조신화로서의 〈바리공주〉와 여성 영웅소설로서의 〈정수정전〉을 살핀 논의, 적강화소나 숭고미 등 타 장르와의 비교 연구 및 미학적 관점[9] 등의 연구도 선행되었다.

기타 현대예술 및 문화콘텐츠 분야에서 선행된 상당량의 연구물은 차치하더라도 〈바리공주〉에 대한 문학적 해독은 충족한 상태에 이르렀다 할 수 있다. 그렇다 하더라도 〈바리공주〉의 행간에 주목한 논의가 개진되고 있는 것을 보면 해독의 여지가 무궁한 작품이란 사실도

---

6 정운채, 「바리공주의 구조적 특성과 문학치료학적 독해」, 『겨레어문학』 33, 겨레어문학회, 2004.

7 최윤정, 「우리 신화, 그 탈주 - 담론의 심층사회학-바리데기 신화 다시 쓰기」, 『비교한국학』 20(2), 국제비교한국학회, 2012.

8 이미림, 「한국 여성신화에서의 유교적 의미와 해석: 바리데기, 제주 본풀이 신화를 중심으로」, 『사회사상과 문화』 22(2), 동양사회사상학회, 2019.

9 조동일, 『한국문학통사』 3, 지식산업사, 1994.
박상란, 「여성영웅의 일대기, 그 두 가지 양상-바리공주와 정수정전을 중심으로」, 『동국논집』, 동국대학교, 1994.
김태영, 「서사무가에 수용된 고전소설의 적강화소 양상과 성격 고찰-동해안, 함경도 지역 서사무가를 중심으로」, 『한국무속학』 36, 한국무속학회, 2018.
심우장, 「바리공주에 나타난 숭고의 미학」, 『인문논총』 67, 서울대학교 인문학연구원, 2012.

간과할 수 없다. 가령 서울 전승본에 기초해 〈바리공주〉의 공간적 구조를 살핀다거나[10] '낙화(落花)' 화소에 천착해 텍스트 이면에 숨어 있는 상징적 의미를 밝힌 논의[11] 등은 새로운 해독의 가능성을 엿볼 수 있는 논의들이다. 이러한 맥락에서 〈바리공주〉의 행간 안에 살아있는 문학성을 재고해 보는 논의는 여전히 유효하다.

이 글은 〈바리공주〉의 이야기 주조방식이 세대를 유전하며 특정한 문학성을 갖춘 일면을 재고해 보는 데 목표가 있다. 서사무가로서의 기억이 소멸되지 않고 일정한 문법으로 기록되어 완형의 작품성을 갖추게 된 문학적 성취를 가늠해 보자는 의미이다. 이 논의를 위해 우선 〈바리공주〉의 특별한 결구(結構), 곧 부정(否定)과 부정(否定)의 연속 법칙, 세속성과 신성성 공유의 동사(動詞) 구조, 봉인과 해제의 은유적 서사 측면에서 이야기 주조방식을 살피기로 한다. 〈바리공주〉가 숱한 이본으로 산재하면서도 '고유한 서사' 틀을 유지하며 유전할 수 있었던 기저에 대해 이 세 가지 양상으로 나누어 주목해 볼 것이다. 이러한 이야기 주조방식이 고유한 작품성을 구현하도록 작동한 두 가지 측면을 타진해 볼 것이다. 유폐자(幽閉者)와 각성자(覺醒者)의 시현(示現)이란 측면과 노정형 서사의 구조화란 측면에서 〈바리공주〉의 문학적 성취를 조명해 보기로 한다.[12]

---

10 최성실, 「동아시아 바리데기 이야기 구조와 공간적 의미에 관한 연구」, 『비교문학』 67, 한국비교문학회, 2015.

11 신동흔, 「바리공주 신화에서 '낙화'의 상징성과 주제적 의미」, 『구비문학연구』 49, 한국구비문학회, 2018.

12 이 논의는 서울 지역의 〈바리공주〉 구송 자료와 필사본을 수록한 홍태한의 서사무가집을 바탕으로 한다(홍태한, 『서사무가집 바리공주 전집』 4, 민속원, 2004).

2. 이야기 주조방식

1) 부정(否定)과 부정(否定)의 연속 법칙

〈바리공주〉에 두드러지게 나타나는 이야기 주조방식을 요약하면 이렇게 정리해 볼 수 있을 것이다. '자식을 부정한 아버지와 그 아버지의 만행을 부정한 채 구약 노정에 나선 딸의 이야기.' 이 단선적 이야기가 어떻게 그처럼 장구한 시공을 가로지르는 서사로 확장될 수 있었는가 다시 주목해 보면 서사주체 사이에서 연속적으로 이어진 '부정(否定)'과 '부정(否定)'의 법칙에 의거한 장편화 때문이란 사실을 발견할 수 있다. 부정은 타자에 대한 배타적 단정이자 사실(진리)을 위배하는 사고행위이다. 〈바리공주〉의 인물들은 아이러니하게도 이 부정의 사고행위 속에서 기층의 진실을 깨달아가는 서사 주조방식을 보여 준다.

〈바리공주〉의 기본 단락(서울본)

① 바리공주 부모가 문복의 결과를 무시한 채 혼인하다
② 연이어 여섯 딸을 낳다
③ 일곱 번째 딸로 태어난 바리는 버림을 받다
④ 석가여래가 바리를 구하다
⑤ 바리공덕 할미 할애비가 바리를 키우다
⑥ 바리가 성장하여 부모에 대한 의문을 품다
⑦ 바리공주 부모가 사경에 이르러 바리를 찾다
⑧ 바리가 자신을 찾아온 궁인들을 시험하다
⑨ 바리가 구약노정을 떠나다
⑩ 바리는 신력이 담긴 꽃(낭화, 나화)으로 지옥의 죄인들을 구하다
⑪ 바리는 약수 지키는 무장승의 세계에 도착하다

⑫ 바리는 약수를 얻기 위해 무장승의 요구를 수용하다
⑬ 바리가 중태에 빠진 부모의 꿈을 꾸다
⑭ 바리는 귀로 중에 저승으로 가는 배들을 보다
⑮ 바리는 목동(아이)으로부터 부모의 상여 소식을 듣다
⑯ 바리가 약수로 부모를 회생시키다
⑰ 바리가 죄를 청하고 무장승과 자식들을 입궐시키다
⑱ 바리 부친이 무장승과 자식들, 바리의 키를 재어 보고 천생연분임을 인정하다
⑲ 바리의 원조자들이 공을 받다
⑳ 바리는 나라의 만신으로 좌정하다

사건 단락 ①②③에 걸쳐 드러나는 연속적 부정의 법칙은 차후 〈바리공주〉[13] 전편에 걸쳐 이야기를 주조하는 긴요한 방식이다. 바리의 부친은 천하 문복자를 찾아 길례 점괘를 묻도록 한다. 문복 결과는 "금년에 혼사를 치르면 칠공주를 볼 천운이고 이듬해에 혼사를 치르면 세자 삼형제를 안을 것"이란 점괘로 나온다. 바리의 부친은 "문복이 영타한들 맞힐소냐 홍계관이 저 죽을 날 모른단다"고 점괘를 부정해 버린다. 이 부정은 자신의 의도대로 점괘가 나오지 않자 문복 자체를 부정한 것으로 인간의 욕망이 신의 말보다 우위에 선 결과다. 신의 예언보다(곧 미래보다) 현실을 중시한 부친의 세속적 속성이 드러난다.

이러한 사고행위는 ⑦과 ⑧의 단락에 이르러 모순된 심리로 나타난

13 강은혜는 '바리공주'보다 '바리데기'라는 이름이 지닌 중요성을 역설했다. "배려라 배리데기, 던져라 던저데기"라는 음성상징에서 유래하는 '바리데기'야말로 원시적 전형으로서 영웅적 투쟁이나 숭고화의 과정이 부각되지 않은 원형적 리얼리티를 담고 있다고 강조했다(강은혜, 앞의 논문, 57-60면).

다. 부친이 바리를 부정한 것은 "옥쇄를 누구에게 전임하고 종묘사직을 누구에게다 전임하리"란 탄식에서 드러나듯 국위(國位) 계승자의 부재에서 나온 노여움과 한탄 때문이었다. 오로지 아들만이 누릴 수 있는 계승자로서의 몫을 딸인 바리는 대신할 수 없었다. 사경을 헤매는 지경에 이르자 혈육으로 인정하지 않았던 바리에게 부친임을 증명하는 단지혈을 보냄으로써 부녀지간을 증명하는 아이러니를 보여준다. 이 아이러니는 ①②③의 사건 단락에서 바리를 부정했던 사실을 자식으로 인정하는 재부정의 과정에서 비롯하는데 그녀가 구약 노정에 나서는 실마리를 주조해 놓는 기능을 한다. 부정의 부정이란 과정을 통해 딸로서가 아닌 진정한 용기와 담대함(효행이라고 일컬어야겠지만)을 지닌 바리에 대한 이해와 통찰을 하게 된다.

바리는 어떠한가. 그녀는 석가조차 "남자나 같으면은 제자나 삼으려니와 여자가 되어서 불길도 하구나(④)" 라고 부정당하고, 젖 없는 애기 젖 먹여 기르는 공덕이 제일이란 사실을 잘 알고 있는 바리공덕 할미 할애비조차 처음에는 "먹을 것도 없는 산거렁이가 그 애기를 어찌 길르리까(⑤)" 하고 부정한 존재다. 모든 대상으로부터 부정당한 바리의 선택은 하나, 인간계를 건너 초월계로 향하는 것이었다. 만조백관이며 여섯 언니가 회피한 약수 삼천 리 길에 선뜻 바리가 응한 이유의 심연을 살필 필요가 있다. 열다섯 해가 되도록 죽은 목숨처럼 부정당한 채 지낸 시간에 대한 응분의 대가치고 괴리감이 드는 결단이 아닐 수 없다.[14]

---

14 노성숙은 이러한 바리의 모습에 대해서 '비동일적 자아'로 접근했으며 자신을 죽음의 세계로 내던짐으로써 오히려 실존적 결단을 감행한다고 보았다(노성숙, 「신화를 통해서 본 여성 주체 형상: 바리공주 텍스트 분석을 중심으로」, 『한국여성학』 21(2), 한국여성학회, 2005, 18면).

여섯 언니들과는 다른 선택을 한 근원적 이유, 그것은 바로 딸로 살아야 하는 숙명이 지워진 현실계의 제도권을 부정할 수 있는 곳에 대한 탐색에서 비롯했다. 제도권 안의 관습과 통념을 부정하기 위해서는 이탈이 필요했다. 완전한 이탈은 초월계로의 월경과 같은 행보라야 가능했다. 그녀가 약수 삼천 리 길에 들어서서 지옥을 경험하고 무장승을 만나 온갖 고초와 해산 경험을 하는 행보는 존재 자체를 부정당했던 현실계의 시간으로부터 자유로워지기 위한 결단 때문이었다. 그래서 ⑨에서 ⑯에 이르는 서사 단락은 존엄성을 찾기 위한 구도자적 노정과 같은 성격을 띤다. 구약 노정은 당대의 효 이념을 덧씌운 외피일 뿐[15] 존재의 존엄성을 탐문하는 행로로 이해해야 한다.

바리가 "나라의 반을 주랴 전을 주랴" 하고 묻는 부친의 전교를 부정하고 "만신의 몸주 되어" 저승으로 떠나겠다고 결정한 것은 그녀의 노정이 애초부터 효행에 머물거나 현실적 삶에 안착하기 위한 것이 아니라 보다 이상적인 경계에 있었음을 시사한다. 초월계로의 출발은 부친의 제도권에서 자유롭게 이탈하고자 한 의지에서였다. 그러나 만신으로의 좌정은 현실계와 초월계를 아우르는 우주적 소통자, 전언자(傳言者) 역할에 기댄 의지에서였다. 자신처럼 현실계에서 부정당한 존재들의 고통을 깨닫게 되었고 저승에서조차 그들이 부정당하지 않도록 중재하는 역할을 맡기로 한 것이다. 설령 그곳이 지옥이라도 어느 한 생명 존귀하지 않은

15 "신화는 모든 도덕적 진리를 설명하는 알레고리로 인정될 수도 있다."(조동일, 『문학연구의 방법』, 탐구당, 2011, 156면). "약려수 탐색의 시도가 단지 효의 차원이 아니라 남성 중심의 이데올로기에 대한 비판 성격과 여성 능력으로 새로운 질서를 창출하고 가정과 사회로부터 소외되어 잃어버린 정체성을 확인받고자 하는 욕망의 표출에 다름 아니다."(김영숙, 앞의 논문, 82면).

존재가 없다는 사실을 깨달은 것이다. 이처럼 〈바리공주〉는 부정과 부정의 연속적 법칙 속에서 생명의 존엄성을 구현한 작품이다.

2) 세속성과 신성성 공유의 동사(動詞) 구조

〈바리공주〉의 이야기 주조방식은 세속성과 신성성을 공유하는 양상으로도 나타난다. 세속적인 것과 신성적인 것은 이성적인 것과 비이성적인 것의 충돌로 말할 수 있다. 우리가 경험하는 일상은 이성적 사고 행위의 연속점이다. 현실을 기반으로 충분히 일어날 만한 일과 시공과 인물일 때 이성적이라고 판단한다. 반대로 현실과 괴리된 사건이나 시공, 인물과 교감할 때 비이성적이라고 판단한다. 이성을 기반으로 한 세속에 비이성적 현상이나 상황이 침투할 때 이질감과 두려움을 느끼기 마련이다. 현실계는 이성적 사고에 합당한 대상을 진실로 여기기 때문이다. 〈바리공주〉는 이러한 세속성과 신성성을 공유하는 주조방식으로 동사(動詞)를 적극 활용한다. 그런 가운데 낯설고 이질적인 양 경계를 무마시킨다.

첫 번째 동사 기능은 '버리다'로 접근해 볼 수 있다. 일곱째 딸로 태어난 죄로 유기를 당한 바리는 버려짐과 동시에 육체적 한계로 숨을 거두었어야 할 존재였다. 그러나 버려진 순간 신성한 현상과 상황 속으로 이입된다. "밤이면은 청학 백학이 내려와 오늘 한 날개 깔아뉘고 한 날개 덮어 뉘고 음지 양지 갈아 뉘여 먹을 거 물여다 먹이시니" 석 달 열흘이 되도록 연명하는 초월적 상황이 벌어진다. '버리다'란 동사는 바리의 세속적 존재로서의 이름으로 작동하는 동시에 신성계의 보호를 받는 존재란 맥락을 형성한다.

석 달 열흘이 지나도 바리의 명줄이 붙어 있자 부친은 국가가 망할 징조라 치를 떨며 옥함에 넣어 '버리라' 명한다. 옥함을 진 신하들의 행위는 "한 모탱이를 돌다(조임신본)", "함정을 바다 안구 돌처스니(박명호본)", "억마사천 지옥곡에 넘어가서 불탄고개 넘어가서 연불고개 넘어가니(이영희본)", "옥함을 받아지고 궐문 밖을 내달으니(최형근본)" 등으로 나타난다. 피바다는 금거북이가 출현해 옥함을 '짊어지고' 석가여래에게 인도하는 신성한 경계이다. 현실계와 초월계의 마디를 '돌다', '돌아서다', '넘어가다', '내달리다', '짊어지다'와 같은 동사로 연결해 그 이질적 간극을 메우고 있다. 이러한 세속 공간과 신성 공간은 수평적 이동을 통해서 서로 연결되어 있다.[16] 이질적인 공간들에 대해 물리적 장벽으로 막힌 세계로 이해하지 않고 여느 현실계 공간을 움직이듯 평면적으로 연결한 것이다.

바리가 궁궐에서 부친과 상봉하고 구약 노정에 드는 과정에서도 동일한 공유가 일어난다. "궁문 밖을 나서서 일천리 이천리 삼천리를 가셨는데(조임신본)", "국왕문을 썩 나서니 이천리 강산을 가시더군. 두 번을 짚으시니 삼천리 강산을 가시더군(민명숙본)", "까막까치들이 나의 갈 길을 인도하는 듯하야 그대로 서쪽만 바라보고 가는지라 잇때 세존께서 명찰하시오니(권정옥본)" 등의 사례에서처럼 궁문 밖을 '나서다'가, 서쪽만 바라보고 '가다'가 닿는 곳이 석가여래가 바둑을 두는 신성계다. '나서다', '가다'와 같은 평범한 동사로 신성적 세계를 연결함으

16 홍태한, 「서울 진오귀굿 바리공주의 저승관과 그 의미」, 『한국학연구』 27, 고려대학교 한국학연구소, 2007, 116면(아울러 홍태한은 수직적 세계의 구조는 서울 지역 〈바리공주〉보다는 동해안 지역의 이본에 명확하게 보인다고 덧붙였다). 이와 같은 수평적 공간 이동에 대해서는 유선영의 논의도 들 수 있다(유선영, 앞의 논문, 154면).

로써 바리의 구약 노정에 대한 두려움과 공포의 진폭을 줄였다.

무장승의 세계에서 현실계로 돌아오는 과정 역시 마찬가지이다. 양 세계의 이질적인 접점은 "자란 애기는 오늘은 이렇게 걸리시고 어린 애기는 오늘은 이렇게 업으시고(조임신본)", "아홉식구가 천세천세 만만 세를 부르시니 한 곳을 넘어가니(민명숙본)", "그럭저럭 상님에 당도하야 쉬느라니(권정옥본)" 한 목동(혹은 목동들이)이 바리 부모가 승하하였음을 알리는 현실계 길목이다. '걷다', '업다', '넘어가다', '쉬다'와 같은 동사 연결로 생사로 갈린 세계를 무심하게 연결한다.

이와 같은 동사 구조의 주조방식은 세속적이고 신성적인 세계가 분리된 경계가 아니라 친밀한 성격의 곳임을 전달한다. 바리가 유기되었던 후원 뒷동산과 피바다, 구약 노정을 떠나는 서천은 죽음의 세계를 암시한다. 바리는 그곳에서 생환한 인물인 까닭에 낯설고 두려운 존재로 다가올 법하다. 수용자의 입장에서 그녀는 산 자인가 죽은 자인가 두렵고 혼란한 이미지로 다가올 수 있다. 그 신성적 환경을 세속성을 띤 세계로 전이시키면서 혼란한 이미지를 무마시킨다. 세속 안에서 말하고 움직이는 행위의 연속성을 신성계로 확장시키는 주조방식으로 수용층과 이질적 세계를 담담하게 공유한다.

〈바리공주〉는 신성한 존재로서만 바리를 형상화하지 않고 인간적인 면모로서도 강화하여 민중과의 교감을 쌓는다. 인간적 사고행위의 보편성을 담은 동사 구조의 주조방식으로 서사를 진행한다. 그녀가 신성계를 걷고, 넘고, 돌고, 돌아오는 길은 세속적 인간의 행위와 닮았다. 〈바리공주〉의 동사 구조를 기반으로 한 세속성과 신성성의 공유는 인간과 신의 분리가 아닌 우주적 공동 구성원으로서의 동질감을 표상한다. 신과 신들의 영역은 결국 인간과 인간들의 영역이 투사된 환경이란 사실이다. 그렇기에 〈바리공주〉는 오랜세월 민중들의 서사무가로 자리매김할 수 있었다.

3) 봉인과 해제의 은유적 서사

〈바리공주〉의 이야기 주조방식은 신화적 상상력으로 봉인해 둔 서사 주체의 사고행위와 그에 따라 파생한 금기를 해제하는 양상으로도 나타난다. 신화적 주인공의 이야기가 숭고한 이유는 그 행적이 비밀스럽기 때문이다. 행적의 비밀스러움은 신화가 역사시대로 넘어서며 안착되는 과정 중에 더 증폭되었다.[17] 신화시대의 기억은 전승되는 과정 중에 어느 한 마디가 결괴(缺壞)되거나 소실되었을 것이다. 역사시대의 기록은 그 부분을 메꾸는 과정에 있어 사실 검증이 불가하므로 상상의 행간으로 남겨 두었을 것이다. 서사무가 〈바리공주〉 역시 장구한 세대에 걸쳐 구송되다가 기록되는 과정에서 문학적 상상력과 문식(文飾)에 힘입어 봉인과 해제라는 은유적 서사 구조를 갖추었다.

봉인과 해제의 은유적 대상으로서 바리를 거론하지 않을 수 없다. 그녀가 단순히 일곱 번째 딸로 태어났기 때문에 그처럼 비정하게 유기되고 부정되었던 것인지 되묻지 않을 수 없다. 바리의 행적을 살펴보면 그녀가 세상의 구원자로서 신이 봉인해 둔 존재라는 사실을 알 수 있다. 부친이 그녀를 부정하며 유기했을 때 청학과 백학 등이 날아와 연명시켜

---

17 홍태한은 민간에 널리 유포되어 있는 설화문학이 무가에 영향을 주어 〈바리공주〉에도 다양한 설화가 수용되기 시작하면서 오늘날 우리가 접하는 〈바리공주〉가 형성되었을 것으로 추론했다. 그 대표적 설화로 태몽설화, 기아설화, 효행설화 등을 들었다(홍태한, 앞의 논문, 1997, 418면).

주거나 옥함에 담아 강에 버렸을 때 은거북과 금거북이가 나타나 구하는 사실에서 신이 봉인해 둔 존재라는 사실이 드러난다. 이것은 하나의 단서일 뿐이다. 확실한 방증은 석가여래가 서천을 가리키며 "인간이 있어도 하늘 아는 인간이 있을 테고 또 보물이 있어도 하늘이 아는 보물 있을 테니" 라고 말하는 대목에서 밝혀진다. 그런데 아란존자도 목련존자도 바리가 보이지 않는다고 대답한다. 석가여래는 "도가 차지 못해 그러니 석 달 열흘 염불 공부 더 하라" 명한다. 석가여래의 수제자들조차 알아볼 수 없을 만큼 단단히 봉인되어 있던 존재가 바로 바리였다.

바리의 봉인된 시간은 옥함에 갇힌 것으로 상징되는데 그 형상이 무척 가혹하다. "입에는 물개미가 가득하고 몸에는 지렁뱀이 엉크러져 있어(민명숙본)", "아기 입에는 해금이 가득하구 코에 귀에 불개미 왕개미가 가득하며(박명호본)", "눈에는 실뱀이 득실득실 입에는 모래알이 가득하고 귀에는 물거품이 가득(이영희본)"한 형상이다. 부정적 이미지의 자연물과 엉겨 붙은 채 죽은 듯 봉인되어 있던 바리는 생과 사의 경계에 선 존재[18]였다. 봉인과 해제는 바리공덕 할미 할애비 품에서 자라며 세상과 단절된 채 나이 십오 세가 되도록 세상과 단절된 시간과 동일한 성격이다. 궁에서 왕손을 찾으러 왔을 때 바리는 비로소 봉인된 시간을 해제하고 현실계로 나아간다.[19]

---

18 최성실은 〈바리공주〉에 나타난 저승은 일종의 이행영역(移行靈域), 이행공간(移行空間)으로 산 자가 들어가 죽은 자를 만날 수 있는 영역이며 다시 살아서 죽음 밖으로 나올 수도 있는 곳이라 닫힌 공간이 아니라 열린 공간으로 볼 수 있다고 보았다(최성실, 앞의 논문, 371면).

19 바리는 신하들의 입궁 요구에 바로 응하지 않고 그들을 시험한다. 과연 자신이 왕손인지 명백한 증거를 요구한다. 그들이 증거물로 제시한 배냇저고리와 생월일시를 인정하지 않고 부모의 단지혈을 요구한다. 그 혈에 자신의 단지혈을 섞어 한데 뭉쳐지

〈바리공주〉에 담긴 봉인과 해제의 은유는 무장승[20]과 같은 바리의 거인적 면모에서도 볼 수 있다. 무장승의 거인적 면모는 처음부터 드러난다. "어마도 무서워 무장승 키가 하늘에 닿은 듯하고 팔은 무릎 아래 내려오고 눈은 방주리 만하고 입은 광주리 만하고 귀는 짚석장 만하고 허리는 물레뎅이 어마도 무서워라(박금순본)", "키는 구척 장신 같고 이마는 도마 같고 눈은 콩방구리 같고 손은 솥뚜껑 같고 밭은 소도둑놈 같고 무섭기가 한정 없고 두렵기가 한정 없네(이해집본)" 등의 거인 형상으로 나타난다. 의구심은 약수를 구해 환궁한 후 부친이 바리와 무장승을 천생연분으로 인정하는 대목에서 불거진다. 거인 형상의 무장승과 일곱 자식, 그리고 바리의 키를 재어 보고는 천생연분임을 천하에 공포한다. 이때서야 비로소 바리의 형상이 무장승처럼 거인적 면모라는 사실이 해제된다. 이 결말 이전에는 바리의 거인적 면모[21]는 봉인된 은유로 나타난다.

바리가 약수 삼천 리 길을 나서는 대목을 보면 그 은유가 엿보인다. 바리가 남복을 하고[22] 궁을 나설 때의 복색이 특이하다. "쇠패랭이 석죽

자 비로소 입궁한다.

20 무장승의 약여수(생명수)로 세상의 병을 치유하고 생명을 살려낸다는 점에서 유계가 물질적 현실계를 떠받치는 생명적 존재계, 물질적 현실계에 생명력을 전파하는 존재계임을 확인한다(최성실, 앞의 논문, 512면). 절대적인 크기와 절대적인 힘을 갖고 있는 무장승, 이는 저승이라는 시공간에 대한 상상력의 절대치를 캐릭터화하여 유비적으로 표현한 것이다(심우장, 앞의 논문, 170면).

21 심우장은 작품의 어느 부분에서도 바리공주의 키가 스물여덟 자라는 말이 없었음을 지목하며 천정배필을 강조하기 위해서 갑자기 공주의 키를 무장승에 어울리는 크기로 확대시켰다고 해석했다(심우장, 위의 논문, 172면).

22 바리의 남장 화소는 후대 여성 영웅소설의 주요한 화소로 등장한다. 이에 대해 이유경은 여성에게 가해지는 사회적인 제약을 피하여 남장을 하는데 이것은 단지 자신이 원하는 사회적 지위를 얻기 위한 방편일 뿐 남성이 되고 싶어서 남복을 하는 것이

쇠신발 석죽 쇠장옷 석죽 사송하니 득돌같이 당돌하여 아기가 쌍투를 짜오시고 쇠패랭이를 쓰시고 대장옷을 입으시고 쇠신발을 신으시고 멜빵 걸어 걸어미고(최형근본)" 출행하는 모습이 어딘지 기이하다. 무쇠로 만든 신발을 신고 무쇠로 만든 패랭이를 쓰고 무쇠로 만든 옷을 입고 출행하는 것에서 난해함을 느낀다. 거기다 "한 번을 짚으시니 이천리 강산을 가시더군 두 번을 짚으시니 삼천리 강산을 가시더군(민명숙본)" 하는 행간에서는 그녀가 마치 도술을 쓰기라도 한다는 의미[23]로 다가온다. 이러한 은유에 대한 의구심은 결말에 이르러 무장승과 키를 재어 보는 대목에서 거인적 면모가 드러나며 풀린다. 바리도 거인적 면모를 띠고 있었기 때문에 한 번 내딛는 것으로 이천 리를 가고 두 번 내딛는 것으로 삼천 리를 간다는 행보가 가능했던 것임을 깨닫는다. 여느 인간처럼 그 형상이 봉인되어 있던 바리의 거인적 면모가 해제되며 놀라움을 선사한다.

〈바리공주〉가 함의한 봉인과 해제의 은유는 바리가 자신의 신격을 깨닫고 무조신으로 좌정하는 대목에서도 잘 드러난다. 바리는 구약 노

아니라고 밝혔다(이유경, 「고소설의 전쟁 소재와 여성영웅 형상-여성영웅소설을 중심으로」, 『여성문학연구』 10, 한국여성문학학회, 2003, 147면). 류준경은 남복 개착화소가 여성영웅을 등장시켜 서사의 흥미를 유도하기 위해 반드시 결합되어야 하는 것으로 보았다. 아울러 기존 영웅소설의 장르 관습에 여성이 수용되고 이후 영웅소설의 장르 관습대로 서사를 진행하기 위한 장치의 하나로써 여화위남 남복개착이 사용되었다고 밝혔다(류준경, 「영웅소설의 장르관습과 여성영웅소설」, 『고소설연구』 12, 한국고소설학회, 2001, 24-27면 참조).

23 김병욱의 경우 바리가 나화의 주력으로 칼산, 지옥불산, 지옥문 등 여러 지옥문을 모두 돌파하는 것은 무의 초능력을 강조한 것이자 권능을 역설한 것이라고 보았다(김병욱, 「한국 신화의 시간과 공간-팽창과 수축의 등가성」, 『어문연구』 13, 어문연구학회, 1984, 74면).

정 중에 지옥 체험을 한다. 그때 자신의 능력으로 지옥 공간을 정화하고 죄인들을 구제할 수 있는 신격이 존재한다는 사실을 깨닫는다. 물론 지옥 공간을 소멸시키고 죄인을 구제할 수 있었던 데에는 석가여래가 준 '낭화'의 주력 때문이기도 했음을 부인할 수 없다. 그러나 낭화의 이적은 바리가 고유하게 간직하고 있던 신력이 발휘되면서 일어난 것으로 이해해야 한다. 낭화를 빌어 봉인되어 있던 바리의 신력이 해제되었을 뿐이다.

약수를 구해 무장승과 현실계로 돌아오는 길에 바리는 저승으로 가는 배들을 본다. 저승으로 가는 배들은 봉인되어 있던 그녀의 기억을 해제하는 역할을 한다. 이미 신이 세상을 위한 구원자로서 점지해 둔 자신의 신격을 각성하게 된다. 바리는 이승에 나갔다가 저승으로 가는 배에 실려 가는 영혼들에 대해 거듭 물으며 그들이 지은 죄목을 듣는다. 그 각성으로 부친이 국가를 물려주고 전답을 물려준다고 할 때 미련 없이 "만신의 몸주 되어 극락 못 가는 죄인들을 극락이나 가게 마련해 달라"고 청한다. 바리는 당대 민중이 기원한 내세의 구원자로서 상징되며 봉인과 해제의 은유적 서사에 힘입어 더욱 성스러운 존재로 거듭난다.

3. 문학적 성취

1) 유폐자(幽閉者)와 각성자(覺醒者)의 시현(示現)

바리의 영웅적 삶은 후대로 전승되며 설화나 소설, 시, 판소리 등과 교섭한다. 그런 가운데 인물이나 사건, 배경에 있어 보다 탄탄한 골격을 갖추었다. 지역별로 광범위하게 구송되었던 서사무가였으므로 서사주체의 형상이든 세계관이든 그 일면이 수용되었을 것으로 짐작된다. 그만큼 여주인공 바리의 면모와 개성은 후대 문학 장르의 서사주체로서 매력적이라는 의미다. '주체성'이란 측면에서 새로운 여주인공의 상을 모색해 낸 인물이기 때문이다. 2장에서 살펴본 이야기 주조방식의 특색도 여주인공 바리의 비상한 면모에서 비롯한 것임을 부인할 수 없다. 〈바리공주〉가 구축한 이야기 주조방식에서 두 가지 측면의 문학적 성취를 가늠해 볼 수 있다.

첫째, 유폐자와 각성자를 시현한 점에서 이룬 문학적 성취이다. 바리는 '주체적 자기 결정권'을 가진 서사주체로서의 형상을 마련했다. 각성자로서의 형상으로 서기까지 유폐자로서의 시간이 필요했다. 유폐자로서의 삶은 고독한 주체의 탄생에서 비롯되었다. 〈바리공주〉에서 '공동체 단위의 일상에서 분리된 공간은 고독한 주체를 탄생시키는 공간'[24]으로 작동한다. 바리는 딸로 태어난 순간 분리된 공간의 유폐자로 살아가야 하는 운명에 처한다. 부친이 바리를 내다버리라 하니 만조백관이 "자손 없는 신하에게 상녀나 주시고 유모나 주서니다" 하고 고하지만 수렴되지 않는다. 바리는 혈연과 신민으로서 절연된 채 후원, 피다바, 공덕 할미 할애비의 초가삼간 등으로 점점 세속적 공간에서 분리되어 간다. 고독한 주체의 탄생이자 유폐자로서의 서막이 시작된 것이다.

유폐란 타력에 의한 분리다. 바리가 왕궁의 부속 공간인 후원으로 분리되었다가 옥함에 담겨 석가세존의 영역인 피바다로 밀려나고 마침내 "산 천리 물 천리 달려"야 닿는 초가삼간으로 내몰리며 세속계의 후경처럼 멀어진다. 딸로 태어났다는 이유만으로 분리되는 과정치고는

24 심우장, 앞의 논문, 167면.

그 공간의 형세가 가혹하다. 고독한 공간의 부각은 곧 고독한 주체의 탄생을 강화하는 기능을 한다. 그렇다면 이처럼 고독한 서사주체의 탄생을 강조한 이유는 무엇인가에 대해 접근해 보아야 한다.

바리는 왕녀로 태어난 순간 이미 고귀한 존재였다. 그러나 이 서사무가가 지향하는 극한의 구약 노정을 위해서는 바리가 고귀한 혈족으로서만 머물러서는 안 된다. 왕녀이면서 신성을 지닌 존재여야 민중의 가슴에 울림을 줄 수 있다. 왕녀와 민중의 관계에서는 신분과 계급이 부각될 뿐이다. 신성한 존재와 민중의 관계에서는 희망과 믿음 등의 기대감이 우선한다. 즉 고단한 세속의 삶을 의지하고 새로운 삶을 희구할 수 있는 존재로 부각되어야 민중의 구원자로 다가서기 수월하다는 것이다. 민중처럼 고통스러운 삶을 살고 그 고통을 극복해 내는 자, 민중이 의지할 수 있는 신성의 발현으로 새로운 삶을 개척하는 각성자로서의 바리가 필요했다. 고독한 서사주체, 유폐자의 형상은 이러한 창작의식의 소산으로 출현한 것이다.

그렇다면 바리는 고독한 유폐자에서 어떻게 신성을 깨달은 각성자로 나아가는가? 바리는 왕궁의 후원에 버려진 순간 산야의 날짐승과 들짐승이 보호하는 것에서부터 신성한 존재로 탈바꿈한다. 옥함에 갇혀 피바다에 수몰되지만 세계의 절대자로부터 보호를 받음으로써 또한 신성을 간직한 자로 형상화된다. 공덕 할미 할애비의 초가삼간에서 세 살이 되어 무불통지의 경지에 오름으로써 바리는 단순히 유폐자가 아닌 신성을 각성한 자로 부상한다. 일곱 살이 되자 공덕 할미 할애비에게 자신의 정체성에 대한 질문을 한다. "땅과 하늘이 응하면은 만곡식을 마련을 한다만은 나같은 애기 날 리가 만무하니 바른 대로 가르쳐 달라 하시니까" 존재론에 대한 각성이다. 바리는 "내가 국가 혈육이라면은 어마 아빠

혈서 받아 오오"란 당찬 요구로 자신이 한 국가의 왕녀란 각성을 한다. "아바 생각하면은 아니두 가겠지만 엄마는 열 달을 베슬러 아들인가 딸인가 나신 공으로 죽어도 가와이다"라는 말 속에서 약수 삼 천리 길을 떠나야 하는 자식으로서의(유교적 효행자로서의) 각성을 한다.

바리는 단순히 왕녀로서의 각성자, 효행자로서의 각성자로서만 머물지 않는다. 이 각성은 세속적으로 자신이 누리거나 행했어야 할 신분으로서의 각성에 지나지 않는다. 바리의 각성은 약수를 구해 돌아오는 길에 지옥으로 가는 중생들의 넋을 보며 이루어진다. 그들의 넋을 지옥에서 구제해 극락세계로 인도하는 존재로서의 각성을 한다. 승려나 보살처럼 대행자로서의 각성이 아니라 자신이 직접 그들을 구제하고 인도하는 섭행자로서의 각성을 한 것이다.

부친과 무장승으로 상징되는 남성 주도의 세계에서 유폐되고 각성하는 과정은 새로운 여성 서사주체의 탄생을 의미한다. 물론 무장승의 경우 바리의 신성을 발현시키는 데 음조한 신적 존재이기도 하나 9년이란 시간 동안 갖은 이유를 들어 바리를 속세로부터 유폐시킨 대상임에는 분명하다. 바리는 유폐자로서의 위치에서 비로소 신성을 각성하는 존재로 나아감으로써 견고한 운명을 탈피하는 서사주체로 서게 된다. 민중에게 이러한 고통의 탈피와 새로운 삶의 구가는 희망의 싹처럼 다가섰을 것이다. 〈바리공주〉가 세대를 뛰어넘어 민중에게 사랑받은 이유도 이와 같은 '동일시(同一視) 현상'[25] 때문이었다. 곧 '내러티브 그 자체가 역사를 지녔다'[26]는 사실을 서사무가 〈바리공주〉가 보여주고 있

25 김천혜, 『소설 구조의 이론』, 문학과지성사, 1990, 183면.

26 월터 J. 옹, 『구술문화와 문자문화』, 이기우·임명진 옮김, 문예출판사, 1995, 222면.

는 셈이다.

이처럼 바리는 사지(死地)를 매개로 유폐와 각성을 경험하는 과정을 거쳐 새로운 서사주체로 출현했다. 인간이 무엇인가 경험한다는 것, 그 경험을 표현으로 완성한다는 것의 궁극은 리얼리티에 대한 자신의 현존을 명백히 하는 일이다.[27] 경험이 강화된 바리의 서사는 그만큼 리얼리티한 삶을 선사한다. 유폐와 각성이라는 문법 속에서 바리는 사회적 관계와 제도적 영향 아래서 선험적 삶과 경험적 삶에 대해 갈등했다. 여성의 사회적 진입 배제와 가부장적 수직관계에서 오는 억압은 과연 관습과 통념대로 살아야 하는 것이 옳은지 자유 의지와 선택의 삶대로 살아야 하는 것이 옳은지 고민하도록 했다.

바리는 선험적 삶의 대리자로 태어났지만 구약 노정에서 지옥과 저승을 체험하며 경험적 삶의 대리자로 거듭났다. 사적 영역뿐만 아니라 공적 영역에서의 문제를 해결하기 위해 탁월한 능력을 발휘[28]하는 존재로 부상한 것이다. 바리가 운명을 극복해 내고 잠재적 자성(自性), 곧 신성을 깨닫는 과정은 세계의 질곡과 속박에 굴하지 않는 각성자로서의 인간형을 제시했다는 점에서 〈바리공주〉의 문학적 성취[29]를 거론할 수 있다.

---

27 김열규, 앞의 책, 194면.

28 윤분희, 「여성 영웅소설 연구」, 『한국문학논총』 32, 한국문학회, 2002, 176면.

29 관습과 규칙 등을 가진 역사적 제도로서의 문학, 그러나 또한 원칙적으로 모든 것을 말할 힘을 가진, 이러한 규칙을 어기고 이를 몰아냄으로써 자연과 제도, 자연과 관습법, 자연과 역사 사이의 전통적 차이점을 도입하고 발명하고 더 나아가 의문시하는 그러한 제도로서의 문학(쟈크 데리다, 『문학의 행위』, 정승훈·진주영 옮김, 문학과지성사, 2013, 54면). 그 문학적 재발견이 〈바리공주〉를 통해 이루어지고 있음을 가늠할 수 있다.

2) 노정형 서사의 구조화

〈바리공주〉의 서사는 속세와 신성계, 다시 속세로 이어지는 노정을 담고 있다. 서사 주체의 동선이 동태적이고 변화무쌍한데 이런 특성에 따라 다기한 시공의 변화가 이루어진다. 특히 바리가 경험하는 공간적 영역에 따라 속도감이 이완되기도 하고 급박해지기도 한다. 노정은 바리의 목표와 신념에 따라 직선적 행보로 이어진다. 그 목표와 신념을 이루고 난 뒤에는 귀로형 노정으로 이어진다. 바리가 구축한 노정형 서사 문법은 '전통 속에서 원천적인 것을 회고하는 포이에시스'[30]로서 후대 문학 작품의 관습적 문법으로 수용된다.[31]

〈바리공주〉에서 구축한 노정형 서사는 바리가 유년 시절에 경험한 유리 공간을 독립적으로 수용한 작품[32]에서도 그 후대적 양상을 살필 수 있다. 기성세대의 세계에서 분리된 유년의 유리 공간과 체험은 홍계월과 정수정의 영웅적 자질을 일깨우는 데 지대한 역할을 한다. 이러한 유리 공간의 전형을 〈바리공주〉에서 선행하고 있는 모습을 볼 수 있다. 왕궁의 후원, 피바다, 바리공덕 할미 할애비의 초가삼간 등이 유리 공간으로 등장한다. 바리가 세계로부터 분리되어 혹독하고도 고독한 유년 시절을 보내는 곳이다. 바리는 유리 공간에서 벗어나 구약 노정에

30 김열규, 『한국인의 신화, 저 너머, 저 속, 저 심연으로』, 일조각, 2005, 196면.

31 예를 들면 〈최척전〉이나 〈육미당기〉 등의 작품은 그 시공간적 노정 성격에서 비견해 볼 만하다. 20여 년에 걸친 바리의 노정과 〈최척전〉이나 〈육미당기〉의 노정은 유사성 면에서 추론 요소가 흥미롭다. 나아가 영웅적 면모를 살린 노정 연구는 〈홍계월전〉이나 〈정수정전〉 등과 비견해 볼 만하다. 이와 같은 노정 성격의 논의는 다음을 기약하며 우선 〈바리공주〉의 노정형 서사에 초점을 맞추기로 한다.

32 김현화, 「홍계월전의 여성영웅 공간 양상과 문학적 의미」, 『한민족어문학』 70, 한민족어문학회, 2015, 239면.

나서며 비로소 영웅적 면모를 각성한다. 그녀가 다시 현실계로 복귀하기 위해서는 가문의 일원으로서나 제도권의 힘으로 해결할 수 없는 일을 수행하는 것이었다. 바로 구약을 위한 서천 삼천 리 노정을 떠나는 일이다. 그러나 이는 어디까지나 표면적 이유다.

〈바리공주〉에서 추구하는 노정의 본질은 중생을 구제하는 바리의 신격을 부각하는 데 있다. 바리가 첫 대면하는 인물은 바둑을 두는 백발의 노인이다. 그가 알려준 길은 바로 약수처로 가는 노정이 아니다. 억만사천 제 지옥, 이를테면 뱀지옥, 구렁지옥, 범지옥, 문지옥, 한미지옥, 어름지옥, 컴컴지옥, 철정지옥과 같은 지옥길이다. 바리는 세존에게 얻은 낭화를 던져 옥문을 부수고 구혼들을 극락으로 보낸다. 서사무가 문면에 표현되어 있지는 않지만 이 순간 바리는 자성을 깨달았을 것이다. 자신의 힘 하나로 수천수만의 구혼들이 구제되는 순간 어쩌면 부모를 위해 떠난 노정보다 더 중요한 노정이 자신에게 남아 있다는 사실을 예측했을 것이다.

바리가 무장승의 세계로 진입해 부모 봉양을 왔노라 말하며 약수를 청한다. 무장승은 삼 년 동안 꽃밭에 물을 길어 주고, 불을 떼 주고, 나무를 해 달라고 한다. 바리는 아무 넋두리 없이 삼 년 동안 무장승의 요구를 들어준다. 그 뒤에도 일곱 아들을 낳아 달라고 하니 그것도 부모 봉양이라면 하겠노라고 수락한다. 모호한 심리다. 바리는 왜 무장승에게 약수를 가져가는 일이 더 시급하다고 하소연하지 않았을까. 바리는 왜 일곱 아들을 낳아 달라는 무장승의 요구 앞에 부모의 생명이 더 위급하다고 간청하지 않았을까.

마침내 무장승에게 약수를 구해 귀환하는 노정에서도 바리의 사고와 행위는 모호하다. 이미 20년이나 무장승과 보냈으니 한걸음에 부모

곁으로 돌아갈 법도 한데 지옥으로 가는 배들을 구경하느라 시간을 또 할애한다. 지옥행 배에 실려 가는 구혼들의 사연을 모두 듣고서야 속세로 돌아오는 노정은 긴박한 속도감과 거리가 멀다. 오로지 지옥행 배들을 향한 바리의 시선에 초점을 맞추고 있다. 바리의 심리에 의구심이 들지 않을 수 없다. 그녀는 왜 서둘러 속세의 부모 곁으로 향하자고 청하지 않았는가. 떠가는 배마다 지켜보며 그들이 어떤 사연으로 지옥으로 가는지 묻고 듣는 모습에서는 부모의 생명이 위중하다는 사실을 잊은 듯한 모습이다.

바리가 부모의 약수를 구하기 위해 노정에 나선 출발은 그 속도감이 대단하다. "한 번을 짚으시니 이천리 강산을 가시더군 두 번을 짚으시니 삼천리 강산을 가시더군(민명숙본)" 하는 행간에서 보듯 부모를 구하겠다는 심리도 긴박하게 드러난다. 속세로 돌아오는 길 역시 마찬가지다. 국상 소식을 듣고 서둘러 환궁하는 모습을 보여준다. 약수로 부모를 구하고 무장승과 자식들을 부모 앞에 대령시키는 순서도 속도감 있다. 무장승과 자식들, 공덕 할미와 할애비 등에게 공을 돌리고 만신이 되어 떠나는 순간까지 주저함이나 망설임, 느긋함이 보이지 않는다.

이렇게 속세와 신성계의 시간을 달리 병치한 것은 바리의 최종 목적지가 저승이라는 사실을 암시하기 때문이다. 부모의 생명도 소중하지만 고해에서 고통받는 제 중생의 구원에 뜻이 더 높다는 사실을 드러내는 것이다. 그런 까닭에 속세에서 신성계로 향할수록 사고와 행위의 속도감이 느려지고 신성계에서 속계로 향할수록 빨라졌던 것이다. 이러한 노정형 서사의 구조화는 바리가 생명수와 함께 숨살이꽃 등을 가지고 돌아온 행보에서도 그녀의 뜻이 제 중생을 구원하는 만신에 있음을 시사하는 것과 맥을 같이 한다. 실제로 우리 무속에 꽃은 신격으로 인식되어 왔고,

서울굿의 진오귀굿을 할 때 망자의 혼을 모시는 연지당에 설치하는 연지당꽃 등이 있는 것으로 보아[33] 바리가 숨살이꽃을 들고 돌아온 것은 그녀가 속세를 떠나 무조신이 될 것임을 암시한 것이다.

이처럼 〈바리공주〉가 구조화한 노정형 서사는 보다 다양한 사유체계의 인물군과 '많은 목소리를 갖고'[34] '복합성을 위한 더 넓은 공간'[35]을 제공하며 전승되었다. 속세와 신성계의 속도감 완급 조절에 따른 분리, 현실성이 강화된 경험을 바탕으로 한 노정형 서사를 안착시켰다. 〈바리공주〉의 노정형 서사는 서사주체의 내면을 상징하는 수단으로, 또 주제의식을 강화하는 방향으로 구조화됨으로써 문학적 성취를 이루었다고 할 것이다.

4. 결론

이 글은 〈바리공주〉의 이야기 주조방식을 살피고 두 가지 측면의 문학적 성취를 가늠한 논의를 다룬다.

〈바리공주〉에 두드러지게 교직된 이야기 주조방식은 서사 주체의 사이에서 연속적으로 이어진 '부정(否定)'과 '부정(否定)'의 법칙이다. 〈바리공주〉의 인물들은 이 부정의 사고행위 속에서 기층의 진실을 깨달아가는 모습을 보여준다. 바리의 부친은 바리를 부정하다 사경을 헤매는

33 이수자, 「무속의례의 꽃장식, 그 기원적 성격과 의미」, 『한국무속학』 14, 한국무속학회, 2007, 412면.

34 조동일, 앞의 책, 83면.

35 조동일, 위의 책, 87면.

지경에 이르러 단지혈을 보냄으로써 부녀지간을 증명한다. 부정의 부정이란 과정을 통해 진정한 용기와 담대함을 지닌 바리에 대해 통찰하게 된다. 바리가 만신으로 좌정한 이유는 자신처럼 현실계에서 부정당한 존재들의 고통을 깨달았기 때문이다. 〈바리공주〉는 부정과 부정의 연속적 법칙 속에서 생명의 존엄성을 구현한 작품이다.

두 번째 이야기 주조방식은 세속성과 신성성을 공유하는 동사(動詞) 구조에서 드러난다. '버리다', '돌다', '돌아서다', '넘어가다', '내달리다', '짊어지다'와 같은 동사로 세속적 세계와 신성적 세계를 연결하며 그 이질적 간극을 메운다. 구약 노정에서도 '나서다', '가다'와 같은 평범한 동사로 비일상적 세계로 바로 진입한다. 무장승의 세계에서 현실계로 돌아오는 과정에서도 '걷다', '업다', '넘어가다', '쉬다'와 같은 동사로 생과 사의 경계를 무심한 듯 연결한다. 신과 신들의 영역은 결국 인간과 인간들의 영역이 투사된 환경임을 암시한다. 이러한 세속성과 신성성의 공유로 〈바리공주〉는 민중들의 서사무가로 보다 친숙하게 자리매김할 수 있었다.

또 다른 이야기 주조방식은 신화적 상상력으로 봉인해 둔 서사 주체의 사고행위와 그에 따라 파생한 금기를 해제하는 양상으로 나타난다. 봉인과 해제의 은유는 바리의 거인적 면모에서 드러난다. 무장승의 거인적 면모가 처음부터 드러나는 것과 달리 바리의 거인적 면모는 부친이 두 인물의 키를 재어 보고 천생연분으로 인정하는 대목에 이를 때까지 봉인되어 있다. 무쇠 신발을 신고 무쇠 패랭이를 쓰고 무쇠 옷을 입고 구약 여행을 떠날 때부터, 한 번 내딛는 것으로 이천 리, 삼천 리를 가는 행보에서 이미 그녀가 거인의 면모였음을 암시한다. 바리는 지옥의 죄인들을 구제하며 봉인되어 있던 신격을 깨닫고 무조신이 된다. 민중이 기원한 내세의 구원자로서 봉인과 해제의 은유적 서사에 힘입어 성스러운 존재로 거듭난다.

〈바리공주〉는 이와 같은 주조방식을 통해 다음의 두 가지 문학적 성취를 이루었다. 우선 유폐자(幽閉者)와 각성자(覺醒者)의 시현(示現)이라는 점이다. 바리의 삶은 크게 유폐의 시간과 각성의 시간으로 나누어 볼 수 있다. 사지(死地)를 매개로 유폐와 각성을 경험하는 과정을 보여준다. 세계의 질곡과 속박에 굴하지 않는 각성자로서의 인간형을 제시했다는 점에서 〈바리공주〉의 문학적 성취를 거론할 수 있다.

다음으로 노정형 서사의 구조화란 점에서도 문학적 성취를 논할 수 있다. 〈바리공주〉의 서사는 속세와 신성계, 다시 속세로 이어지는 노정을 담고 있다. 〈바리공주〉에서 추구하는 노정의 본질은 중생을 구제하는 바리의 신격을 부각하는 데 있다. 속세와 신성계의 시간을 달리 병치함으로써 바리의 최종 목적지가 저승이라는 사실을 암시한다. 부모의 생명도 소중하지만 고해에서 고통받는 제 중생의 구원에 뜻이 더 높다는 사실을 드러낸다. 그런 까닭에 속세에서 신성계로 향할수록 사고와 행위의 속도감이 느려지고 신성계에서 속계로 향할수록 빨라진다. 속세와 신성계의 속도감 완급 조절에 따른 분리, 현실성이 강화된 경험을 바탕으로 한 노정형 서사를 안착시켰다. 〈바리공주〉의 노정형 서사는 서사주체의 내면을 상징하는 수단으로, 또 주제의식을 강화하는 방향으로 구조화됨으로써 문학적 성취를 이루었다.

고전소설의 동화적 문법과 해석을 통한 새로운 접근

1. 고전소설의 새 연구 지평에 부쳐

고전소설의 연구 방안은 시기별로 업적을 논할 수 있을 만큼 충분한 성과를 쌓았다. 이 글은 그동안의 토대 위에서 새로운 연구 방안을 시도하는 데 목적이 있다. 고전소설의 유장한 문법에 동화적 문법을 접목해 나름의 해석을 시도하려는 것이다. 동화는 자생적으로 생겨난 문학 형식이 아니라 민속 문학 내지는 기층문학인 설화를 기록하거나 개작하여 특정한 독자(아동과 부모)에게 전달하며 나타난 신생 문학[1]인 만큼 고전소설과의 관계를 설정해 볼 근거를 갖추었다.

선대의 신화와 전설, 민담을 아우르는 옛날이야기는 고전소설의 비옥한 토양이 되었다. 동화는 19세기를 넘기며 하나의 문학 장르로 등장하였다. 고전소설과 동화는 문학사에서 순차적으로 등장하였지만 내

---

1 오세정, 「한국 전래동화에 나타난 설화 다시 쓰기의 문제」, 『한국문학이론과 비평』 65(18권 4호), 한국문학이론과 비평학회, 2014, 13면 축약.

재된 원리는 동궤의 것이다. 동화라는 명칭으로 정립되었을 뿐 그 특유의 서사 골격과 성격은 유구한 고전문학사의 숨은 동력자로 전승하였다. 이 글에서는 '그 특유의 서사 골격과 성격'을 '동화적 문법'으로 명시한다. 동화적 문법을 통한 고전소설의 연구 방안 모색은 이러한 불가분의 관계에 착안해 출발하였다.

동화 장르가 단순히 어린이 영역의 문예물이라고 치부되기에는 그 이면의 역사성을 간과할 수 없다. 19세기를 넘기며 갑자기 생성된 장르라고 하더라도 이야기의 속성이나 형태는 전대의 문학성과 긴밀하게 연결되어 있다. 어떤 문예물도 특정한 시기에 단독으로 출현하거나 생성되지 않는다. 전대의 영향과 변주 속에서 융합된 결과물로 등장한다. 동화 역시 역사성을 함의한 장르인 까닭에 타 장르와의 관계를 재조명해야 한다. 고전소설의 연구론을 확장할 뿐만 아니라 수용자의 독법을 흥미롭게 할 수 있는 연구 방안이기 때문이다.

고전소설의 연구론 성과[2]는 옛날이야기와 동화의 출발점[3]에 대한 근

---

2 시대 구분에 따른 고전소설의 연구사는 제1기(개척기: 1910-1945), 제2기(공백기: 1945-1950), 제3기(재건기: 1950-1960), 제4기(안정기: 1960-1970), 제5기(발전기: 1970-1990), 제6기(급변기: 1990-2000), 제7기(국제기: 2001-현재)로 나누어 각 기의 특징을 제시해 놓을 정도로 질적으로 양적으로 방대하다(우쾌제, 『고소설의 탐구』, 국학자료원, 2007, 15-72면 참조).

3 동화를 포함한 아동문학의 생성기는 갑오경장을 기점으로 한 근대 이후의 성립설과 그 이전 상고시대부터 전해오는 전래 문학에 근간을 둔 견해로 크게 양분된다. 전자는 갑오경장(1894) 혹은 최남선과 방정환의 아동문학관이 정립된 1908년이나 1920년을 근현대 아동문학의 등장 시기로 간주한다(이재철, 『한국현대아동문학사』, 일지사, 1978, 19면). 후자는 아동문학의 출발을 설화에서 시작점을 찾으며(조지훈, 「동화의 위치」, 『조지훈 전집』 3(문학론), 일지사, 1973), '아동' 또는 '어린이'라는 개념이 근대적이라는 것이지 아동문학에 해당하는 작품 자체가 처음으로 존재하게 된 것은 아니라는 입장을 강조한다. 구비문학의 핵심 갈래인 설화에 아동문학의 근간이 될 만한 이야기가 풍부하다는 점을 지적하며 삼국시대의 설화나 『삼국유사』 및 『삼국사기』에 실려

거로 작동한다. 고전소설과 동화의 관계에 주목한 논의들이 선행된 것도 그 업적 덕분이다. 1920년대에도 여전히 대중적으로 읽히던 고전소설이 출판 시장의 변화 속에서 아동용 잡지에 수록되고 동화로 불리면서 등장한 과정[4]이나 〈흥부전〉과 〈콩쥐팥쥐전〉, 〈토끼전〉 등의 고전소설이 동화화된 과정을 살핀 논의[5] 등은 이 글의 방향타 역할을 한다. 그러나 이 논의들은 특정한 시기의 양 장르 간 교섭 과정이나 몇 편의 작품론에 한정되어 있어 통시적 관점에서 보다 깊이 있는 논의의 장이 필요하다.

이 글에서는 나말여초의 서사 문학부터 19세기까지의 소설 작품을 살피는 것을 목표로 한다. 선대의 서사 문학에서 동화적 문법의 원형을 추적하고 그것이 고전소설로 전승된 과정을 짚어 볼 것이다. 고전소설과 동화적 문법의 연관성을 연구한 논의는 소략한 상황이다. 설화나 고전 시가를 동화와 연결해 접근한 논의[6]는 고전소설과의 비교 연구보

있는 작품들을 고전 아동문학의 범주에 포함해야 한다고 밝힌다(이민희, 「한국문학사에서의 고전아동문학 성립가능성에 대한 일고-조동일의 한국문학통사(제4판, 2005)를 중심으로」, 『국어국문학』 144, 국어국문학회, 2006, 309-311면 참조). 이 글은 후자의 견해를 수용하며 논의를 진행한다.

4 조혜란, 「20세기 초 고소설 동화화와 그 의미」, 『고소설연구』 37, 한국고소설학회, 2014.

5 권순긍, 「고전소설의 동화적 변모-〈흥부전〉을 중심으로」, 『고소설연구』 27, 월인, 2009; 「토끼전의 동화화 과정」, 『우리말교육현장연구』 6, 우리말교육현장학회, 2012; 「전래동화 콩쥐팥쥐전의 형성과정」, 『민족문학사연구』 52, 민족문학사학회 민족문학사연구소, 2013.

6 박용식·김정란·박혜숙, 「중원지역의 설화를 동화화하기 위한 연구 및 개발」, 『중원인문논총』 19, 건국대학교 중원인문연구소, 1999.
김환희, 「설화와 전래동화의 장르적 경계선-아기장수 이야기를 중심으로」, 『동화와 번역』 1, 건국대학교 동화와번역연구소, 2001.
김정란, 「설화의 동화화에 대한 연구1」, 『동화와번역』 1, 건국대학교 동화와번역연구소, 2001; 「설화의 동화화에 대한 연구2」, 『동화와 번역』 3-1, 건국대학교 동화와번역연구소, 2002.

다는 활성화되어 있지만 방대한 연구물을 축적하는 데까지는 이르지 못하였다.

고전소설과 비교해 볼 동화적 문법의 개념 정의와 적용 부분이 필요하다. 문법은 곧 묘사적이고 진술적이며 중립적인 장르에 속하는 제의들을 담은 파편화된 담론의 문제[7]이기 때문에 '동화'라는 특정 갈래의 '맥락적 관습'[8]을 이해하는 것이 관건이다. 1920년대부터 등장한 동화의 가치와 위상을 이해하기 위해서는 그 이전의 고전소설과 혼재된 맥락적 관습을 추출해야 한다. 하나의 텍스트는 특별한 의미구조를 띤 초언어적 조직으로서 공시적인 면과 통시적인 면에 의해서 다른 텍스트나 다른 발화에 연관될 수밖에 없다.[9] 따라서 이 논의에서는 과거와 현재의 동화적 문법을 정립한 동화 창작 이론서에 의거해 논지를 진행한다.

동화적 문법을 이해할 수 있는 동화 창작 이론서[10]에서는 동화의 특질로 규정할 수 있는 요소를 대략 네 가지로 선별한다. 낭만성과 환상성[11], 희극성[12], 교육성[13]이 그것이다. 여기서 동화적 특질이란 동화성

박정용, 「설화의 전래동화 개작 양상과 문제점 연구: 〈해와 달이 된 오누이〉, 〈콩쥐팥쥐〉, 〈아기장수설화〉」, 한남대학교 석사학위논문, 2005.
정희정, 「구비설화의 전래동화로의 재창작 방법」, 『어문연구』 52, 어문연구학회, 2006.
이정자, 「상대시가 배경 설화에 나타난 동화적 요소 고찰」, 『동화와번역』 5, 건국대학교 동화와번역연구소, 2003.

7 자크 데리다, 『문학의 행위』, 정승훈·진주영 역, 문학과지성사, 2013, 296면.

8 자크 데리다, 위의 책, 299면.

9 윤호병, 『비교문학』, 민음사, 1994, 338면 축약.

10 정진채, 『현대동화창작법』, 빛남, 1999.
박상재, 『동화 창작의 이론과 실제』, 집문당, 2002.
김자연, 『아동문학 창작의 실제』, 청동거울, 2003.
박운규, 『태초에 동화가 있었다』, 현암사, 2006.
이오덕, 『동화를 어떻게 쓸 것인가』, 삼인, 2011.

을 의미한다. 동화성이란 어린아이만의 문학으로서가 아니라 온갖 부정과 역경에서도 물러나지 않는 순수한 인간 정신으로서, 또 선의 마음으로서, 어린이와 어른의 마음 바다로 확대해 가는 정심(正心)[14]으로서의 '동심'이다. 순수함, 선함, 바른 마음, 이 가치야말로 동심이라고 규정할 수 있다. 동심, 곧 동화성을 일정한 구조로 갖춘 환상담과 노정담, 징치담을 살피는 일은 서사 문학 속의 동화적 문법을 추적하는 긴요한 작업이다.

환상과 모험, 징치 등의 동화적 문법에 나타난 동화성은 '동심'을 기반으로 한다. 동심 속에서 환상이 이루어지고 모험이 펼쳐지며 징치가 성사된다. 인간의 본심이고 양심이자 시공간을 초월해 동물이나 목석과 자유자재로 이야기를 주고받으며 정을 나누는 동심[15]은 선대의 서사 문학 속에서부터 원형을 발견한다. 동심의 동(童)자는 육체적 정신적으로 미숙된 것을 지칭하는 것이 아니라 인간의 원초적인 마음의 상태를

---

11 김영희, 「한국창작동화의 팬터지에 관한 연구」, 연세대학교 교육대학원 석사학위논문, 1978.
김자연, 「한국 동화문학 연구 – 한국동화의 환상성 연구」, 전주대학교 대학원 박사학위논문, 2020.
이재복, 『판타지 동화의 세계』, 사계절, 2006.

12 이상진, 「한국창작동화에 나타난 희극성」, 『현대문학의 연구』 35, 한국문학연구회, 2008.

13 정소영, 『한국전래동화 탐색과 교육적 의미』, 도서출판 역락, 2009.
최기숙, 『어린이 이야기, 그 거세된 꿈』, 책세상, 2001.
김정섭, 『동화를 통한 창의성 교육』, 서현사, 2004.
고경민, 「창작동화에 담긴 문화요소와 문화교육」, 『동화와번역』 28, 건국대학교 동화와번역연구소, 2014.

14 이오덕, 『어린이를 지키는 문학』, 백산서당, 1989, 151면.

15 윤석중, 「국경 넘어 온 문학상」, 『윤석중전집』 24, 웅진, 1988, 131면.

의미하며 어른도 원초적인 상태로 마음을 회귀시켜 삶의 의의와 아름다움을 감지[16]하는 것을 이른다. 동심의 반경을 어린이문학만으로 한정해서는 고전소설과의 연구가 어렵다. 동심론을 바탕으로 선대의 서사문학과 고전소설을 해석하는 길을 열기로 한다.

먼저 2장에서는 선대의 서사 문학에서 발견되는 동화적 문법에 주목한다. 동화는 환상을 바탕으로 출발한 장르라는 점, 모험을 통한 성장을 다룬다는 점, 인간을 바르게 이끄는 교훈을 다룬다는 점에서 환상담, 모험담, 징치담 등 세 가지 양상으로 나누어 볼 것이다. 『삼국유사』와 『삼국사기』 등의 작품에서 동화성을 유추해 본다. 3장에서는 앞서 언급한 세 가지 동화적 문법이 고전소설로 전승되어 변주된 사실을 살핀다. 호환(互換)이 가능했던 환상담은 불가역적(不可逆的) 세계의 인연담으로, 모험담은 지적 연마를 유희적으로 다룬 노정담으로, 징치담은 제도적, 이념적 금기와 한계를 초극하는 교술담으로 변모한 사실을 짚어 본다. 고전소설의 동화성을 교육적으로 활용할 수 있는 방안도 모색한다. 이 과정을 통하여 고전소설의 새 연구 지평을 여는 계기로 삼을 수 있기를 기대한다.

2. 서사문학 속의 동화적 문법 양상

동화적 환상성의 특질은 신이한 요소를 부각시키는 경우에서 비롯하는데 원숭이나 호랑이 등 동물 우화를 통한 의인화, 선녀, 천도복숭

16 석용원, 『아동문학원론』, 학연사, 1982, 29면 참조.

아, 강남 제비 왕국 등 초월적 존재 및 세계를 그리는[17] 문법에서 찾을 수 있다. 인간세계와 다른 이질적이면서도 몽환적인 서사와 인물, 세계의 출현은 독자의 심연을 흔든다. 이러한 낯선 충돌은 시대적 문화적 기호들에서 벗어난 자유를 선사하며 새로운 자아와 세계를 각성토록 한다. 동화의 환상성은 심연에 파장을 일으키는 상상력을 선사한다는 점에서 미학적 특질로 자리 잡았다.

선대의 서사문학 작품에서 가장 비근하면서도 특수하게 나타나는 동화적 문법이 바로 환상담이다. 환상담은 인간과 초인, 인간과 이물(異物), 인간계와 초월계가 교통하는 가운데 형성된다. 현실에서 경험하지 못하는 불가사의한 현상이 주축이 되므로 환상성이 가미된다. 이 환상담은 동화의 가장 기본적인 문법인 동시에 고전소설로 이행된 동화성의 원형을 추적하는 데 중요한 단서이다. 현실계와 초월계의 이원론적 사유 체계 속에서 환상성의 기원[18]을 추론할 수 있다.

신라 시조 박혁거세[19]의 이야기에 진한 땅의 6부 촌장은 '덕 있는 사람'을 찾아 임금으로 삼아 나라를 세우고자 하늘에 간청한다. 초인이 붉은색 알로 출현하는 대목에서 환상담이 극대화된다. 현실계에서는 접하기 어려운 초인의 탄생이다. 초인은 가락국에서도 등장한다. 백성들이 구지가[20]를 부르며 왕을 청하자 수로는 인간들에게 자신의 등장을 '사람

---

17 권혁래, 「조선동화집의 성격과 의의」, 『조선동화집-우리나라 최초 전래동화집(1924)의 번역·연구』, 집문당, 2003, 168면.

18 신헌재는 아동문학이 지닌 환상성의 기원을 건국 신화인 〈단군신화〉에서 그 뿌리를 추출할 수 있다고 보았다(신헌재, 「우리나라 이야기의 주인공이 맺는 관계의 특성」, 『아동문학의 숲을 걷다』, 박이정, 2014, 78-85면 참조).

19 일연, 「기이편」, 『삼국유사』 2권, 이재호 역, 솔 출판사, 2002, 107면. 이후 작품명과 면수만 명기한다.

소리'로 알린다. "여기 누가 있느냐?"고 물으며 등장한 모습은 그가 가장 인간다운 존재로 세상에 출현한 과정을 보여준다. 그런 까닭에 황금색 알에서 탄생한 존재라 하여도 인간세계에 이질감 없이 안착한다.

혁거세와 수로가 깨고 나온 붉은색 알과 황금색 알은 환상성을 야기하는 매개이지만, 인간과 초인이 교섭한 배경은 역사담 성격을 띤다. 건국이 한 영웅의 활약으로 성립되는 피상적 서사가 아니라 '덕'과 '사람 소리'처럼 인간적 조건에 부합한 인물이어서 가능했다는 사실이다. 초인적 능력이나 활약이 아니라 현실계의 이상에 부합한 건국을 그린다. 동화는 신화, 전설, 민담 등을 소재로 한 인간 심리의 원형[21]을 추구한다. 혁거세와 수로의 건국 서사는 도덕적이고 윤리적 인간상을 다룬다. 이는 인간 심리의 원형을 기본으로 하는 동화적 문법을 보여준다. 환상담은 소원을 성취하는 서사에서도 강조된다. 시공을 초월한 종교적인 시간관[22]뿐만 아니라 인간의 갈등 문제를 해결하는 방편으로 초경험적 방식으로서의 재생 화소[23]가 자연스럽게 환상성을 유발한다.

김대성[24]은 고승에게 고용살이로 얻은 밭을 보시하고 국상 김문량의 집에 환생한다. 가난한 집안 자식으로 태어나 부잣집에서 품팔이를 하던 그의 소원은 부귀하게 사는 것이었다. 그 원이 얼마나 강력하였던지 손바닥에 대성이란 이름을 새긴 채 환생한다. 백제 땅의 서동[25]은 오로

20 일연, 「기이편」, 『삼국유사』 2권, 431면.
21 최운식, 『전래동화 교육의 이론과 실제』, 집문당, 1998, 28-29면.
22 김동욱 외, 『삼국유사의 문예적 연구』, 새문사, 1982, 4면.
23 류병일, 『한국서사문학의 재생화소 연구』, 보고사, 2000, 8면.
24 일연, 「효선편」, 『삼국유사』 5권, 411면.
25 일연, 「기이편」, 『삼국유사』 2권, 303면.

지 소문 하나만을 믿고 신라 땅으로 건너간다. 진평왕의 셋째 공주인 선화가 세상에 가장 아름답다는 소문이다. 서동은 아이들을 꾀어 동요를 퍼트린 끝에 선화 공주와 혼인하고 왕위에도 오른다. 이들의 서사는 고난과 역경을 딛고 꿈을 이루는 '용기' 있는 어린이(혹은 어른)에게 환상을 심어 주는 동화적 문법이다.

모험담 역시 동화적 문법을 살필 수 있는 양상이다. 지혜를 성장시키는 일은 동화의 독자들에게 필수적인 요소이다. 앎과 깨우침의 단계를 거쳐 자신과 세계의 존재 원리와 이유를 파악하고 이해하는 것이 인간이다. 지혜는 모험을 통하여 축적된다. 설화의 주인공이 모험을 떠나는 이유는 자신의 성찰, 세계의 탐색 때문이다. 정체성 찾기, 건국 영웅 되기, 악의 무리 처치하기 등의 모험은 지혜를 축적하는 중추 역할을 한다. 모험은 일정한 공간을 떠나 고난을 극복해 내는 서사 구조이므로 '길 떠남'이 필요하다.

유리왕[26]의 모험담은 현실 문제를 극복하는 목적에 비중을 둔다. 그의 문제는 편모슬하에서 자라며 아비 없는 아이란 질책을 받는 것이다. 더 큰 문제는 부친이 보통 사람이 아니라는 사실이다. 부친과 같은 반열의 존재임을 입증해야 한다. 유리는 일곱 모난 돌 위 소나무 밑에 숨겨 둔 부친의 칼자루를 찾아 왕위를 계승하는 모험을 마무리한다. 유리의 모험담은 정체성 찾기의 전형적인 사례다. 정체성 찾기는 아이에서 어른으로 자라는 어린이에게 필요한 정신적 성장 과정이자 동화의 주요 담론이다. 거타지[27]의 모험은 당나라 사신으로 가던 중 해신의

---

26 김부식, 「고구려본기1」, 『삼국사기』, 이재호 역, 솔 출판사, 2004, 22면.

27 일연, 「기이편」, 『삼국유사』 2권, 270면.

족속을 잡아먹는 요승(妖僧)을 활로 처치하는 대목이 중심이다. 해신이 자신의 딸을 꽃으로 만들어 품에 넣어 준다. 귀국한 후 꽃가지는 여인으로 변해 거타지와 살았다. 유리와 거칠부는 정체성과 세계 탐색이라는 모험담을 선사한다.

선율[28]은 불경을 만들다 명이 다하여 명부로 갔다가 다시 현실 세계로 돌아오며 모험을 한다. 생환 이유는 채 마치지 못한 불경을 다시 만들고 오라는 명 때문이다. 선율은 무덤 속에서 사흘이나 외치다 깨어나는데 산에 묻힌 지 열흘째 된 날이었다. 생환하는 길부터가 모험 그 자체다. 귀환 길에 이미 15년 전에 죽은 여인의 청을 들어주는 여정도 한다. 금강사의 논을 몰래 빼앗은 부모의 죄를 씻어 달라는 청이다. 참기름으로 불등에 불을 켜고, 베에 사경(寫經)도 해 주니 여자가 찾아와 업보를 벗었다고 고한다. 사람들이 감동해 선율이 만들던 불경을 도와 완성한다. 중생 구제와 원력이란 종교적 대의를 표방한 모험담이다.

모험담은 동화적 문법을 풍부하게 만드는 최적의 요건이다. 어린이(나아가 어른)의 사고 발달을 위해서는 상상력의 진폭이 확장될수록 유익하다. 경험해 보지 못한 세계에 대한 모험 의식이 싹트고 그것을 발판으로 고정된 사고의 틀에서 한 단계 도약하는 성장을 이룬다. 인간이 정수(精髓)로 품고 살아야 하는 가치가 무엇이며 세상을 이롭게 하는 작동 원리가 무엇인지 모험을 통하여 습득한다. 선대 서사 문학의 모험담은 이러한 동화적 문법을 유추하는 뼈대 역할을 한다. 다만 서사 주체의 사고행위가 세계의 작동 원리에 순응하기 때문에 정교한 공간 축조가 배제되고 개아적(個我的) 인간을 지향하기보다는 세계의 안녕과

28 일연, 「감통편」, 『삼국유사』 5권, 356면.

우위를 도모하는 인간을 지향한다는 특질[29]을 보인다.

징치담 역시 동화의 주요한 문법이다. 징치란 징계하여 다스린다는 의미다. 사회 구성원인 어린이(나아가 어른)의 발달 과정에서 올바른 삶에 대한 교훈과 가르침은 배제될 수 없는 부분이다. 선대의 서사 작품에 제도와 통념에 부응하는 바람직한 인간상을 구현하기 위하여 다양한 징치담이 마련되어 있다. 당대의 통념에 부응하는 인간상을 구현하고 제도적 실현을 위해서도 징치담은 마련되었다. 정(正)과 부정(不正), 가(可)와 불가(不可), 합(合)과 불합(不合)의 경계를 사회 정의로 규정하는 징치담이다. 옳고 그른 것을 분별하는 자의식 성장에 목표를 둔 동화적 문법의 전형이다.

비처왕[30]이 천천정으로 행차할 때이다. 쥐가 인간의 소리로 까마귀를 따라가 보라고 전했다. 왕의 명을 받은 군사가 까마귀를 따라가니 못에서 나온 노인이 글을 전한다. 두 사람이 죽을 것이고, 열지 않으면 한 사람이 죽을 것이란 내용의 글이다. 점치는 자가 "두 사람은 평민이고, 한 사람은 왕"이라고 고하므로 글을 펼치니 "궁중의 거문고 상자를 쏘라(射宮中琴匣)"고 적혀 있었다. 왕이 환궁해 거문고갑을 쏘니 평소 내통하고 지내던 궁주와 승려가 숨어 있었다. 그들은 장차 비처왕을 해치고 왕위에 오를 목적이었다. 왕은 그들을 사형에 처했다. 위계 사회에서 부당한 목적을 가진 인물들이 징치되는 서사이다. 그들은 당대의 왕권과 윤리에 위배되는 행위와 욕망으로 징치된 것이다.

신충[31]은 대궐 뜰 잣나무 아래서 효성왕과 바둑을 두었다. 효성왕은

29 김현화, 『고전소설 공간성의 문예미』, 보고사, 2013, 38면 축약.

30 일연, 「왕력편」, 『삼국유사』 1권, 146면.

훗날 신충을 공신 반열에 올리겠다고 약조하며 잣나무를 증거로 삼았다. 효성왕은 즉위하여 자신을 도운 신하들에게 두루 상을 주었다. 다만 신충만을 잊은 채 공신으로 등용하지 않았다. 신충은 야속한 마음을 노래로 지어 잣나무에 붙였다.[32] 잣나무가 갑자기 말라버리자 궁 안 사람들이 기괴하게 여겼다. 그때서야 효성왕은 지난날의 약조를 기억하고 신충을 공신으로 삼았다. 마치 기다렸다는 듯 잣나무가 되살아났다. 자연물인 잣나무를 증거 삼아 말의 주인을 징계한 것이니 동화적 문법다운 교화 방법이다.

사금갑 서사와 신충의 잣나무 서사는 당대의 제도와 신분 질서 안에서 가능한 것과 불가능한 것, 수호되어야 할 것과 배척해야 할 것을 엄격히 가린다. 사금갑 서사는 수직적 징계담 성격을 띠지만 신충의 잣나무 서사는 수평적 징계담 성격을 띤다. 왕이 백성을 신체적으로 징계하는 서사는 무력을 이용한 징치담이다. 신하가 왕을 정신적으로 징계하는 서사는 문(文)을 이용한 징치담이다. 당대의 이념에 준거한 법과 삶의 양태를 보여준다. 동화 역시 우리 시대의 법과 도덕 안에서 통용되는 것과 그렇지 않은 것에 대한 징계를 교훈으로 담아 전달한다. 위의 서사들은 이러한 동화적 문법의 원형으로서 접근이 가능하다.

선대의 서사 문학은 환상담, 모험담, 징치담 등의 세 가지 측면에서

---

31 일연, 「피은편」, 『삼국유사』 5권, 389면.

32 궁궐의 잣나무는 가을에 안 시드니 너를 어찌 잊을꼬 하시며 우러러보던 얼굴은 계시오나 달 그림자가 옛 못의 지나가는 물결을 원망하듯이 얼굴은 바라보나 세상이 싫구나(物叱好支柏史 秋察尸不冬爾屋支墮米 汝於多支行齊教因隱 仰頓隱面矣改衣賜乎隱冬矣也 月羅理影支古理因淵之叱 行尸浪 阿叱沙矣以支如支 皃史沙叱望阿乃 世理都 之叱逸烏隱第也), 일연, 「피은편」, 『삼국유사』 5권, 392면.

현대의 동화적 특질을 함의하고 있다. 현대의 동화는 단일한 함의가 아닌 다층적인 방식, 곧 때로는 어린이를 위한 서사 장르 전체를 총칭하는 범주로서, 때로는 역사적 맥락 속에서 낭만적 성격을 극대화하는 하위 범주로서 존재[33]한다. 선대의 서사 문학에 내포된 동화적 문법은 다층적인 방식론에 따라 새롭게 조명되어야 한다. 천진무구한 것, 세파에 더러워지지 않는 마음으로서의 동심[34]은 비단 이 시대의 어린이 것만이 아닌 모든 세대의 인간이 지향하는 최고의 선(善)으로 작동한다. 선대의 서사 문학 기저에 살아 있는 동심은 환상담, 모험담, 징치담과 같은 동화적 작법으로 전승되었다는 사실을 확인할 수 있다.

3. 고전소설 속의 동화적 문법 전승과 변주

선대 서사 문학에 나타난 세 가지 양상의 동화적 문법은 고전소설로 전승되어 변주된다. 첫째, 환상담은 호환적(互換的) 서사에서 불가역적(不可逆的) 서사로 변모한다. 인간과 초인, 현실계와 초월계가 교통하고 동궤의 목적을 이루었던 호환적(互換的) 세계의 환상담은 불가역적 세계의 인연담으로 변주된다. 덕과 성(性)만으로는 현실 세계가 존립하지 못하며 삼생을 돌고 돌아도 한 번 놓친 인연은 다시 조우하기 어려운 세계관으로 구조화된다.

---

33 김상욱, 「아동문학의 장르와 용어」, 『아동청소년문학연구』 4, 한국아동청소년문학학회, 2009, 15면.

34 이원수, 『이원수아동문학전집: 아동문학입문』 28, 웅진, 1988, 319면.

둘째, 모험담은 정체성과 세계 탐색에서 벗어나 지적 연마를 다룬 노정담으로 변화한다. 정의와 선, 진리와 같은 철학적 학문의 요체를 사변적 노정 공간을 통해 구축한다. 이때의 노정 공간들은 현실 문제를 함의하는 동시에 당대 지성인의 학문을 유희적으로 풀어낸 성격으로 변주된다. 선대 서사 문학에서와 달리 현실적인 삶과 인간에 관심을 두면서 고전소설이 새롭게 발견한 공간 인식과 구축 방식을 활용한다.

징치담은 선대와 달리 당대의 금기와 이념을 초극하는 교술담으로 계승된다. 현실적 이념과 관습에 굴종하기보다 세계의 비극적 상황과 문제를 타개함으로써 미래 지향형 대안을 마련한다. 유리나 거타지, 선율처럼 이념과 제도, 관습에 순종하는 자에게는 순행하는 삶이 펼쳐진다. 그에 반하는 고전소설의 주인공들에게는 시련과 불행이 뒤따르는 삶이 펼쳐진다. 고전소설은 굴종하지 않는 주역을 내세워 오히려 시련과 불행을 초극함으로써 인간과 세계를 보다 심도 있게 이해하는 교시를 전달한다.

고전소설은 동화적 문법을 근간으로 삼아 서정적이고 환상적인 이야기[35]로, 또한 미적 가치 판단과 예술성을 기초로 창작해 낸 문학작품[36]으로 자리매김하였다. 인간의 사고와 행위가 어떻게 이루어지는지 심층적으로 이해하고자 할 때 고전소설은 실존과 존재 방식을 동화성 위에서 구현해 왔다. 역사적이면서도 사회적인 문제들을 동화적 문법으로 구현하며 특유의 족적을 남겼다. 고전소설을 해석하는 데 있어 동화적 문법의 근간인 '동심'의 문제는 어떻게 접근하고 방향성을 잡아야 하는가?

---

35 이성훈, 『동화의 이해』, 건국대학교 출판부, 2003.

36 박민수, 『아동문학의 시학』, 양서원, 1993.

이에 대한 고민은 이지호의 동심론으로 대신하고자 한다.

> "아동은 언젠가는 성인이 된다. 아동이 성인이 되는 데 가장 큰 걸림돌이 바로 동심이다. 성인은 동심을 가질 수 없기 때문이다. 동심으로부터의 이탈, 그것이 곧 아동이 성인이 되기 위해서 치르는 통과의례이다. 대부분의 아동은 동심으로부터 벗어나야 할 때가 언제인지도 알고 또 그때가 이르면 두려움에 떨면서도 맞아들인다. 이 역시 동심이다. 성인이 되어서 동심을 포기하는 것이 아니라 동심을 포기하기에 성인이 되는 것이다. 그래서 동심을 포기하는 마음 또한 동심이라는 것이다."[37]

현실적인 '어른'의 사회와 문제를 다루는 데 치중한 고전소설이라고 하더라도 '동심을 포기하는 마음 또한 동심'이란 측면에서 또 다른 해석의 길을 열어 두는 것이 가능하다. 서론에서 언급한 대로 이 글이 주목한 동심의 대상은 어린이뿐 아니라 순수의 가치를 지키려는 어른까지 포함하기 때문이다. 곧 '진심'을 '동심'으로 본 이탁오의 시각과 같은 관점이다.

> "대저 동심이란 진실한 마음이다. 만약 동심으로 돌아갈 수 없다면 우리는 끝끝내 진실한 마음을 가질 수 없다. 무릇 동심이란 거짓을 끊어 버린 순진함으로, 사람이 태어나서 처음 갖는 본심이다. 동심을 잃게 되면 진심이 없어지고 진심이 없어지면 진실한 인간성도 잃어버린다. 사람이 진실하지 않으면 최초의 본마음을 다시는 회복할 수 없다."[38]

---

37 이지호, 「아동문학교육론: 동심 문제를 중심으로」, 『문학과교육』 8, 문학과교육연구회, 1999, 117면.

38 이지, 「동심설」, 『분서1』, 김혜경 역, 한길사, 2004, 348-349면.

이지의 동심설은 아동의 심성에 대한 탐사라기보다는 인간 본성에 관련된 철학적인 가치 판단의 문제에 연결되어 있었고 일반적인 창작 이념으로 원용[39]되었다. 그러나 고전소설을 동화적 문법으로 새롭게 해석해 보는 데에는 긍정적 단서를 제공한다. 고전소설이 담은 역사 문제와 당대인의 세계관이 지향한 것도 결국 '진실한 인간성'이기 때문이다. 동화적 문법은 곧 진실한 인간성을 함의한 동심을 바탕으로 삼아 세대를 유전해 고전소설의 문예적 속성으로 자리해 온 것이다.

1) 불가역적(不可逆的) 세계의 인연담

선대의 환상담은 고전소설에 이르러 당대 독자의 기호와 수용성에 맞게 현실적 고심을 하기에 이른다. 선대의 환상담은 파편적 소재의 신이함을 다룬 성격이 강하다. 인물과 세계의 호환성에 있어 관계 맺기에 부합성이 보이지 않는다. 박혁거세와 김수로가 건국할 때, 거칠부가 해신(海神)과 조우할 때 그 관계를 방해하는 조건은 보이지 않는다. 이른바 우연성의 남발이 지적되는 것도 그 때문이다. 서사의 구조화가 이루어지지 않은 채 파편적 소재가 이미지로 연결된다. 고전소설에 이르러서는 사건의 구조화, 배경의 정밀화, 인물의 개성화 측면이 구체화되고, 이 구성 간의 유기적 결합이 총합을 이루면서 필연성을 갖춘다. 존재와 존재가 분리되고 존재와 세계 사이에 원심력이 작동하는 불가역성이 두드러지며 과거의 호환성은 설득력을 잃는다.

---

39 염창권, 「동심론에서 '발견/자아확장'의 구조-이준관의 평론을 중심으로」, 『새국어교육』 96, 한국국어교육학회, 2013, 381면.

'덕'과 '사람의 소리' 하나로 건국 주인이 탄생한 영웅담이라거나 전생과 후생의 부모를 만나 부귀영화를 누린 서사는 물리적 장벽 없이 서로 교섭이 가능한 호환적 세계관을 바탕으로 한다. 당대인의 현실적 욕망이 이 호환적 세계관을 형성했다는 의미이다. 고전소설의 욕망은 이 호환성에 의문을 품는다. 인간을 둘러싼 문제가 그리 만만치 않다는 사실을 직시하는 단계에 이른다. 이러한 인식은 역사적 존재를 담는 것이 소설이라는 창작의식에서도 기인한 것이다.

가역성이란 물질의 상태가 바뀐 다음 다시 본디 상태로 돌아갈 수 있는 것을 의미한다. 비천한 유리의 신분이 칼 한 자루로 급변한 것도, 거타지가 꽃가지로 아내를 얻은 것도, 대성이 두 번의 생을 돌며 부귀를 이룬 것도 소망하는 것이 서로 호환할 수 있다고 믿었던 시대의 이야기였기에 가능했다. 유리는 본디 왕자였던 상태로, 거타지는 원래 용맹했던 궁수로, 대성은 환생이 가능했던 효자로 돌아간 것이다. 이 가역적 환상담은 고전소설에 이르러 만물이 한 번 상태가 바뀌면 다시 본디 상태로 돌아갈 수 없는 불가역적 관계에 치중한다. 특히 남녀의 별리(別離)를 다룬 인연담을 통해 세계의 불가역성을 역설한다. 고전소설의 여성 주인공이 과거의 시간으로 회귀하지 못하는 이유, 남성 주인공이 현재의 시간에 안주하지 못한 채 떠돌아야 하는 이유는 더는 가역적 세계에 놓여 있지 못하기 때문이다.

〈만복사저포기〉[40]의 주인공들은 애초 맺어질 수밖에 없는 근본적인 배경을 안고 있다. 양생은 조실부모한 처지로 마을에 거처를 두지 못한

---

40 김시습, 『금오신화』, 이재호 역, 솔 출판사, 2004, 25면. 이후 작품명과 인용 면수만 명기한다.

채 만복사에 의탁 중이다. 여귀는 3년째 산중에 가매장된 상황이다. 가족 공동체와 사회 공동체로부터 소외된 이들이다. 배필을 구하는 간절한 기도 하나만으로도 인연을 맺을 수밖에 없는 불우한 환경의 존재들이다. 이들은 사랑이라는 목적은 이루지만 자신들의 본래 상황으로 돌아가서는 함께 할 수 없다는 결론에 다다른다. 하나는 산 자이고 하나는 망자이기 때문이다. 산 자와 망자의 인연을 이어갈 수 있는 환경은 현실적으로 부재한다. 그런 까닭에 여귀는 환생을, 양생은 부지소종하며 자연스럽게 불가역적 관계로 마무리된다.

〈이생규장전〉[41]의 주인공들은 〈만복사저포기〉의 주인공들과 달리 가족 공동체와 사회 공동체의 구성원으로 자리매김해 있던 존재들이다. 거처도 일정하고 혼인도 성사된다. 전란으로 이별은 하지만 재회한다. 그런데도 이들이 본래의 생으로 돌아가지 못하는 것은 가역적 환경이 부재하기 때문이다. 다만 〈만복사저포기〉의 양생과 여귀에 비해 현실계 공간에서 부부로 한동안이나마 세간의 삶을 영위하는데, 그것은 일정한 거처가 사회 공동체 안에 마련되어 있었고 그들의 혼인을 인정한 사회 구성원들이 존재했기 때문이다. 가역적 환경은 일시적으로 소멸되고 하나는 명부로 돌아가고 하나는 병사하며 불가역적 관계로 마무리된다.

선대의 환상담이 물리적 세계가 바뀌어도 다시 본래의 상태로 돌아가는 가역적 세계를 그렸다면, 고전소설은 현실성을 우위에 두고 인물의 삶이나 사고가 이전의 상황으로 돌아갈 수 없는 세계를 그린다. 이 경계에는 현실 인식이라는 사유체계가 자리한다. 인간다운 번민과 고뇌, 고

41 김시습, 『금오신화』, 61면.

통과 갈등 처리 과정이 치밀해신 결과이나. 고전소설의 불가역성은 인간과 세계의 불행과 고통을 보여주며 역으로 '인간다움'을 성찰한다. 현세의 인연을 파국시키고 소멸시키는 전란과 제도적, 신분적 낙오, 요절과 단절, 여성의 삶에 대한 배제와 은폐, 고독한 생 등은 오히려 인간답게 사는 것이 어떠한 삶인지 양각한다. 진실한 인간다움을 주제로 삼는 동화적 문법이 고전소설에서도 여전히 내발론으로 작동하고 있었다.

2) 지적 연마의 유희적 노정담

선대의 모험담은 고전소설에 이르러 인간과 세계의 존재론적 변증 과정을 다루며 장편화 문체를 모색하는 노정담으로 변모한다. 노정담의 서사 주체는 유교, 불교, 도교, 무속의 세계를 두루 주유하며 철학 문제를 다룬다. 노정담의 주인공들은 일정 거리 밖의 목적지로 행동반경을 넓히며 입체적인 공간을 선사한다. 다양한 공간들은 노정형 서사의 장편화를 구축하는 데 중요한 기능을 한다. 주인공의 지적 연마를 돕는 역할도 한다. 주인공이 경험하는 공간들의 주인은 세상 만물의 이치에 통달한 자들이다. 주인공은 그들을 통해 자신의 지성을 인정받고 돌아온다.

유리가 부친의 유물을 찾는 과정이라거나 거타지가 요물을 퇴치하는 과정에서는 모험 공간이 축소되거나 후면 배경으로 처리된다. 모험 공간보다는 모험 주체의 역할이 중요하다. 고전소설에서는 인간이 공간을 찾아 수직적, 수평적 세계를 탐색하고 그 공간의 지성인을 만나 지적으로 성숙해지는 사유체계로 나아간다. 주인공이 주유하는 노정 공간은 곧 철학적이고도 사변적인 세계를 유희 과정으로 서사화하는 기능을 한다.

〈최생우진기〉[42]의 최생은 도가 서적을 읽다가 불현듯 진주부(삼척)를 향해 떠난다. 맑은 하늘과 단풍에 취해 갑자기 벌인 행각이다. 도전과 탐색 정신을 갖춘 노정담의 주인공 성격으로 들어맞는다. 그렇다고 목적 없는 행위는 아니다. 진주부 두타산 용추동의 진인을 만나러 간 노정이다. 천길 벼랑에서 한치 두려움 없이 몸을 날린 끝에 용궁에 닿는 최생의 행위는 그가 얼마나 정신적인 것을 갈망하는 인물인지 대변한다. 그는 원대로 용왕을 비롯한 세 명의 진인을 만나 세상의 이치를 터득하고 교화가 쇠퇴한 세상의 도덕을 바로 세우는 비법을 논한다. 현학을 타고 현실로 돌아오지만 신선들과의 재회 약속을 품고 부지소종한다.

이 작품 이전의 〈용궁부연록〉[43]이나 〈남염부주지〉[44] 역시 철학적 노정을 그린 작품이다. 〈용궁부연록〉의 한생은 천마산 용추의 주인인 용왕의 초대를 받아 용궁으로 떠난다. 한생은 용왕이 청한 상량문을 써 주고 7층 누각인 능허각, 번개 거울, 천둥 뇌공, 바람 풀무, 큰물 물독 등을 구경한다. 이 공간들은 한생이 인지하고 있던 물리적 세계의 한계와 허상을 깨트린다. 현실로 돌아온 한생은 세상의 명리가 헛되어 부지소종한다. 〈남염부주지〉의 박생은 염라국으로 가는 노정을 보여준다. 염부의 곳곳을 거쳐 염왕의 처소로 가는 노정인데 그 풍광이 생생하고 입체적이다. 거센 불길로 땅이 녹듯 하고 살을 에는 바람 속에서 사람들이 쇠로 지은 집에서 살아가는 등 놀랄 만한 노정이 펼쳐진다. 박생

42 신광한, 『기재기이』, 박헌순 역, 범우, 2008, 85면.
43 김시습, 『금오신화』, 155면.
44 김시습, 『금오신화』, 127면.

은 염왕과 마주 앉아 주공, 공자, 석가는 물론 귀신과 윤회 등에 대해 정론을 나눈다. 훗날 염부의 왕으로 내정되었다는 이야기를 듣고 귀가한 뒤 병사한다.

한생과 박생의 노정은 관념적 노정담이다. 현실에서 펼치지 못한 철학적 세계를 용궁과 염부라는 관념적 공간에서 마음껏 펼친다. 최고의 지성을 경험했다는 사실만으로도 이들은 현실적 삶에 미련을 두지 않는다. 지적 연마를 통해 최상의 즐거움, 사변적 유희를 경험한 그들은 현실계에서 자취를 감춘다. 지적 연마의 유희성은 〈최생우진기〉에 이르러 서사 주체의 역동적 행위 속에서 강조된다. 한생은 용왕의 초청으로, 박생은 꿈속에 이끌리듯 노정에 들지만, 최생은 직접 두 발로 용궁을 찾아가 벼랑에서 투신까지 한다. 동일한 선경탐색담이라 하더라도 한생과 박생은 현실계의 인물과 소통되지 않는 고립성을 보이는데, 최생은 두타산 진경 탐색을 세간에 증언해 주고 퍼트리는 증공이란 현실적 인물과 소통하는 개방성을 보이며 다채로운 노정 공간을 선보인다.[45]

최생이 두타산 용추까지 찾아갔다가 현실로 돌아오는 노정담은 입산과 하산의 서사 구조를 띤다. 지적 연마를 위하여 두타산으로 입산하고 성찰 후에는 현학을 타고 하산하다. 입산과 하산 구조의 사변적 노정은 〈구운몽〉[46]에 이르러 다층적으로 변모하며 장편화된다. 성진은 자신이 환생한 분신 양소유와 이질적인 지적 연마 과정을 거친다. 성진의 불가적 철학과 양소유의 유가적 철학이 양분되어 정적이면서도 동적인 노정담을 펼친다. 성진과 양소유는 각기 다른 노정을 걷지만 그들

---

45 김현화, 『기재기이의 창작 미학』, 보고사, 2014, 84면 축약.

46 김만중, 『구운몽』, 김병국 교주, 서울대학교출판부, 2007.

의 사유체계를 통합시키는 대상은 동일하다. 종교적 삶과 현실적 삶의 간극에서 성진과 양소유의 세계관을 입체화하는 팔선녀가 그들이다. 성진처럼 팔선녀도 여덟 명의 인간으로 환생해 각기 노정담을 펼친다.

팔선녀 이야기는 각각의 에피소드를 형성하며 지성을 연마하는 남성 주인공의 노정담을 구조화하는 기능을 한다. 팔선녀의 분신들이 보여주는 사랑과 이별의 애상, 신분과 계급의 질서, 음조와 화합은 성진과 양소유가 동시에 추구하는 지적 연마 과정을 구체화한다. 불가의 성진이 보여주는 종교적 지적 탐색은 입산과 하산 구조의 노정으로 처리한다. 부귀공명을 목표로 하는 양소유의 유가적 지적 탐색은 진퇴의 수평적 동선으로 마련한다. 팔선녀의 후신들을 만나며 애정을 실현하고 전란을 평정하며 정치를 수련하는 과정은 유자로서 지적 탐색을 유희적으로 펼치는 과정이다.

〈용궁부연록〉, 〈남염부주지〉, 〈최생우진기〉의 지적 연마 노정담이 〈구운몽〉에 이르러 정교한 플롯 위에서 만개한다. 지적 연마를 통하여 자신을 세상에 널리 쓰고자 하였던 욕망이 관철된 결과다. 한편으로는 세속의 부귀공명을 향한 삶이 얼마나 다기한 문제를 안고 있는가에 대해서도 표방한다. 유가는 물론 당대인의 습속으로 유전하던 불가와 도가, 무가 등의 지적 담론도 노정담을 통하여 유희적으로 풀어낸 점이 〈구운몽〉의 특질이다. 공간이 인물의 사고와 행위에 일정한 제약과 약동의 기능을 하며 서사적 골격을 이루는 구조적 기능을 하며 입체화[47]되는데 〈구운몽〉은 이러한 미학적 측면이 뛰어난 노정담이다.

노정담은 노정형 서사를 근간으로 한다. '나'라는 협소한 공간에서

47 김현화, 『창작의 원류, 고전문학에서 보다』, 보고사, 2017, 150면.

벗어난 광의의 세계에서 비롯되는 뜻하지 않은 상황과의 조우도 일어난다. 그 결과 '노정'의 길이는 확장되고 그 안의 사건 양상은 다층적 복선을 구현한다. 표면으로는 세계를 탐색하는 모양새이지만 내면으로는 존재론을 설파하는 철학적 노정을 그린다. 노정담을 근간으로 한 고전소설은 본성이 이상적이며 화해로운 세계를 지향하기에 인간성을 회복하는 기제가 될 수 있다는 관점을 갖는 이상 지향으로서의 회복 동심주의[48]에 부합한다. 그들이 노정 위에서 지적 연마를 쌓은 것은 결국 이상적 세계를 지향했기 때문이다. 이상 세계는 어린이뿐만 아니라 성인에게도 치유의 순간과 감수성을 제공[49]한다. 이러한 이유로 노정담 고전소설은 동화적 문법과 긴밀성이 있다고 유추할 수 있다.

3) 금기와 한계 초극의 교술담

선대의 징치담은 고전소설에 이르러 제도적·이념적 금기와 한계를 초극하는 교술담으로 변주된다. 선대에는 제도와 통념에 준하는 바람직한 인간상에 치중했다면 고전소설은 그것을 초극하는 인간상에 주목한다. 변화하는 시대상에 맞추어 의식의 변화가 이루어지고 금기와 한계에 도전하는 인물들이 등장한다. 등장인물이 마주한 금기와 한계는 개인의 문제만이 아닌 사회적 문제라는 점에서 인물 간의 갈등이 형성되고 인물과 계급 사이의 문제가 불거진다. 교술담은 당대의 이념을 고수하는 주제를 지향하면서도 서사 주체의 사고행위를 통해서는 오히

48 염창권, 앞의 논문, 12면.

49 염창권, 위의 논문, 13면.

려 탈이념의 인간을 구현한다.

〈홍길동전〉[50]은 조선 후기 사회와 가부장 제도의 단층을 보여준다. 길동은 명문거족의 홍 재상이 부친이지만 모친은 시비(侍婢)로 이미 신분을 뛰어넘지 못하는 세계의 금기와 한계에 갇힌 인물이다. 부형과 달리 영웅 기질이 원대하여도 공맹을 배워 활용할 수 없는 것이 금기이다. 가족 구성원으로서 인정받지 못하는 한계, 문명자(文名者)로 살아가지 못하는 금기를 깰 방법은 사회 제도와 통념을 초극하는 수밖에 없다. 길동은 도적의 수장이 되어 탐관오리를 징치하고 임금을 조소한 뒤 율도국의 왕으로 등극한다. 한 편의 활극과도 같은 길동의 활약은 당대의 제도와 이념이 함의한 부조리에서 기인한다. 부조리의 원인은 초란과 무녀, 특재, 탐관오리, 무능한 임금 등으로 대치(代置)되고 있지만, 이들은 길동을 억압하는 제도와 이념의 상징일 뿐이다. 길동이 도적에서 의적으로, 나아가 왕으로 변화무쌍한 삶을 향해 초극해 가는 과정은 탈이념과 탈제도권 너머의 삶을 모색한다.

〈홍계월전〉[51]의 주인공은 성(性) 역할마저 초극해야 하는 상황이었으므로 사회적 제도와 이념에 부합하지 않는 금기와 한계는 더욱 컸다. 계월에게 있어 금기는 여성의 몸이다. 여성의 몸으로는 결코 사회 제도권 안으로 출사할 수 없었다. 영웅지상을 타고 났지만 남성과 대등한 역량을 발휘할 수 없는 한계로 인해 계월은 본성을 은폐한다. 길동이 영웅지상을 구현하기 위해 집 밖으로 나선 데에는 초란과 특재처럼 내부의 악인이 존재한다. 그의 활극이 조선 땅을 넘어 해외까지 이어진

50 김일렬 역주, 「홍길동전」, 『한국문학전집』 25, 고려대 민족문화연구소, 1995.
51 장시광 역주, 『방한림전』, 이담, 2010(개정판).

것은 남성으로서의 성 역할이 존중되었기 때문이다. 계월은 유년시절부터 남장의 삶을 살며 가정 밖의 서사를 구축하며 영웅지상을 구현한다. 다만 여성성이 드러난 후에는 더 돌아갈 곳이 없다는 한계, 여성의 몸으로는 사회적 역할을 할 수 없다는 금기 안에서 결국 당대의 제도권 안으로 복귀한다.

〈홍길동전〉과 〈홍계월전〉은 당대의 이념과 질서를 고수하되 서사 주체의 사고행위를 통해서는 결계처럼 작동하던 금기와 한계를 초극하는 문법을 선사한다. 사회의 통념과 세계의 질서를 고수하면서도 서사 주체를 통해서는 그것을 초극하는 인간상에 초점을 맞추었다는 의미는 결국 무엇인가? 이들의 초극 행위는 조선조에서 산출한 소설 가운데 판소리계 소설과 함께 대표적인 소설 양식으로 독서계를 주름잡았던 군담소설[52]의 다른 주인공들과도 연결해 볼 수 있다. 길동의 성장과 활동이 공간의 확대와 주인공의 신분 상승에 비례하여 전개되는 확산 구조[53]의 군담소설이었기 때문에 인기가 높았다는 것은 곧 이념과 제도에 반하는 활약으로 인한 반향성을 뜻한다. 탈이념을 보여준 작품의 서사 주체가 인기를 끌었던 배경에 주목할 필요가 있다.

선대의 징치담에서는 선인과 악인의 경계가 분명하고 인간이 추구해야 하는 선한 가치를 교시(教示)하는 데 중점을 두었다. 고전소설의 교술담에서는 선인과 악인의 경계가 모호해지며 결국 자신이 초극해야 할 대상이 무엇인지 스스로 탐색하는 과정을 그린다. 길동에게 악행을 가한 초란과 특재가 정말 '악'인지 그들을 출현시킨 사회가 '악'인지 모

52 서대석, 『군담소설의 구조와 배경』, 이화여자대학교출판부, 1984, 15면.
53 서대석, 위의 책, 212면.

호하다. 도적의 수장인 길동이 '악인'인지 탐관오리가 더 '악인'인지 모호하다. 이 모든 모호한 가치를 법으로 규제하고 관리하는 위정자로서 길동이 임금이 된 자체가 초극 행위다. 〈방한림전〉에서는 어떠한가. 여성의 몸으로 과거를 치르고 동성 부부 관계를 맺고 왕을 기만한 방한림이 부당한 것인지, 방한림과 영혜빙과 같은 인물들을 양산해 낸 사회가 부당한 것인지 가늠해 보아야 하는 것이 이 작품의 주요 담론이다. 그들의 초극을 통해 인간이 어떠한 존재인지 또 어떠한 세계를 지향하며 살아가고자 하는지 규명해 낸 것이다.

길동과 계월, 방한림이 현실 너머의 이상 세계를 탐색한 것은 휴머니즘적 동심의 구현[54]과 맥을 같이 한다. 탈이념과 탈제도를 꿈꾸었다는 것은 균등한 세상을 열망한 것이고 균등한 세상은 곧 인간애가 살아있는 사회를 의미한다. 만민이 자신의 역량을 활용하며 화평한 세상에서 살아가는 것, 기성세대가 어린이들에게 동심을 가르칠 때 가장 기본적인 교술로 삼는 내용이다. 동심은 단순한 실체라기보다 세계를 인식하는 체계요, 시적 담론구성체로서[55] 작품 안에서 작동한다. 〈홍길동전〉, 〈홍계월전〉, 〈방한림전〉 등은 이처럼 휴머니즘에 입각한 동심으로 세계를 인식하는 동화적 문법을 표방한다.

---

54 김종헌, 「한국 근대 아동문학 형성기 동심의 구성방식」, 『현대문학이론연구』 33, 현대문학이론학회, 2008, 59면.

55 김종헌, 위의 논문, 59면.

4. 동화적 접근의 전망과 남은 문제

이 논의는 고전소설을 해석하는 데 있어 동화적 문법을 적용해 새로운 연구 지평을 열고자 시작한 글이다. 해석학은 인간을 이해하는 영역이다. 시로 노래하든 소설로 담든 그 안의 요체는 인간이다. 자신이 속한 사회와 시대 담론에 어떻게 사고하고 행위하는지 존재론적 의미를 파악한다. 사고와 행위는 직결되는 것이어서 그것이 왜 발현되고 어떻게 구조화되는지를 살피는 일은 당대의 인간이 처해 있던 사회적이고도 역사적인 환경을 이해하는 길이다. 동화적 문법을 적용한 해석은 고전소설이 함의한 '동심'을 역추적하여 그들의 실존 방식을 이해하기 위해서이다. 동화성의 원류는 곧 동심이며 인간이 닮고자 하는 가장 순수한 삶의 얼굴이다.

이러한 연구는 장르론 논의를 보다 풍성하게 할 수 있는 기반이 될 것이다. 장르론 논의가 질적으로 양적으로 집약되어 있기는 하지만 고전소설의 역사성과 정통성을 지속적으로 진전시켜 나가기 위해서는 새로운 접근 방식이 거듭 시도되어야 한다. 고전소설과 동화의 장르 접근은 연구론의 깊이와 외연을 확장할 수 있다.

또한 고전소설의 수용층 확대에 긍정적으로 기여한다. 고전소설의 수용층은 교육자와 학생, 일반대중이다. 인문학의 중요성이 강조되는 시대지만 정작 고전소설에 대한 정서는 그리 호의적이지만은 않다. 고딕적이고 정형적인 인상을 준다. 고전소설과의 대면이 수용자의 자유 선택이 아닌 전달자의 강제적 권고에서 비롯된 것이 가장 큰 문제점이다. 고전소설의 용도가 즐겁고 유쾌한 읽을거리가 아닌 교육용, 입시용의 관상적 독서물이라는 사실도 문제점이다.

일반인에게도 고전소설의 이미지는 천편일률적이란 인상이 강하다. 〈심청전〉, 〈흥부전〉, 〈춘향전〉 등 익히 알려진 작품만으로 고전소설의 범주를 한정하는 경향이 짙다. 그들이 학창 시절에 접한 심청과 흥부, 춘향에 대한 해독법은 도식적이다. 고전소설에 대한 동화적 접목은 고전소설의 흥미를 이끌 수 있다. 고전소설 쉽게 읽기, 고전소설 풀어 읽기, 읽기 쉬운 고전소설 추천 등의 시리즈로 거듭 고전 작품이 출간되는 이유도 수용자 측면에서 쉽게 적용하기 위한 해석법이 필요해서이다. 동화적 접목은 이러한 요구에 맞춰 수용층의 흥미를 유발하는 계기가 될 수 있다.

고전소설 교육에 있어 세 가지 동화적 문법을 활용한 접근이 가능하다. 불가역적 세계의 인연담을 다룬 작품에서는 환상을 불러일으키는 소재 찾기, 등장인물이 인연을 맺게 된 배경, 등장인물이 헤어질 때 느낀 감정, 등장인물의 심리와 배경에 묘사된 동화적 문법(동심) 찾기 등으로 적용한다. 노정담을 다룬 작품에서는 노정에 해당하는 부분을 세분화해서 정리한다. 작품마다 노정 목적, 노정 공간, 노정 중에 일어난 사건, 조우한 인물 등에 대해 탐색한다. 마찬가지로 노정담 안에서의 동화적 문법(동심) 찾기와 연결한다. 교술담을 다룬 작품에서는 교술 대상의 사고행위, 그 사고행위의 현대적 해석(가치 판단), 교훈적이어서 진부하다고 여기는 부분을 자신만의 희극적 문체로 바꾸어 보기 등으로 접근한다. 이를 동화적 문법(동심)과 연결하면 새로운 해석을 가미할 수 있다.

동화적 문체나 분위기, 인물이나 주제 등 작품론에서 살피는 문법으로 접근해도 유익하다. 만약 자신이 '안빙'이 되어 화국(花國)으로 떠난다면? 화국의 인물들이 모두 어린이라면? 혹은 청소년이라면? 이러한 가정 아래 유소년이나 청소년이 고민하는 현실적 문제를 논의하는 장을 마련한다. '운영'과 '김진사'의 편지를 쉽고 간단한 동화 문체로 바꾸어 보는 것은 어떠한가? 만약 내가 운영과 김진사라면 어떻게 행위하고 사고할 것인지 중요한 사건 앞에 서서 그 감정을 글로 써 보는 것도 가능하다. '전우치'의 초월적 행위 가운데 한 장면을 각색해 보는 것은 어떨까? 자신을 둘러싼 세계의 불의나 불공정한 현장을 징치하고 바로잡는 서사 구현도 가능하다. '방한림'과 '영혜빙'의 영원한 우의는 현대의 인간관계에 시사하는 바가 크다. 자신이 '방한림'이 되어 성장하는 서사를 짜 보는 것도 이롭다. 자신을 절대적으로 지지해 주는 '영혜빙'과 같은 지기를 상상해 그려 본다. 어떤 가치를 실현하기 위해 그처럼 영웅의 길을 걷는 것인지 자화상을 담는 과정이 흥미로울 것이다.

고전소설과 동화의 연계는 교육학적 접근에 있어서도 창의적인 교수법을 개발하는 데 유용하다. 동화적 접근은 학습자들에게 기존의 고전소설 작품을 새롭게 수용하는 계기로 작동한다. 고전소설의 문화콘텐츠화에도 동화적 접근은 긴요하다. 〈해리포터〉나 〈반지의 제왕〉 등 서구의 설화를 기반으로 한 서사가 폭발적 호응을 얻었던 이면에는 동화적 판타지가 작용한다. 한국의 웹툰 만화 〈신과 함께〉가 영화로 개봉되어 흥행한 것도 동화적 환상에 대한 대중의 기호가 맞아떨어진 결과이다. 고전소설의 동화성을 기반으로 한 영상화나 번역은 고전소설의 세계화에도 긍정적으로 연결된다.

동화는 어린이를 대상으로 한 문학 장르라고 일반적으로 규정한다. 동화가 품고 있는 동심의 영역을 두고 논하면 반드시 어린이만의 문학 장르라고 규정할 수 없다는 것이 이 글의 중점이다. 동심의 영역은 유년기나 청소년기의 삶뿐만 아니라 청년기, 노년기의 삶과도 유대감을 맺는다. 동심은 어린아이의 천진한 마음이자 피차 분별의 세계에서 떨어진 무화의 세계, 고정되거나 확정된 것이 없는 무정형의 세계, 파고와 위난이 없는 평화의 세계를 상징한다. 선의와 정의에 대한 고심을 정수로 담아 온 고전소설의 정신과 맥이 닿는다. 이 사실만으로도 동화적 문법과 해석을 통한 새로운 접근은 기대 효과가 크다. 동심의 영역에서 새로운 독법을 생산해 낼 수 있기 때문이다.

여전히 문제는 남는다. 동화적 문법이 앞서 살핀 세 가지 범주로만 적용될 수는 없기 때문이다. 이 연구에서는 환상을 기저로 한 불가역적 인연담, 새로운 동력체로서 출현한 공간을 주유하는 지적 노정담, 시대 변화에 따른 새 인간상의 진화를 꾀한 교술담 등을 동화적 문법으로 해석하였다. 물리적 장벽의 세계에 가로막힌 인연담으로 보자면 〈최치원〉부터 〈김현감호〉, 〈취유부벽정기〉, 〈하생기우전〉, 〈운영전〉, 〈주생전〉 등을 더 거론할 수 있다. 노정담은 노정의 장단(長短)에 따라 유가와 불가, 도가와 무가 등 지적 연마를 다룬 작품을 선별할 수 있다. 〈서재야회록〉, 〈안빙몽유록〉, 〈설공찬전〉, 〈백학선전〉, 〈육미당기〉 등을 들 수 있다. 교술담은 시대적 이념의 금기와 한계의 초극을 다룬 작품으로 〈사씨남정기〉, 〈최척전〉, 〈숙향전〉, 〈전우치전〉 등을 적용할 수 있다. 이 작품들이 각기 다른 장르라는 점은 이후의 연구 과제로 남는 부분이다.

동화적 문법을 적용할 때 전기소설, 군담소설, 애정소설, 대하소설, 송사소설, 역사소설 등의 장르 문제를 생각하지 않을 수 없다. 과연 모든 장르의 작품에 균일하게 세 가지 양상의 동화적 문법을 적용할 수 있겠는가 하는 문제이다. 인연담이라 하더라도 노정담 성격과 교술담 성격을 모두 갖춘 작품들이 존재한다. 시대적 통념과 인간을 표방하는데 있어 당대의 세계관은 물론 문예적 기법이 혼재되는 것은 자연스러운 일이다. 이 지점을 장르별 작품마다 동화적 문법으로 명확히 해석할 수 있는 논거 마련이 필요하다. 나아가 동심을 근간으로 한 고전소설의 동화적 문법 연구가 계속 진행되고 또 그것을 다양한 교육 체계에서 활용할 수 있는 학습 자료(고전소설 작품) 및 연구 방안도 지속되어야 한다. 다만 고전소설을 새롭게 연구하고 해석하는 문을 여는 것에 의미를 두고 이 논의를 마무리한다.

제2부

타자화된 얼굴의 서사

〈숙향전〉에 나타난 '고통'의 문학적 해석

1. 서론

〈숙향전〉의 문학적 성과는 무엇보다 17세기 당대인의 삶을, '숙향'이라는 인물을 통해 집요하게 추적하는 서사적 리얼리티에서 찾을 수 있다. 서사적 리얼리티는 당대인이 당면한 난제, 그 사회가 드러낸 담론에 대한 문제의식을 가감 없이 담기 마련이다. 서사 자체가 인간의 삶과 세계를 원천으로 하기 때문이다. 〈숙향전〉은 이와 같은 현실적 담론에 부응하는 작품이다. 물론 천상계와 현실계의 분립이나 해체가 이루어지지 않은 채 '환상'과 '운명'의 낭만적 서사로 일관하고 있지만, 조선 후기의 혼란한 시대상을 표상하는 혈육의 분리, 유기, 유리걸식, 시혜와 호혜, 약자에 대한 권력의 횡포, 도덕적 관습과 현실적 본능의 갈등이 어우러지며, 장대한 삶의 이면을 낱낱이 보여 준다. 이러한 문제의식을 바탕으로 〈숙향전〉은 끊임없이 학계의 관심을 집중시켰으며 다양한 층위의 연구 성과를 낼 수 있었다.

염정소설로서의 가치를 타진하는 논의[1]에서 출발한 〈숙향전〉 연구

1 성현경은 작품의 장르 상 〈숙향전〉을 적강소설로, 조동일은 영웅소설로, 임성래는

는, 창작 연대,[2] 이본 연구,[3] 배경 사상,[4] 서사 구조와 의미[5]를 살피는 연구 등 다기한 영역의 논점을 확산시켰다. 이러한 기반을 바탕으로 창작 기법과 관련한 연구도 활발히 진행되었다. 바흐친의 문체론 이론

독자의 동정심을 유발하는 고난담을 통한 대중소설로 접근하였다(성현경, 『한국소설의 구조와 실상』, 영남대학교출판부, 1981; 조동일, 『한국소설의 이론』, 지식산업사, 1977; 임성래, 「숙향전의 대중소설적 연구」, 『배달말』 18, 배달말학회, 1993, 156면).

2 이상구, 「숙향전의 문헌적 계보와 현실적 성격」, 고려대학교 대학원 박사논문, 1994, 289면.
조희웅, 「17세기 국문 고전소설의 형성에 대하여: 숙향전을 중심으로」, 『어문학논총』 16, 국민대학교 어문학연구소, 1997, 27면.

3 구충회, 「숙향전의 이본고」, 고려대학교 교육대학원 석사논문, 1983.
이상구, 앞의 논문(이대본, 정문연A본, 경판본의 특성과 지향), 1993, 219-296면.
정한기, 「숙향전의 구조와 초월적 모티프의 작품 내적 기능에 대한 연구: 국문 경판본과 한문 활자본의 비교를 중심으로」, 『관악어문연구』 20, 서울대학교 국어국문학과, 1995, 441-472면.
차충환, 「숙향전 이본의 개작 양상과 그 의미: 한문현토본과 박순호본 '슉향전이라'를 중심으로」, 『인문학연구』 4, 경희대학교 인문학연구소, 2000, 119-152면.
이창헌, 「경판방각소설 숙향전 판본의 재검토」, 『열상고전연구』 31, 열상고전연구회, 2010, 37-68면.

4 김현룡, 『한중소설설화비교연구』, 일지사, 1977, 346-351면.
나도창, 「숙향전 연구」, 숭실대학교 대학원 석사논문, 1984.
민경록, 「숙향전 배경설화의 종합적 연구」, 『어문론총』 32, 경북어문학회, 1998, 59-82면.
김응환, 「숙향전의 도교사상적 고찰」, 한양대학교 대학원 석사논문, 1983.

5 박경원, 「숙향전의 구조와 의미」, 『어문교육논집』 12, 부산대학교 국어교육과, 1992, 247-259면.
경일남, 「숙향전의 고난양상과 결연의미」, 『논문집』 24, 충남대학교 인문과학연구소, 1997, 19-40면.
민경록, 「숙향전의 서사 구조와 의미 연구」, 『문화전통논집』 8, 경성대학교 부설 한국학연구소, 2000, 103-126면.
정종진, 「숙향전 서사 구조의 양식적 특성과 세계관」, 『한국고전연구』 통권 7, 한국고전연구학회, 2001, 206-229면.
이명현, 「숙향전의 통과의례적 구조와 의미: 신화적 구조와 세계관 변용을 중심으로」, 『어문연구』 34(2), 한국어문교육연구회, 2006, 113-135면.

을 바탕으로 〈숙향전〉 등장인물의 다양한 언어적 변화에 초점을 맞춘다든지,[6] 공간 구성과 그 원리에 주목해 주제의식을 탐문한다든지,[7] 작품 안에 나타난 시간을 대립법적, 가역적, 순환적 구조로 논의한다거나,[8] 슬픔의 정서로 인간이라는 존재가 지닌 근원적 한계[9]를 살피는 등 정밀한 논의가 이루어졌다. 〈숙향전〉이 그만큼 무한한 해석의 세계를 제공한다는 의미가 될 것이다.

이 논문은 종전 연구의 깊이 있는 토대 위에서 '고통'이란 소재에 대해 접근해 보고자 한다. '고통'은 서사의 긴요한 작동 원력이자 주제의식을 발화하는 중요한 요소이다. 그간의 〈숙향전〉 연구에서는 이 '고통'을 독립적으로 논의하지 않은 듯하다. 어느 서사물치고 '고통' 없는 삶을 다루지 않은 것이 없으며, 그것 없이 성장하는 인물 또한 없다는 보편적 인식 때문일 것이다. 한편으로는 이미 연구자들 사이에서 충족할 만한 연구 성과를 낸 작품에 대해 이처럼 상투적 삶의 양태로 접근하는 것이 특색 있는 논의로 다가서지 않았기 때문일 것이다. 그런 까닭에 '고통'의 문제를 다루는 측면에서는 전체의 일부분으로써 축약하고 논의되었던 사실을 지적하고 싶다.

'고통'의 측면은 그간 논의되었던 '여성 수난'이나 '장애', '고난' 등의 서사적 개념어와 대별되는 지점이 있다. 주인공 남녀의 삶 전반에 걸친

6 박태근, 「숙향전의 문체론적 연구」, 단국대학교 대학원 석사논문, 1994.
7 최재웅, 「숙향전의 공간 구성 원리와 의미」, 『어문연구』 43, 어문연구학회, 2003, 473-499면.
8 양혜란, 「숙향전에 나타난 서사기법으로서의 시간문제」, 『우리어문학연구』 3, 외국어대학교, 1997, 103-128면.
9 서유경, 「숙향전의 정서 연구」, 『고전문학과 교육』 22, 한국고전문학과교육학회, 2011, 65-93면.

'고(苦)'에 주목한다는 점에서 여성의 수난에 중점을 둔 여성 수난이란 서사적 개념에서 벗어난다. 등장인물의 마음과 육체의 고(苦)를 동시에 다룬다는 점에서 외부세계의 불가항력에 초점을 맞춘 장애나 고난의 서사적 개념에서도 벗어나 있다. '고통'의 형성 요인과 과정에 대한 등장인물의 심리적이고도 정서적인 차원에도 비중을 두고 논의할 것이다.

〈숙향전〉은 새로운 문학적 해석에 따라 우리 문학사에서 그 진가를 거듭 발휘하는 작품이다. 이러한 가치에 비중을 두고 〈숙향전〉에 나타난 '고통'의 문학적 해석을 재조명하고자 한다. 우선 2장에서는 〈숙향전〉의 서사 동력으로 내재한 '고통'의 형상화 양상을 두 가지로 나누어 살펴볼 것이다. 육체적 소멸 주체로서의 형상, 영적 초월과 속박의 형상이라는 측면에서 '고통'을 형상화한 양상에 주목하기로 한다. 이를 바탕으로 3장에서는 노정형 서사의 완급 조절, 수계 공간의 변주와 확대라는 측면에서 '고통'의 문학적 기능을 찾아본다. 〈숙향전〉의 새로운 미학적 가치를 조명하는 계기로 삼고자 한다.[10]

2. 고통의 형상화 양상

1) 육체적 소멸 주체로서의 형상

서사의 중추적 원동력은 인물이다. 현실계의 인간이든 이계의 생명체든 연속적 사건을 발생시키고 일정한 분량의 서사를 생성해 내는 구

10 「숙향전」, 『한국고전문학전집』 5, 황패강 역주, 고려대학교 민족문화연구소, 1993.

심점 역할을 하는 것은 인물이다. 작가는 인물의 고난과 극복, 갈등과 해소, 성공과 실패라는 양극점 안에서 인물의 동선을 회전하며 장형의 서사를 만들어 나간다. 그런 까닭에 인물은, 특히 작가의 분신을 닮은 주인공의 경우 그 육체적 소멸을 쉽사리 용인하지 않는다. 육체적 소멸은 곧 죽음을 상징하고, 죽음의 세계로 떠난 인물을 통해서는 더 이상 서사를 연장해 갈 수 없기 때문이다.

그러나 우리는 알고 있다. 남성주인공과 행복한 시간을 살던 여성주인공이 하룻밤, 사흘, 혹은 삼 년을 넘기지 못하고 죽음의 세계로 떠나며 서사가 종결되는 이야기들이 존재한다는 사실을. 〈최치원〉, 〈만복사저포기〉, 〈이생규장전〉, 〈하생기우전〉, 〈운영전〉, 〈주생전〉 등의 서사 안에서 그 낯익은 이별의 순간들을 본다. 그녀들이 떠난 뒤 남자주인공들은 더 이상 현실세계에 미련을 두지 않는다. 시간의 차이는 있지만, 육체적 소멸을 함께 경험하거나 속세를 떠나 자취를 숨겨버리는 것이다. 작품의 동력을 잃은 셈이다. 그와 함께 이 작품들은 중·단편 분량으로 서사의 막을 내린다. 남녀주인공의 육체적 소멸로 더 이상 서사를 전개해 나갈 동력을 잃은 것이다.

조선 후기, 변모하는 시대상과 세계관, 가치관에 부응하기 위해 작가는 서사의 중추적 역할을 하는 여성 인물의 육체적 소멸을 부정하기에 이른다. 〈사씨남정기〉, 〈구운몽〉, 〈최척전〉, 〈춘향전〉 등의 여성 인물이 대표적인데, 그녀들은 죽음의 세계로 떠나는 대신 현실계의 관습과 제도에 맞서기 위해 기나긴 노정 위에 서서 간난신고의 시간을 감내하는 인물로 거듭난다. 절명의 비장미 대신 인고의 유려함을 선사한다. 짧게는 수년에서 20년, 80년에 걸친 장대한 시간 동안 고난의 길을 걷지만 육체적 소멸로 치닫지는 않는다. 그녀들이 현실계 존재라는 사실을 타당하게 하는 숱한 고난이 등장하기 때문이다. 고난에서 고난으로 이어지는 연명 방식은 장구한 삶을 확장해 나가기 위한 문학적 방편이다. 이전의 서사작품 인물보다 강한 생명력의 남녀주인공이 탄생하고, 장형의 서사작품이 문학사에 출현하게 되었다.

〈숙향전〉은 그와 같은 시대적 요청에 따라 육체적 소멸 대신 간난신고의 서사로 여성주인공을 현실계에 안착시킨 대표적 작품이다. 숙향의 삶은 결혼과 함께 제도권 안에 정착하기까지 고통의 시간으로 점철된다. 그녀의 삶은 한 인간으로서 감당하기 어려운 봉변과 환란의 연속이라고 할 만하다. 그녀에게 주어진 연명의 삶은 당대의 혼란한 시대상인 동시에 서사작품의 장편화 욕구에 힘입은 창작 의식의 소산이기도 하다.

숙향이 전통적이고도 관습적인 육체적 소멸 주체로서의 형상을 보여주는 첫 장면은, 그녀가 다섯 살 때 병란 속에서 부모에게 유기되는 부분이다. 김전 부부는 강릉으로 피란 가는 도중에 도적을 만나 숙향을 반야산 바위틈에 앉히고 이튿날 데리러 오겠다고 약속한 뒤 피신한다. 이러한 행위는 눈앞의 참변 속에서 어린 딸을 구하기 위한 응변으로도 볼 수 있다. 그러나 어린 딸을 도적 앞에 홀로 떨어트리고 자신들의 안위부터 도모하는 행위는 일반적 부모의 대응 양상이라고 보기 어렵다. 태어난 지 불과 다섯 해 만에 사지(死地)에 떨어진 숙향[11]이다. 숙향

11 대개의 고소설 여주인공들이 십오륙 세 정도의 규방 처자라면, 숙향은 벌거벗은 채 길 위에 선 다섯 살짜리 여자아이이다. 숙향의 이야기가 가련하게 받아들여지는 것은 결국 그 이야기의 주인공이 나이가 어린 아이, 젊은 여성이라는 점에서 기인하는 바가 크다(조혜란, 「숙향전의 숙향: 청순가련형 여성주인공의 등장」, 『고소설연구』 34, 월인, 2012, 51면).

의 육체가 소멸하지 않고 다시 서사의 원동력으로 작동하기 위해서는 그 죽음과 필적할 만한 것이 출현해야 한다. 바로 앞서 언급한 극한의 환란과 봉변이다.

숙향을 육체적 소멸에서 구제해 연명의 길로 인도할 인물, 죽음의 세계와 비견할 만한 고난의 가시밭길 안으로 인도할 주체가 필요하다. 그 주체는 숙향과 가까운 인물일수록 고난의 강도가 세게 다가온다. 수용자의 입장에서 배신감과 절망감을 배가시키는 역할을 하기 때문이다. 부모에게 유기 당한 어린 딸[12]은 그 순간부터 갖은 환란과 재앙, 봉변 속에서 고통스러운 성장기를 보낸다. 김전 부부의 어린 딸 유기는 서사의 향방이 육체적 소멸이 아닌 고통의 시간으로 연결되는 데 중요한 기능을 한다.

숙향의 고통이 다시 극적으로 형상화되는 부분은 표진강 투신과 갈대밭 화염 속에서이다. 시비 사향의 무고로 누명을 쓴 채 숙향은 표진강에 투신하는 것으로 육체적 소멸을 기도한다. 그러나 문학적 관습으로 이행해 온 육체적 소멸 주체로서의 여성상은 더 이상 이어지지 않는다. 숙향은 새로운 시대의 요청에 따라 연명함으로써 삶을 이어가야 하는 당위성을 부여받는다. 그 연명의 시간 역시 고통스러운 상황으로 이어진다. 갈대밭 화재 속에서 타 죽을 위기에 처한 것이다. 숙향의 고통은 여기에서 머물지 않는다. 간신히 갈대밭에서 목숨을 구하기는 하나 숙향은

12 숙향은 사회적 보호망이 없이 떠돌아다니는 존재라는 점에서 17세기에 연속된 기근이나 자연재해로 생겨난 버려진 아이들의 삶과 멀리 떨어져 있지 않다. 그래서 「숙향전」의 강력한 숙명론적 세계관은 숙향을 버린 부모, 숙향과 같이 버려진 아이를 돌보지 못하는 사람들, 보호망을 제대로 갖추지 못한 사회가 자신을 변명할 수 있는 기제로 쓰이고 있다(김경미, 「숙향전-'버려진 딸'에 대한 기억의 장」, 『고전문학연구』 39, 월인, 2011, 111면, 117면 참조).

알몸으로 타인에게 연명을 구걸해야 하는 비극적 처지에 놓인다. 그녀의 벌거벗은 육신은 동서유리하는 걸인 그 자체를 상징한다. 걸인의 형상이야말로 육체적 고통을 극대화하는 상징이다. 스스로 밥을 빌지 않는 한 아사 직전의 상황이기 때문이다. 여성의 몸으로 감내하기 힘든 수치심과 절망감을 주는 봉변이다. 결국 숙향은 고통의 시간에서 고통의 시간으로 연명하며 육체적 소멸 주체로서의 형상을 극복해 나간다.

숙향에게 닥친 고통은 술 파는 노파의 집에 의탁하며 주루의 신세로 떨어지는 부분에서도 부각된다. 신분 제도 하의 사회에서 가장 천한 신분인 기생의 이미지를 덧씌운 육체적 고통이다. 숙향의 육체적 고통은 여기서 끝이 아니다. 자신의 천정배필인 이선을 만나는 과정에서는 술 파는 노파의 농간으로 불구 신세로 전락한다. 팔 하나가 없고, 귀먹고, 눈 멀고, 다리 한쪽만 온전한 불구의 처지로 떨어진다. 노파의 거짓 전언이기는 하나 육체적 고통의 한계치를 보여주는 데 그보다 현실적 표현도 달리 없다. 주루의 기생과도 같은 천인의 신분에서 그보다 더 사회적으로 소외를 받을 수밖에 없었던 불구의 형상으로 그 육체적 고통이 전이된 것이다. 이러한 육체적 훼손 이미지는 숙향의 시부와 친부가 가하는 육체적 소멸 위협으로 이어진다.

이상서가 자신의 아들과 숙향이 혼례를 올린 사실을 알고 살해 명령을 지시한다. 그런데 그 타살 명령을 받는 이가 다름 아닌 숙향의 친부인 김전이다. 시부와 친부에 의한 육체적 소멸 위협은 숙향의 고통스러운 삶 가운데 절정을 이루는 사건이다. 그간의 육체적 고통이 한시적인 것이었다면, 시부와 친부의 매질과 수장을 통한 살해 의도는 숙향의 제도권 안에서의 잔존 여부를 가늠 짓는 중대한 사건이다. 양가 가부장에 의한 육체적 소멸 위협은 당대의 여성 지위를 한눈에 가늠하는 단서이다. 창녀의 몸으로 공자를 유혹했다는 죄명이 그것이다. 그로 인해 타살과 수장을 당할 위기에 봉착하는데 가까스로 가부장권의 세력에서 풀려난 숙향은 더 이상 자신의 육신으로 지상에서 운신하기를 꺼린다. 결국 그녀가 택한 마지막 선택 역시 육체적 소멸이다. 외롭고 쓸쓸한 처지를 비관하며 비단 수건으로 자결[13]을 행한다.

이즈음에서 눈여겨 볼 만한 대목이 등장한다. 이선의 등과 소식을 듣고 숙향이 자결을 포기하고 시부의 가부장권 안으로 편입하는 모습이다. 이선의 등과는 숙향이 그 동안 감수해야 했던 고통을 일시에 소거한다. 5살 때 유기된 순간부터 숙향의 의복은 남루하거나 비천하기 짝이 없었다. 장승상 부부의 집에서 기거하던 때를 제외하고는 언제나 노상에서 벌거벗은 몸으로 구조를 받아야 하거나 주루에 의탁한 기생 이미지의 비천한 복색, 불구의 몸이 전달하는 남루한 복색, 시부와 친부에 의해 옥에 갇힌 죄수의 초라한 복색, 자신을 돌봐 주던 마고 선녀의 무덤에 엎드려 통곡하는 궁박한 차림새의 복색 등 육체적 고통을 상징하는 복색으로 연명했다. 그러나 이선의 장원 급제와 함께 숙향은 마침내 제도권 안의 구성원으로 정착함과 동시에 고통을 상징하는 복색으로부터도 탈피한다.

살펴본 것처럼 숙향의 고통은 육체적 고립과 소멸 위협으로 점철된다. 여아에서 여성으로 성장하는 동안 홑몸으로 떠돌아야 했던 숙향에

13 이 같은 자살은 위기를 설정하여 긴장감을 고조시키는 수법이다(임성래, 「숙향전의 대중소설적 연구」, 『배달말』 18, 배달말학회, 1993, 165면). 숙향은 표진강에서 투신을 기도하고, 사고무친인 신세를 비관해 비단수건으로 자결을 꾀한다. 이러한 형상은 이전 작품의 여주인공이 비극적 상황에 처했을 때 당연시했던 행위이기도 하다. 그러나 〈숙향전〉에서는 이 자살 기도가 연명(延命)의 장치로 활용된다.

게 세계는 위협적이다. 당대의 제도권 안에서 보호 받지 못한 채 소외되었던 존재, 특히 여성이라는 존재를 향해 부당하게 가해졌던 세계의 위력을 통해 〈숙향전〉은 실사판과도 같은 고통을 형상화함으로써 리얼리티를 선사한다. 동서유리 처지의 여성이 겪을 수밖에 없는 육체적 고통의 한계치를 고스란히 재현해 놓았다. 아이러니하게도 그 고통은 오히려 숙향의 생명력을 강인한 연명의식으로 치환한다. 이는 육체적 소멸 주체로서 소외되고 차별받던 존재에 대한 현실적 묘사이자 그 대안을 모색하는 방안이다.

2) 영적(靈的) 초월과 속박의 형상

고전소설의 인물은 현실 속에서 자신이 처한 고난을 해결할 수 없을 때 초월계로 비상해 그 문제를 극복해 내고자 한다. 이는 당대인이 추구하던 이원론적 세계관 안에서 형성된 이야기 담론이자 창작 기법이다. 〈숙향전〉은 이에 부응하는 이원론적 세계관의 서사를 펼친다. 주목할 것은 주인공인 이선과 숙향의 초월 성격이 다른 양상으로 나타난다는 점이다. 이선에게는 현실계의 억압에서 벗어나 자유를 구가하는 초월의 형상이라면, 숙향에게는 오히려 현실계의 억압을 더욱 강조하는 속박의 형상으로 나타난다. 그러다 보니 '고통'의 강도 면에서 숙향의 삶이 상대적으로 육중한 무게감으로 다가오고, 이선의 삶은 무겁게 침잠한 작품 분위기를 활달하게 전환하는 상승감으로 다가온다.

우선 이선의 영적 초월에 주목해 보자. 이선의 현실계는 숙향의 경우처럼 고통의 서사로 나아가지 않는다. 그런 까닭에 간난신고의 삶에서 비껴나 있다. 상서의 아들로 태어나 부귀를 누리며 성장한다. 그가 마주친 시련이라면 요지경 풍경 속에서 본 천정배필 숙향을 찾아 김전의 집에서부터 표진강, 갈대밭, 동촌의 술집 등을 도는 동선에서 볼 수 있는 초조함 내지는 긴장감 정도이다. 숙향과의 인연을 잇기 위해 고뇌하는 정신적 시련일 뿐 아사 상황에 빠지거나 불에 타 죽을 위기에 처한다거나 미천한 신분으로 전락하는 등의 육체적 고통에서 비껴나 있다.

이선의 정신적 시련은 구약담의 동선으로 이어진다. 봉래산과 천태산, 동해 용궁 같은 영적으로 초월한 공간에서 오히려 현실적 억압을 해소하는 시간을 보낸다. 구약담 서사 전에 천자의 아우인 양왕 딸과의 혼사 문제가 불거진다. 이선은 이 문제를 해결하기 위해 봉래산으로 떠난다. 육체적 소멸을 향한 고통이라기보다 현실 문제에 대한 회피 성격의 여정이다. 이선의 영적 구유는 특히 신선계에서 그 성격을 확연히 드러낸다. 선관인 적선이 옥지환을 팔아 술값을 대라며 배를 끌고 가기도 하고, 칠현금을 타고 옥저를 부는 선관 여동빈이, 자신과 같은 신선이었던 이선이 인간으로 살아가는 재미가 어떠한지 묻기도 한다.[14] 봉래산에서 만난 두 선관이 이선에게 구류선 찾기를 포기하고 바둑이나 두며 소일하자고 권하기도 한다. 개언초를 구해 용자의 황룡을 타고 귀환한 뒤 이선의 혼사 장애 문제는 극복되고 초왕에 등극하며 행복한 결말에 이른다.

그에 반해 숙향의 영적 경험은 오히려 현실계의 고통이 생성한 원인을 깨닫도록 하고, 자신의 운명에 순응토록 하는 속박으로 작동한다.

---

14 이적선, 두목지, 안기생, 여동빈 등과의 만남은 이선의 유교적 충효를 드러내는 것이지만 이면적으로는 자유로운 인간의 내면적 지향의식을 보여주는 것이다. 인간의 사적인 욕망을 추구하는 환상의 유희적 기능을 보여준다(김문희, 「숙향전의 환상성의 창출양상과 의미」, 『한민족어문학』 47, 한민족어문학회, 2005, 71면).

숙향은 부모에게 유기된 뒤 정처 없이 유리하다 초월계로 들어선다. 그곳에서 자신이 월궁에서 득죄하고 내려온 선녀이고, 앞으로 15년에 걸친 인고의 시간을 감내해야 지상의 부모와 재회할 것이란 예언을 듣는다. 다섯 번의 죽을 액을 넘기고 나서야 예전의 삶으로 돌아간다는 예언이다. 불과 5세의 나이로 자신의 생 안에 점철된 고통의 시간을 인지하고, 그 시간을 감내해야 한다는 사실을 운명으로 수긍한다. 이러한 영적 경험은 숙향이 능동적으로 자신의 삶을 개척해 나갈 수 없도록 속박하는 기제로 작동한다. 현실계의 문제를 해소하기 위해 초월계를 구유하는 이선과는 분명 다른 양상이다.

숙향은 철저한 운명의 수레바퀴 안에 갇혀 한 치의 오차도 없는 고통의 시간을 걸어 나간다. 표진강 투신의 경우, 장승상 부부의 집에 의탁해 살아오던 시간이 단절되고 더 이상 의지할 데가 없자 선택한 길이다. 고통스러운 현실계에서 그녀의 족적을 지워 내기 위한 극단적 행위이다. 그때 진입한 초월계는 새로운 삶을 향한 모색이기도 하다. 그런데 초월계 경험[15]은 오히려 숙향이 고통으로 점철된 삶을 지속할 수밖에 없는 속박 기제로 작동한다. 자신이 전생에 월연단을 훔쳐 태을에게 주었던 기억을 되살리고, 그 죄를 소멸하기 위해 고행의 시간을 살 수밖에 없다는 사실을 자인하는 경험일 뿐이다.

술 파는 노파의 집에 기거하며 교섭한 초월계의 경험도 마찬가지이

---

15 〈숙향전〉에서 천상적 질서의 서사구조를 이루어 내는 요소는 꿈, 예언이다. 이들은 사건 발생과 결과를 암시 또는 현시해 주는 형식으로 선행적 서사라 할 수 있다. 서사체 내에서 이러한 선행 담화의 지속적, 반복적 배열은 〈숙향전〉의 천상적 혹은 신성소설적 성격을 보여주는 특징이다(정종진, 「숙향전 서사 구조의 양식적 특성과 세계관」, 『한국고전연구』 통권7집, 한국고전연구학회, 2001, 218면).

다. 숙향은 자신과 태을이 함께 있던 요지경 풍경을 수로 놓아 시장에 내 놓는다. 요지경 그림을 매개로 이선과 재회를 하지만, 창녀의 몸으로 공자를 유혹한 죄목으로 시부와 친부에게 투살당하고 수장당할 위기에 처한다. 숙향이 요지경 풍경을 그림으로 남긴 것은 천정배필인 이선과 재회하기 위해서이다. 그러나 주루에 머무는 숙향의 처지는 이선을 둘러싼 강력한 가부장제 사회의 틀에 반역하는 모양새다. 유기된 고아에 미천한 술집의 여자, 시부의 허락도 없이 혼사를 치른 중죄. 숙향의 영적 경험은 오히려 그녀의 처지를 더욱 비극적으로 속박하고 고통스럽게 하는 양상으로 나아가게 한다.

〈숙향전〉의 남녀주인공이 교섭하는 영적 세계는 이처럼 초월과 속박이라는 성격으로 달리 나타난다. 그것은 '고통'의 현실적 무게감이 다른 데서 발생한다. 숙향과 이선이 짊어진 생의 무게, 그것을 해결해 가는 과정이 다르기 때문이다. 궁극적으로는 숙향과 이선의 목표는 같은 곳을 지향한다. 천정배필로서의 인연을 맺고 화평한 세계를 이룩하는 것이다. 그럼에도 불구하고 '고통'의 양상이 초월과 속박이라는 양상으로 나타난 것은 그만큼 복잡한 삶의 다양성을 드러내기 위한 문학적 방편이다.

3. 고통의 문학적 기능

1) 노정형 서사의 완급 조절

〈숙향전〉은 정착지를 떠나 일정한 목적지로 떠났다가 귀환하는 노정형 서사의 전형을 보여준다. 노정형 서사는 비단 〈숙향전〉만의 특징으로 나타나는 이야기 구조는 아니다. 이 작품 이전의 다양한 서사물에서 문학적 전통으로 내려오는 이야기 방식이다. 건국신화에 등장하는 영웅들이나 '거타지', '원광법사' 같은 위인들의 노정형 서사가 그것이다. 노정형 서사의 특징은 노중(路中)에 다양한 사건이 벌어지며 각양각색의 인물이 등장한다는 점이다. 다양한 인물의 등장은 그만큼 복잡하게 얽혀 있는 현실 문제를 불거지게 하고 여러 층위의 사건을 펼쳐지게 하므로 그 작품이 장형의 서사로 발전할 가능성을 시사한다. 〈숙향전〉은 이 같은 노정형 서사의 특질을 충실히 이행한 작품이다.

〈숙향전〉의 노정형 서사는 이전의 서사물보다 생생한 현실감을 전달한다. 특히 여주인공 숙향이 체험하는 고통의 무게가 기시감 내지는 동일시의 감정을 유발한다. '행복'이란 것처럼 희망적이고, 미래를 기약할 수 있고, 피안을 꿈꾸어 볼 수 있는 것이라면 그처럼 당대의 독자와 유대감을 형성하지 못했을 것이다. '절망스러운', '현재의 문제'가 적나라한, '피할 수조차 없는 목전의 현실'이 정신적 육체적 환란과 장애로 나타나는 고통은 그래서 동질감 형성에 성공했다고 할 것이다. 〈숙향전〉은 전통적 창작 기법인 노정형 서사를 선보이고 있는데, 남녀주인공이 겪는 극한의 고통이 직선으로 나아가는 서사의 완급 조절을 담당하고 있어 주목할 만하다.

이 작품의 남녀주인공이 보여주는 노정형 서사는 순차적 동선으로 나타난다. 숙향과 이선이 천상계에서 득죄하여 인간계로 환생하였다가 다시 초월계로 귀환하는 작품 전체의 구조를 보면 그 노정은 동시성을 띤다. 그러나 서사의 주 무대인 현실계를 중점으로 보면 숙향의 노정이 이루어진 후에 이선의 노정이 이어지는 순차적 동선을 보여준다. 두 인물의 노정을 순차적으로 진술하는 이야기 방식은 작품의 분량을 확대하는, 곧 장형의 서사로 나아가게 하는 실질적 기능을 하면서 동시에 속도감 있는 서사를 선사한다. 동일한 공간과 동일한 인물관계에 정체되지 않는 긴박한 서사 전개에 힘입어 〈숙향전〉은 다양한 인물과 사건 속에서 흥미를 자아낸다. 눈에 띄는 점은 노정형 서사의 속도감을 완만하게 조절하는 기능으로 '고통'을 활용하고 있다는 것이다. 그 고통의 성격이 남녀주인공에 있어 다르게 나타난다는 점이 이색적이다.

주인공인 숙향과 이선의 노정은 한시적으로 마무리되는 서사가 아니라 현실계와 초월계를 두루 섭렵하는 이원론적 세계관을 표출하는 서사 장치로 작용한다. 곧 현상계에서 차단된 행복의 근원, 육체적 환난과 소멸을 극복하고 영생의 국토로 상징되는 천상계 존재로서의 복귀 내지는 귀환을 그리는 노정이다. 숙향을 통해서는 육체의 한계를 뛰어넘는 초월계로의 노정을 그리고, 이선을 통해서는 영혼의 불멸을 보여주는 이계로의 노정을 그린다. 같은 노정형 서사를 보여주기는 하나 그 고통의 성격[16]에 있어 차별점이 있다.

인간의 육체는 시공간의 물리적 법칙에 갇혀 있다. 삶이 다하면 자신이 살았던 시간과 공간으로부터 분리된다. 의지와는 상관없는 단절이다. 숙향의 육체적 한계를 넘어선 초월계로의 이입은 이런 면에서 극단의 고통을 요구한다. 물리적 시공의 압력을 해체하고 영생의 시공으로 들어서기 위해서는 그 육체가 소멸 직전까지 가는 극단적 상황을

---

16 「숙향전」에 나타난 인물 사이의 관계는 근본적으로 타자의 고통에 대한 이해를 전제로 한다. 고통을 겪는 대상은 어느 특정한 인물에게만 국한된 것이 아니라 등장인물 모두에게 해당된다. 이 때문에 작품에 등장하는 인물들의 삶은 상호보완적이며 공감할 만한 것으로 다가온다(이기대, 「숙향전에 나타난 생태적 세계관」, 『국제어문』 37, 국제어문학회, 2006, 77-78면).

예견할 수 있기 때문이다. 그런데 이선의 초월계 진입은 육체적 고통을 기반으로 하지 않는다. 초월적 존재들의 도움, 이를테면 동해 용왕의 아들 호위를 받으며 노정의 시작과 끝을 마무리하는 예처럼 크고 작은 호위를 받으며 목적지인 봉래산에 이른다. 도중에 만나는 신선들과의 유유자적한 시간을 보면 오히려 평소 가보고자 욕망하고 꿈꾸던 곳을 둘러보는 듯한 정신적 소유 상태라고 할 만큼 그 노정이 평탄하다.

이런 이유로 노정형 서사의 완급 조절과 '고통'의 관계를 살피기 위해서는 이선보다는 숙향을 통해 접근해 보는 것이 합리적이다. 숙향의 노정은 5살 되던 해에 병란이 일어나 반야산에서 부모에게 유기되는 순간부터 시작한다. 그 노정은 기아 상태의 극단적 고통을 수반한 것이다. 그런데 도적이 숙향을 보고 훗날 귀하게 될 상을 가진 아이임을 알아보고 마을 근처에 두고 가니 행인들이 불쌍히 여겨 밥과 물을 준다. 뿐만 아니라 황새, 까치, 잔나비, 청조, 명사계의 선녀 등 자연계 존재나 초월계 존재들이 나타나 아사를 해결해 주고 세상에 홀로 떨어진 육신을 보호해 준다. 황새 한 쌍이 가을바람에 웅크린 숙향의 몸을 날개로 덮어 주고 잔나비가 삶은 고기를 물어다 주고 푸른 새가 꽃봉오리를 물어다 주어 허기를 면한다.[17] 그러다 보니 이때까지는 숙향의 육체적 고통은 크게 부각되지 않으며 그들의 인도로(사슴을 타고 이동)[18] 자연스럽게 양

17 최기숙은, 이와 같은 비인격적 존재들이 숙향의 생명을 유지할 수 있었던 근원으로 보았다. 곧 「숙향전」이 만물정령론에 근간한 '동화적 상상'의 세계를 전경화한 작품이라는 분석이다(최기숙, 「17세기 고소설에 나타난 여성 인물의 유랑과 축출, 그리고 귀환의 서사」, 『고전문학연구』 38, 월인, 2010, 49면).

18 숙향의 조력자들은 현실계에서는 하층에 속하는 도적이나 피난민이며 그밖에는 자연물과 신인들이다. 권세를 가진 이들이 시혜를 베푸는 것이 아니라 민중이 서로 돕고 자연과 인간이 하나로 이어지며 천상과 지상이 소통하는 세계이다(김수연, 「소통과

부모가 되어 줄 장승상 부부의 집까지 이르는 동선을 그릴 뿐이다.

장승상 부부의 집에서 10년 세월을 평탄하게 보내지만 시비 사향의 모함으로 다시 노정을 떠난다. 장승상 부인의 금봉차와 옥장도를 훔쳤다는 도둑 누명을 쓰고 떠난 노정이다. 숙향은 표진강에 이르러 치마를 잡고 물속으로 투신한다. 표진강이라는 공간부터 숙향의 육체적 환란과 고통은 극대화된다. 이제 그녀는 자신의 몸을 의탁할 공간이 소멸했다. 공간의 소멸은 인물의 행보에 위기로 다가온다. 숙향의 표진강 투신은 바로 이와 같은 공간의 소멸에서 기인한 것이며, 서사의 확장을 위한 새로운 계기로 작용한다. 표진강에서 초월계 존재의 개입으로 연명한 숙향은 수천 리에 걸쳐 펼쳐진 갈대숲에 다다른다. 홀로 갈대밭 속에서 겨우 살아나 노상에 앉아 굶주림에 떤다. 한 노파를 따라가 그날부터 술 파는 주루에 의탁한다. 천정배필 이선을 만나 혼례를 올리지만 낙양 태수에게 끌려가 죽을 고통에 처한다. 창녀의 몸으로 공자를 유혹했다는 죄목 때문이다. 이후 천상계의 개입으로 숙향은 자신을 죽이려고 한 이상서의 눈에 들어 시댁에 의탁한다. 천하국색의 용모에 그 근본이 귀족의 후예라는 사실에 이상서 부부가 감응한 결과이다. 선이 알성과에 장원 급제하여 숙향과 혼인한다. 숙향은 정렬부인에 오르고 친부모인 김전 부부와도 재회해 행복한 시간으로 나아간다.[19]

치유를 꿈꾸는 상상력, 숙향전」, 『한국고전연구』 통권23, 한국고전연구학회, 2011, 444면).

19 숙향은 더 이상 길 위의 존재가 아닌 '집 안의 존재'로 머문다. 집이야말로 여성의 궁극적 처소이며, 집 밖의 세계란 '고난'과 '수난'을 안겨줄 뿐이라고 상상하게 만드는 서사문법이 작동한 결과다. 그런 의미에서 귀환의 서사는 여성이 집으로 돌아온 사실 자체에 중요성이 있는 게 아니라 집으로 돌아오기까지 겪었던 어두운 기억에 대해 어떻게 응답하고 처신했는가를 통해 여성적 삶의 의미에 관해 제안하고 이를 성찰

숙향의 노정형 서사가 이처럼 특정한 공간에서 특정한 공간으로 연속되는 것으로 이어지기만 했다면 당대 독자의 감흥을 불러일으키지 못했을 것이다. 숙향의 노정이 당대인과 교감하며 인기 소설로 부상한 이유는 단순히 공간들의 배열에서 머문 것이 아니라 그 안에 누구나 호응할 만한 감정적 유대감을 형성하는 서사를 심어 놓았기 때문이다. 숙향의 처지에 공감하는 감정적 유대감은 이 노정형 사사의 완급 조절을 담당하는 '고통'이란 삶의 극한점이다. 그 '고통'은 육체적 극한의 상황을 연속적으로 보여주고 있어 긴장감 넘치는 서사에 일조한다.

시공의 변주에만 의지해 자칫 밋밋할 수 있는 노정형 서사의 완급 조절을 하는 것으로, 숙향이 마주한 육체적 고통이 강력한 문학적 기능을 한다. 숙향의 표진강 투신은 '자살'이라는 매우 극단적 고통에 직면한 상황을 보여준다. '자살'이 이처럼 자연스럽게 개입한 것은 당대의 여성이 처해 있던 사회적 환경과 밀접하다. 부모와 남편으로 상징되는 한 가정의 일원으로 구성되어 있지 못한 여성이 노정에 들 경우 사회적 정치적 제도 하의 구조 대상이 되지 못한 채 유리해야 했던 현실을 복사해 낸다. 아울러 〈숙향전〉 안에서 노정형 서사의 완급을 조절하는 기능으로 작용한다.

노정형 서사의 완급을 조절하는 기능으로 숙향이 마주하게 되는 고통으로 태장과 수장이 있다. 친부와 시부가 숙향에게 가하는 태장과 수장 역시 서사의 완급 조절을 하는 육체적 고통으로 작용한다. 만약 이 태장과 수장이라는 고통의 과정 없이 숙향이 친부와 재회하고, 이선과의 혼인을 허락받는 이야기로 나간다면 여주인공의 공간 배열에만

가능한 것으로 변전시키는 힘에서 발견한다(최기숙, 앞의 논문, 51면).

머무는 노정에 머물렀을 것이다. 그러나 여자아이였기 때문에 유기당할 수밖에 없었던 노정의 성격이 당대의 사회 제도권 안에 편입하지 못한 채 유리걸식할 수밖에 없었던 여성의 노정으로 이어지고 있어 실사감을 더한다.

숙향의 천하국색 용모와 관복 짓기 시험에서 드러난 바느질 솜씨 등의 여성적 어필과 귀족 가문의 후예라는 제도권 후광, 그리고 이선과 혼인함으로써 한 가문의 정부인으로 안착하는 행복한 결말이 없었다면 숙향의 노정은 끝이 보이지 않았을 것이다. 이 노정의 완성은 숙향이 감내하고 극복해 낸 육체적 고통으로 이루어진다. 남성 중심의 가계 안에서 이탈한 여성의 노정이 얼마나 핍박받는 행로인지, 그 삶이 얼마나 고단한 것인지 〈숙향전〉의 노정형 서사를 통해 접할 수 있다. 이 소설의 '고통'은 곧 노정형 서사의 속도감을 조절하고, 그 이면에 당대인의 삶을 새겨놓았다는 점에서 특색 있다.

2) 수계(水界) 공간의 변주와 확대

〈숙향전〉에 등장하는 인물들을 둘러싼 배경[20] 가운데 유독 눈에 띠는 것이 수계 공간이다. 주인공인 숙향의 고행담과 이선의 구약담은 물론 숙향의 부친인 김전이 위험에 처한 거북을 구해주는 시혜담[21], 거

---

20 〈숙향전〉의 세계는 거대한 소통의 체계로 상정된다. 이승은 전생과 섬세한 숙명의 고리로 연결되고, 이승에서 행한 마음과 처신은 다시 미래를 구속하는 원인으로 작용한다. 동물(자연)과 인간, 꿈과 현실, 전생과 이생, 신과 인간의 이분법적 세계는 양립 가능할뿐더러 긴밀한 관계망을 형성한다(최기숙, 앞의 논문, 48면).

21 〈숙향전〉에서 인간과 동물이 주고받는 시혜담에 관한 연구는 윤리의식, 인과응보적 도덕관념, 환상적 서사 전략 차원에서 심도 있게 논의되었다(신재홍, 「숙향전의 미적

북이 은혜를 갚는 보은담[22]에서 연이어 수계 공간은 특별한 배경으로 등장한다. 특히 등장인물의 재생과 연명에 직간접적으로 영향을 미치는 서사 동력이다. 〈숙향전〉의 수계 공간이 재생과 연명을 담당하는 축으로 배치된 것은 선대 문학작품 안에서 관습적으로 활용하던 서사 기법을 전승한 것이다.

현실 안에서건 문학작품 안에서건 인간을 둘러싼 세계를 그리는 데 있어 가장 보편적이고도 익숙한 자연 대상이 산과 강이었던 점을 고려하면, 〈숙향전〉의 수계 공간 출현 양상은 그리 신선한 것도 아니다. 관습적으로 이행해 온 창작 구성물이라 하더라도 시대와 작가에 따라 현실의 삶을 은유하는 구성 장치로 달리 표현되어 왔다. 그런 만큼 〈숙향전〉이 함의한 재생과 연명으로서의 수계 공간 출현은 자연스러운 것이다. 당대의 전기수들이 애호했던 도서 목록에 〈숙향전〉이 속해 있었고, 대중소설[23]로서 세대를 뛰어넘는 유행을 불러일으킨 것은 바로 이와 같은 대중적 소통 공간이 중심 역할을 했기 때문이다.

대중적 소통 공간이었던 수계 공간은 등장인물의 재생과 연명에 긴요한 역할을 한다. 숙향이 본격적 노정에 나서며 만난 표진강을 보면,

---

특질」, 『이수봉박사 정년기념 고소설 연구논총』, 경인문화사, 1994, 538면; 이상구, 「숙향전의 문헌적 계보와 현실적 성격」, 고려대학교 박사논문, 1994, 255-256면; 김문희, 「숙향전의 환상담의 서사전략과 독서효과」, 『한국학연구』 37, 고려대학교 한국학연구소, 2011, 170면 참조).

22 보은은 현세적 질서 즉 유교적 관념에 부합하는 것으로써 현세적 가치관 혹은 현세적 가치의 의미를 드러낸다. 곧 당대의 도덕적 윤리관을 이끌어 내는 축이 보은의 서사이다(정종진, 앞의 논문, 214면).

23 임성래는, 숙향의 고난 과정이 독자들의 연민과 동정을 통한 감정이입을 불러일으키고, 천상적 존재의 지속적 보은 서사가 권선징악적 주제를 구현하고 있어 〈숙향전〉이 당대에 대중성을 확보할 수 있었다고 보았다(임성래, 앞의 논문, 157면 참조).

자살을 감행하는 숙향에게 재생의 기회와 연명의 시간을 동시에 부여한다. 숙향과 관련한 수계 공간이 현실계 안에 위치해 있다면, 이선과 관련한 수계 공간은 초월계에 존재한다. 숙향과 관련한 수계 공간이 표진강 한 곳에 머물러 있다면, 이선과 관련한 수계 공간은 현실계뿐만 아니라 초월계로 확장해 다양한 형상과 성격으로 변주된다. 그런 가운데 이선이 느끼는 심리적 중압감을 전달한다. 다시 말해 이선의 고통은 숙향의 고통처럼 육체적 단절이나 소멸을 향한 것이 아니라 정신적 갈등에 집중하고 있다는 의미이다. 수계 공간들은 이선의 심리적 압박감을 형상화해 내는 장치이다.

이선이 김전의 집을 찾아갔을 때 그녀가 병란에 부모와 떨어져 생사를 모르겠다는 사실을 접했을 때의 낭패감, 표진강에서 숙향이 투신한 사실을 알고 느끼는 슬픔, 갈대밭 화덕진군에게 숙향의 향방을 물으며 수행해 내는 발바닥 문지르기(이것은 그녀와 조우할 수 있을 것이라는 기대감을 수반한 심리적 상황), 동촌의 술집 노파가 숙향을 숨겨 두고 보여주지 않을 때의 안달하는 마음과 곧 그녀를 만날 수 있을 것이라는 기대감의 교차, 숙향과 혼례를 치르기 위해 고모인 여부인을 조력자로 내세울 때의 초조함, 자신의 부친이 숙향을 옥에 가둔 사실을 알고 경성집으로 떠날 때의 황망함, 부친의 종용을 뿌리치지 못하고 숙향과 헤어진 채 태학으로 떠날 때의 절망감, 장원 급제한 뒤 숙향을 찾았으나 행적이 묘연하자 불효를 할지라도 그녀를 좇아 지하로 가리라 다짐할 때의 비장함 등이 그가 보여주는 정신적 고통의 전말이다.

이 심리적 중압감이 배가되어 나타나는 곳이 바로 다양한 신들의 세계[24]의 세계를 그린 구약담 공간이다. 이선이 신비한 약초를 구하기 위해 떠난 공간은 봉래산과 천태산, 동해용궁 등이다. 처음부터 구약담 공간은 인간세계가 아닌 곳으로 설정된다. 이선의 선계 노정은 동해 용궁에서부터 회회국, 흐미국, 유구국 등으로 이어진다. 동해 용왕의 공문 한 장으로 그 공간들을 일사천리로 통과한다. 물론 교지국이나 우희국이란 초월계에서 구리성에 갇히고, 크기가 열 자나 되는 짐승에게 잡아먹힐 위기에 처하기도 하지만, 이선을 호위하고 다니는 용자의 부적으로 짧은 순간에 위급한 상황을 모면한다.

이때 드러나는 공간의 성격이 특이하다. 지상(현실계)에서 이선이 마주한 수계 공간은 숙향이 투신한 표진강뿐이다. 그런데 초월계에서는 이르는 곳마다 수계 공간으로 상징된다. 제일 먼저 배를 타고 도착한 동해 용궁은 수계 공간의 성격을 가장 선명하게 드러내는 곳이다. 오래전 장인인 김전이 용왕의 누이를 반하수에서 살려 준 보답으로 귀한 대접을 받는 수계 공간이다. 용왕은 자신의 아들에게 봉래산까지 이선을 호위하도록 명한다. 이후 이선이 거치는 흐미국, 유구국, 교지국 같은 경우 뚜렷하게 수계 공간의 특징을 보이지 않는 곳들이다. 그러나 용자가 호위하며 무사통과한다는 자체로 수계 공간의 성격을 미루어 짐작해 볼 수 있다. 이어 등장하는 우희국 같은 경우 열 자나 되는 짐승이 이선을 잡아먹으려고 하자 급히 배에 올라 용자가 준 부적으로 물리치는 수계 공간이다.

이선은 이후 선계 공간으로 접어드는데, "배가 바람에 밀려 정처 없

---

24 「숙향전」이 다양한 신적 존재들을 등장시키고, 그들 각자에게 다른 벡터를 부여하는 것은 기법의 문제인 동시에 인간관, 세계관의 문제이기도 하다. 신성하고 엄숙한 질서가 세계를 한 치의 오차도 없이 장악하도록 하는 대신, 개별적 존재의 의지와 판단을 존중하고 크든 작든 존재의 선택이 가지는 영향력을 인정하였기 때문이다(지연숙, 「숙향전의 세계 작동 원리 연구」, 『고소설연구』 24, 월인, 2007, 212면).

이 떠 밀려가더니 물속에서 한 선관이 나와" 이선에게 진시황과 한나라 무제도 구하지 못한 것을 얻으러 가느니 헛수고 말고 자기와 선경이나 구경하고 술집이나 찾아다니자고 권한다. 물속에서 나온 선관은 적선 이태백이다. 다른 선관까지 더불어 "이선의 배를 끌며" 술집으로 향하자고 회유한다. 당나라 때 사람으로 도교 팔선에 속하는 여동빈이 "물 위에 뜬" 칠현금을 타고 옥저를 불며 다가와 인간 세상에서 살아가는 재미가 어떠하냐고 묻는다. 이어 다른 선관이 "일엽주를 타고 다가와" 예전 자신들과 함께 살았던 기억이 나느냐고 묻는다. 물속은 아니되 수계의 성격을 띠는 공간들이 거듭 출현하고 있다. 현실계의 수계처럼 물에 잠기면 옷이 젖는 것도 아니고, 물과 뭍의 경계가 뚜렷한 것도 아니다. 자욱한 안개 속에 뜬 풍경처럼 수면과 수심이 모호한 수계 공간으로서의 성격을 보여준다.

신비한 수계 공간의 설정은 현실계의 문제에 봉착해 구약의 길을 떠날 수밖에 없었던 이선의 심리적 고통을 일정 부분 해소해 주는 역할을 한다. 이선은 숙향과 혼사를 치르는 가운데 천자의 아우인 양왕의 딸과 혼인하기를 요구 받는다. 양왕의 딸 매향이 이선의 풍모에 반해 혼인하기를 원하나 이선은 꾀병을 핑계로 입궁하지 않는다. 이를 분하게 여긴 양왕이 이선을 해할 뜻을 품는다. 황태후의 병을 빌미로 양왕이 이선을 추천하여 구약의 길을 떠난 길이므로 숙향과 부모를 뒤로 하고 초월계로 떠나는 이선의 심리적 중압감이나 압박감은 고통 그 자체였을 것이다. 자신이 황태후를 구할 영약을 구하지 못하면 가문에 화가 닥칠지도 모를 일이요, 인간세계가 아닌 초월계로 떠나는 길이므로 생사를 기약하기도 어려웠다. 이러한 이선의 심리적 고통이 선계의 수계 공간에서 배에 탄 채 신선들에게 이리저리 이끌리며 유유자적한 시간을 보내는 것으로 해소되는 것이다. 신선들은 현실계에서의 문제를 잊고 자신들과 한가한 시간을 보내자며 회유까지 한다. 현실문제로부터 탈피하고 싶은 이선의 무의식이 강하게 드러난다.

이후의 초월계 공간들 역시 수계의 성격을 짙게 드리운 곳들이다. 이선이 봉래산에 이르러 선약이 있는 산상으로 향하고자 한다. 그러나 천길 벼랑이 앞을 막는다. 봉래산의 선관들이 자신들과 바둑이나 두고 산천이나 구경하자고 말한다. 이때 이선은 낙담하고 조롱당하는 심리적 상황에 처하지만 그 역시 일시적이다. 한 선관에게 차를 얻어 마시고 봉래산에서 놀다가 능허선의 딸 설중매와 부부였던 일을 기억해 낸다. 설중매가 양왕의 딸 매향으로 환생한 사실도 깨닫는다. 이선은 마침내 선관 구류선에게 혼백이 돌아오는 환혼수와 썩은 살이 살아나는 옥지환, 말문을 열어주는 개언초를 얻는 데 성공한다. 이 대목에 이르러 이선은 현실계에서 불거진 혼사 장애 문제의 원인을 깨닫는다. 양왕의 딸 매향이 전생에 자신과 부부였던 사실을 깨달은 것이다.[25] 이는 이선이 현실계로 돌아와 숙향과 혼인하고 매향과도 혼인하여 화락하게 여생을 마치는 결론[26]을 뒷받침하는 근거로 작용한다.

---

25 경일남은, 종전의 연구에서 밝히지 못했던 이선의 적강 원인을 '사통죄'로 규명했다. 즉 이선이 천상에서 설중매와 혼인한 신분임에도 불구하고 월궁 소아와 희롱하여 남녀상희죄에 연루된 사실을 지적한 것이다. 이 사통죄가 이선이 하강해 겪는 고난의 기본적 생성 원리로 작동함에 주목했다(경일남, 「숙향전의 고난양상과 결연 의미」, 『논문집』 24(2), 충남대학교 인문과학연구소, 1997, 24-25면 참조).

26 이선은 구약여행을 통해 개인적 영달뿐만 아니라 사회적 국가적 영역에서도 존재의 질적 변화를 거둔다. 이 여행을 통해 매향과의 결연을 획득한다. 이것은 곧 공적 영역에서 갈등을 유발한 대상과 우위의 입장에서 화해함으로써 확고한 위치를 자리매김한다. 결국 구약여행을 통해 그를 둘러싼 세계와의 모든 갈등을 해소한 것이다(이명현, 「숙향전의 통과의례적 구조와 의미: 신화적 구조와 세계관의 변용을 중심으로」,

주목할 것은 봉래산으로 입도하는 과정 역시 용자를 타고 이동하고, 천태산으로 가는 길 역시 배를 타고 이동한다는 사실이다. 천태산 산중에서는 내가 깊어 건너지 못하자 중이 나타나 육환장을 던져 다리를 만들어 준다. 마고할미를 만나고 돌아 나오는 길에 잠든 곳도 냇가이다. 영약을 구해 돌아오는 길도 용자가 시키는 대로 "배에 올라 눈을 감고 있었더니 순식간에 황성 영회관 물가"에 닿는 것으로 마무리된다. 이선의 육체로 넘나들지 못하는 경계는 어김없이 수계 공간으로 나타나고 있다. 아울러 그 난관을 어떻게 극복해야 할까 하는 그의 심리적 고통을 해소해 주는 대상으로 수계의 존재들이 나타난다. 이선의 행로마다 다양한 수계 공간이 펼쳐지며 난관 해결의 기능을 한다. 그런 가운데 이선의 심리적 중압감을 덜어 주는 역할을 한다. 현실계에서 봉래산까지 펼쳐지는 이선의 동선을 보면 상상의 세계를 마음껏 소유하는 인상을 준다. 물리적 장벽이 없는 영적 세계가 다양한 수계 공간으로 변주되고 확대되는 가운데 등장인물의 심리적 고통이 해소된다.

〈숙향전〉은 살펴본 것처럼 정신적 구유처로써의 수계 공간을 선사한다. 이것은 당대의 혹은 전대의 문학 전통 안에서 습용되던 수계 공간을 변주하고 확대한 것이다. 물리적 장벽을 제거한 다양한 층위의 수계 공간, 그 안에서 현실적 고심을 해소하는 이선을 통해 자유자재한 당대인의 상상력과 기발한 창작의식을 엿볼 수 있다.

『어문연구』 34, 한국어문교육연구회, 2006, 123면).

4. 결론

이 글은 〈숙향전〉에 나타난 '고통'의 문학적 해석에 목적을 두었다. 〈숙향전〉의 '고통'은 우선 여주인공을 육체적 소멸 주체로서 형상화하는 양상으로 나타난다. 〈최치원〉, 〈만복사저포기〉, 〈이생규장전〉, 〈하생기우전〉, 〈운영전〉, 〈주생전〉 등의 서사 안에서는 여주인공이 죽고 나면 남주인공 역시 육체적 소멸을 경험하거나 속세를 떠나 자취를 숨겨버린다. 작품의 동력을 잃은 셈이다. 그와 함께 중·단편 분량으로 서사의 막을 내린다. 조선 후기, 변모하는 시대상과 세계관에 부응하기 위해 작가는 서사의 중추적 역할을 하는 여성 인물의 육체적 소멸을 부정하기에 이른다. 〈사씨남정기〉, 〈구운몽〉, 〈최척전〉, 〈춘향전〉 등의 여성 인물이 대표적인데, 그녀들은 죽음의 세계로 떠나는 대신 현실계의 관습과 제도에 맞서 기나긴 노정 위에 서서 간난신고의 시간을 감내하는 인물로 거듭난다. 이전 서사작품의 인물보다 강한 생명력의 주인공이 탄생하면서 장형의 서사작품이 문학사에 출현한다.

숙향은 전통적이고도 관습적인 육체적 소멸 주체로서의 형상을 보여주는 인물이다. 그녀는 병란 속에서 부모에게 유기된다. 부모의 어린 딸 유기는 서사의 향방이 육체적 소멸이 아닌 고통의 시간으로 연결되는 데 중요한 기능을 한다. 숙향의 고통은 표진강 투신과 갈대밭 화염 속에서 극대화된다. 알몸으로 동서유리하는 걸인의 형상에서 술 파는 노파의 집에 의탁해서는 기생의 신분으로 떨어진다. 이선을 만나는 과정에서는 불구 신세로 전락한다. 육체적 훼손 이미지는 시부와 친부에 의한 육체적 소멸 위협으로 이어진다. 당대의 제도권 하에서 보호받지 못한 채 소외되었던 여성이 당한 고통을 형상화함으로써 리얼리티를 선사한다.

〈숙향전〉의 '고통'은 또한 영적 초월과 속박의 형상화 양상으로 나타난다. 이 소설은 현실계와 초월계를 포용하는 이원론적 세계관의 서사를 펼친다. 이선에게는 현실계의 억압에서 벗어나 자유를 구가하는 곳이 초월계라면, 숙향에게는 오히려 현실계의 억압을 더욱 강조하는 속박의 형상으로 초월계가 그려진다. '고통'의 강도 면에서 숙향의 삶이 육중한 무게감으로 다가오고, 이선의 삶은 무겁게 침잠한 작품 분위기를 활달하게 전환하는 상승감으로 다가온다.

이선의 현실계는 숙향의 경우처럼 고통의 서사로 나아가지 않는다. 그의 시련은 황태후를 살리기 위해 떠나는 구약담 과정에서 겪는 정신적 갈등뿐이다. 이마저도 영적으로 초월한 공간에서 해소하는 시간으로 연결된다. 그에 반해 숙향의 영적 경험은 오히려 현실계의 고통이 생성한 원인을 깨닫도록 하고, 자신의 운명에 순응토록 하는 속박으로 작동한다. 월궁에서 득죄하고 내려온 선녀이고, 앞으로 15년에 걸친 인고의 시간을 감내해야 지상의 부모와 재회할 것이란 예언, 그리고 다섯 번의 죽을 액을 넘기고 나서야 예전의 삶으로 돌아간다는 예언은, 숙향이 능동적으로 자신의 삶을 개척해 나갈 수 없도록 속박하는 기제로 작용한다. 이처럼 '고통'의 양상이 초월과 속박이라는 양상으로 나타난 것은 그만큼 복잡한 삶의 다양성을 드러내기 위한 문학적 방편이다.

고통의 형상을 이처럼 나누어 놓은 데에서 그 문학적 기능을 살펴볼 수 있다. 첫 번째 기능은 노정형 서사의 완급 조절이다. 〈숙향전〉은 정착지를 떠나 일정한 목적지로 떠났다가 귀환하는 노정형 서사의 전형을 보여준다. 숙향은 육체의 한계를 뛰어넘는 초월계로, 이선은 영혼의 불멸을 보여주는 이계로 노정을 떠난다. 숙향의 표진강 투신은

'자살'이라는 매우 극단적 육체적 고통을 보여준다. 숙향이 마주하는 또 다른 고통으로 태장과 수장이 있다. 친부와 시부가 숙향에게 가하는 태장과 수장 역시 서사의 완급 조절을 하는 육체적 고통으로 작용한다. 이 소설의 '고통'은 노정형 서사의 완급을 조절하고, 그 이면에 당대인의 삶을 새겨 놓아 주목할 만하다.

두 번째로 '고통'은 수계(水界) 공간의 변주와 확대에 기여한다. 숙향의 고행담과 이선의 구약담은 물론 숙향의 부친이 위기에 빠진 거북을 구해주는 시혜담, 거북이 은혜를 갚는 보은담 등에서 수계 공간은 특별한 배경으로 등장한다. 숙향에게 영향을 미치는 수계 공간은 표진강뿐이다. 그런데 이선이 경험하는 초월계는 이르는 곳마다 수계 공간으로 설정된다. 신비한 수계 공간의 설정은 현실계의 문제에 봉착해 구약의 길을 떠날 수밖에 없었던 이선의 심리적 고통을 해소해 주는 역할을 한다. 현실계에서 봉래산까지 펼쳐지는 이선의 동선을 보면 상상의 세계를 마음껏 소유하는 인상을 준다. 이것은 당대의 혹은 전대의 문학 전통 안에서 습용되던 수계 공간을 보다 다양하게 변주한 것이다.

〈숙향전〉은 이처럼 '고통'이라는 보편적 삶의 한 단상을 독창적 서사 기법으로 녹여 낸 작품이다. 여주인공을 통해서는 당대의 민중이 처해 있던 억압과 핍박의 현실을, 남주인공을 통해서는 현실 문제를 이상세계로 옮겨 해소해 보고자 하는 자유의식 혹은 귀족 후예로서의 호사로운 삶을 투영해 낸다. 남녀주인공의 각기 다른 고통의 형상은 당대의 삶을 실사적으로 옮기는 동시에 행복을 염원하는 인간의 본성을 역으로 구현한 것이다.

〈숙향전〉에 나타난 환상성의 작동 방식과 의미

1. 서론

〈숙향전〉은 현실계와 초월계의 교섭에 중점을 둔 작품이다. 등장인물과 연결된 사건은 현실성을 띠면서도 환상적 성격으로 시종일관 이어진다. 그 사건은 대개 산이나 강, 바다, 동물, 식물, 비, 바람, 구름과 같은 지리적·지질적 환경뿐만 아니라 대지를 주관하는 후토부인, 불을 맡아 다스리는 화덕진군, 용왕의 딸이자 선녀인 용녀, 생명 창조주로서의 삼신인 마고 등 자연물을 상징하는 존재들이 교섭하는 과정에서 벌어진다. 일상적이고도 현실적인 것과 특수하고도 초월적인 것의 교섭은 이 작품의 환상성을 극대화한다.

그간의 〈숙향전〉 연구는 초월적 삶과 현실적 삶을 양분해 그 가치와 의미를 규정하는 논의로 집중되었다. 이 작품을 숙명론적으로 접근한 연구[1]는 주인공들이 실현해 내는 천정 원리에 따른 삶에 초점을 맞추었다. 한 치의 오차도 없이 진행되는 천정 원리의 지상적 실현은 이 작품

---

1 차충환, 「숙향전의 구조와 세계관」, 『고전문학연구』 15, 태학사, 1999.

이 애초 숙명론적 세계관을 모태로 출발했다는 점을 보여준다. 반면에 초월적 세계를 거울삼아 오히려 현실 세계의 문제점을 재발견하고 있다는 연구[2]는 이 작품이 당대의 통념과 규범에 순응하면서도 자유를 구가하고자 한 당대인의 욕망을 담고 있다고 본 견해이다. 이원론적 세계관을 바탕으로 한 환상담에 주목한 논의[3]는 〈숙향전〉의 판타지 성격을 구체화하는 데 일조했다.

작품 내의 시공간적 배경이나 세계가 움직이는 원리를 분석한 연구[4]는 이 작품의 시공간이 가역성과 불가역성의 관계에 놓여 있다는 사실을 밝힘으로써 창작기법의 독창성을 살피는 계기를 마련하였다.[5] 〈숙향전〉의 생태적 세계관을 탐색한 논의[6]는 기존 연구들에서 등장인물들과 자연물의 상호 관계성을 '보은의 관계'로만 설정해 접근했다는 것을 지적하며 '공존과 공생'이라는 생태적 사유의 지향점으로 접근해 볼 것

---

2 이상구, 「숙향전의 문헌적 계보와 현실적 성격」, 고려대학교 박사논문, 1994.

3 김문희, 「숙향전의 환상성과 창출양상과 의미」, 『한민족어문학』 47, 한민족어문학회, 2005.

4 지연숙, 「숙향전의 세계 형상화 작동 원리 연구」, 『고소설연구』 24, 월인, 2007.

5 이외의 주요 연구 성과는 다음과 같다.
조희웅, 「17세기 국문 고전소설의 형성에 대하여: 숙향전을 중심으로」, 『어문학논총』 16, 국민대학교 어문학연구소, 1997.
구충회, 「숙향전의 이본고」, 고려대학교 교육대학원 석사논문, 1983.
나도창, 「숙향전 연구」, 숭실대학교 대학원 석사논문, 1984.
민경록, 「숙향전 배경설화의 종합적 연구」, 『어문론총』 32, 경북어문학회, 1998.
경일남, 「숙향전의 고난양상과 결연의미」, 『논문집』 24, 충남대학교 인문과학연구소, 1997.
양혜란, 「숙향전에 나타난 서사기법으로서의 시간문제」, 『우리어문학연구』 3, 외국어대학교 1997.
이명현, 「숙향전의 통과의례적 구조와 의미: 신화적 구조와 세계관 변용을 중심으로」, 『어문연구』 34(2), 한국어문교육연구회, 2006.

6 이기대, 「숙향전에 나타난 생태적 세계관」, 『국제어문』 37, 국제어문학회, 2006.

을 제안했다. 〈숙향전〉의 공간 구성에 대한 논의[7]도 충실하게 이루진 바 있다. 이 역시 작품의 공간 배경을 비현실 공간과 현실 공간으로 나누어 그 성격과 의미를 조명하였다.

이 논문은 〈숙향전〉에 나타난 환상성의 작동 방식을 살피고 그 의미를 밝히고자 하는 데 의의를 둔다. 단일한 시간의 확정성, 수평적 공간의 신축성을 통해 환상성을 살피거나[8], 대상세계에 대한 괴이함과 이를 수용하는 인물의 인식 과정이 독자의 환상성을 유도하는 서술 패턴에서 환상성을 유추하거나[9], 현실 공간 안에 포섭된 신화적 공간을 통해 초현실계의 환상성에 주목한[10] 선행 연구는 〈숙향전〉이 어떠한 경로를 통해 환상 담론을 형성하고 표출하는지 지표가 되는 논의들이다. 이원론적 세계가 교섭하는 작품인 만큼 환상적 성격을 띨 수밖에 없고 그러한 지표를 찾아내는 작업은 보다 다양한 관점에서 지속적으로 수행되어야 할 부분이다. 그런 가운데 이 작품이 지닌 고도의 문법은 물론 동시대 혹은 선후대 소설 사이의 환상 담론에 대한 이해를 넓힐 수 있다.

그 연장선에 선 논의로 먼저 환상성의 작동 방식이 환상계의 지속적 응시와 관조, 물리적 공간의 비물질화 변용, 가사(假死)체험의 은유와 은닉을 통해 표출되는 세 가지 양상을 살펴보기로 한다. 이와 같은 소설적 문법을 통해 이 작품이 추구하고자 하였던 '공동체적 사랑의 복원'이라는 문학적 의미에 도달해 보고자 한다. 이를 통해 〈숙향전〉의

---

7 최재웅, 「숙향전의 공간 구성의 의미」, 『어문연구』 43, 어문연구학회, 2003.

8 지연숙, 앞의 논문 참조.

9 김문희, 앞의 논문 참조.

10 김수연, 「소통과 치유를 꿈꾸는 상상력, 숙향전」, 『한국고전연구』 통권 23, 한국고전연구학회, 2011.

독특한 문식을 이해하는 논의에 보탬이 되고자 한다.[11]

2. 환상성의 작동 방식 양상

1) 환상계의 지속적 응시와 관조

〈숙향전〉의 환상계는 등장인물을 지속적으로 응시하고 관조하는 주체로 작동한다. 등장인물이 주체가 되어 환상계를 응시하고 관조하는 서사법과 다른 문식이다. 환상계가 단순히 수동적 배경으로만 등장하는 것이 아니라 사건의 본질에 관여하고 개입한다는 뜻이다. 이는 이원론적 세계관을 바탕으로 살았던 당대인의 사유체계를 반영한 결과이다.

가령 여주인공의 부친인 김전이 풍랑을 만나 죽을 지경에 이르렀을 때 거북이가 나타나 구해 주는 대목이 그러하다. 물론 어부들에게 잡혀 죽을 처지에 달한 거북을 김전이 먼저 구해 준 것에 대한 보답이긴 하나 보은의 때를 기다리며 김전을 지속적으로 응시하고 관조하고 있었던 환상계의 힘이 작동했기 때문에 사경에 빠진 그를 구할 수 있었다.

김전이 거북을 구해 주기 직전으로 이야기를 소급해도 그 논리는 적용된다. 강가에서 어부들이 거북이를 잡아 구워 먹으려고 하는 찰나 김전은 그 거북의 이마 위에 새겨진 하늘 천(天)자를 보고 비상한 영물임을 감지한다. 이것은 환상계가 영물을 알아보는 인물이 있는지 시험하기 위한 응시와 관조의 과정인데, 김전이 그것을 알아보았고 서로

---

11 「숙향전」, 『한국고전문학전집』 5, 황패강 역주, 고려대학교 민족문화연구소, 1993.

보은 관계를 맺게 된 것이다. 인간의 사고와 행위에 대응하는 환상계의 적극적 개입 의지가 반영된 문법이다.

한 번 인연을 맺은 대상에 대한 환상계의 응시와 관조는 지속된다. 김전 부부가 달구경을 할 때 홀연히 공중에서 꽃송이가 장 씨의 치마에 떨어졌다가 회오리바람에 산산이 흩어져 날아가 버린다. 숙향이 장차 겪게 될 파란만장한 운명을 예고하는 이미지다. 이 예고에서부터 지속된 환상계의 응시와 관조는 전란에 이르러 그녀가 부모에게 유기되자 황새 떼를 보내 날개로 추위를 막아 주고 원숭이 떼를 보내 물고기를 갖다 주어 허기를 면하게 하는 장면으로 이어진다. 숙향이 환상계의 지속적 응시와 관조 속에서 연명할 수 있었다는 사실은 선경에서 만난 후토부인의 말로도 증명된다. "선녀가 인간세계에 내려와서 고초를 겪는다는 소식을 듣고 원숭이와 황새, 파랑새를 보내었는데 그것을 보았느냐" 경계를 초극해 세계를 기본적으로 유기체적인 전일체로 인식했던 세계관[12]이 엿보인다.

숙향을 향한 환상계의 응시와 관조는 표진강 투신 대목에서도 볼 수 있다. 동해 용왕의 셋째 딸이자 표진강 용왕의 아내인 용녀가 숙향의 투신을 막는다. 숙향의 부친인 김전이 구혜 준 은혜를 갚기 위해 온 용녀이다. 용녀는 월궁소아가 천상에서 죄를 짓고 인간계에 태어나 유기도 당하고 화재도 만나고 낙양 옥중에서 사형을 받지만 훗날 귀하게 된다는 사실을 미리 들어 알고 있다고 밝힌다. 이 말은 숙향을 향한 환상계의 지속적인 응시와 관조가 이미 오래 전부터 이루어지고 있었음을 알려준다. 문학작품에서 '강'이라는 자연은 주인공의 비범성과 고

12 차충환, 앞의 논문, 201면.

귀한 성격을 자연스럽게 부각[13]하는 기능을 하는데, 이 작품 역시 표진강 용녀의 응시와 관조를 받는 대상으로 숙향을 내세움으로써 그 비범성을 강조한다.

환상계의 적극적 개입에 따라 등장인물의 사고와 행위 역시 능동적으로 변화한다. 환상계의 응시와 관조의 대상으로만 머물지 않고 주체성을 확립해 간다. 숙향이 노제[14]를 지내는 서사에서 그 특질이 드러난다.[15] 형주자사로 순행을 떠난 남편을 찾아 발행하는 길에 노전에서 제문을 지어 화덕진군의 은혜에 술을 올리고 표진강에서는 용녀들을 위한 제사를 지내며 쌀 닷 섬의 밥을 지어 짐승들의 배를 채워 주는 일은 자신을 도와주었던 환상계의 무한한 은혜에 보답하는 행위[16]이다. 또한 다섯 번의 죽을 액을 치러내며 깨우친 정체성을 확인하는 행위이다. 그 정체성은 현실계의 어떤 고액으로도 무너뜨릴 수 없는 단단한 생명의 본질이다. 세상의 배신과 모략, 위해에도 견뎌 내는 건강한 생명력이다. 그

---

13 김용기, 「강·산의 초월적 성격과 문학적 대중성」, 『어문논집』 46, 중앙어문학회, 2011, 16면.

14 이 노제 공간은 〈최치원〉을 비롯해 〈만복사저포기〉, 〈주생전〉, 〈종옥전〉 등에 이르기까지 이승에서 못다 한 애정을 담거나 인간의 이중 심리를 드러내는 방편으로 활용되고 있다(김현화, 「고전소설에 나타난 노제(路祭)의 문학적 의미」, 『어문연구』 61, 어문연구학회, 2009).

15 숙향에게 일어나는 연쇄적 고난은 슬픔의 정서를 구조화하고 강화하는 장치이다. 숙향의 슬픔은 그녀가 고난을 겪고 슬픔에 빠진 장소를 되짚어 가는 과정을 통해 한 가지씩 해소되는 양상을 보인다(서유경, 「숙향전의 정서 연구」, 『고전문학과 교육』 22, 한국고전문학교육학회, 2011, 73면).

16 이 작품이 보여주는 숙명과 보은은 한편으로는 위로가 되면서도 한편으로는 죄책감을 덜어주는 이데올로기로 작동한다. 숙향을 버린 부모, 숙향과 같은 버려진 아이를 돌보지 못한 마을사람들, 보호망을 제대로 갖추지 못한 사회가 자신을 변명할 수 있는 기제로 쓰이고 있음을 부인할 수 없다(김경미, 「'버려진 딸'에 대한 기억의 장」, 『고전문학연구』 39, 월인, 2011, 111면).

생명력을 잉태시켜 준 환상계에 대한 헌사가 수차례의 노제로 나타난다.

이처럼 〈숙향전〉의 환상계는 서사 주체와 대등한 위치에서 사건을 연속적으로 변화시키는 주역으로 나타난다. 자연 그 자체로든 자연물을 상징하는 환상적 존재로든 등장인물에 대한 응시와 관조를 지속적으로 수행하는 주체로 기능한다. 그 응시와 관조 속에는 인간을 향한 절대적 지지와 배려가 들어 있다. 그 응시와 관조 속에서 숙향은 전인적 인간으로 성장해 간다. 숙향의 유년시절 유기담을 통해 인간이 인간에게 가하는 충격과 공포를 전하는 한편 환상계의 지속적 개입을 통해 무궁한 생명력의 본질을 깨닫게 한다. 인간과 환상계의 교감을 통해 가정의 해체와 유리, 생사의 경계를 오가는 현실적 고통들이 극복되는 환상 서사를 구현해 낸다.

2) 물리적 공간의 비물질화 변용

현실계와 환상계의 교섭이 일어나는 경계는 물리적 장벽이 사라진 비물질적 공간이다. 그런 까닭에 현실계의 인물이나 환상계의 이인이 서로 내왕할 수 있게 된다. 곧 물리적 공간이 비물질적 성격으로 변용된 것이다. 〈숙향전〉은 환상담이 주조를 이루는 서사이기 때문에 두 경계의 인물들이 내왕할 수 있는 비물질적 공간이 중요한 역할을 한다. 주목해 볼 것은 현실계와 환상계의 경계만이 아닌 현실계 안의 공간마저 비물질적 성격으로 변용되어 서사가 진행된다는 점에서 특이하다. 그곳은 '현실계 경계 공간'[17]이면서도 환상 서사의 유입이 가능한 배경이다.

17 이 공간에 존재하는 등장인물은 분명 현실계에 거주하고 있으나, 이 공간은 현실계

전란 속에서 부모에게 유기된 채 정처 없이 떠돌던 숙향은 자신을 구원해 줄 장승상의 집으로 찾아간다. 그 거리가 3천300리 길이다. 이 물리적 거리는 비물질적 공간으로 변용된다. 숙향을 태운 흰사슴이 한 번 굽을 치고 달리자 번개같이 흠남군 땅 장승상의 집 뒷동산에 닿는다.[18] 3천300리나 되는 공간을 찾아가는 여정이 개입된다면 작품의 속도감이 현저히 떨어지고 주제도 불분명해질 수 있다. 그 거리를 비물질적 공간으로 처리함으로써 환상성이 강화하면서 숙향의 다음 여정에 탄력을 주게 된다.

숙향은 표진강에서 용녀들이 건넨 차를 마시고 자신이 천상의 월궁 소아였던 기억을 떠올린다. 그곳에서 연인이었던 태을진군도 인간계에 태어났다는 사실을 알게 된다. 그가 살고 있는 곳은 숙향이 있는 곳으로부터 3천 여리나 떨어진 낙양이다. 육지로 가면 1년을 가도 닿지 못할 거리지만 용녀들의 연엽주를 타고 순식간에 낙양 땅에 이른다. 3천 여리 안의 물리적 공간들이 비물질화되어 생략된 것이다. 숙향이 노전에서 화재로 죽게 되었을 때도 4천300 여리 밖의 화덕진군이 나타나 숙향을 구한다. 긴박한 상황에 맞는 속도감을 선사하는 동시에 환상

의 물리 법칙으로부터 벗어나 있다. 환상계에서 보이는 체계화된 지배질서가 표면적으로 나타나지 않는다. 여기에 속한 존재 역시 어떤 공동체에 속해 있기보다는 대부분 단독으로 등장하거나 극히 개인적으로 나타난다. 그러나 현실계 경계 공간 역시 우주의 일부분으로서 상제의 천명 아래 놓여 있다(조재현, 『고전소설의 환상세계』, 월인, 2009, 114-115면).

18 〈숙향전〉에서 시간의 흐름은 조작이 불가능한 대상이지만 공간에 대해서는 다른 태도를 취한다. 공간적 거리를 조작할 수 있는 것은 수평적인 세계에 한정된다. 명사계는 걸어서 도착할 수 있으며, 용궁도 배를 타고 항해할 수 있는 곳이다. 이질적인 공간들은 모두 같은 평면 위에 존재한다(지연숙, 「숙향전의 세계 형상과 작동 원리 연구」, 『고소설연구』 24, 월인, 2007, 200-201면).

성을 가미하는 문식이다.

숙향이 이화정에 의탁해 생계를 잇던 어느 날 홀연히 불똥이 공중에서 떨어져 그녀가 수놓은 봉황의 날개를 태워 버린다. 그 불똥은 천 리 밖의 갈대밭에 있던 화덕진군이 찾아와 떨어뜨린 것이다. 숙향이 수를 놓고 있던 순간에 이선이 그녀를 찾아 노전에 들렀고, 화덕진군은 그녀가 천 리 밖 이화정에 있다는 것을 증명하기 위해 순간 이동을 해 봉황의 날개를 태운다. 물리적 공간의 비물질화 변용은 이선의 구약 여행담에서도 부각된다. 그가 용궁을 거쳐[19] 호밀국, 유리국, 교지국 등에서 이태백, 두목지, 구류선 등과 조우하는 선계 공간은 아예 물리적 제약이 생략된 곳이다. 그들과 파초선을 타고 이동하거나 이야기하는 가운데 머무는 곳이 바뀔 뿐이다. 이 비물질적 공간은 의식적 세계를 해체하고 무의식적 세계의 다양한 감각을 활성화시키는 유희적 측면의 세계[20]를 상징한다.

〈숙향전〉은 만물정령론에 근간한 '동화적 상상'의 세계를 전경화한 작품[21]답게 다채로운 비물질화 공간을 배경으로 사건이 전개된다. 그 배경은 때로 명확한 시각화 과정을 거치기도 하고 의도적으로 생략되기도 하면서 작품의 흥미를 높인다. 물리적 공간의 비물질적 변용은

---

19 남해 용자는 주인공을 데리고 현실계와 전혀 다른 시공간의 성격을 지닌 환상계를 지나기 위하여 중간자적 역할을 자처하고 있다. 환상계에 대한 여러 가지 정보를 인간에게 설명해 줌으로써 작품 안에서 환상계를 구체화시키는 데 중요한 역할을 하고 있다(조재현, 앞의 책, 351면).

20 김문희, 「숙향전의 환상담과 서사전략과 독서효과」, 『한국학연구』 37, 고려대학교 한국학연구소, 2011, 186면.

21 최기숙, 「17세기 고소설에 나타난 여성 인물의 유랑과 축출, 그리고 귀환의 서사」, 『고전문학연구』 38, 월인, 2010, 49면.

〈숙향전〉의 서사를 긴밀하게 구성하는 역할을 한다. 이러한 문법은 무정형의 세계를 정형화하거나 정형화되어 있던 세계를 무정형화 함으로써 환상성을 배가시킨다. 물리적 공간의 배제와 생략은 서사에 속도감을 부여하고 독자의 상상적 울타리를 확대한다. 자연의 숨은 공간에 대한 상상력의 발로에서 기인한 문법이다. 현실계의 문제를 보다 다채로운 공간에서 실현해 보고자 했던 당대인의 염원이 이와 같은 환상 활용으로 나타난 것이다.

3) 가사(假死)체험의 은유와 은닉

〈숙향전〉은 5세 소녀가 20세가 될 때까지 현실에서 겪을 수 있는 온갖 고초를 다룬 이야기다.[22] 어린 숙향은 부모로부터 유기되어 홀로 유리 생활을 하고 남의 집에 의탁하지만 모함으로 인한 누명을 쓰고 물에 빠져 죽을 위기와 불에 타 죽을 위기에 처한다. 술 파는 노파의 집에 기대 살며 연명하는 모진 부침도 경험한다. 천정인연이라고 조우한 이선과의 결연 역시 쉽지 않다. 시부와 친부에게 투옥되고 투살될 위기에도 처하니 인간세계의 고통이란 고통은 모두 짊어진 형국이다. 숙향이 그 모진 시련을 이겨낼 수 있었던 것은 환상계의 지지와 배려 덕이다. 현실계의 고통을 환상계 속에서 치유하고 그 고통의 원인을 이해하게 된다. 그런데 그것이 가사(假死)체험을 은유한 것이고, 환상

22 지상에서의 시련을 통해 천상적 존재인 숙향의 정체성을 회복한다. 곧 자신의 진정한 존재를 깨닫게 되는 것이다(이명현, 「숙향전의 통과의례적 구조와 의미」, 『어문연구』 34(2호) 통권 130호, 한국어문교육연구회, 2006, 119면).

계가 그 은닉처로 작동된다는 점은 이 작품의 독특한 문식이다.

숙향이 부모와 유리되어 떠돌다 푸른 새를 따라 이른 곳이 요지연이다. 자연의 한 귀퉁이가 벌어지고 열린 환상계이다. 숙향은 후토부인을 만나 인간계에서 다섯 번 죽을 액을 치르고 나면 15년 뒤에 영화를 볼 것이라는 예언을 듣고 현실계로 돌아온다. 이곳에서의 환상[23] 경험은 가사체험을 은유한 것으로 접근해 볼 수 있다. 후토부인이 내어 준 흰사슴을 타고 현실계로 돌아온 순간 숙향은 배고픔을 느낀다. 타고 왔던 사슴이 물지나 않을까 두려워하기도 한다. 환상계에서의 경험을 기억하지 못하는 것이다. 이는 한동안 의식이 없어지거나 호흡과 맥이 멎어 죽은 것처럼 되는 가사(假死)체험을 은유한다.

겨우 5세 아이를 이야기의 도입 단계부터 죽음의 세계로 내모는 서사는 너무 직설적이라 공감대를 형성하기 어렵다. 죽음을 인식하는 주체로, 또 그것을 독자에게 전달하는 나이로 5세란 설정은 설득력이 떨어진다. 죽었으되 죽지 않은 경계의 은유가 필요한 대목이다. 그것이 바로 가사(假死)체험이다. 어린 몸으로 여러 개의 산을 넘는 과정 중에 숙향은 육체적으로 탈진해 사지에 닿았을 가능성이 크다. 어린 주인공의 때 이른 죽음은 서사의 단절을 의미하므로 가사(假死)체험 형식으로 서사를 연장하고 극적 긴장감을 조성한다.

표진강에서 투신했을 때의 사건을 보면 그러한 정황이 더욱 명확해진다. 숙향이 강물에 뛰어들자 물살이 급한 데다 풍랑이 일어 행인이

23 환상은 숙향이 자신이 발 딛고 서 있는 현실의 고난을 극복하고 앞으로의 삶을 긍정적으로 바라보며 인간 세상에서 온전하게 성장하도록 하기 위한 장치로서 기능한다(이유경, 「숙향전의 여성성장담적 성격과 그 과정에서 나타나는 환상의 기능과 의미」, 『고전문학과 교육』 22, 한국고전문학교육학회, 2011, 521면).

구하려 했으나 구하지 못한 채 물에 빠져 부침하며 떠내려간다. 용녀들이 나타나 숙향을 구하고 차를 대접하는데 그 순간 월궁소아로 있던 환상계 기억이 다시 살아난다. 월영단을 훔쳐 태을진군에게 준 죄 때문에 인간계로 귀양 온 사실을 깨닫는다. 그 후 숙향은 용녀들의 배를 타고 현실계로 돌아오는데 순간 배가 고파져 과실을 먹고 천상계의 일을 아득히 잊는다. 이 역시 강물에 투신한 순간 가사(假死)상태에 빠진 숙향의 의식을 은유한 것이다. 그녀가 거듭 죽었다가 부활하는 서사는 극적 긴장감을 떨어뜨리기 쉽다. 이것을 대신하는 것이 가사체험이고 환상계는 그 상황을 무연히 넘어가도록 이어 주는 은닉처로 작동한다.

숙향이 이선과 조우하기까지 머문 이화정 역시 현실계에 있되 환상계의 성격을 띤 공간이다. 그녀가 이화정으로 오기 전의 상황을 보자. 갈대밭에 화마가 일어 타 죽을 순간에 화덕진군이 나타나 구해준다. 이때 숙향은 불길을 피하느라 옷가지를 모두 벗어 던지고 나신의 몸이 된다. 이 순간 숙향은 가사체험의 상태로 넘어간 것이라 할 수 있다. 이승에서의 옷을 모두 벗고 나신이 되는 설정은 현실계의 장례에서 망자가 이전의 옷을 탈의하고 떠날 때의 모습과 겹친다. 더군다나 그 나신의 숙향을 거두어 자신의 옷을 벗어 준 인물이 환상계 존재인 마고이다. 사람이 죽어 염습할 때 시신에 입히는 것이 수의이고 그 망자가 가는 곳이 환상계(저승)인 점을 두고 보면 숙향이 마고의 옷을 입었다는 것은 곧 현실계를 벗어난 경계, 가사(假死) 상태에 들었다는 것을 의미한다.

노파는 갈대밭 불길 속에서 사경에 빠진 숙향을 이화정으로 데려온다. 이화정은 외관과 달리 단순한 술집이 아니다. 선녀 마고의 거처로 숙향을 보호하기 위해 지상에 마련한 성소다. 이 공간은 환상계인 천태산과 연결된 곳이자 갈대밭 불길 속에서 가사(假死) 상태에 빠진 숙향을 구원해 현실계로 복귀시키는 장소이다. 숙향은 이화정에서 머무는 동안에도 파랑새를 따라 옥황상제의 처소로 진입한다. 그곳에서 태을선인과 재회하게 되는데 이화정의 노파가 등장하며 현실로 의식이 돌아온다. 가사(假死) 상태에서 깨어난 것이다.

〈숙향전〉에 나타난 죽음의 은유는 주인공들의 가사체험이 막을 내리는 결말에서도 동일하게 이루어진다. 이선이 봉래산에서 얻어 온 선약을 먹고 3부처(三夫妻)의 몸이 공중으로 떠올라 종적이 사라진다. 숙향과 이선의 자녀들이 공중을 향하여 허장(虛葬)을 지냈다는 대목은 이 작품의 환상성을 마지막 순간까지 유지시키는 기능을 한다. 허장이란 생사를 모르거나 시체를 찾지 못한 경우에 시신 없이 유품을 묻고 치르는 장례이다. 귀환지인 환상계로 돌아가는 일은 이들에게 있어 육체적 이탈일 뿐 영원한 죽음은 아니다. 단지 현실계를 벗어나는 과정일 뿐이다. 그 문턱을 넘는 과정 역시 가사체험을 하듯 넘어서고 있다. 환상계에 다달아 본래 선인(초월적 존재)이었던 기억으로 깨어날 것이고, 그 과정을 앞서 형상화했던 가사체험 형태로 마무리한 것이다.

가사(假死)체험을 할 때마다 주인공은 육체적으로는 사경에 빠지고 그 상태에서 정신적으로는 초월계[24]의 기억과 조우한다. 죽음과 흡사한 상황을 경험하는 단계에 늘 환상계가 자리하고 있다는 사실이 눈에 띈다. 또 가사상태를 극복하는 장치로도 환상계의 힘이 기능한다는 점도

---

24 초월계는 실존태라기보다는 소망태로서 현실적 요구에 의해 마련된 것이라는 점을 상기할 필요가 있다. 현실계의 모순을 극복해 낼 방법이 마땅치 않거나 실현하기 어려운 일들을 꿈꿀 때 환상적 맥락에서나마 가능성을 열어주게 하는 전형적인 방식인 것이다(이지하, 「고전소설과 여성에 대한 문제제기와 전망」, 『국문학연구』 11, 국문학회, 2004, 205면).

주목할 만하다.

이처럼 〈숙향전〉은 가사(假死)체험을 통해 은닉된 환상계로의 월경을 감행한다. 그리고 그 속에서 상상적 치유를 경험한다. 상실된 것에 대한 복원의 욕망을 포용해 주는 역할을 가사체험이 한다. 가사체험을 통해 입도하는 환상계의 성소는 현실계에서 좌절된 꿈의 마지막 보루 역할을 하는 동시에 지상의 인간이 꿈꾸는 무한한 생명력이 은닉된 처소이기도 하다.

3. 공동체적 사랑의 복원의식과 환상 담론

〈숙향전〉은 현실계와 환상계 존재들의 호환적 사랑을 다룬 작품이다. 이 사랑의 서사는 우주의 섭리처럼 작품을 지배하는 견고한 원류이다. 숙향의 삶은 한결같이 '사랑의 완성'이라는 지향점을 향해 간다. 자신을 버린 부모에 대한 사랑의 복원, 초월계의 연인이었던 이선에 대한 사랑의 복원, 자신을 음조한 대상들에 대한 사랑의 복원을 완성하며 걷는 인물이다. 주목할 점은 숙향이 이루어가는 사랑의 복원 과정이 개인적 성격이 아니라 공동체적 성격을 띤다는 사실이다. 현실계와 수중계, 천상계를 연결하는 공동체적 사랑의 복원이 가능했던 것은 바로 '환상'이라는 동력 때문이다.

〈숙향전〉은 어느 고전소설 작품보다 환상계를 배경으로 한 사건 전개의 빈도가 잦으며 그 안에서 빚어지는 환상성도 강하다. 작품의 초반부터 말미까지 각각의 사건은 환상계와 하나의 동체처럼 맞물려 나아간다. 등장인물의 사유와 행위에 적극 관여하며 사건을 극적으로 이끄는 데 환상계가 중추적 역할을 한다. 숙향과 이선의 인연을 다루는 과정부터 주변인물의 관계를 그리는 과정까지 환상계의 힘이 미치지 않은 영역이 없다. 그렇다면 왜 이토록 환상계의 힘을 강력한 서사의 원동력으로 삼은 것인지 살펴볼 필요가 있다. 그 원인은 17세기의 시대적 상황과 무관하지 않은 것으로 보인다. 〈숙향전〉이 창작된 시대는 혼란과 혼돈의 격변기에 놓여 있었다.

> 임진왜란 속에서 왜군의 약탈과 살육으로 농민들이 경작을 포기한 까닭에 대기근이 들었다. 대기근 동안 겨울이 닥치자 굶주린 상태에서 얼어 죽는 사람이 속출했다. 병자호란은 조선의 강경한 배금정책이 전쟁의 결정적인 빌미였지만 그 배경에도 기근이 있었다. 전쟁에서 승리한 청은 조선에 쌀 1만 석을 포함한 막대한 세폐(공물)를 요구했다. 기근으로 대량의 유민이 발생하고 버려지는 아이들이 생기자 이들을 안정시킬 방안이 논의되었다. 버려진 아이를 거둘 수 있게 하는 '유기아수양법(遺棄兒收養法)'령이 내려졌고 이듬해 수양을 독려하기 위해 노비로 삼을 수 있게 했다. 1670년대 초반 '경신대기근'과 1690년대 중후반 '을병대기근' 때는 인구의 대량 감소로 이어지는 대참사를 겪었다. 경신대기근 때만 하도라도 기근과 역병으로 인구의 11-14%에 해당하는 140만 명 이상이 사망한 것으로 추정되었다. 전쟁과 기근으로 조선은 곡물 가격이 폭등하고 전염병이 창궐하였으며 떠돌이 백성들의 노략질이 홍건적과 같은 도적으로 발전하지 않을까 우려하는 목소리가 흘러나왔다.[25]

조선후기의 사회는 전쟁의 여파로 인한 기근, 조공, 역병, 유기, 도적

---

25 김문기, 「17세기 중국과 조선의 재해와 기근」, 『이화사학연구』 43, 이화사학연구소, 2011, 90-99면 참조.

들의 횡행과 같은 난제로 고통의 굴레에 빠져 있었다. 〈숙향전〉에는 그러한 혼란한 시대상이 실사로 담겨 있다. 유랑에 유랑을 거듭하게 된 숙향의 파란은 유기담에서 시작된다. 부모가 유기한 그녀를 도적들이 거두고, 장승상 부부가 거두고, 이화정의 노파가 거두고, 이선의 부모가 거두는 서사는 이 작품의 극적 출발이 숙향의 유기담에서 비롯된 것임을 알려준다. 이것은 어린아이의 유기가 당대에 도외시할 수 없는 커다란 사회문제였다는 사실을 반증한다. 아무런 보호 장치를 갖추지 못한 어린 아이를 유기하는 세태를 바탕으로, 조선후기 영웅소설에 '기아 모티브'가 많이 나타났다는 지적[26]은 이러한 역사적 사실과 관련이 깊다.

당시 민중이 겪었던 전란 속의 혼란과 상처, 두려움의 흔적은 숙향이 마주하는 사건들에서 상징적으로 출현한다. 도적의 은혜로 목숨을 구한 숙향이 산간 마을 사람들에게 몸을 의탁하려 하자 병란으로 인해 밥만 내어 주고 저마다 피란을 떠나는 장면에서 해체되고 붕괴된 공동체의 단면을 보여준다. 숙향이 노전에서 마주한 화마는 민초들이 겪었던 전란의 화염으로도 다가온다. 숙향이 술집에 의탁하는 장면은 목숨을 부지할 수 있는 곳을 찾아 유랑하던 민중의 단상을 복사해 낸다. 이러한 시대를 배경으로 한 작품인 만큼 〈숙향전〉은 가족의 분리와 해체, 유기와 유리, 제도적 모순과 허상 등에 대해 실사적으로 담아냈다.

전란과 자연재해, 기근으로 인한 암울한 상황은 민중을 혼란에 빠뜨렸고 이를 극복하기 위한 자구책을 강구했을 수밖에 없었다. 눈앞의 문제를 현실에서 극복할 여력이 없을 때 인간은 현실계 너머로 시선을 돌리게 된다. 소망일 수도 있고 상상일 수도 있는 바람을 꿈꾸게 된다.

---

26 이상구, 앞의 논문, 73-74면.

전쟁과 기아와 상처가 없는 그 세계로의 유입, 그 대안처로 등장한 것이 환상계이고 환상적 대상이었다. 이러한 까닭에 환상은 일찌감치 문학작품 안으로 수용되었고 점차 숭고함과 신비함을 더해 서사체의 중요한 구성 요소로 자리 잡았다.

전쟁과 기근, 유기와 유랑 등으로 야기된 가족의 분리와 해체, 제도권에조차 기댈 수 없었던 길 위의 민중들이 심리적으로 의탁한 것이 환상 담론이었다. 인간이 인간에게 가한 폭력과 공포를 환상계에서 치유하고 위로받을 수 있었다. 〈숙향전〉의 유기담과 유리담, 자살담, 투옥담, 투살담 등으로 투영된 현실 문제에 하나같이 환상계가 연결돼 있는 것도 그 때문이다.

어린 숙향을 보호하고 지켜낸 것은 환상계의 초월적 힘들이었다. 김전이 숙향을 찾아 가정을 복원하고자 할 때 어린 딸을 유기한 죄책감을 불러일으키고 참회시키는 역할도 환상계가 맡았다. 폭우와 눈보라, 여름 날씨가 한 시공 안에서 일어나는 환상적 이변 속에서 고생을 체험하고 부성애를 깨닫도록 한다. 이선 역시 숙향을 찾고 또 그녀와 한 가정을 이루기 위해 환상계를 원행한다. 표진강, 갈대밭, 이화정, 구약여행을 위한 선계[27]까지, 이 원행은 좁은 의미로는 숙향과의 결연[28]을 위한

---

27 숙향의 고난이 현실적이고 절실한 성격의 것이라면, 이선의 고난은 환상적이고 유희적인 성격이다. 이처럼 남녀 주인공의 서사가 고난담과 모험담의 형태로 전혀 다르게 차별화된 것은 당대 인식 속에 내재되어 있던 여성에 대한 차별적 시선 때문이다(이지하, 앞의 논문, 198면).

28 〈숙향전〉은 비록 천정 연분을 내세우고 있다는 한계점을 지니고 있기는 하지만 신분차이를 극복하고 애정을 성취하는 자유혼·반혼의 정당성을 부각시키고 있다(경일남, 앞의 논문, 36면). 결국 숙향과 이선의 만남은 천정이라는 틀을 빌어 자신들의 의사에 따라 결연이 이루어져야 함을 이야기한 것이고, 스스로의 의사에 따라 결연하고 싶어하던 당대 젊은이들의 욕구를 간접적인 방법으로나마 표출시킨 것이다(임성래, 「숙

길이지만 넓은 의미로는 상처 입고 소외당한 타자에 대한 사랑의 복원이라는 점에서 김전과 닮은 경험이다.

숙향은 산재해 있는 개별적 존재들을 하나의 운명 공동체 안으로 집약시키는 원심력과 같은 존재이다. 숙향을 정점에 두고 모든 인물이 단일한 공동체의 구성원으로 집약되고 있으며 그 서사의 이면에는 환상계와 그 세계의 초월적 힘들이 작동하고 있다. 환언하자면 〈숙향전〉은 가장 안온한 대상으로서의 환상계, 그 환상성을 통해 현실계의 난제를 투영해 내고 모순점을 극복해 내기 위한 '공동체적 사랑의 복원'을 염원한 작품이다. 환상을 모태로 고단한 삶을 살고 있던 당대인들이 절실히 필요로 했던 삶의 지향점을 구현한 작품이다.

4. 결론

이 논문은 〈숙향전〉에 나타난 환상성의 작동 방식과 문학적 의미를 살핀 글이다. 환상성의 작동 방식은 다음의 세 가지 양상으로 나타난다.

첫째, 환상계가 등장인물을 지속적으로 응시하고 관조하는 주체로 작동하며 환상성을 드러낸다. 환상계가 수동적 배경으로만 등장하는 것이 아니라 사건의 본질에 관여하고 개입한다. 거북의 이마 위에 새겨진 하늘 천(天)자를 통해 영물을 알아보는 인물을 시험한다든지 꽃송이

향전의 대중소설적 연구」, 『배달말』 18, 배달말학회, 1993, 163면). 이선과 숙향의 천정 인연은 현실세계에서 남녀의 자유 연애를 합리화하고 추구하는 근거가 된다. 현실세계 남녀의 자유로운 사랑도 숭고하고 절대적일 수 있다는 생각을 포장하기 위한 수단이 바로 천정 인연이다(김문희, 앞의 논문, 184면).

로 숙향의 미래를 예고한다든지 황새와 원숭이, 파랑새 등이 유기된 숙향을 돕는다든지 숙향의 표진강 투신을 미리 알고 구조한다든지 하는 장면들이 그렇다. 곧 환상계는 서사 주체와 비교되는 대등한 위치에서 사건을 연속적으로 변화시키는 주역이다.

둘째, 물리적 공간의 비물질화 변용을 통해 환상성이 부각된다. 숙향과 장승상 부부 사이의 3천 300리 거리가 흰사슴을 활용해 단시간에 축약된다든지, 숙향과 이선의 3천 여리 거리가 용녀들의 연엽주로 축약된다든지, 노전에서 죽게 된 숙향을 4천 300여리 밖의 화덕진군이 나타나 구한다든지, 숙향이 수놓은 봉황의 날개를 천 리 밖 화덕진군이 찾아와 태워 버리는 일 등이 그러하다. 이러한 현상은 이선의 구약 여행담에서도 부각된다. 물리적 공간의 비물질적 변용은 자연의 숨은 공간에 대한 상상력의 발로에서 기인한 문법이다. 현실계의 문제를 보다 다채로운 공간에서 실현해 보고자 했던 당대인의 염원이 실린 기법이다.

셋째, 가사(假死)체험의 은유와 은닉을 통해 환상성이 배가된다. 숙향이 부모와 유리되어 떠돌다 들어선 요지연 풍경은 한동안 의식이 없어지거나 호흡과 맥이 멎어 죽은 것처럼 된 가사체험을 은유한다. 어린 주인공의 때 이른 죽음은 서사의 단절을 의미하므로 가사체험 형식으로 서사를 연장하고 극적 긴장감을 조성한다. 그녀가 표진강에서 투신한 뒤 접한 환상계 역시 가사상태에 빠진 숙향의 의식을 은유한다. 그녀가 거듭 죽었다가 부활하는 서사는 극적 긴장감을 떨어뜨리기 쉽다. 갈대밭의 화마 속에서 타 죽게 된 순간과 마고와 동행한 이화정에서 경험하는 환상계 역시 가사체험의 은유다. 숙향은 가사체험을 할 때마다 육체적으로는 사경에 빠지고 정신적으로는 환상계의 기억과 조우한다. 죽음과 흡사한 상황을 경험하는 단계에서 환상성이 연출된다. 가사체험을 통해 입도하는 '성소'는 현실계에서 좌절된 꿈의 마지막 보루 역할을 한다. 아울러 역경을 이겨내는 생명력의 저장고로도 기능한다.

〈숙향전〉은 17세기 조선후기의 사회상을 재현한 작품이다. 전쟁의 여파로 인한 기근, 조공, 역병, 유기, 도적들의 횡행과 같은 난제를 담고 있다. 이때 등장하는 환상은 '공동체적 사랑의 복원'을 위한 장치이다. 분리되고 해체되었던 숙향의 가정이 복원되는 과정은 곧 사회적 상처와 고통이 봉합된 공동체적 사랑의 완성을 뜻한다. 환상을 통해 공동체 구성원의 성찰과 깨달음을 유도한다.

〈숙향전〉은 해석의 변주가 무궁한 작품이다. 같은 시기에 창작되었거나 선후대의 장편소설들과 비교해 환상성을 기반으로 한 문법을 구체화하는 작업도 필요하다. 환상성 작동 방식의 전승과 수용 과정을 재고해 보면 그 안에서 공통분모를 유추해 낼 수 있을 것으로 본다. 나아가 조선후기 소설의 문식과 관련한 사적 의미를 더욱 풍부히 할 수 있으리라 기대한다.

〈주생전〉에 나타난 결핍의 서사 구성 양상과 의미

1. 서론

소설은 인간과 세계를 집약해 놓은 소우주이다. 다양한 캐릭터와 세계가 구축되어 하나의 서사를 형성한다. 서사는 등장인물과 그들을 에워싼 세계의 리얼리티에 관여한다. 인물과 인물, 혹은 인물과 세계의 관계에서 불거질 수 있는 우연성을 억제하고, 그들이 조우하게 된 특정한 계기를 부여한다. 현실보다 더 현실 같은 가상의 세계를 창조해 내고, 그 속에서 인간이 추구하고자 하는 진리나 가치를 탐구하는 데 힘을 보탠다. 서사는 곧 한 편의 소설 작품이 출현하는 데 있어 탄탄한 구조 역할을 한다.

〈주생전〉은 과거제로 가로막힌 공명의 문제와 신분제의 한계로 어긋난 애정의 문제를 중심 서사로 다룬다. 공명과 애정의 문제는 고전소설의 서사를 지탱해 온 중심축이다. 이 갈등이 증폭될 때 주인공은 현실계에서 벗어나 초월계로 비상해 자신의 이상을 성취하고 돌아왔다. 최치원이 월경한 초월계가 그러했고, 양생(〈만복사저포기〉)과 최생(〈최생우진기〉)이 교섭한 초월계가 그러했다. 당대의 이원론적 세계관은 현실 문제를 적극적으로 반사해 내고자 했던 작가의식에서 비롯한 것이다. 그런데

〈주생전〉의 서사는 공명과 애정의 문제를 다루되 전통적으로 수용해 온 이원론적 세계관에서 벗어나 현실세계에 집중한다.

〈주생전〉은 현실에서 어긋난 애정의 문제를 초월계로 연장하지 않는다. 현실에서 거부된 공명의 문제 역시 초월계에 의탁하지 않는다. 현실의 장벽에 부딪친 문제에 집중한다. 삶의 결핍 요소를 해결하기 위해 더 이상 초월계의 힘을 빌지 않는다는 것이다. 애정의 대상이 감정의 변화에 따라 바뀔 수 있다는 사실을 인정한다. 등과(登科)하지 못한 한미한 처지의 신분으로 마주서야 하는 혼인 제도를 관조한다. 연인의 죽음으로 인한 상실 상태를 직시한다. 국가적 전란으로 인해 이역에서 애정의 대상을 그리워할 수밖에 없는 현실적인 운명을 수긍한다. 현실계에서 성취하지 못한 애정과 공명의 문제는 현실계의 결핍 요소로 남겨 두는 것이다. 오히려 이념과 제도 아래 단절된 애정과 공명을 통해 인간의 삶이 띤 가변성을 역설하는 데 주목한다.

〈주생전〉에 대한 연구는 괄목할 만한 성과를 이루었다. 작가와 생성 연대, 창작 배경을 타진한 논의[1]는 〈주생전〉 연구 분야의 초석을 다졌다. 비교문학적 연구[2]를 통해 이 작품의 위상을 밝히려는 노력 역시 활

---

1 김기동, 「주생전」, 『이조시대소설의 연구』, 성문각, 1974.
소인호, 「주생전 이본의 존재 양태와 소설사적 의미」, 『고소설연구』 11, 한국고소설학회, 2001.
신태수, 「주생전의 창작 배경」, 『한국언어문학』 76, 한국언어문학회, 2011.

2 왕숙의, 「주생전의 비교문학적 연구 – 곽소옥전, 앵앵전과의 비교를 중심으로」, 한양대학교 석사논문, 1986.
이상구, 「한중 전기소설의 관계 양상 및 그 특징-17, 18세기 애정전기소설과 당대 전기와의 관계를 중심으로」, 『고전문학연구』 21, 한국고전문학회, 2002.
윤채근, 「주생전과 折花奇談의 사랑의 방식」, 『한국문학연구』 4, 고려대학교 민족문화연구원 한국문학연구소, 2003.

발히 진행되었다. 다양한 작품과의 대비를 통해 고전소설사의 가교 역할을 한 〈주생전〉의 역할을 가늠하는 논의였다. 소외된 지식인의 눈을 통해 현실세계의 부조리를 드러낸 작품으로 접근한 논의도 돋보인다. 소설과 사회를 연관시켜 〈주생전〉의 사실주의적 성격[3]에 주목한 결과이다. 더불어 작품의 구조와 서술 기법[4]에 주목한 논의는 보다 풍부한 미학적 해석의 문을 여는 촉매 역할을 했다.

이 논문은 〈주생전〉에 나타난 결핍의 서사 구성 양상과 문학적 의미를 살피는 데 목적을 둔다. 먼저 2장에서는 결핍의 서사 구성 양상을 세 가지로 나누어 짚어볼 것이다. 파편적 인간관계의 조명, 색감을 통한 성적 교담, 노정형 삶의 탐색이라는 구성 양상을 통해 결핍 요소를 밝혀 본다. 3장에서는 이와 같은 서사의 구성 양상이 곧 전대 소설 작품에 나타나는 결핍의 서사를 차용한 결과에서 비롯된 것임을 살피고 그에 대한 문학적 의미를 부여해 보기로 한다. 이를 통해 〈주생전〉[5]의

---

3 박일용, 「주생전」, 『한국고전소설작품론』, 집문당, 1990.
조광국, 「주생전과 16세기말 소외양반의 의식 변화와 기녀의 자의식 표출의 시대적 의미」, 『고소설연구』 8, 한국고소설학회, 1999.
윤승준, 「醉鄕과 현실일탈의 꿈-주생전의 문학적 감염장치」, 『동양학』 31, 단국대학교 동양연구소, 2001.
조도현, 「주생전의 현실지향과 미학적 특질」, 『어문연구』 55, 어문연구학회, 2007.

4 김일렬, 「주생전의 작품세계와 비극적 성격」, 『조선조 소설의 의미와 구조』, 형설출판사, 1984.
이종묵, 「주생전의 미학과 그 의미」, 『관학어문연구』 16, 서울대학교 국어국문학과, 1991.
여세주, 「주생전의 서사구조와 性모랄」, 『한민족어문학』 25, 한민족어문학회, 1994.
윤경희, 「주생전의 문체론적 연구」, 『한국고전연구』 6, 한국고전연구학회, 2000.
박일용, 「주생전의 환상성과 남녀 주인공의 욕망」, 『고전문학과 교육』 25, 한국고전문학교육학회, 2013.

5 이상구 역주, 『17세기 애정전기소설』, 월인, 2003(수정판). 이하 작품명과 면수만

창작 미학을 다룬 논의에 일보 다가서는 계기로 삼고자 한다.

2. 결핍의 서사 구성 양상

1) 파편적 인간관계의 조명

〈주생전〉은 남녀 주인공 3인의 파란만장한 애정 관계를 파노라마처럼 보여준다. 애정을 바탕으로 한 연인관계를 형성하면서도 서로를 영속적으로 소유할 수 없는 배타적 구도[6]를 취하는 서사이다. 애정의 가치와 소유욕의 성격이 각기 다른 방향을 향해 나아가기 때문이다. 1 대 1의 남녀 관계가 삼각 구도로 변모하며[7] 주생을 정점에 둔 배도와 선화의 애정 관계는 양자 간의 균등한 감정이 배제될 수밖에 없는 불가피한 상황에 이른다. 서로를 속이고 견제하느라 등장인물의 감정은 지속성을 띠지 못한 채 파편적 인간관계를 형성한다. 그런데 이러한 애정

인용.

6 이는, 주생과 배도의 만남은 이미 서로를 알고 있었던 존재이기에 그 관계가 독점적이거나 절대성을 띠지 않는 상황의존성의 성격을, 주생과 선화의 결연은 가문과의 혼사를 통한 환로의식이 아니라 자신의 몸과 마음이 이끄는 대로 행동하는 유의소적에 맞는 결연이라는 사실을 언급한 논의와 대별해 볼 만하다(정규식, 「주생전의 인물연구: 상호적 관계성을 중심으로」, 『고소설연구』 28, 월인, 2009, 12면 참조).

7 정규식은, 〈주생전〉 이전의 작품에는 남녀 주인공 사이에 새 인물이 등장하지 않는다는 점에 주목하고, 우리 소설사에서 인간관계, 특히 남녀 사이의 관계에서 획기적인 변화를 모색한 작품이란 사실을 조명했다. 이전의 그 어떤 주인공도 애정 관계에 있던 사람을 제외한 다른 이성의 입장을 진지하게 생각하고 고민한 사례는 없었다는 점을 부각했다(정규식, 「주생전을 읽는 즐거움: 거짓말과 애정전기소설의 변화를 중심으로」, 『어문학』 131, 한국어문학회, 2016, 139-143면 참조).

관계 이전에 이미 이들은 당대의 제도권 안에서도 특정한 관계로 결속되지 못한 채 파편적으로 떠도는 형상으로 등장한다.

주생과 먼저 애정 관계를 형성하는 인물은 배도[8]이다. 타지를 떠돌다 고향 전당으로 돌아온 주생의 처지는 궁색하다. “옛 친구들을 찾아보았지만 이미 영락하거나 죽고 없어 시를 읊조리며 이곳저곳을 배회하며 차마 고향을 떠나지 못하는”[9] 주생의 처지는 어디에도 소속되지 못한 파편적 인간관계를 드러낸다. 그는 유대감을 형성할 만한 제도권 안의 일정한 관계(출사나 혼인)에서도 동떨어져 있으며, 고향의 체취를 음미할 만한 특정한 거주지에서도 동떨어져 있다. 배를 거처 삼아 떠도는 주생의 삶 자체가 이미 파편적 인간관계를 함의하고 있다. 이러한 파편적 상황은 배도와 선화에게서도 동일하게 드러난다.

배도는 주생과 선화의 관계를 연결하는 가교 역할을 하면서 한편으로는 두 사람의 관계를 파국으로 이끈다. 이 자체만으로도 지속적 유대관계에서 벗어나 있는 인물이다. 이러한 파편적 인간관계는 배도의 가계를 통해서도 드러난다. 배도는 호족이었던 조부가 죄를 짓고 서인으로 몰락한 가문에서 태어났다. 신분 사회의 상층에서 하층으로 적출된 가문의 일원이다. 게다가 조실부모하고 사고무탁한 유년시절을 거쳐 기생 신분이 되어 비천한 시간을 이어온 처지이다. 애초부터 파편적 인간관계

---

8 배도가 주생과 관계를 맺는 목적에 대해 ‘탈기(脫妓)를 내세운 조건적 사랑’이라는 측면과 그러한 신분 회복 의지와 상관없이 진심으로 애정의 대상을 희구한 것이란 측면이 병립해 있어 주목할 만하다(김현양, 「주생전의 사랑, 그 상대적 인식의 서사」, 『열상고전연구』 28, 열상고전연구회, 2008, 331면; 정규식, 「주생전의 인물 연구:상호적 관계성을 중심으로」, 『고소설연구』 28, 월인, 2009, 15-16면; 지연숙, 「주생전의 배도 연구」, 『고전문학연구』 28, 월인, 2005, 329-330면).

9 已凋喪 生吟嘯徘徊 不忍去也, 이상구(역주), 앞의 책, 243면.

속에서 살아온 인물이다. 지속적이고 결속적인 인간관계에서 동떨어진 형상이다. "부득이 사람들을 상대로 즐기며 놀아야 하지만, 매번 혼자 한가롭게 있을 때마다 꽃을 보면 눈물을 흘리고 달을 대하면 넋을 잃지 않은 적이 없다."[10]고 고백하는 배도의 탄식은 파편적 인간관계에 대한 응시에서 비롯한 것이다. 인간관계 안에서 치유하지 못한 고독함과 외로움을, 꽃과 달을 통해 투사해 내는 모습은 차후 사랑을 상실하고 죽음에 이르는 배도의 운명을 암시하는 서정적 장치이다.

선화는 상층 가문의 신분이다. 승상이었던 부친의 관록 아래 화려하고 행복한 삶을 사는 인물로도 다가오지만 선화 역시 파편적 인간관계를 형성하고 있는 인물이다. 선화의 처지는 가부장의 부재 아래 놓여 있다. 가부장 사회에서 가부장의 부재는 여성의 삶을 수동적으로 만든다. 승상 부인이 매일같이 배도와 같은 기생을 불러들여 가무를 즐기는 일상에 머무는 것도 그 때문이다. 아들 국영이 12살이 되도록 글을 깨우치지 못한 것도 그와 같은 상황을 대변한다. 가부장 세계의 중심부로 이끌어 줄 만한 결속적 관계가 부재하기 때문이다. 국영에게 글을 가르치는 인물로 또 다른 가부장 성격을 띠고 주생이 등장하는 것은 그 때문이다. 선화는 주생과의 애정 행각이 드러나 친척들과 고을사람들에게 천대를 받을까 근심한다. 그래서 부친이 대행해 주지 못하는 가부장 역할을 주생이 대행해 줄 것을 요구한다. 주생이 조선으로 출병하면서 선화의 욕망은 허물어진다. 부친과 남동생, 주생의 부재로 이어지는 선화의 환경은 가부장 사회에서 절대적이었던 남성 역할의 부재 상황에 놓인 당대 여성의 파편적 인간관계를 환기시킨다.

10 每居閑處 未嘗不看花掩淚 對月銷魂, 이상구(역주), 앞의 책, 245면.

〈주생전〉의 서사는 이처럼 성격은 다르지만 저마다 파편적 인간관계를 경험하는 등장인물에 주목한다. 주생과 배도, 그리고 선화의 삼각 애정 관계[11]가 파국에 이르는 것은 '애정'의 결핍이라기보다 이 같은 특수한 상황에서 기인한 것이다. 지속적이고 결속적으로 의탁할 수 있는 인간관계의 부재, 애정은 그 특수한 상황을 부각하는 기능을 한다. 파편적 인간관계는 곧 상처와 죽음, 이별로 마무리하는 서사의 결핍 요소로 작동한다.

2) 색감을 통한 성적 교담

〈주생전〉의 서사는 세 명의 남녀 주인공이 벌이는 애정 관계를 주축으로 한다. 주생의 애정이 배도에서 선화로 변화하는 과정을 섬세한 감정 선[12]을 따라 보여준다. 이들의 애정은 정신적인 헌신과 육체적인 정염을 공유하는 관계로 복잡하게 얽힌다. 이때 주목해 볼 것은 세 인물

---

11 박일용은, 선화와의 결연을 위해 '죽음을 무릅쓴' 주생의 태도는 단순한 성적 충동만이 아니라, 자신이 처한 소외 상황에서 벗어나고 싶은 간절한 욕망에서 기인한 것이라고 주목했다. 또한 배도를 매개로 해서 꿈꾼 주생의 일탈적인 욕망마저 사실은 환상적 사건이었다는 점에 착안했다(박일용, 「주생전의 환상성과 남녀 주인공의 욕망」, 『고전문학과 교육』 25, 한국고전문학교육학회, 2013, 408면). 이러한 사고와 행위는 결국 종속적 관계의 부재로 인한 것은 아닌지 대입해 볼 만하다.

12 전기의 주인공들에게서는 찾아볼 수 없는 질투의 감정으로 이 관계를 직시한 논의가 있어 흥미롭다. 전기에서 보여주는 두 남녀의 사랑은 그 자체로 절대적이며 완결적인 것이어서 다른 사람이 그들 사이에 끼어 들 수도 없으며, 그렇기에 그 사랑에 의심이나 질투가 자리 잡을 자리가 허용되지 않는 것이란 점에 착안해, 배도와 주생의 사랑뿐만 아니라 선화와 주생의 사랑도 전기에서 탈피한 서사문법으로 인식할 것을 주장한다(김현양, 「주생전의 사랑, 그 상대적 인식의 서사」, 『열상고전연구』 28, 열상고전연구회, 2008, 338면).

의 결연 과정에서 이루어지는 성적 교담이 색감을 통해 표출된다는 점이다. 배도와 선화의 외양과 그녀들을 둘러싼 환경이 형형색색의 색감으로 도드라진 상태에서 결연이 성사된다. 작품 전반에 걸쳐 남자주인공의 시각으로 투영되는, 여자주인공을 에워싼 화려한 색감은 성적 교담의 상징으로 다가온다. 성의 감각적 측면을 미학적으로 부각한 단서이다.

주생과 배도의 만남은 과거 유년 시절의 친분에서 비롯한다. 배도가 스스럼없이 주생을 자신의 거처에서 머물도록 한 것은 그런 연유에서이다. 주생을 위하여 아름다운 배필을 구해 주겠다는 것이 배도의 명분이다. 주생을 연모하면서도 '아름다운 배필'로 자신을 내세우지 못한 채 중매 노릇을 자처한다. 기생인 자신의 처지로는 상층 가문의 주생과 결연할 수 없다는 심리 때문이다. 이와는 달리 주생의 연정은 성적인 측면에서 시작한다. 그는 배도의 아름다운 외모에 취해[13] 선뜻 그녀의 방으로 찾아간다.

이때 주생의 눈에 비친 배도의 방 묘사가 무척 에로틱하다. 달빛은 땅을 환하게 비추고 꽃 그림자가 사방에 어리어(月色漫地 花影扶疎) 있는 몽환적 분위기에서, 배도가 거처하는 방을 바라보니 사창 안에서는 붉은 촛불이 환하게 빛나고, 배도가 혼자 앉아 오색 종이를 펼쳐 놓고 시를 짓는 중이다(見桃所在室 甚不遠 紗窓裏絳燭熒煌 見桃獨坐 舒彩雲牋).[14] 주생은 그런 분위기에 힘입어 배도의 방으로 들어선다. 환한 달빛, 사

13 生亦見桃 姿姸態濃 心中亦醉, 이상구(역주), 앞의 책, 244면.

14 '이 배경의 묘사가 한 편의 시를 읽는 것과 같은 서정 양식으로 몰입케 하는 특성을 보이기도 한다'는 관점은 '서사성을 강조하기보다 서정성을 강화하는' 기법으로 이해해야 한다는 측면이다(이종묵, 「주생전의 미학과 그 의미」, 『관악어문연구』 16, 서울대학교, 1991, 177-180면 참조).

방에 어린 꽃빛, 사창 안에서 우러나는 붉은 촛불, 오색의 종이 빛. 여자 주인공이 발산하는 농밀한 색감에 취해 주생은 거침없이 행동한다. 화려한 색감으로 묘사된 배도의 환경을 성적 결연으로 이해한 남자 주인공의 사고와 행위는 당대의 소설 수용층에서도 공감하고 있던 성적 교담이었으리라 유추해 볼 수 있다.

색감을 통한 성적 교담은 선화와 주생의 관계를 통해서도 동일하게 이루어진다. 주생이 승상의 집에 이르렀을 때 농염한 색감이 주조를 이룬 정경과 마주한다. 주생은 누각의 연못에 만개한 꽃, 그 옆 오솔길에서부터 대저택의 대청까지 이어진 꽃밭, 저택에 늘어진 포도넝쿨, 사창 아래 모여 앉은 붉은 치마와 푸른 저고리 차림의 여성들을 엿본다.[15] 색색의 꽃빛, 싱싱한 포도 넝쿨 빛, 사창 너머의 붉은 촛불, 여자들의 붉고 푸른 옷 빛은 주생을 황홀한 분위기로 이끈다. 이러한 분위기는 곧 이어질 선화와의 만남에서 감정이 폭발하는 기폭제 역할을 한다. 푸른빛 도는 머릿결, 두 뺨에 어린 홍조, 가을 햇살 닮은 밝은 눈동자, 새벽이슬을 매단 듯한 꽃빛 미소. 선화가 보여주는 형형색색의 색감[16]은 그녀만의 성적 매력[17]으로 다가오고, 그에 따라 주생의 성적 욕

---

15 見樓北有蓮池 池上雜花葱蒨 花間細路屈曲 生緣路潛行 花盡處有堂 由階而西折數十步 遙見葡萄架下有室 小而極麗 紗窓半啓 畵燭高燒 燭影下紅裙翠袖 隱隱然往來 如在畵圖中, 이상구(역주), 앞의 책, 246면.

16 有少女 年可十四五 坐于夫人之側 雲鬟結綠 翠臉凝紅 明眸斜眄 若流波之映秋日 巧笑生倩 若春花之含曉露, 이상구(역주), 앞의 책, 247면.

17 선화가 느낀 내면적 욕망은 남성 중심적 성 윤리에 억눌린 청춘 여성이 가질 수 있는 보편적 욕망이다. 그것은 예교적 윤리가 지배하는 현실 세계에서는 해소하기 어려운 것으로써 주생처럼 현실 질서를 위배하면서 야합적 만남을 꿈꾸는 인물을 매개로 해서만 구체화될 수 있다(박일용, 「주생전의 환상성과 남녀 주인공의 욕망」, 『고전문학과 교육』 25, 한국고전문학교육학회, 2013, 411면).

망은 극대화된다.

주생의 극대화된 성적 욕망은 선화의 거처로 월장하는 행위로 이어진다. 뒤이어 이어지는 두 인물의 정사 장면은 자극적이고 농염하다.[18] 앞서 배도와 주생이 나눈 동침 장면을, 『전등신화』의 김생과 취취, 위랑과 빙빙의 사랑도 미치지 못할 정도라고 간략하게 처리한 것과 대비된다.[19] 이것은 성적 교담과 관련한 작가의 이중 진술로 이해된다. 수용자의 입장에서 주생과 배도를 통해 성적 교담에 대한 완충 경험을 한 뒤 주생과 선화의 보다 농염한 성적 교담을 수용하도록 장치한 것이다. 배도를 뒤로 하고 선화를 선택한 주생의 감정 상태를 보다 사실적으로 드러내기 위해서도 이와 같은 성적 교담 방식이 필요했다.

〈주생전〉의 서사는 이처럼 성적 욕망의 직접적 노출을 꺼리면서도 감각적으로 살려내는 방식을 보여준다. 색감을 통해 성의 감각적 측면을 충족시키는 것은 독창적이면서도 미학적이다. 그 이면에는 당대의 이념과 관습에 맞춰 은유적 장치를 시도한 성적 욕망의 자기 검열 의식이 엿보인다. 이는 자유로운 성적 담화가 배재될 수밖에 없었던 제도권 안의 사유체계가 서사의 결핍 요소로 작동한 결과이다.

3) 노정형 삶의 탐색

〈주생전〉의 서사는 삼각 애정 관계를 주축으로 한다. 이 관계는 애

18 生入與同枕 (중간 생략) 微雲細雨 柳嫩花嬌 芳啼軟語 淺笑經顰 生蜂貪蝶慈 意迷神融 不覺近曉 忽聞流鶯語在檻前花梢, 이상구(역주), 앞의 책, 250면.

19 是夜 賦高唐 二人相得之好 雖金生之於翠翠 魏郎之於娉娉 未之喻也, 이상구(역주), 앞의 책, 246면.

정을 양분할 수 없다는 점에서 불안정한 미래를 함의하고 있다. 게다가 세 인물의 신분 역시 모두 다르다. 신분제 사회를 배경으로 한 소설인 만큼 그에 따라 애정의 성격이 동일하지 않다는 점[20] 역시 부인할 수 없다. 가령 배도가 기생 신분 때문에 주생에게 선뜻 구애의 마음을 전하지 못한다거나 선화가 귀족 가문의 명성에 누를 끼칠까 주생과의 만남을 공개하지 못한다거나 주생이 출사 전인 한미한 자신의 처지 때문에 선화와의 혼사에 적극적으로 나서지 못하는 것 같은 경우이다. 삼각 애정 관계와 신분 격차는 남녀 주인공의 애정 행로에 중요한 변수로 작용한다.

이들의 애정 행로가 마침내 파국으로 치닫는 보다 중요한 변수가 작동하고 있다. 삼각 애정 관계의 정점에 선 주생이란 인물이 보여주는 삶의 목적성이 바로 그것이다. 서사의 시종에 걸쳐 주생의 인생 항로는 가변적이다. 고향 전당에서 배도와 선화를 차례로 만나며 애정 대상에 안착하는가 싶지만 결국 주생의 최종 삶의 지향점은 안착이 아니라 주유에 있다는 사실[21]이 드러난다. 서사 말미에 이르러서도 끝나지 않는 그의 노정형 삶이 그것을 대변해 준다.

주생은 애초 노정 위의 삶을 지향한 인물이다. 주유하는 삶에 대한

---

20 그러한 까닭에 세 인물의 만남들은 현실에서 이루어질 수 있는 사건이라기보다는 주생의 욕망이 투사된 '환상'으로써, 각기 다른 층위의 욕망이 서로 다른 모습으로 구체화된 것이란 주장도 설득력을 갖는다(박일용, 「주생전의 공간 구조와 환상성」, 『고소설연구』 35, 월인, 2013, 151-152면).

21 주생은 배도를 통해서는 '사랑의 무상성'을, 선화를 통해서는 '정착에 대한 갈망과 좌절'을 경험한다. 주생은 정착적인 삶과 자신의 거리를 월장(越墻)이란 비합법적인 행위를 통해 극복하고자 하나 일시적으로 성취할 뿐 결국 좌절을 겪는다(윤경희, 「주생전의 문체론적 연구」, 『한국고전연구』 6, 한국고전연구학회, 2000, 144-145면).

열린 시각은 유년시절 부친을 따라 고향 전당에서 촉주로 거주지를 옮겨 살면서부터 수용한 것이다. 타지에서 전개된 그의 삶은 평탄했다. 어려서부터 총명하여 능히 시를 지을 수 있었으며(聰銳能詩), 18세 때 태학생이 되어 동료들의 추앙을 받는 삶을 살았다(爲儕輩所推仰). 그러나 몇 년에 걸쳐 과거에 낙방한 사건은 그의 자부심에 상처를 주었고, 또 다른 타지에서의 삶을 꿈꾸게 하는 계기로 작동한다. 연속된 과거 낙방으로 주생은 공명에 구속된 마음을 버리고 노정형 삶을 지향하게 된다.

주생은 배를 사서 강호를 왕래하며 잡화(雜貨)를 거래하여 여기에서 생긴 이득으로 생계를 꾸려 나간다.[22] 눈여겨 볼 점은 그가 단순히 생계만을 위하여 배 위의 삶을 지향한 게 아니란 사실[23]이다. 주생은 한미하나마 부친이 벼슬을 한 가문의 후예였고, 수중에는 자족할 만한 수천 금이 있었다. 그가 노정에 든 것은 거듭된 낙방으로 인해 과거 공부에 뜻을 두지 않기로(遂絕意科擧之業) 한 작정 때문이다. 주생이 상인이 되어[24] 노정에 든 것은 곧 물질적인 계기 때문이 아니라 정신적인 한계에

22 倒匧中有錢百千 以其半買舟 往來江湖 以其半市雜貨 取贏以自給 惟意所適, 이상구(역주), 앞의 책, 243면.

23 사상(士商)은 경제적 이익에만 눈이 먼 장사치들이 아니었다. 주생처럼 과업의 속박과 굴레를 벗고 자유로운 삶을 영위하기 위한 방편으로써 상업을 택한 것이다. 그들은 학문도 즐기는 유상(儒商)으로서의 자부심을 가진 존재들이었다. 주생이 보여주는 사상의 삶은 이야기의 낭만성을 이끌어 가는 역할을 한다. 독자(특히 조선의 지식인)에게 일종의 사회적 대안으로 사상(士商)적 삶을 전달하며 진보적인 시대정신의 일면을 드러내는 역할을 담당한다(신태수, 「주생전의 낭만성에 대한 문학사회학적 독해: 남조풍과 사상(士商)을 중심으로」, 『어문연구』 66, 어문연구학회, 2010, 171-172면 참조).

24 주생의 '상인화'는 배도와 선화라는 두 여성과의 결연과 이별의 기제가 되며, 배도에서 선화로 옮아가는 욕망의 추이마저 가늠케 한다. 아울러 상인 모티프는 조선이라는 공간을 벗어나 동아시아 전란이라는 파고를 통해 바깥세상을 경험하도록 하는 종래

따른 것이다. 언제고 이와 같은 이상적 한계점에 다다르면 또 다른 정신적 안주처를 찾아 노정형 삶을 지속할 것이라는 추측이 가능하다.

주생이 이상적 안주처를 향해 노정형 삶을 지향하는 인물이란 사실은 배도와 선화와의 관계를 통해 극대화된다. 그가 고향에서 먼저 조우한 사람은 배도이다. 주생은 배도를 본 순간 그녀의 아름다운 자태에 빠져 애정 관계를 맺는다. 이 과정에서 배도는 주생과 혼인 맺기를 청한다.[25] 비록 정실이 아니더라도 가연을 맺고자 하는 의중을 배도가 먼저 제안하고 있으며 주생에게 맹세의 글까지 요구한다. 주생은 산과 물, 달과 같은 자연물에 의탁한 맹세의 글[26]을 써 준다. 혼인이라거나 탈기(脫妓)라거나 하는 구체적 약조 대신 배도를 향한 자신의 마음이 한결같을 것임을 자연물에 의탁해 표현하고 있을 뿐이다. 배도에 비해 피동적인 자세이다. 그의 마음에는 일정한 거주지에 정착할 마음이 없었기 때문이다.

이러한 피동적 자세는 우연히 선화를 본 순간 배도에 대한 애정이 돌변하는 태도로 이어진다. 그는 배도에게 거짓말까지 하며 선화와의 관계 형성에 적극적으로 임한다. 선화와 애정 관계를 형성한 뒤로는 피동적 자세가 다시 두드러진다. 선화의 처소로 월장까지 하는 대담함

의 이념적 차원에 대한 반성적 기제로 받아들였을 공산이 크다(정환국, 「한국 전기서사에서의 상인 소재와 그 의미」, 『민족문화연구』 68, 고려대학교 민족문화연구원, 2015, 84-87면 참조).

25 "제가 비록 미천한 몸이지만 한 번 잠자리에 모신 후 영원히 건즐을 받들고자 합니다. 바라건대, 낭군께서는 훗날 입신하여 일찍 요로에 오르십시오. 그래서 제 이름을 기적에서 빼내어 조상의 이름을 더럽히지 않게만 해 주신다면 저는 더 이상 원이 없습니다.(妾雖陋質 願一薦枕席 永奉巾櫛 望郎君 他日立身 早登要路 拔妾於妓籍之中 使不忝先人之名 則賤妾之願畢矣)", 이상구(역주), 앞의 책, 245면.

26 靑山不老 綠水長存 子不我信 明月在天, 이상구(역주), 앞의 책, 245면.

을 보이면서도 그 이후에는 소심한 행위로 일관한다. 선화의 처소에서 다른 사람에게 발각될까 두려워 달아나려 한다거나 사통한 사실에 대해 "향을 훔치고 구슬을 도적질하는데 어찌 겁이 나지 않겠는가?(偷香盜璧 安得不怯)"라며 당당하지 못한 속내를 보이기도 한다.

이처럼 피동적 자세이다 보니 혼인을 유도하는 인물도 선화이다. 선화는 자신들의 밀회 행각이 들통 나면 친척은 물론이요 고을사람들에게 천대받을 것이 염려스럽다며 주생과 백년회로를 꿈꾼들 어찌 그것이 가능하겠느냐고 물음으로써 청혼을 유도한다. 그때서야 주생은 중매쟁이를 보내어 예로써 선화를 맞이하겠노라 말한다. 배도와 혼인을 약조하는 과정과 닮은 피동적 처사이다. 주생은 끝내 이 약속을 이루지 못한 채 조선으로 출병하는 노정에 든다.

결국 주생은 두 여인과 애정을 나누면서도 어느 쪽에도 의탁하지 못한 채 그 관계에 종말을 고하고 떠나는 행로를 보여준다. 비록 배도의 죽음과 조선 출병이라는 거역할 수 없는 운명에 휩쓸린 노정이긴 하나 이와 같은 노정형 서사의 구축은 〈주생전〉이 목도하는 삶의 본질을 드러낸다. 공명으로도 애정으로도 충족할 수도 없고 이해할 수도 없는 것이 삶이며 그러한 까닭에 인간이 희구하는 행복이나 염원은 가변성과 불연속성을 띨 수밖에 없다는 주제를 전달한다. 그래서 〈주생전〉의 서사는 안주와 안착보다는 떠남과 변화에 주목하고 있다. 이 작품의 노정형 서사는 곧 당대인의 심리적 결핍 요소로 남아 있던 자유와 일탈의 삶을 함의한 장치로 이해할 수 있다.

3. 결핍의 서사 차용으로 본 문학적 의미

고전소설의 향유층이 이인과 초월계에 비상한 관심을 두었던 것은 그만큼 현실에서 불거지는 삶의 문제가 녹록치 않았기 때문이다. 물리적 시공을 뛰어넘는 영생의 사랑이나 생사의 기로, 이념과 관습에 얽매이지 않는 순결한 이상이나 가치 등에 대한 지속적 열망은 현실 세계에서 이룰 수 없는 꿈이었다. 현실 세계에서 충족할 수 없는 꿈은 '결핍'의 상태로 남았다. 이 강렬한 결핍의 감정은 소설을 통해 당대인의 꿈을 투사하고 해소하는 인간과 세계를 조형해 냈다.

〈최치원〉에서 단절된 남녀 주인공의 이상적 삶은 〈만복사저포기〉나 〈최생우진기〉 등으로 이어졌다. 그들의 소망이 단절될 수밖에 없었던 결핍 요소는 아이러니하게도 현실 세계의 난제를 역으로 표출하는 기능을 했다. 정당한 입신양명, 자유 의지의 혼인, 안락한 삶이 결핍된 현실 세계는 그것을 부단히 극복해 내려는 인물을 창조해 내고, 그가 누비는 초월계를 창조해 냄으로써 결핍된 이상을 실현하고자 했다. 이러한 노력은 〈하생기우전〉이나 〈운영전〉 등의 작품으로 이어져 출사, 늑혼, 단명, 부지소종 등의 비극적 상황을 극복해 내는 데 치중했다. 그러나 여전히 애정 문제와 단명, 세계의 폭력적 외압으로 인한 파국의 잔상은 지우지 못했다. 〈주생전〉은 이와 같은 전대의 결핍 요소를 서사의 구성물로 차용한 작품이다.

이 작품에서 눈에 띄는 결핍 요소는 '애정의 완성' 측면이다. 남녀 주인공이 3인이라는 데서 이들의 관계는 양자 사이의 결속적 관계를 맺을 수 없는 결핍 상황이다. 이전의 작품에 등장하는 남녀 주인공은 제3의 인물 개입 없이 두 사람만의 결속적 애정 관계를 맺는다. 대칭적

3인의 연인 관계는 1대1의 결속적 관계가 결핍된 상황이다. 영원성을 확보할 수 없는 삼각관계는 배도의 죽음을 통해 결여되어 있던 안정감을 일견 취하는 듯하다. 그러나 주생과 선화의 앞을 기약할 수 없는 이별을 통해 이전 작품에서 취해 오던 파국의 결말을 차용함으로써 여전히 주효한 결핍의 서사를 엿보게 된다.

당대인의 중요한 삶의 지향점이었던 '공명의 완성' 측면에서도 결핍의 서사는 동일하다. 등과와 출사, 부귀영화는 당대인의 소명의식과도 같은 것이다. 그것은 가문과 국가, 제도를 수호하는 일원으로 살고자 하는 사명감의 발로이기도 하다. 주생은 이러한 사회적 통념과 관습에서 벗어나 있는 인물이다. 신분 사회의 구성원이 되기 위한 등과와 출사의 미경험은 일찍이 〈만복사저포기〉의 양생이나 〈하생기우전〉의 하생을 통해 서사화된 것이다. 그로 인한 좌절과 분노, 체념의 심리는 주생의 세계관으로도 차용된다. 그런데 결핍의 서사 차용을 통해 오히려 세상을 주유하는 활달한 인물의 탄생을 본다. 이 같은 역설적(逆說的) 인물의 탄생은 단명이나 부지소종으로 마치던 이전의 서사 주체 성격에서 탈피하는 것이다. 공명의 미완성은 선화와 배도에게도 영향을 미치는 현실 문제이다. 공명 세계의 주축인 남성의 부재 상황을 겪고 있기 때문에 가문의 쇠락, 상층 신분에서의 적출 문제를 겪는 것이다. 이러한 결핍의 서사는 선화와 배도를 보다 현실감 있는 인물로 그린다.

〈주생전〉의 서사는 등장인물의 파편적 인간관계를 통해 그들에게 결핍되어 있는 삶의 요소를 역으로 표출한다. 그들이 결속되어 있었다면 불거지지 않았을 가문이나 신분, 혹은 관습의 한계로 가로막힌 욕망이 드러난다. 귀족 가문의 일원이면서도 상인의 삶을 살아가는 주생, 상층 신분에서 적출되어 기생으로 살아가는 배도, 관습과 본능 사이에서 애정의 성취 문제로 갈등하는 선화를 통해 결핍된 삶의 요소가 환기된다. 결핍된 삶의 조건을 충족시키기 위한 그들의 선택과 결정은 파편적 인간관계를 통해 다양한 측면으로 서사화된다.

또한 〈주생전〉은 인간의 본능에 대한 시선을 결핍의 서사로 표출한다. 사회적 제도와 통념의 한계에 부딪치지 않는 자유연애의 결정권과 성적 욕망의 진솔한 표출이야말로 인간이 누려야 할 충족 조건임을 제시한다. 물론 이러한 의중은 색감을 통한 성적 교담으로 은유된다든지 파국으로 치닫는 주인공들의 관계에서 역설적으로 나타난다. 본능을 충족시키지 못하는 결핍의 서사를 통해 시대적으로 억압되어 있던 인간의 본성을 투영해 낸다.

나아가 〈주생전〉의 서사는 제도와 이념에서 일탈하고자 하는 당대인의 욕망을 노정형 삶으로 담아내고 있다. 과거 바리데기나 최치원, 양생과 하생, 운영 등은 초월계를 주유하며 삶의 결핍 요소를 드러냈다. 그러나 주생과 배도, 선화는 상처와 이별, 죽음이 깃든 현실을 직시하는 가운데 일탈을 꿈꾼다. 정신적으로도 물리적으로도 한 곳에 정착하지 않는 등장인물들의 노정은 안주와 정착의 삶이 결핍된 상황이다. 이 결핍의 서사를 통해 역으로 현실 세계에 속박되지 않는 사유체계를 보여준다.

결핍의 삶을 충족의 삶으로 바꾸는 것은 고전소설 향유층의 지대한 관심 영역이었다. 선대인은 이 결핍된 삶의 요소를 극복하고자 초월계와 교섭하는 노력을 마다하지 않았다. 현실계와 초월계를 교섭하며 당대의 통념과 개별적 초자아 사이에서 방황하는 이중 자아의 서사를 그렸다. 그러나 〈주생전〉은 현실적으로 단절된 꿈과 욕망을 서사화하면서 역으로 그 결핍된 대상의 소중한 가치를 부각하는 발상[27]을 선보인다. 이 작품의 서사는 애정과 공명의 갈등 문제를 현실 그대로의 날것으로 두고, 한 인간이 한계로 부딪친 문제점들을 복사해 내고 있어 진정성 있다. 결핍의 서사를 통해 당대인이 마주한 삶의 현안을 조명했다는 점에서 〈주생전〉의 문학적 성과는 높다.

4. 결론

이 논문은 〈주생전〉에 나타난 결핍의 서사 구성 양상과 문학적 의미에 주목한 글이다. 결핍의 서사의 구성 양상은 다음의 세 가지로 나타난다.

첫 번째, 파편적 인간관계의 조명이라는 측면이다. 〈주생전〉의 등장인물은 저마다 파편적 인간관계를 경험한다. 주생과 배도, 그리고 선화의 삼각 애정 관계가 파국에 이르는 것은 '애정'의 결핍이라기보다 이 같은 특수한 상황에서 기인한다. 지속적이고 결속적으로 의탁할 수 있는 인간관계의 부재, 애정은 그 특수한 상황을 부각하는 기능을 한다.

두 번째, 색감을 통한 성적 교담이라는 측면이다. 〈주생전〉은 여자 주인공의 외양과 주변 환경을 화려한 색감으로 묘사해 남자 주인공이 그것을 성적 결연으로 이해하는 성적 교담을 보여준다. 이러한 서사

27 이는, 남성 주인공의 체험에 귀신과의 만남 등과 같은 초현실적 사건이 등장하지 않는 것은 작중에 형상화된 인물들의 욕망과 현실 사이의 거리가 그만큼 가까워졌다는 것을 의미하며, 작중인물의 욕망이 모두 좌절되는 것으로 그려진 것은 욕망과 현실 사이의 거리가 아직 그만큼 멀다는 것을 뜻한다는 지적(박일용, 「주생전의 공간 구조와 환상성」, 『고소설연구』 35, 월인, 2013, 143면)과 궤를 같이 하는 것이다.

구성은 성적 욕망의 직접적 노출을 꺼리면서도 감각적으로 살려내는 방식이다. 그 이면에는 당대의 이념과 관습에 맞춰 은유적 장치를 시도한 성적 욕망의 자기 검열 의식이 엿보인다. 이는 자유로운 성적 담화가 결핍 요소로 남아 있던 사회문화적 배경 때문이다.

세 번째, 노정형 삶의 탐색이란 측면이다. 주생은 두 여인과 애정을 나누면서도 어느 쪽에도 의탁하지 못한 채 그 관계에 종말을 고하고 떠나는 행로를 보여준다. 비록 배도의 죽음과 조선 출병이라는 거역할 수 없는 운명에 휩쓸린 노정이긴 하나 이와 같은 노정형 서사의 구축은 〈주생전〉이 목도하는 삶의 본질을 드러낸다. 공명으로도 애정으로도 충족할 수도 없고 이해할 수도 없는 것이 삶이며 그러한 까닭에 인간이 희구하는 행복이나 염원은 가변성과 불연속성을 띨 수밖에 없다는 주제를 전달한다. 그래서 〈주생전〉의 서사는 안주와 안착보다는 떠남과 변화에 주목하고 있다. 노정형 서사는 곧 당대인에게 결핍의 요소로 남아 있던 자유와 일탈의 삶을 함의한 장치로 이해할 수 있다.

〈주생전〉이 이와 같은 서사 구성을 취한 데에는 현실 세계에서 충족할 수 없는 '결핍'의 요소를 드러내기 위해서이다. 정당한 입신양명, 자유 의지의 혼인, 안락한 삶이 결핍된 현실 세계는 그것을 부단히 극복해 내려는 인물과 세계를 부각한다. 그러나 여전히 애정 문제와 단명, 세계의 폭력적 외압으로 인한 파국의 잔상은 지우지 못했다. 〈주생전〉은 전대의 결핍 요소를 서사의 구성물로 차용한 작품이다.

〈주생전〉의 서사는 애정과 공명의 갈등 문제를 현실 그대로의 날것으로 두고, 한 인간이 한계로 부딪친 문제점들을 복사해 내고 있어 진정성 있게 다가온다. 결핍의 서사를 통해 당대인이 마주한 삶의 현안을 조명했다는 점에서 〈주생전〉의 문학적 성과는 높다.

〈심청전〉의 공동체 의식과 말하기 방식

1. 서론

고전소설의 묘미는 다양한 인물의 '말하기 방식(화법)'에 있다고 해도 과언이 아니다. 꿈속의 인물이라거나 혼령이라거나 천상계에서 강림한 선인이라거나 이물 등의 초월적 인물과의 교섭이 가능했던 것도 지극히 현실적인 이 말하기 방식이 존재했기 때문이다. 이 기능을 통해 등장인물은 현실계에서 초월계로, 혹은 초월계에서 현실계로 넘나들며 애정과 공명, 정의와 진리에 대해 걸림 없이 소통할 수 있었다.

말하기 방식은 음성 언어뿐만 아니라 자아와 타자의 의미 공유를 위한 사고의 총체적 상호작용까지 포함하는 것인 만큼 등장인물이 처한 현안에 따라 그 발화 양상이 달라진다. 애정과 관련한 갈등을 풀어 나가는 데 있어 소극적이거나 부정적이라면 그와 같은 양상으로 발화된다. 공명과 관련한 갈등을 풀어 나가는 데 있어 적극적이거나 긍정적이라면 그와 같은 양상으로 발화된다. 그래서 한 작품의 말하기 방식을 살피는 일은 캐릭터와 사건 전개, 주제의식까지 유추해 볼 수 있는 과정이 된다. 단순히 어느 한 사건을 위한 기계적 설정이 아니라 서사에 추동력을 제공하는 기능을 한다.

〈심청전〉은 현실계와 초월계에서 이루어지는 등장인물의 말하기 분량 비중이 균등하다. 현실계의 사실성과 초월계의 낭만성을 비등하게 다룬 작품이라고 할 수 있다. 이는 다른 작품과의 비교를 통해 보면 확연히 드러나는 차이점이다. 〈최치원〉이나 〈만복사저포기〉와 같은 작품은 초월계에서의 말하기 분량이 현실계에서의 말하기 분량보다 비중이 높다. 이 말은 초월계에 진입한 인물의 시간과 동선이 현실계에 머물 때보다 현저히 길다는 것을 뜻한다. 바꾸어 말하면 그만큼 많은 양의 말하기 방식이 초월계에서 이루어진다는 것을 의미한다.

〈최생우진기〉의 경우 최생이 두타산 진경을 찾아가 초인과 나누는 말하기를 비중 있게 다룬다. 반면 진경에서 찾아온 인물이 현실계 인물과 나누는 말하기 장면은 전무하다. 진경에서 돌아온 최생이 무주암 승려와 말하는 장면이 나오기는 하지만, 최생은 애초 현실계의 인물이라는 점에서 논의의 범주에서 제외된다. 〈운영전〉에서는 초월계의 운영과 김진사가 현실계로 찾아와 유영과 나누는 말하기 장면이 나온다. 운영과 김진사는 궁중에서 일어난 비극적 연애사를 풀어놓는데, 이때 유영은 서사의 극적인 전개와 파동에 개입하는 말하기 방식은 보여주지 않는 않는다. 두 연인의 비감어린 과거사를 들어주고 이것을 세인에게 전하는 역할을 할 뿐이다. 현실계와 초월계 인물 사이의 말하기 분량이 균등하지 않음을 알 수 있다.

이에 반해 〈심청전〉은 작품 전면에서 현실계와 초월계의 말하기 장면이 균등하게 나타난다. 현실계의 말하기 비중과 초월계의 말하기 비중이 균등하다는 것은 사실성과 낭만성을 적절히 안배한 작품임을 드러낸다. 아울러 인간과 세계의 본질에 대한 탐색이 다양한 층위에서 이루어지고 있다는 것을 뜻한다. 바꾸어 말하면 보다 다양한 각도의 말하기 방식이 존재한다는 것을 암시한다. 이 논문은 이와 같은 말하기 방식의 문학적 의미를 조명해 보는 데 목적을 둔다.

그 동안 〈심청전〉에 대한 연구는 판소리 사설을 바탕으로 한 이본과 문장체 소설 형태의 이본 연구[1], 근원 설화 연구[2], '효'를 중심으로 한 주제 향방 연구[3], 서사 구조 연구[4], 등장인물 연구[5], 공간 연구[6] 중심 삽화에 대한 해석학적 연구[7] 등 충족할 만한 논의를 거두었다. 방각본,

---

1 유영대, 『심청전 연구』, 문학아카데미사, 1991.
박일용, 「심청전의 가사적 향유 양상과 그 판소리사적 의미」, 『판소리연구』 5, 판소리학회, 1994.

2 윤경수, 「심청전의 원초의식: 국조신화의 동굴모티프를 중심으로」, 『성균어문연구』 33, 성균관대, 성균어문학회, 1998.
허원기, 「심청전 근원 설화의 전반적 검토: 원홍장 이야기의 위상을 중심으로」, 『정신문화연구』 25, 한국정신문화연구원, 2002.

3 최운식, 『심청전 연구』, 집문당, 1982.
최기숙, 「효녀 심청의 서사적 탄생과 도덕적 딜레마: 감성적 포용과 전향의 맥락」, 『고소설연구』 35, 월인, 2013.

4 장석규, 「심청전에 나타난 만남과 헤어짐의 문제」, 『판소리연구』 4, 판소리학회, 1993.
심치열, 「심청전의 구조화 방식 연구: 경판(한남본) 24장본과 완판 71장을 중심으로」, 『한국언어문학』 43, 한국언어문학회, 1999.
김진영, 「심청전의 구조적 특성과 그 의미: 본생담과의 비교를 중심으로」, 『어문학』 73, 한국어문학회, 2001.

5 유영대, 「심청전의 여성 형상: 곽씨부인과 뺑덕어미를 중심으로」, 『한국고전여성문학연구』 1, 월인, 2000.
고종민, 「심청전의 보조 인물 연구: 곽씨부인, 뺑덕어미, 안씨맹인의 속뜻을 중심으로」, 『경상어문』 13, 경상어문학회, 2007.

6 최운식, 「심청전의 배경이 된 곳」, 『반교어문연구』 11, 반교어문학회, 2000.
손기광, 「심청전 공간 문제와 이념의 기능」, 『어문학』 95, 한국어문학회, 2007.

7 박일용, 「'강상 풍경' 대목의 변이 양상과 그 의미」, 『판소리연구』 8, 판소리학회, 1997.
서유경, 「심청전 변이의 소통적 의미 연구: 공양미 삼백 석 시주 약속에 대한 심청의 반응을 중심으로」, 『판소리연구』 18, 판소리학회, 2004.

필사본, 활자본 등의 소설계 자료는 물론 채록본, 창극본, 번역본 등의 판소리계 자료 수가 230여 종에 달하는 만큼 이전의 연구에서 선회하는 논의의 활로를 열어 두고 있는 작품이다. 말하기 방식이라는 측면에서 〈심청전〉의 새로운 면모를 살피고자 하는 것도 그와 같은 관점에서이다.

이 논문에서는 〈심청전〉에 나타난 말하기 방식의 양상을 세 가지로 나누어 접근한다. 중층 세계의 상달(上達) 언어, 부채 의식의 자탄(自歎) 언어, 상보 의식의 호혜(互惠) 언어 측면이 그것이다. 이를 통해 다양한 층위의 말하기 방식이 함의한 문학적 의미를 탐색할 것이다. 개아적 고통과 비극의 사회적 공론화, 혹은 연대라는 측면에서 말하기 방식의 다양한 통로를 열어 둔 사실에 주목할 것이다. 〈심청전〉의 생동하는 인물과 사건 형성에 말하기 방식이 기여하는 바를 재고해 보고, 고전소설의 창작의식을 살피는 계기로 삼고자 한다.[8]

김종철, 「심청가와 심청전의 '장승상부인 대목'의 첨가 양상과 그 역할」, 『고소설연구』 35, 월인, 2013.

경일남, 「심청전에 등장하는 화주승의 인물유형과 변모양상」, 『인문학연구』 109, 충남대학교 인문과학연구소, 2017.

8 이 논문의 텍스트는 〈신재효 심청가〉, 〈박순호 소장 46장본 효녀실기심청〉, 〈정문연 소장 28장본 심청전〉을 주 대상으로 한다. 〈신재효 심청가〉는 창본으로써의 서사적 특질을, 〈박순호 소장 46장본 효녀실기심청〉은 상층 향유 계층의 사유를, 〈정문연 소장 28장본〉은 민중의식을 중점적으로 추적할 수 있다는 점에서 논의의 자료로 삼았다.

2. 말하기 방식의 양상

1) 중층 세계의 상달(上達) 언어

〈심청전〉은 간난신고의 풍파에서 허덕이던 심청이 천신만고 끝에 행복을 성취하는 서사가 주요 골격이다. 간난신고의 세계와 천신만고 끝에 행복을 성취하는 세계의 작동 원리는 인과의 법칙에 따라 종속되어 있다. 심청이 고해의 삶을 걷게 된 것은 천상계에서 득죄한 인과 때문[9]이고, 현실계에서 황후가 되어 화평한 삶을 누리게 된 것은 그 인과의 업을 모두 닦았기 때문이다. 이 일련의 서사 안에서 〈심청전〉의 인물들은 자신이 처한 상황의 원인과 결과에 대해 상달하는 말하기 방식을 보여준다. 그들이 간난신고에 대해 상달하는 대상은 현실계와 초월계를 아우르는 중층 세계의 존재들이다.

상달 언어 방식이 거듭 등장한 배경을 살피기 위해서는 〈심청전〉에 수용된 당대인의 중층적 세계관을 우선 이해해 볼 필요가 있다. 이 중층적 세계관은 태몽 과정에서 드러난다. 곽씨 부인의 태몽에 선녀가 찾아와 고하기를, 자신은 서왕모의 양녀로서 몽은사 부처의 점지를 받고 찾아왔노라 한다.(신재효 심청가) 이 전언 속에는 세 층위의 세계가 수용되어 있다. 서왕모의 초월계, 몽은사 부처의 중간계, 심봉사 부부의 현실계가 그것이다.

---

9 그럼에도 심청전에는 주인공과 대립하는 적대자가 구체적으로 존재하지 않는다. 적대자의 부재를 대신한 세계의 횡포, 곧 극한의 궁핍에 더해진 인간으로서는 어쩔 수 없는 운명에 맞선 주인공의 눈물겨운 분투가 눈에 띤다(정출헌, 「심청전의 민중정서와 그 형상화 방식: 고전소설에서의 현실성과 낭만성」, 『민족문학사연구』 9, 민족문학사연구소, 1996, 143면).

몽은사 부처의 중간계는 현실계와 초월계를 연결하는 경계로써 서왕모의 관할에 있는 세계이다. 곽씨 부인의 현실계는 그 몽은사 부처의 관할에 있는 세계이다. 즉 세 층위의 세계는 수직적 관계를 형성한 가운데 중층의 공간으로 연결되어 있는 셈이다. 선녀는, 몽은사 부처가 곽씨 부인의 집을 점지하므로 찾아왔다고 고한다. 그녀의 전언은 몽은사 부처의 지시이자 그 너머의 천상계 서왕모의 지시가 된다. 이후 나타나는 등장인물의 '고하기' 방식은 이 중층 세계를 향한 상달 언어의 관습적 문법을 보여준다. 이는 당대인들이 수용하고 있던 중층적 세계관에서 비롯한 말하기 방식이다.

중층 세계를 향한 상달 언어는 심청의 부모로부터 출발한다. 그들은 나이 40이 되도록 혈육이 없자 명산 산제와 대천 큰 굿을 벌인다. 대찰 불공은 물론 성황당과 당산에서 제를 지내고, 천룡과 조왕, 성주신, 제석, 삼신 등에게 자식을 얻고자 축원한다. 말 그대로 하늘과 바다, 지상의 곳곳에 상주하는 초월적 존재에게 득자 소망을 상달한 것이다. 이에 대한 응답이 심청의 탄생으로 이루어졌고, 이후 심청은 부모와 동일한 상달 언어를 활용해 중층 세계와 교감한다.

심청은 공양미 삼백 석을 구하기 위해 후원에 정화수를 올리고 "이 몸 사갈 사람을 지시해 달라"고 상달한다. 날이 밝기 바쁘게 남경 상인이 도화동에 입성해 인당수 제물로 쓸 처녀를 구한다. 심청의 상달 언어에 '정화수'를 매개로 한 중층 세계의 힘이 작동한 결과이다. 인당수 뱃전에 선 심청은, 선인들이 평안하게 배질하여 억십 만금을 벌어 돌아올 적에 도화동에 찾아가 자신의 부친이 개안했는지 살펴 달라고 하늘에 상달한다. 남경 상인이 귀로에 연꽃 속의 심청을 구조한 것도 그와 같은 상달에 힘입은 결과이다.

심청은 환생하며 높은 신분과 부를 획득하게 되는데, 이는 생명과 구원, 풍요와 발복의 상징인 용궁의 독자성을 반영[10]하는 동시에 그 모든 긍정적 결과가 인당수에 팔려가기 전부터 심청이 중층 세계에 상달했던 내용이 현실화 된 것을 상징한다. 심청은 지속적으로 지상의 삶에 대해 구원을 요청하는 상달을 했기 때문이다. 태생부터 관계를 맺고 있던 이들과의 조우를 통해 환상성과 낭만성이 배가되는 효과[11]를 보여주는 동시에 상달의 언어 방식을 구체화하고 있다.

심청의 구원 상달은 천상계의 상제, 상제의 지시를 받는 중간계의 몽은사 부처, 몽은사 부처와 수직적 관계인 화주승, 천상계 상제와 수직적 관계인 수계의 용왕, 용왕의 수족인 용궁 시녀 등에게 점조직적으로 전달된다. 상계(上界)의 명을 마지막으로 받드는 인물은 유리국의 황제이다. 상제는 심청을 환생시켜 황후로 삼으라고 점지한다(정문연 소장 28장본 심청전). 천상계의 상제부터 사해의 용왕, 지상의 황제에 이르기까지 그들은 일사불란하게 심청을 구조하고 삶의 변화에 기여한다. 구원과 구조를 바라는 심청의 상달에서 비롯한 결과이다.

상달을 통한 의사소통에 대해 고전소설에서 흔히 볼 수 있는 말하기 방식이라고만 넘길 수 없다. 그 안에는 각각의 세계를 주관하는 다양한 신이 존재하고, 심청의 상달에 의사소통하는 적극성을 보여줌으로써 인간과 신, 현실계와 초월계가 교섭하는 과정을 자연스럽게 연결하며

10 이성희, 「심청전의 환상성과 낭만성」, 『한국문화연구』 8, 경희대학교 민속학연구소, 2004, 76-77면 축약.

11 그 한 예로 용궁이 천상계와 연결된 공간이라는 점, 용궁의 지배자인 용왕이 옥황상제의 명을 수행하는 군신관계로 두 공간이 열려 있다는 점을 들 수 있다(손기광, 「심청전의 공간 문제와 이념의 기능」, 『어문학』 95, 한국어문학회, 2007, 316면).

'우주적으로 연대한 생명의 소중함'을 보여주고 있기 때문이다. 중층세계를 향한 상달 언어는 벗어날 수 없는 운명적 삶을 표상한다기보다 오히려 길흉화복이나 인과응보 같은 삶의 철리를 수용한 당대인의 세계관을 보여주는 것으로 이해하는 것이 타당하다.

2) 부채 의식의 자탄(自歎) 언어

심청은 걷기 시작하면서부터 아버지 봉양을 위해 밥을 빌어야 했다. 나이 15살이 되도록 삶은 여전히 고단하다. 효를 최상의 가치로 내세우며 살았던 당대인의 염원을 담고 그녀는 인당수 제물로 투신한다.[12] 효를 행한 자는 복을 받는다는 이념 아래 그녀는 황후의 몸으로 소생한다. 안맹의 몸으로 젖먹이 딸을 먹여 살려야 했던 심봉사의 삶 역시 고단하기만 하다. 뺑덕어미를 만나 갖은 망신을 당하고, 딸을 찾아가는 노정에서 여인들과 놀아나거나(신재효 심청가) 발가벗은 몸으로 옷을 얻어 입는 비루한 꼴(박순호 소장 46장본 효녀실기심청)을 보여준다. 그렇다고 이 작품이 비도덕적 욕망이나 저속한 쾌락에 집착한 통속소설로 다가오지 않는 것은, 등장인물의 말하기 방식이 누구나 공감할 만한 도덕적 부채 의식을 함의한 자탄 언어로 진행되고 있기 때문이다.

심청과 심봉사는 부녀지간으로 살며 겪는 간난신고, 거기에서 빗어

---

12 물론 심청의 구걸 봉양과 죽음으로 이어진 일련의 행위는 효라는 중세적 이념 때문이 아니라, 죽을 고생을 하면서 자신을 키워 준 아비에 대한 인간적 정리 때문으로 이해해야 옳다는 주장도 일리 있다. 심청의 행위가 관념화된 효의 구현이 아니라 극한의 가난을 함께 한 인간적 육친적 연대에서 우러난 정에서 기인하기 때문이란 이유에서이다(정출헌, 앞의 논문, 162면).

진 부채 의식을 끊임없이 자탄하는 말하기 방식으로 보여준다. 심봉사의 부채 의식은 현실적인 삶의 고단함에서 출발한다. 어린 딸이 끼니를 구걸해 연명할 수밖에 없는 척박한 삶, 그 딸이 꽃다운 나이에 자신을 위해 인당수 제물로 팔려가야만 하는 암담한 현실, 딸의 죽음을 저당 잡히고도 개안은커녕 갖은 풍파를 겪는 불우한 노년, 무엇 하나 긍정적으로 주시할 만한 것이 없다. 누대 잠영지족의 후예로서 양반이라는 갓은 쓰고 살지만 빌어먹지 않으면 연명할 수 없는 구차한 삶에서 오는 자괴감이야 차치하더라도, 안맹과 더불어 겹친 궁핍한 생활고로 말미암은 무능력한 현실은 처자에 대한 부채 의식의 근원으로 작동한다. "웬놈의 팔자가 너의 모친 살았을 적엔 그 바느질 품 판 것으로 먹고 살고 이제는 네 바느질 품 판 것으로 이렇게 잘 먹으니 부끄럽다."(신재효 심청가)는 심봉사의 말은, 남성 중심의 가부장제도 아래에서 자신의 역할을 다하지 못하는 현실을 토로하는 것이다. 아내와 딸에 대한 부채 의식이 깊이 자리 잡혀 있는 말이다.[13]

심봉사의 부채 의식은 자탄의 방식으로 거듭 나타난다. "목구멍이 원수로다. 선녀 같은 내 딸에게 밥을 빌어 이 목숨이 살자 하니." 괴로운 현실이고, "밥도 싫고 국도 싫다. 내 눈 없는 탓으로 물에 빠진 것을 몽운사 화주승이 구해놓고 하는 말이 공양미 삼백 석을 불전에 시주하면 생전에 눈을 떠서 천지만물 구경하고 일월성신 본다기에 권선책에 공양미 약속을 기록하였다."(정문연 소장 28장본 심청전)고 탄식할 때는 자신이

---

13 정문연 소장 28장본 〈심청전〉과 같은 경우, 심청의 인당수 투신 원인은 심봉사의 대책 없는 선택이 화근이다. 화주승의 권선책에 공양미 삼백 석을 시주하겠다고 약속한 인물이 심봉사이기 때문이다. 이런 경우 심봉사의 부채 의식은 공양미 삼백 석에서 비롯하고, 또 그것이 크게 부각될 것이다.

천지분간 못하는 어리석은 인간이라는 비참한 심정이 드러난다.

뺑덕어미가 가산을 탕진하고 머슴과 수작 부리는 것을 묵인하는 순간에도, 황성 가는 길에 낯선 여인들에게 하룻밤 유숙을 청하는 순간에도 그는 자탄으로 일관한다. "직업은 밥 먹고 잠자기뿐이요, 아들은 없고 딸은 제물로 팔아먹고 가세는 떨어질 대로 떨어진 채 경성으로 오는 중로에 계집도 도망하였다."는 것이 그의 주된 자탄이다. 그 자탄으로 옷을 빌고, 유숙할 거처를 얻는다.

맹인 잔치에서 황후의 부름을 받고 나아가는 순간조차 "착한 딸 죽였다는 소문 듣고 의 없는 사람으로 몰아 죽이려는가 보다."고 수심에 찬 심봉사의 자탄은 딸에 대한 부채 의식을 극명하게 보여준다. 자신이 호명된 것만으로도 두려움에 떨며 하는 말이 그것이니 심청에 대한 부채 의식이 얼마나 깊은 것인지 알 수 있다.

부친에 대한 심청의 부채 의식 또한 같은 양상으로 나타난다. 안맹인 부친을 위해 유아 시절부터 밥 동냥을 하며 나이 열다섯에 이르렀다. "모친이 세상을 버리고 우리 부친 눈 어두우니 십시일반 한 술 밥을 처분대로 주옵소서." 하고 이집 저집 부엌문을 두드리며 살아온 시간이다. 심청의 자탄어린 말하기 방식은 주로 구걸과 동냥을 요구하는 대목에서 이루어진다. 물질적 삶의 고단함은 부친의 육체적 장애를 자신의 소치로 여기는 듯한 자탄으로 이어진다. "아비가 이십에 안맹하여 육십이 다 되도록 만물을 못 보니 아비의 허물을 이 몸으로 대신하고 눈을 밝게 하여 천지만물을 보게 하소서." 궁핍한 생활고로 인한 자기 연민이 마침내 부친의 육체적 장애마저 자신의 탓으로 여겨지는 자탄으로 나온 것이다. 그 자탄의 결과가 공양미 삼백 석이다.

공양미 삼백 석[14]을 무릉촌 장승상 부인이 대신 갚아 준다고 했을 때

"당초 못할 일을 이제 와서 할 수 없고 또한 선인들과 한 약속을 어기는 것도 도리가 아니니 부인의 하늘과 같은 은혜는 지하에 가서라도 보은하리라."(박순호 소장 46장본 효녀실기심청)고 심청은 사양한다. 신념과 신의를 중요하게 여기고 살던 당대인의 도덕적 심리를 표출한 말이라 하더라도, 자신과 부친이 생존할 수 있는 방도를 외면하고[15] 인당수 제물이 되는 길을 선택한 것은 아이러니하다.

심청이 그런 선택을 할 수밖에 없었던 보다 현실적인 이유에 주목해 볼 필요가 있다. 장승상 부인이 내 주는 공양미 삼백 석은 또 다른 의미의 빚이었다. 그 빚은 장승상 부인의 수양딸로 살아가며 은혜를 갚아야 하는 부담감으로 남았을 법하다. 장승상 부인의 수양딸이 되어 살아가는 동안에도 부친의 삶에 대한 근심이 해소되는 것은 아닐 터였다. 조석 끼니를 해결하는 일부터 사철 의복을 마련하는 일까지 안맹인 부친을 홀로 두고 수양딸로 살아가는 현실이 마냥 행복한 것만은 아니었다. 오히려 부친을 홀로 두고 다른 가문의 수양딸로 살아가는 부채 의식이 더 커지는 결과를 초래하는 선택이 될 수도 있었다.

결국 현실계의 인간을 통해 얻는 공양미 삼백 석은 그 한계가 명확

---

14 공양미 시주 약속과 관련해(시주 약속을 심청이 했든, 심봉사가 했든) 그 사실을 반갑게 듣거나 안색 하나 바꾸지 않고 의연하게 심봉사를 위로하는 심청의 반응에서 향유층의 지향성과 소통 과정이 효라는 이념을 강화하는 방향으로 작동한 것이라고 보는 견해가 일반적이다(서유경, 「심청전 변이의 소통적 의미 연구-공양미 삼백 석 시주 약속에 대한 심청의 반응을 중심으로」, 『판소리연구』 18, 판소리연구학회, 2004, 127면).

15 심청이 수양녀로 팔릴 길이 있었으나 그렇게 되지 않은 것은 삼백 석이나 되는 거금을 지불할 수 있는 수양부모가 없는 현실, 또는 심청의 경제적 처지와 비슷한 수양녀 후보군들이 존재했기 때문에 굳이 거금을 들일 필요가 없었던 현실을 반영하기 위한 장치로 '장승상부인 대목'이 첨가된 것이다(김종철, 「심청가와 심청전의 '장승상부인 대목' 첨가 양상과 그 역할」, 『고소설연구』 35, 월인, 2013, 320-321면 참조).

했다. 반면에 자신의 목숨을 조건으로 초월계로부터 얻는 공양미 삼백 석은 일종의 보상과도 같은 것이었다. 현실계에서는 이루어질 수 없는 아버지의 개안, 육체적 장애를 소멸시킬 원력을 담은 것이었다. 심청이 현실적 대안을 마다하고 초월계의 원조를 선택한 것은 그러한 부채 의식을 남기고 싶지 않은 심리에서 비롯한 것이다.

이 즈음해서 심청이 품고 살았을 부채 의식의 근간에 대해 살펴보기로 한다. 생사의 목전에 선 심청의 선택이 이데올로기에 의한 강요된 선택이 아니라는 것[16]은 부채 의식이 드러나는 자탄을 통해 알 수 있다. 모친은 심청을 낳고 산후여증으로 세상을 떠났다. 안맹인 부친은 젖동냥을 다니며 자신을 연명시켰다. 옷을 얻어 입히고, 따뜻한 품에 안아 키우며 얼어 죽지 않게 보듬었다. 두 발로 걸어 다닐 때까지 사랑과 정성으로 키웠다. 이에 보은하는 심청의 효행은 당연한 것이었다. 유아 시절부터 15살이 될 때까지 부친을 위해 밥 동냥을 다닌 것은 그래서 필연이라 여겼을 것이다.

만약 자신이 태어나지 않았더라면, 심청은 이 근원적 물음에 빠져 보았을 법하다. 모친이 세상을 떠난 이유는 자신의 출생으로 인해 벌어진 비극적 사건이다. 그 사실만으로도 심청은 부모에 대한 부채 의식을 느꼈으리라 추측해 볼 수 있다. 부친의 삶은, 자신이 태어나고 모친이 산후여증으로 죽는 순간부터 고단해졌다. 부친이 애초 안맹이라서 삶이 피폐했던 게 아니란 사실이 심청을 부채 의식에 빠트렸다. 그런 까

16 여성을 가부장적 질서에 옭아매는 기제로 작용했던 효 이데올로기에서 벗어나 자신이 선택한 운명 앞에서 끊임없이 갈등하다 스스로 인당수 행을 결정했다는 점에서 자의적 선택이라고 할 것이다(진은진, 「심청전에 나타난 모성성 연구-효녀실기심청을 중심으로」, 『판소리연구』 15, 판소리학회, 2002, 77면).

닭에 끊임없이 부친에 대한 부채 의식을 상기하는 자탄을 이어간다.

심청 부녀는 서로간의 부채 의식을 지속적으로 노출한다. 이 부채 의식은 자기 비하나 자기 연민의 말하기 방식으로 되풀이된다. 자신의 삶을 누추하거나 가련한 시선으로 자탄하는 심리 이면에는 '나'로 인해 내 딸이, '나'로 인해 내 아버지가 세파(世波)에 빠지게 되었다는 부채 의식이 자리한다. 부모지간의 인륜을 다해야만 이 부채 의식에서 벗어날 수 있다는 심리가 작동한 것이다. 심 봉사가 공양미 삼백 석 시주를 언약하며 자탄에 빠진 것도, 심청이 인당수 제물로 팔려가며 자탄했던 것도 그와 같은 부채 의식을 반증한 것이다.

3) 상보 의식의 호혜(互惠) 언어

〈심청전〉은 개인적 사건이 만민이 주목하는 공동체 사건으로 확장되어 나아가는 서사적 특징이 있다. 개인적 사건이 공동체 사건으로 확장되어 간다는 것은 개인과 집단의 상호 연대가 활발히 이루어진 것을 의미한다. 그에 따라 서사 주체를 둘러싼 인물들의 말하기 방식도 특정한 양상으로 나타난다. 바로 보상과 보은 관계에 따른 말하기 방식이다. 이 작품의 인물들은 보상과 보은의 관계로 엮여 있고, 그에 따라 서로 호혜를 주고받는 말하기 방식을 취하고 있다.

보상 관계를 일깨우는 첫 번째 인물은 남경상인이다. 남경상인은 사람 목숨을 장삿길 제물로 바치는 인물이다. 그 대가로 공양미 삼백 석을 치렀다고는 하나 산목숨을 수장하는 것에 대한 고심이 컸을 법하다. 그런 까닭에 남경상인은 행선 당일에 심청 부녀가 목 놓아 우는 상황에서도 현실적인 보상 관계를 일깨운다. "봉사님이 딸을 팔아 눈을 뜨자 한다면 남이 시비하려니와 낭자의 효성으로 부친 눈을 뜨려고 자신을 팔았다고 하였으니 시비할 이 뉘 있소. 우리도 비싼 값 주고 낭자를 사갈 때는 소망을 이루기 위해서인데"(신재효 심청가) 라는 말로 심청이 자진해서 행선길 제물로 팔리고 자신 역시 그에 상응하는 값을 치렀으니 보상은 공평하게 이루어졌다는 것을 강조한다. 심청이 투신하는 순간에도, "남경 장사 가는 길에 성한 인물 가려 정성으로 제사하니 바람길 막아주고 선인들 병도 없게 하여 주고 무사태평하게 하옵소서."(정문연 소장 28장본 심청전) 라고 자신들의 안위부터 축원하는데 이 말하기 안에도 앞서와 같은 보상 심리가 작용하고 있다.

남경상인의 보상 심리는 심청이 인당수에 투신하기 전까지는 떳떳한 양상으로 나타난다. 장삿길의 평안과 재복을 비는 데 중점[17]을 두고 있기 때문이다. 그런데 회향 길 인당수에 이르러서는 보상을 넘어선 보은 관계에 주목하고 있음이 드러난다. 그가 뱃전에 제물 한 상을 차려 놓고 수중고혼이 된 심청을 위해 제문을 지어 올리는 행위는 거금을 벌어 고국으로 순탄하게 돌아온 것에 대한 보은 심리를 담고 있다. 공양미 삼백 석 값은 이미 인당수 뱃길을 안전하게 건넌 것으로 그 기능을 다했다. 거금 획득과 무사 귀환은 수장된 심청의 은혜 때문이고 그에 대한 대가를 갚고자 제사와 축수가 이루어진다. 곧 내가 얻은 복을 남과 함께 나누고자 하는 호혜 심리를 기반으로 한 말하기 방식이 이루어진다.

---

17 "인당수 용왕님은 인제물을 받으시오. 황주땅 도화동의 15세 심청 여자 인물이 일색이요 만신에 흠이 없고 효행이 출천키로 목욕재계하고 제물로 바치오니 흠향 받으소서. 순풍 열어 억십만금 벌어 춤추고 돌아오게 점지해 주옵소서.(신재효 심청가)" 박순호 소장 46장본 〈효녀실기심청〉에서는 남경 상인의 "억십만금" 축원이, 심청의 말을 통해 천지 신과 의사소통된다. 인신공희는 단순히 안전한 항해 길을 위한 것이 아니라 금전이라는 경제적 취득과 깊은 관련을 맺고 있다.

심청이 연꽃을 타고 떠오르자 남경상인은 황제에게 진상한다. "심청의 장한 효성이 황제의 덕화 때문"이라고 고하는 대목에서 황제의 덕화에 빗대어 심청의 효성을 칭송한다. 안전하고 풍요로운 뱃길을 열어준 심청의 희생을 높이 칭송함으로써 보은하고자 하는 심리가 나타난다. 물론 심청의 효를 부각함으로써 인신공희의 비도덕적 비판으로부터 벗어나고자 하는 심리도 엿볼 수 있지만 물질적 궁핍함 때문에 수장된 심청의 넋이나마 영화로운 공간에서 살 수 있기를 바라는 호혜 의식이 담겨 있다.[18]

보은 관계를 토대로 한 호혜의 말하기 양상을 가장 사실적으로 보여주는 인물은 심청이다. "백성 중에 불쌍한 게 나이 늙은 병신이요, 병신 중에 불쌍한 게 눈 못 보는 맹인이라. 천하 맹인들을 죄 불러 잔치를 열고, 그 중의 유식한 맹인을 골라 좌우에 두고 성경현전 외게 하고, 늙고 병들고 자식도 없는 맹인은 경성에 집을 지어 한데 모아 살게 하면 지극덕화 만방에 미칠 터"(신재효 심청가)라고 청하는 대목을 보자. 자신을 황후 자리에 앉게 하고 영화를 안겨 준 황제의 은덕을 세상에 알리는 한편 부모를 찾아 은공을 갚고자 하는 보은 심리가 중층적으로 담겨 있는 호혜 언어를 엿볼 수 있다.

황제는 심청의 삶을 개변시킨 인물이다. 황제가 아니었다면 신분의 변화는 물론 부친을 찾을 방도조차 강구하지 못했을 처지의 심청이다. 맹인 잔치를 제언하며 황제의 은덕을 세상에 널리 알릴 것을 주청한

18 용궁을 기준으로 도화동과 황궁은 동일한 현실공간인데도 성격이 다른 점에 주목해야 한다. 도화동에 있는 심청은 물질이 없고, 황궁에 있는 황제는 왕비가 없다는 점에서 용궁은 도화동과 황궁, 두 결핍의 공간을 연결해 주는 매개 역할을 한다(손기광, 앞의 논문, 326-327면 참조).

것은 그러한 개변의 삶을 안겨 준 황제에게 보은하고자 하는 심리가 담겨 있다. 이는 보살핌의 윤리에 바탕을 둔 어머니 역할을 황제가 하고 있다는 것[19]을 만방에 표방하는 것으로, 황극전에서 꽃이나 보살피며 세월을 낚는 황제에게 백성을 향한 어진 마음을 일깨워 준 것이기도 하다. 공적인 영역에서 활동하는 모습을 볼 수 없었던 황제[20]는 맹인 잔치를 매개로 왕으로서의 권능을 되찾는다. 이러한 일련의 과정은 심청의 보은 심리를 기저로 한 호혜 언어에서 비롯된다.

심청이 자신만의 안락한 삶을 구가하지 않는 인물이란 사실은 황제가 왕비를 소중히 여겨 정이 날로 깊어 정사를 돌보지 않자 "임금이 하루라도 정치를 하지 않으면 백성이 일 년 내내 원망할 일이 있고, 백성이 기꺼이 따르지 아니하는 것은 임금이 덕이 없기 때문"이라고 간언하는 말에서도 드러난다. 나와 타인, 나와 세계의 공존을 추구하는 호혜 의식이 드러나는 말이다. 심청은 영화로운 삶을 자신만의 것이 아닌 백성의 것으로도 나누고자 한다.

이러한 발상의 말하기 방식은 맹인 잔치를 통해서도 나타난다. 도화동에서 이별한 부친을 찾는 길은 도화동으로 사람을 보내 찾는 것이 가장 빠른 길이다. 그런데 심청은 만방에 맹인 잔치를 알려 부친을 찾는 길을 선택한다. 이로써 도화동 심씨 부녀와 얽힌 공양미 삼백 석, 그리고 인당수 제물 사건은 만민이 인지하는 공동체적 서사로 확장된다. 심봉사뿐만 아니라 맹인 잔치에 참석한 모든 맹자의 개안이 이루어지는 대목은

---

19 서유경, 「심청전 중 '곽씨 부인 죽음 대목'의 변이 양상과 의미」, 『문학교육학』 7, 한국문학교육학회, 2001, 241면.

20 장석규, 「심청전에 나타난 만남과 헤어짐의 문제」, 『판소리연구』 4, 판소리학회, 1993, 25면.

심청의 호혜 의식을 현실화한 장면이다.

〈심청전〉은 보상과 보은 관계를 바탕으로 한 호혜 언어의 감동을 선사한다. 보상과 보은 화소는 자칫 작품의 우연성을 남발하는 계기로 남을 수 있다. 오래 전부터 고전소설의 주된 주제가 인과응보였고, 이것을 실현하기 위해 보상과 보은이라는 화소를 관습적으로 활용해 왔기 때문이다. 〈심청전〉의 인물들은 호혜 의식을 바탕으로 한 말하기 방식으로 이 관습적 문법을 탈피한 흔적을 보여준다. 내가 얻은 복을 남과 함께 나누고자 하는 말하기 방식, 곧 호혜 언어를 통해 이 작품만의 상생적 세계관을 선사한다.

3. 다양한 말하기 방식의 의미

심청 부녀는 처음부터 그 가계가 하층민으로 등장한다. 동서구걸하며 거리를 떠돌다 만난 아내와 부부 연을 맺고, 그 사이에서 얻은 딸이 다시 동냥에 나서는 서사는 하층민 삶의 한 단상을 보여준다.(정문연 소장 28장본 심청전) 물론 심봉사가 누대 잠영지족의 후예로 시작하는 이본의 경우(신재효 심청가, 박순호 소장 46장본 효녀실기심청) 상층 신분을 표방하는 인물로 등장하기는 하나 그의 현실은 여느 하층민 못지않은 척박한 환경이다. 안맹이라는 육체적 고통과 아울러 딸이 품을 팔고 동냥거리로 연명하는 경제적 환경은 고단하기만 하다. 심청 부녀는 곧 당대 하층민의 삶을 복사해 낸 인물들이다.

〈심청전〉은 하층민의 삶을 공유하고 공감하는 다양한 말하기 방식을 보여준다. 비극적이리만치 박복한 심청 부녀의 삶에 상하 계층의 구성원들이 공동체적 소통을 시도한다. 심봉사가 젖동냥으로 심청을 길러낼 수 있었던 것은 한 생명에 대한 공동체 구성원의 책임감이 작용했기 때문이다. "동지섣달 찬바람에 무엇 입혀 길러내며 달은 지고 불 없을 때 침침한 빈방에서 배고파 우는 소리 뉘 젖 먹여 살려낼꼬."(신재효 심청가) 심봉사의 절규는 공동체 구성원의 연민을 이끌어 내고 마을 아낙들은 자발적으로 젖동냥에 참여한다. 개인의 비극적 시간을 공동체 구성원이 공감하고 공유하는 의사소통이 이루어지는 대목이다.

밥을 빌어 연명하는 하층민의 삶에 관심을 기울이는 상층 신분의 인물은 장승상 부인이다. 그녀는 심청을 어여삐 여겨 수양딸로 삼고자 한다. 그런데 하층민이나 다름없는 신세의 심청을 수양녀로 들이겠다고 하는 장승상 부인의 말은 현실적으로 설득력이 떨어진다. 장승상 부인과 아울러 심청의 삶을 개변시키는 인물은 황제이다. 끼니조차 연명하기 어려워 인당수 제물로 팔려 갈 만큼 궁핍한 계층의 인물이 황후가 된다는 사실도 현실적으로는 설득력이 떨어진다. 그럼에도 독자의 입장에서 그 복은 심청이 마땅히 누려야 할 몫이라고 공감한다. 그녀가 효의 미덕을 실천하는 인물이기 때문이다.

그녀의 효행은 만고열녀와 만고충신의 넋과 마주할 만큼 강력한 것으로 작동한다. 환생 중에 만난 이비의 넋은, "출천지효로 만승황후 될 것이니 음공을 잘 다스려 분분한 이 세상을 요순 세계" 되게 하라는 당부를 한다. 굴삼여는, "대송 황후 되신 후에 황제에게 잘 간하여 충신 박대하지 말도록" 해 달라고 간하고, 오자서는, "송 황후가 되실 테니 황제에게 소인의 말을 듣고 충신을 살해 말라 "고 당부한다. 천추의 한을 담은 이들의 호소는 이후 심청이 황제에게 만민을 위한 덕화에 힘쓰라고 상달하는 말하기를 통해 재현된다. 이 작품이 상하 계층의 의사소통에 관심을 두고 있다는 사실이 드러나는 대목이다. 상달 언어와 자탄 언어, 호혜 언어는 이러한 의사소통에서 비롯한 것이라 의미 있다.

초월계와 현실계를 넘나드는 상달 언어는 상층 신분과 하층 신분의 원활한 의사소통 구현을 바란 당대인의 희구심에서 구현된 것이다. 신분제 사회에서 상달 언어는 기본적인 의사소통 방식이었지만 백성들의 삶을 충분히 수렴시키는 데에는 한계가 있었다. 현실계에서 소외되고 배척된 민중의 삶을, 초월계와 중간계를 통해서라도 개변시켜 보고자 하는 욕망이 출현할 수밖에 없었다. 이러한 열망이 초월계와 중간계, 현실계라는 중층의 세계를 통한 상달 방식으로 나타난 것이다.

심청 부녀의 부채 의식을 기반으로 한 자탄 언어는 척박한 삶을 살고 있던 민중의 일반적이면서도 솔직한 말하기 방식이다. 자식을 제대로 입히지 못하고 먹이지 못하는 부모로서의 자탄, 부모를 제대로 봉양할 수 없는 자식으로서의 자탄이야말로 하층민으로 살아가던 이들의 가장 현실적인 감정이다. 심청 부녀의 부채 의식은 당대의 민중이 어떠한 삶의 양상으로 살아가고 있었는지 투영해 준다. 삶에서 빚어진 부채 의식은 심청 부녀에 국한된 것이 아니라 구걸과 유랑의 삶을 살았던 민중의 현실 그 자체였다. 그 안에서 비롯된 자탄 언어는 곤궁한 삶에 대한 당대인의 도덕적 연대 의식을 일깨운다.

보상과 보은의 호혜 언어는 나와 타인, 나와 세계의 균등한 성장을 꾀하는 동반의식을 함의하고 있다. 인간은 수많은 관계 속에서 보상이라는 도덕적 행위를 하며 살아간다. 남경상인과 같은 인물들은 그 현실적 보상 의미를 일깨워 주는 역할을 한다. 보상을 넘어선 보은의 관계는 삶의 중요한 철리로써 작동하고, 내가 얻은 복을 남과 함께 나누고자 하는 호혜 언어로 나타난다. 심봉사가 개안하여 온전한 인간이 됨과 동시에 혼인을 하여 한 가정을 구성한다는 서사는 실추된 부권의 회복과 가부장적 가정의 복원[21]을 의미하고 나아가 개인과 집단이 상생하는 호혜 의식을 담은 것이다.

〈심청전〉은 공동체 구성원의 의사소통, 즉 다양한 말하기 방식에 귀를 기울인 작품이다. 상하 계층이 소통하며 당대인이 공감할 만한 최상의 가치, 효에 대한 합의를 거치는 가운데 그 이면으로는 당대인의 삶을 날것으로 드러내는 데 주목한다. 인당수 투신 전의 심청은 하층민의 일원[22]이었다. 박복한 삶에 공감한 공동체의 도움을 입어 연명한 인물이다. 그런 그녀가 상층 신분의 세계로 진입해 새로운 의사소통 관계를 맺는다. 황후가 되고 연약한 백성을 위해 맹인 잔치를 여는 과정은 도화동을 넘어선 공동체의 의사소통 과정을 보여준다. 곧 〈심청전〉은 개인의 비극적 삶을 공동체의 문제로 확장하는 의사소통 과정을 보여주는 작품이다. 이는 더불어 살아가는 삶을 이행하고자 했던 당대인의 사유체계를 표방한다.

---

21 장경남, 「심청전을 통해 본 부권의 형상」, 『어문학』 76, 한국어문학회, 2002, 457면.

22 심청이 여성이 아니었다면 일차적으로 인신공희의 대상으로 물망에 오르지 않았을 것이므로, 효의 실천 과정에서 구태여 목숨을 버리지 않아도 되었다. 남경상인은 오로지 처녀 제물만을 원했다. 사회적 제물의 대상이 된다는 것은 바꾸어 말하면 그 대상이, 사회적 약자에게 주어지는 희생양의 위치에 놓여 있다는 것을 의미이다(최기숙, 「효녀 심청의 서사적 탄생과 도덕적 딜레마-감성적 포용과 전향의 맥락」, 『고소설연구』 35, 월인, 2013, 78면).

4. 결론

이 논문은 〈심청전〉에 수용된 말하기 방식에 주목하고 그 양상과 의미를 살피는 데 주안점을 두었다. 말하기 방식의 양상은 중층 세계의 상달 언어, 부채 의식의 자탄 언어, 상보 의식의 호혜 언어로 나타난다.

첫 번째로 주목한 말하기 양상은 '중층 세계의 상달 언어'이다. 상달 언어 방식은 〈심청전〉에 수용된 당대인의 중층적 세계관에서 비롯한다. 상제의 초월계, 몽은사 부처의 중간계, 심청 부녀의 현실계는 수직적 관계를 형성한 가운데 중층의 공간으로 연결되어 있다. 등장인물의 '고하기' 방식은 이 중층 세계를 향한 상달 언어의 관습적 문법을 따른 것이다.

상달 언어는 고전소설에서 흔히 볼 수 있는 기계적 설정이 아니다. 인간과 신, 현실계와 초월계가 교섭하며 '우주적으로 연대한 생명의 소중함'을 보여주기 때문이다. 중층 세계를 향한 상달 언어는 벗어날 수 없는 운명적 삶을 표상한다기보다 오히려 길흉화복이나 인과응보 같은 삶의 철리를 수용한 당대인의 세계관을 보여준다.

두 번째로 주목한 말하기 양상은 '부채 의식의 자탄 언어'이다. 심청과 심봉사는 부녀지간으로 살며 겪는 간난신고, 거기에서 빚어진 부채 의식을 끊임없이 자탄하는 말하기 방식으로 보여준다. 자탄은 주로 자기 비하나 자기 연민으로 나타난다.

심봉사의 부채 의식은 어린 딸이 끼니를 구걸해 연명하는 일상, 그 딸이 인당수 제물로 팔려가는 현실, 딸의 죽음을 저당 잡히고도 개안은 커녕 갖은 풍파를 겪는 불우한 노년의 삶에서 기인한다. 심청의 부채 의식은 출생의 순간부터 잠재된 것이다. 모친은 심청을 낳고 산후여증으로 세상을 떠났다. 안맹인 부친은 젖동냥을 다니며 자신을 연명시켰다. 만약 자신이 태어나지 않았더라면, 심청은 이 근원적 물음에 빠져 끊임없이 부친에 대한 부채 의식을 담은 자탄을 한다.

세 번째로 주목한 말하기 양상은 '상보 의식의 호혜 언어'이다. 〈심청전〉의 등장인물들은 보상과 보은의 관계로 엮여 있고, 그에 따라 서로 호혜를 주고받는 말하기 방식을 취한다. 남경상인은 심청이 자진하여 제물로 팔리고 자신은 그에 상응하는 값을 치렀으니 보상은 공평하게 이루어졌다는 보상 심리를 강조하는 인물이다. 보은 관계를 토대로 한 호혜의 말하기 양상을 가장 사실적으로 보여주는 인물은 심청이다. 맹인 잔치 제언은 영화를 안겨 준 황제의 은덕을 세상에 알리는 한편 부모를 찾아 은공을 갚고자 하는 보은 심리를 중층적으로 담고 있다. 내가 얻은 복을 남과 함께 나누고자 하는 말하기 방식을 통해 호혜적 세계관을 선사한다.

〈심청전〉의 상달 언어는 상층 신분과 하층 신분의 원활한 의사소통 구현을 바란 당대인의 희구심에서 구현된 것이다. 심청 부녀의 부채 의식을 기반으로 한 자탄 언어는 척박한 삶을 살고 있던 민중의 솔직한 말하기 방식이자 당대인의 도덕적 연대 의식을 일깨우는 역할을 한다. 호혜 언어는 나와 타인, 나와 세계의 균등한 성장을 꾀하는 동반의식을 함의하고 있다. 보상을 넘어선 보은의 관계는 삶의 중요한 철리로써 작동하며 개인과 집단이 상생하는 세계관을 담고 있다.

〈심청전〉은 공동체 구성원의 의사소통, 즉 다양한 말하기 방식에 귀를 기울인 작품이다. 상하 계층이 소통하며 당대인이 공감할 만한 최상의 가치, 효에 대한 합의를 거치는 가운데 그 이면으로는 개인의 비극적 삶을 공동체의 문제로 확장하는 의사소통 과정을 보여준다. 이는 더불어 살아가는 삶을 이행하고자 했던 당대인의 사유체계를 표방한 것이다.

제3부

공간 대 서사

〈김인향전〉에 나타난 원근(遠近) 구도의 공간 배치와 기능

1. 서론

가정은 흔히 한 사회 구조를 응축한 최소 단위 공간으로 비유된다. 부부와 자식을 중심으로 한 집단 성격이 물리적 공간 면에서, 생활 공동체 면에서 사회 구조와 닮았기 때문이다. 그런 까닭에 자아 너머의 타자와 사회에 본격적으로 눈을 뜨기 시작한 17세기 이후 가정소설작품이 출현하게 된 것은 소설사 면에서 자연스러운 수순이었다. 가정 내의 모순이 고발되기 시작했고, 그 모순을 통해 사회적 관습과 이념의 모순이 중첩된다는 사실을 표방하기에 이른 것이다.

〈김인향전〉은 이와 같은 역사적 격변 속에서 진통을 겪는 서사 주체의 삶을 그린 작품이다. 이른바 계모가 본처의 자녀를 상대로 학대 및 살해를 모사하다 공적 처벌을 받는 가정소설작품이다. 이 작품에 대해서는 크게 두 가지 측면의 연구 주류를 짚어 볼 수 있다. 사적 영역인 가정 내에서의 비극성을 극복하지 못한 계모형 소설의 초기 작품이라거나 앞선 작품의 아류작 정도로 언급되는가 하면, 서사 주체가 17세기 후반의 사회, 문화적 진통 속에서 독립적이고도 개성적 성격으로 변모했다는 점을 들어 근대소설의 지척에 선 작품으로 거론되기도 하였다. 전자는 〈장화홍련전〉의 계모 모티프를 관습적으로 답습했다는 논의에서 도출된 결과이고, 후자는 그러한 상투적인 비교 연구에 이의를 제기하며 나타난 논의들이다.

한 작품을 두고 이와 같은 양극성이 두드러지는 이유는 서사 주체가 보여주는 삶의 지향성이 복고와 새로움의 경계에 맞물려 있기 때문이다. 〈김인향전〉의 서사 주체는 관습적이고 통념적 이념으로 작동하는 입전 인물로서의 전형성을 보여준다. 이러한 주인공의 인격이 계모와 같은 역동적 파고와 만날 때 어떠한 대응 자세를 취하며 그 전형성을 유지하는지 살피는 것이 관건이라고 본다. 반대로 그 전형성을 해체시키고 새롭게 전환된 사고행위에 방향성을 두면 이 작품만의 심도 있는 문학적 성취를 거론할 수 있다.

이에 따라 학계에서 주목한 〈김인향전〉의 연구 성과는 대략 세 가지 측면이다. 계모형 소설로서의 시원에 초점을 두고 가정 비극의 원인을 살핀 연구가 그 첫 번째이다. 시원에 초점을 둔 만큼 창작 시기에 관한 논의도 함께 이루어졌다. 계모형 소설도 생장체로서 변모한다는 점에 착안해 초기의 작품인지 근대소설로 전환하는 시기의 작품인지에 대한 논의가 이루어졌다. '자살' 후의 '부활'과 같은 전형성과 환상성에서 전대 서사물의 답습이라는 지적과 함께 결혼 모티프의 경우 애정소설의 영향을 받은 결과물이므로 애정소설로서의 성격이 강하다는 논의도 이어졌다.[1] 이 논의들의 경우 〈장화홍련전〉의 모방작이라거나 기존 설화

---

1 김재용, 『계모형 고소설의 시학』, 집문당, 1996.
한상현, 「김인향전 주인공의 인격적 성향과 가정비극의 상관성: 계모형 가정소설과

모티프에 의존한 작품이라는 접근이 우세해 〈김인향전〉만의 개성을 찾는 데는 한계점을 보인다.

둘째, 주제에 대한 연구 성과다. 아버지의 보호를 받지 못한 채 살해당하는, 그것도 자신의 운명이라고 받아들이며 수동적으로 따르는 주인공의 행위에 대해 당대의 집단적 보수성 면에서 접근한 논의가 상당수다. 한편으로는 여주인공의 부활을 통해 당대인이 꿈꾸었던 새로운 세계의 질서와 가치 체계에 대한 낭만성을 보여주었다는 점에서 〈김인향전〉의 주제의식을 읽어내고자 한 노력도 뒤따랐다.[2] 이 논의들의 경우 통념에 결박된 '죽음(자살)'에 주목해 작품 전체의 인과 작용에 경도된 나머지 여타의 창작 기법을 살피는 부분에는 소원한 경향이 없지

관련하여」, 『고전문학연구』 17, 월인, 2000.
이윤경, 「계모형 가정소설의 서사구조적 원리와 존재양상 연구」, 『고소설연구』 16, 한국고소설학회, 2003.
이금희, 「계모형 소설 연구: 장화홍련전과 김인향전을 중심으로」, 『고소설연구』 19, 월인, 2005.
구제찬, 「김인향전 연구」, 한국교원대학교 교육대학원 석사논문, 2005.
우미진, 「장화홍련전과 김인향전의 대비 연구」, 안동대학교 교육대학원 석사논문, 2007.
윤정안, 「김인향전의 의미 형상화 방식: 장화홍련전과의 차이를 중심으로」, 『국어국문학』 152, 국어국문학회, 2009.
방은숙, 「계모형 가정소설의 인물성격 연구」, 세명대학교 교육대학원 석사논문, 2002.
백수근, 「계모형 고소설의 갈등구조와 인물 연구」, 전주대학교대학원 석사논문, 2004.
정일승, 「장화홍련전의 구조적 특징 고찰」, 인천대학교 교육대학원 석사논문, 2004.
김현주, 「가족 갈등형 고소설의 여성주의적 연구」, 경희대학교대학원 박사논문, 2010.

2 이기대, 「장화홍련전 연구」, 고려대학교대학원 석사논문, 1998.
이금희, 「김인향전 연구」, 『고소설연구』 15, 한국고소설학회, 2003.
김현수, 「김인향전 연구」, 부산외국어대학교 교육대학원 석사논문, 2004.
김선영, 「원귀형 설화의 현대적 변용 연구: 아랑전설, 장화홍련전을 중심으로」, 아주대학교 교육대학원 석사논문, 2006.

않았다.

마지막으로 살필 부분이 바로 창작 기법에 대한 연구 성과다. 앞의 논의들에서 벗어나 창작 미학적 측면에서 접근한 성과들이다. 등장인물의 수직적이고도 수평적 관계를 통한 창작 의도 찾기라거나 노인의 삶에 대한 추적, 애도 작업을 통해 해석해 보는 재생의 의미, 무당 할미와 같은 동모자를 통한 등장인물의 형상화 방식 유추[3] 등 이 서사가 한 편의 문학작품으로 출현할 수 있었던 창작 기반을 다루었다.

그러나 〈김인향전〉에 대한 연구는 다른 고전소설 작품의 연구 성과에 비해 그 의론 영역이 협소하다. 이 글에서는 앞서 언급한 첫 번째와 두 번째 연구 성과 토대 위에서 세 번째 연구 영역의 외연을 확장하는 논의를 진행하고자 한다. 바로 〈김인향전〉에 모사되거나 실사된 배경, 즉 공간의 구도에 따른 작품성을 변별해 보는 것이다. 공간은 시간과 함께 세계를 성립시키는 곳이자 다양한 대상과 현상이 존재하는 장이다. 소설에서의 인물은 공간과 함께 시작하고 공간과 함께 마무리되는 불가분의 관계에 있다. 그런 연유로 하나의 문학작품에 축조된 공간을 살피는 일은 작품 속 등장인물의 삶과 사유체계를 유추해 내고 그 문학적 기능을 살피는 방증으로 유효하다. 그런데도 이 작품의 공간 연구는

3 이금희, 「김인향전에 나타난 노인(어른) 삶의 양상」, 『문명연지』 4(2), 한국문명학회, 2003.
이지하, 「김인향전의 인물형상화와 작품지향성의 관계: 장화홍련전과의 비교를 토대로」, 『동양고전연구』 38, 동양고전학회, 2010.
서유석, 「김인향전에 나타나는 애도작업(Travail du deuil)의 두 가지 방향: 애도 부재로 인한 자살과 해원을 통한 재생의 새로운 의미」, 『라깡과 현대정신분석』, 한국라깡과 현대정신분석학회, 2013.
김수연, 「모성 대상에 대한 자기서사의 단절과 재건: 장화홍련전」, 『고소설연구』 40, 월인, 2015.

특별한 성과를 내지 못한 듯하다.

고전소설의 공간 연구 논의만 놓고 보면 적지 않은 성과가 보인다. 다만 "비현실적 공간에 치중하여 현실 공간에 대한 관심이 상대적으로 결여되어 온 점은 아쉬운 부분이다. 현실 공간은 비현실 공간과는 다른 차원에서 현실을 다루면서 이야기의 성격을 규정하고 있으며 특히 인물이 현실적인 삶을 살아가는 공간이라는 점에서 그 공간에 처한 인물의 행위와 갈등에 좀 더 직접적이고 구체적인 동인이 될 수 있을 것"[4]이란 문제 지적은 〈김인향전〉의 공간 구도를 연구하는 데 있어 주안점이 된다. 원귀나 원혼으로서의 인향을 다루기 위해서는 그녀가 생존했던 공간들에 대한 탐색이 필요하다. 그 공간들은 특수한 구도 아래 배치되었을 것이고 등장인물의 사고행위에 직간접적 영향을 주었기 때문이다.

이 글은 〈김인향전〉에 나타난 원근(遠近) 구도의 공간 배치와 문학적 기능에 대해 논하고자 한다. 공간의 성격에 따라 인물의 심리 변화와 사건 전개가 정적이거나 동적으로 서로 다르게 나타난다는 점에 주목하였다. 즉 근거리의 공간 구도 안에서는 정태성을 보이고 원거리의 공간 구도 안에서는 동태성을 보이는[5] 등장인물의 성격과 사건 전개가 주목된다. 원근 구도의 공간 배치는 혼재된 이념의 사회상을 복제하고,

---

4 탁원정, 『조선 후기 고전소설의 공간 미학』, 보고사, 2013, 22면.

5 이 논문에서 설명하는 공간의 '정태성'과 '동태성'은 서사 주체의 사고와 행위에 직간접적으로 영향을 미치는 이념적 공간에 대한 정의이자 관습과 제도로부터 탈로(脫路)하고자 하는 욕망 공간에 대한 정의다. "공간은 개개인들에게 의미 있는 요소를 중요하게 다루기보다는 모든 사람들에게 제공되는 평균적인 의미를 찾고자 할 때 우리는 공간이라는 용어를 사용한다."(전종한 외, 『인문지리학의 시선』, 논형, 2005, 37면.) 이처럼 조선 후기의 평균적인 의미를 간직한 공간들의 정태성과 동태성을 타진하는 일은 〈김인향전〉만의 문학성을 수립하는 데 보탬이 될 것이다.

공포담의 수용과 대리만족이란 문학적 기능을 한다는 점에서 주목해 볼 만하다.[6]

2. 공간 배치 양상

공간 구도에 대한 논의는 〈김인향전〉이 고도의 문법을 기반으로 출현한 작품이라는 사실을 규명하는 작업이다. 이 작품이 함의한 보수적 통념을 바탕으로 한 주제의식을 개혁적 의식 측면에서만 해석할 수는 없다. 이 점을 간과하지 않되 공간 구도를 통해 당대인이 염원하던 새로운 삶의 가치를 조명하고, 또 그것으로 인해 이 작품이 흥미 있는 독서물로 수용될 수 있었던 단서를 탐색해 보고자 한다. 이를 위해 〈김인향전〉의 사건 단락을 나누어 보면 다음과 같다.

① 김좌수와 왕씨 부인은 삼 남매를 두지만 부인이 득병하여 운명하다
② 인향의 청으로 김좌수는 18세 정씨를 후실로 들이다
③ 정씨는 인향 자매를 후원 '인향당'에 가둔 채 정서적, 육체적으로 학대하다
④ 유성윤은 인향과 택일을 잡았으나 과거 영을 받들고 상경하다
⑤ 정씨와 무당 할미가 공모해 '목화밭'에서 인향에게 떡을 먹여 신병을 앓게 하다
⑥ 성윤이 장원급제하자 김좌수가 인향에게 신랑의 의복을 지으라 명

6 이 글은 다음의 자료를 활용하여 논의를 진행한다(이금희, 『김인향전 연구』 수록 〈김인향전〉(활자본), 푸른사상, 2005). 인용할 경우 작품명과 인용 면수만 명기한다.

하다

⑦ 걸인 노파가 인향이 부정한 행실로 임신했다고 마을에 소문을 내다
⑧ 김좌수가 인형에게 인향을 심천동 연못에 넣어 죽이라 명하다
⑨ 인향이 자진해 연못으로 뛰어들어 죽자 인함이 그 사실을 알고 목을 매 죽다
⑩ 김좌수가 두 딸의 죽음에 통곡하다 죽다
⑪ 인향 자매의 원혼이 '동헌' 찾아와 설원하니 관장들이 놀라 죽기를 반복하다
⑫ 임금이 폐읍을 회복하란 하교에 전두용이 부사로 내려오자 인향 자매가 찾아와 설원하다
⑬ 부사가 '심천동'에서 자매의 시신을 찾아 장사 지내니 인향 자매가 백배사례하다
⑭ 유한림이 제물을 차려 심천동에서 혼백을 위로하자 인향이 찾아와 하늘에 축수해 자신을 재생시켜 달라 청하다
⑮ 유한림은 원근 제족을 모아 법사들과 함께 심천동에서 제물을 차리고 회생 발원을 축원하다
⑯ 유한림은 인향이 전한 회생수로 인향 자매를 부활시키다
⑰ 인향과 유한림이 성혼한 뒤 부귀영화를 누리다

〈김인향전〉에 배치된 공간들은 행복과 불행이 교차하고 선의와 악의가 순환하는 서사를 흥미롭게 전달한다. 공간 구도는 작품의 구체적 형상화에 기여하고 주제의식을 상징하는 '공간적 질서'[7]로 다가온다. 〈김인향전〉의 문학성을 조명하는 데 있어 공간 구도는 그만큼 의미 면

7 "작품에서 어둠과 밝음, 죽음과 삶, 보수와 진보 등이 함께 나타나는 공간적 질서는 문학이란 무엇인가 따지는 데 있어 참으로 중요한 의의를 지니고 있다."(조동일, 『문학연구방법』, 지식산업사, 1980, 163면.)

에서나 형국 면에서나 중요한 비중을 차지한다. 공간의 구도에 따라 등장인물의 심리와 사건 전개 양상이 달라진다.[8] 주인공의 공간과 가까운 구도일수록 정태적 성격으로 나타나고 거리가 먼 구도일수록 동태적 성격으로 나타나는 지점에 대해 살펴보기로 한다.

1) 근거리 공간 구도의 정태성

〈김인향전〉의 서사는 주인공의 부모와 관련한 가계를 부각하며 시작하기 전 서사 주체의 현재 상황을 암시하는 장면으로 출발한다. 곧 ①의 사건 단락 이전에, 이후 벌어질 비극적 가정사를 암시하는 장면이 제시된다. 사건 단락 ①에서 ⑰에 이르는 서사에 걸쳐 가장 중요한 공간인 인향당을 배경으로 한 상징적 장면이 등장한다. 인향당은 주인공 인향이 유년 시절부터 기거해 온 독립적 처소이자 형제간의 분리와 감금, 기아와 추위 속에서 모진 삶을 연명한 곳이다. 외간 남자와 간통하고 아이를 배었다는 흉문 속에서 결국 인향을 자살로 이끄는 공간이다.

이처럼 극적인 사건을 함의한 공간인 까닭에 주시해 볼 필요가 있다. 인향당 후원 마당에 떨어진 오동나무 잎을 들고 인향과 인함 자매가 모친을 회상하며 우는 장면은 비운(悲運)을 함의하고 있다. "형님, 벌써 어머님 돌아가신 지가 반년이 되었구료." 하고 울먹이는 인함의 말에서 이 작품의 정조(情操)가 애상과 비애감으로 지속될 것이란 사실

---

8 이러한 논지는 탁원정이 〈장화홍련전〉의 서사 공간을 집, 못, 관아의 세 공간으로 나누어 인물들의 존재 조건으로서 인물의 행위와 심리에 미치는 영향을 다룬 논의와 비견해 볼 만하다(탁원정, 앞의 책, 343면 축약). 〈김인향전〉의 문학적 가치를 탐색하는 데 있어 전범처럼 대비되는 작품이기 때문이다.

을 간접적으로 시사한다. "힘없이 떨어지는 오동나무 잎"은 모친의 보살핌과 사랑을 잃은 인향 자매의 현실과 겹친다. "오동나무 잎사귀를 들고 설움이 북받쳐 서로 잡고 우는" 모습은 이 자매의 현실이 결코 행복한 상황이 아니라는 사실을 복사해 낸다.

인향당을 정점으로 가장 근거리에 위치한 공간은 부친인 김좌수의 처소다. 김좌수는 위기에 빠진 자신은 물론 자식의 상황을 구제하지 못하는 무기력한 인물이다. 당대의 가부장적 통념에 갇혀 가문의 위신을 중요한 가치로 여길 뿐 자신이 처한 현실 인식에 대해서는 대응 능력이 부족하다. 인형과 인향, 인함의 나이가 13세, 11세, 9세로 부모의 보살핌이 필요한 나이지만 김좌수는 상처한 실의에 젖어 가산을 탕진한 채 살아간다. ②에서 보듯 어린 인향이 오히려 어진 이를 구하여 가산을 맡기고 심회를 안녕토록 권한다. 이미 김좌수의 내면에 계획되어 있을 재혼 문제를 어린 인향이 당부하는 것으로 사건을 그린 것은 가부장의 체면과 위신을 세워 주기 위한 방편이다.

반면에 김좌수는 가문의 위신을 떨어뜨리는 존재라면 그 인물이 자식이라 하더라도 목숨을 앗아 버리는 비정한 인물이다. 가문의 체면을 지키기 위한 가부장적 논리는 가족 구성원 모두를 위험에 빠뜨린다. 후처 정 씨가 삼 남매에게 저지르는 패악을 알지 못하며, 장자인 아들 인형에게 누이인 인향을 살해하도록 지시하는 반인륜적 행위를 주저하지 않는다. 이러한 사고행위가 가능했던 이유는 그의 공간이 띤 정태성 때문이다. 가부장의 체면만 유지한 채 그 역할은 방기한 공간, 변화의 능동태가 부재한 공간, 〈김인향전〉이 전대의 문법을 답습한 모방작이라거나 아류작이라는 인상을 지울 수 없다는 추정도 이와 같은 김좌수 공간의 정체성 때문이다. "비록 김좌수를 심화병으로 죽는 것으로 처리하여 간접적 징치의 형상을 취하고 있다 할지라도 어떤 비난의 표현도 사용하지 않고 있음은 문제의 본질을 회피"[9]하는 것으로, 이는 기존의 관습과 통념이 강하게 작동한 결과다.

김좌수의 공간처럼 인향당과 근거리에 배치된 공간은 유한림의 장소다. 유한림의 공간 역시 유교적 통념이 강하게 살아 있는 곳이다. 그의 공간은 구체적으로 제시되어 있지는 않다. 인향과 유성윤의 택일을 정하자마자 조정에서 과거를 시행한단 소식에 "지필묵을 갖추어 가지고 즉시 떠날새"[10]란 추상적 공간으로 나타난다. 그러나 얼굴 한 번 본 적 없는 인향을 향해 "택일까지 받았으니 그대는 이미 내 집 사람이 된지라. 귀신이라도 내 집 귀신인즉 어찌 슬프지 않으리오."[11] 라고 말하는 대복에서 굳건한 유교적 신념의 소유자로 표현된다. 이와 같은 사유체계가 함의된 공간의 인물이기에 이미 사자의 몸이 된 인향에 대한 인의(人義)를 표방하는 인물로 구현된다.

인향과 유한림의 결연 과정을 애정담보다는 인의담(人義談) 성격으로 이해해야 하는 것도 이 때문이다. 물론 "계모담 이후 나열된 결혼담은 일반적인 계모형소설의 문법에서 기대할 수 있는 의미가 아닌 새로운 의미가 생성되었다는 것을 나타내는 표지"[12]라는 점에서 이 작품을 계모형소설이 아니라 애정소설의 유형으로 분류한 논의도 보인다. 그러나 두 인물 사이에는 애정을 형성하는 사건 대신 '유교적 인의'를 형성하는 사건이 부각되어 있다. 사건 단락 ⑬⑭⑮에서 보듯 유한림은

9 이지하, 앞의 논문, 158면.

10 〈김인향전〉, 181면.

11 〈김인향전〉, 215면.

12 윤정안, 앞의 논문, 318-320면 참조.

유교적 인의로서 인향을 위해 세 차례에 걸친 노제를 지낸다. 말 그대로 노제란 인향이 변사한 장소에서 치른 길 위의 제사를 의미하는데 인향에 대한 유한림의 인의를 직접적으로 보여주는 장면이다. 생면부지의 배필을 위해 지극정성을 다하는 것은 그가 유교적 이상을 상징하는 존재이기 때문이다.

만약 이 작품이 가정 비극과 아울러 애정담을 주조로 삼으려 했다면 ⑪과 ⑫의 사건을 부사가 아닌 유한림이 해결했어야 한다. 그러나 ⑪과 ⑫의 공적 공간에는 유한림이 등장하지 않는다. 국가(임금)를 대변하는 부사가 등장한다. 그는 기존 질서와 제도를 상징하는 인물이다. 유한림은 그 질서와 제도를 가능케 하는 유교적 이념이자 예법의 상징이다. 부사가 폐읍을 살리고, 유한림이 인향을 부활시키는 기능을 나눈 것은, 국가와 사회의 기틀로 여전히 유교적 통념이 건재하다는 사실을 표방한다.[13]

인향의 처소인 인향당에서 근거리에 위치한 공간들은 기존의 유교적 사유체계가 정태성을 띠고 존재한다. 부친인 김좌수의 공간은 시대적, 사회적 변화에 대응하지 못한 채 인향을 비극적 죽음으로 내몬다. 반면에 유한림의 공간은 여전히 사회적 기틀로 건재하고 있던 유교적 가치를 실현해 낸다. 기존의 관습과 통념이 긍정적으로 발화되느냐 부정적으로 발화되느냐에 따라 공간의 정태성은 달리 나타난다. 이와 같은 차이점은 국가와 사회의 굳건한 기틀로 작용하는 유교적 가치라 할

---

13 비극의 주인공은 인향이었지만 재건의 주인공은 유장원으로 설정되어 있는 것은 궁극적으로 남성적 질서에 의해서 세계가 회복된다는 믿음을 반영한 것이다."(이재하, 앞의 논문, 150면.)

지라도 선의와 악의의 사고행위로 나타날 수 있다는 사실을 당대인 스스로 인지한 결과다.

〈김인향전〉이 구현하고자 한 유교적 질서의 향방은 선의적 세계관에 있다는 사실이 명백하게 드러난다. 주인공 인향의 완벽한 부활이 심천동 연못에서 이루어진 것이 아니라 유한림의 공간에서 이루어진 사실이 그것을 반증한다. 인향이 자살한 곳은 유교적 세계관 너머의 곳이다. 가정 밖으로 내몰린 원귀는 유교 국가의 이상을 무너뜨리는 존재와도 같다. 국가와 사회의 유교적 이념을 축약한 세계가 바로 가정이고 그곳의 가부장은 조정(왕)의 대리자와 같은 위치였다. 가정 밖의 원귀는 결국 가부장의 허물을 의미하고 이는 곧 조정(왕)의 실정(失政)을 은닉한 존재와 같기 때문이다.

이러한 이유로 인향은 회생수가 있었음에도 심천동 무덤에서 깨어나지 못하고 유한림의 집에 와서야 온전히 부활한 것이다. 회생수는 사자인 인향과 산자인 유한림을 연결하는 매개로 기능할 뿐이다. 유가적 덕목을 갖춘 유한림의 공간에 인향을 편입시킴으로써 완벽한 유교적 세계관을 구현하는 데 성공한다. 기존의 질서와 통념이 정태적으로 살아있는 유한림의 공간을 옹호하고 유도한 결과다. 아울러 유한림의 집에서 부활한 인향과 인함, 그리고 인형까지 행복한 여생을 누리는 서사는 '고생 끝의 낙'이라는 유교적 부귀영화의 정태적 공간성을 답습한다.

2) 원거리 공간 구도의 동태성

〈김인향전〉의 가정 비극은 가부장의 부도덕성에서 기인한다. 인향을 살해하려 한 김좌수의 반인륜적 행위는 사법적 처단을 받아야 할

행위다. 그는 도덕적 이성보다는 가문의 위상과 위신을 저버릴 수 없는 사회적 풍토에 지배받는 인물이다. 그런 그가 머무는 공간은 기존의 질서와 제도에 정태적으로 응할 수밖에 없는 곳이다. 문제는 이러한 통념의 정태성을 노려 자신의 욕망과 이득을 꾀하는 인물들이 등장했다는 사실이다. 바로 인향의 계모 정 씨를 비롯한 주변 인물들이다.

인향 남매를 향한 정 씨의 시기와 질시는 정서적, 육체적 위해로 나타난다. 그녀의 가해는 정태적 공간에서 원거리가 될수록 더욱 교활해진다. 김좌수의 공간이나 인향당에서는 정서적인 위해를 가한다. 맏이인 인형과 인향 자매를 분리해 몇 해 동안 볼 수 없게 한다든지 심복 춘삼에게 뒷담을 헐어 외간 남자가 왕래한 것처럼 꾸민다든지 음담패설이 가득한 편지를 몰래 넣어 두었다가 김좌수의 눈에 발각되게 한다든지 하는 등의 가해다. 의식을 챙겨 주지 않으며 춥고 굶주린 육체적 고통도 가한다.

인향을 죽음으로 내몬 결정적 위해는 인향당에서 원거리에 배치된 목화밭에서 구체화된다. 잔복골 목화밭은 인향을 해하고자 하는 정 씨의 술수가 선명하게 드러나는 공간이다. 정 씨와 공모한 무당 할미가 들고 온 떡을 먹고 인향은 신병(身病)을 앓는다. 이 신병으로 인해 수태했다는 누명을 쓰고 김좌수에게 살해당할 위기에 처한다. 정 씨에게 이백 냥을 받은 대가로 무당 할미가 촌가를 돌며 김좌수의 딸이 부정한 행실로 아이를 배었다고 소문을 퍼뜨린 결과다. 정 씨가 이처럼 극단적 모략을 꾸민 이유는 인향의 배필 상대인 유성윤이 장원급제했다는 소식 때문이다. 자신은 물론 자신이 낳은 딸이 누리지 못하는 신분적, 계층적 자괴감이 부정적으로 표출된 것이다.

물론 “계모의 반발은 인향의 생모에 대한 심리적 고착, 곧 죽은 어머니에 대한 심리적 고착이 강하게 작용"[14]한 결과란 지적도 간과할 수 없다. 인향은 스스로 부친에게 후처를 들이라 권했지만 심리적으로는 김좌수의 재혼 자체를 인정하지 않았다. 가정의 안위와 존속을 위한 방편이었다고는 하나 어머니의 자리를 다른 여인이 대신할 수 없다는 강한 부정이 자리하고 있었다. 그 속마음을 죽은 모친에게 쏟아내는 인향의 태도에서 부친과 계모에 대한 이중적 심리를 엿볼 수 있다. 정 씨의 입장에서 그러한 인향의 모습은 자신의 정체성을 훼손하는 암묵적 도발로 비쳤을 것이다. 인향에 대한 원념은 그녀를 사지로 몰아넣는 극단적 선택으로 치닫는다.

정 씨와 무당 할미의 계략은 정태적 공간의 인물들에서 벗어나 자신의 이득과 욕망을 위해서는 살인도 불사하는 극적 긴장감을 조성한다. 현실 세계에서 일어날 법한, 도덕적 사유로 굳건한 사회라고 해도 원초적인 본능을 거세하지 못한 인물들이 존재한다는 사실을 반영한 장치다. 악인들이지만 이들의 욕망이 오히려 역동적이다. 모사를 꾸밀 수 있을 만큼 인향당에서 원거리에 목화밭을 배치한 것도 그와 같은 악행을 저지르기에 거리낌 없는(예법이나 양심으로부터) 공간으로 작동하기 때문이다.

동헌 역시 인향당에서 원거리에 위치한 공간이다. 원귀가 된 인향과 인함 자매가 신원하는 공간이다. 동헌은 '소문'이라는 방식을 통해 대중이 비밀스러운 사건을 공유하는 처소로 기능한다. 이 공간은 수평적

14 한상현은, "〈김인향전〉에서 심화되는 대립과 갈등의 핵심은 경제적 욕망도 아니요, 가계 계승의 욕망과도 관련이 없다면서 생모와 관련된 인향의 유아적 몽상이 주인공의 불행을 예고하고 있다."고 살폈다(한상현, 앞의 논문, 208-215면 참조).

체계의 의사 전달 방식을 보여주는 공간이다. 현실계의 관장이 초월계의 원귀와 마주하는 관계에서 대중의식의 흐름을 보여준다. 수직적 세계관 아래 살고 있던 당대인의 내면에 동헌 공간의 이색적인 조우는 새로운 의사소통 방식으로 수용되었을 법하다. "원귀와 수평관계를 이루지 못한 관원들은 원귀들을 해원시키지 못한 채 병들어 죽고 수평관계를 이룬 관원은 원귀들을 해원시킴으로서 자신의 능력을 발휘"[15]하는 대목에서 수평적 소통방식을 발견한다. 초월계 존재의 원망(願望)을 현실계의 관장이 일대일로 만나 해결해 주는 동헌 공간은 곧 당대의 현안을 개방하고 공유하고자 했던 대중의식을 보여준다.

심천동은 인향당에서 가장 원거리에 배치된 공간이다. 서사 주체의 자살과 부활, 복수가 담긴 역동적 공간이다. 주인공의 육신이 주검이라는 형태로 단절된 현실적 공간이자 회생수로 부활하는 초월적 공간이다. 주인공 인향이, "생존해 있을 때는 현실 논리에 입각한 집단의식에 자신을 함몰시켰다가 죽은 후에야 '정주하는 세계의 폐쇄성을 극복'하기 위해 남성 관장들을 병들어 죽게 하면서라도 자신의 정체성을 찾는"[16] 곳이 심천동이다. 비관과 우울, 자살이라는 부정적 형국의 삶을 살던 인향이었다. 그 모습에서 벗어나 '세계의 폐쇄성을 극복'하기 위한 행위를 보여준 것만으로도 심천동은 동태적 공간으로 살아난다.

한편으로는 인향의 부활이 산 자의 부단한 정성과 노력의 결실이라는 점에서도 심천동은 동태성을 확보한다. 바로 유한림의 행보로 인한 동태성이다. 유한림은 세 번에 걸친 노제를 치르고 회생수를 얻은 후에

---

15 이금희, 앞의 논문(2003), 179-180면 참조.

16 이금희, 앞의 논문(2005), 121면.

야 인향 자매를 소생시킨다. 왜 굳이 노제 의식을 반복해 재생 장치로 삼은 것인지 눈여겨볼 필요가 있다. 기존의 전기소설나 야사를 통해 죽은 여인이 살아 돌아오는 서사에 익숙해 있던 당대인들이었다. 특히 유한림이 회생수로 인향을 부활시키는 대목은 영물매개부활과 같은 재생설화[17]의 지류여서 더더욱 정태적일 수밖에 없는 부활 공간이었다. 세 번에 걸쳐 반복된 노제는 '지성이면 감천'이라는 현실적 인식을 부활 공간에 설득력 있게 가미하기 위한 문학적 공력의 결과물이다.

이처럼 서사 주체의 공간에서 원거리에 배치된 공간은 동태성을 확보하며 작품에 활력과 긴장감을 불어넣는다. 잔복골 목화밭은 정태성을 띤 인향당에서 사건을 외연으로 확장시킨 개성적인 공간이다. 목화밭에서 인향의 신병을 공모한 것은 성 씨가 김좌수로부터 의심받지 않기 위한 고도의 계략이다. 아이러니하게도 잔복골 목화밭의 치밀한 계략이 입체감을 띠며 동태적 공간으로 거듭나는 데 일조한다. 또한 동헌은 인향 자매가 설원하는 과정의 긴장감으로 동태성을 띤다. 심천동은 새로운 가문으로 편입되며 부활하는 주인공의 재생을 담고 있어 동태적이다. 원거리 공간 구도는 기존의 관습적이고도 전형성을 띤 등장인물과 사건 전개에 역동성을 강화하는 성격을 선보인다.

---

17 류병일, 『한국서사문학의 재생화소 연구』, 보고사, 2000, 121면.

3. 문학적 기능

1) 혼재된 이념의 사회상 복제

〈김인향전〉의 서사 주체가 경험하는 공간은 제약되어 있다. 인향의 경우 부모의 공간과 인향당 공간이 전부라고 해도 과언이 아니다. 인향이 경험한 바깥 세계는 잔복골 목화밭과 심천동의 연못, 그리고 동헌 정도이다. 그나마도 잔복골 목화밭은 계모의 계략 속에서 경험한 공간이고 심천동 연못은 살해당할 처지에 놓여 경험한 공간이었으며 동헌은 원귀가 되어서야 경험한 공간이다. 생전에 경험한 외부 공간이라곤 목화밭이 전부인 셈이다. 인향의 공간이 이처럼 협소한 것은 그만큼 외연이 넓지 않았던 당대 여성들의 현실을 투영한 동시에 가부장권의 권위를 반영한 "침묵의 언어"[18] 때문이다.

계모 정 씨는 인향과 같은 현실적 발판이 미약한 존재를 자신의 욕망을 실현하는 데 이용한다. 현실적 발판이란 사회적 관계를 의미한다. 정 씨는 김좌수 가문의 후원 인향당에 함몰되다시피 살아가는 인향의 정태적 사회성을 파악하고 있었다. 김좌수 외에는 의지할 관계가 전무한 사실을 악용한 것이다. 외부와 단절된 인향 남매에 대한 정 씨의 위해는 그래서 도발적으로 이루어진다. 김좌수와 같은 공간에 살면서도 인형과 인향 자매를 몇 년씩 분리해 감금하고 의식을 제공하지 않는다. 공간의 고립성을 악용한 결과다.

누구에게도 도움을 요청할 수 없는 정태적 공간은 인향의 정서적 불안

---

18 홀에 의하면 공간은 우리와 대화할 수 없지만 침묵의 언어를 통해서 우리의 삶에 커다란 영향을 미치는 요소가 된다고 한다(전종한 외, 앞의 책, 36면).

증세를 가중시킨다. 정씨의 계략으로 신병을 앓는 순간에도 인향은 산 사람이 아닌 죽은 모친을 향해 구원의 손길을 내민다. 정 씨의 학대를 부친이나 이웃, 관청에 토로하기보다 죽은 모친의 정에 의지하는 심신 미약 상태를 보인다. 김좌수가 자신을 살해하란 명을 내린 순간에도 모친 사당으로 뛰어들어 이제 사시 향불을 누가 받들어 올리느냐며 현실적 대안을 마련하지 못한다. 현실 자각을 잃은 듯한 정신적 착란 상태가 드러난다. "표면적으로 당대 사회의 가부장적 이념에 충실한 것처럼 보이지만 실제로는 어머니의 죽음을 인정하지 못하고"[19] 그로 인한 불안한 심리 상태에서 심천동 연못에 투신한다. 인향은 가부장 체계의 유교적 통념을 고수하는 인물로 이해되기도 하지만, 정태적 공간성의 영향을 받은 비관적이고도 음울한 내성을 간직한 인물이기도 하다.

반면에 정 씨는 인향을 죽음으로 몰고 간 잔악한 인물이지만, 그 이면에는 관습적 질서에서 벗어나기 위해 사력을 다하는 인물이다. 그녀가 인향을 모략하여 살해하려 한 배경을 짚어 보면 관습적 통념의 속박에서 벗어나고자 하는 심리가 드러난다. "계모라고 향인만치도 대접을 아니하는 중에 또한 가장도 전실 자식만 사랑하니 차라리 내가 먼저 죽어 그 꼴을 보지 아니함이 마땅하다."[20]는 계모의 말은 가정의 구성원으로 인정받지 못한 원망을 내비친다. 그 원망의 기저에는 어엿한 독립적 주체로서 인정받고 싶은 욕망이 담겨 있다. 그 원인을 '전실 자식만 사랑하는 가장'의 탓으로 해석하고 있어 주목된다. 가부장의 편견과 차등이 결국 계모인 자신이 하대받는 결과로 나타났다는 것이다. 가부장

19 서유석, 앞의 논문, 124면.

20 〈김인향전〉, 178면.

의 편견과 차등은 곧 유교적 사회를 지탱하고 있는 신분과 계층 간의 갈등을 함의한다.

정 씨는 유교적 통념이 강하게 작동하는 정태적 공간에서 원거리 구도의 공간으로 인향을 유도한다. 목화밭에서의 정 씨는 자유자재한 연출가처럼 행동한다. "아무날 내가 인향을 꼬여 데리고 잔복골 목화밭에를 갈 터이니 그때를 타서 수고가 될지라도 떡을 가지고 목화 동냥 온 체하고 떡을 먹이면 값을 후하게 줄 터이니 동냥도 다니며 떡도 팔러 다니는 체하고 각별 조심하여 의심을 두지 않도록 하라"[21] 고 무당 할미에게 이르는 정 씨의 모습은 치밀한 계략가처럼 보인다. 부덕(婦德)이란 예속보다 자신의 안위(安慰)를 우선하는 모습이다. "창의적인 슬기나 지혜는 오히려 규범을 포기한 계모에게서 더 많은 부분을 찾아볼 수 있는데 이는 계모가 그만큼 개성에 성공하고 있음을 반증"[22]한다는 점에서 이 작품에서 가장 입체적인 인물임에는 분명하다.

정 씨는 자신의 계략을 성공시키기 위해 금전을 적극적으로 활용한다. 심복인 춘삼에게 50냥을 주고 인향당 뒷담을 헐어 사람이 왕래한 흔적을 남기도록 한다. 무당 할미에게는 200냥을 주고 촌가마다 돌며 인향이 부정한 행실로 아이를 배었다는 소문을 내도록 한다. 이로 보아 정 씨는 상당한 재력을 갖추고 있었던 것으로 보인다. 단순히 김좌수의 경제력에 소속되기 위해 후실로 들어왔거나 혹은 그것을 물려받기 위해 인향 남매를 시기한 것은 아니란 의미다. 후실로 들어간 여인이 상당한 재력을 갖추었다는 사실부터가 정 씨란 인물이 가부장권 사회에서 자신

21 〈김인향전〉, 178면.

22 한상현, 앞의 논문, 220면.

의 존립 내지는 위상을 바로 세우려는 욕망의 실현자로 볼 수 있다.

인향을 사지로 내모는 순간에는 "내가 낳은 자식이면 당장에 때려죽일 터이지만 이 내 팔자 기박하여 남의 후취된 연고로 이런 변괴가 있어도 생사간을 말할 수가 없으니"[23] 라는 말로 자신의 처지를 오히려 스스로 하대함으로써 인향을 살해하는 데 김좌수의 분노를 이용한다. 그런가 하면 바로 이어 "양반의 자식이 되어서 불효가 되게 하였을 뿐 아니라 집안을 망케 하였으니 차라리 내가 먼저 죽어 보지 않음이 마땅하다."[24]고 하며 가부장권 세계의 존속을 지지하는 모습을 보이기도 한다. 그러나 이는 그 폐단을 이용한 술수일 뿐이다. 정 씨의 욕망은 독립적 자아로 설 수 없는 김좌수 가문의 전통과 관습에 도전하기 위해 인향을 죽음으로 내몬다.

이처럼 정태성을 띤 인향당과 부친의 처소, 동태성을 띤 목화밭과 동헌, 심천동 연못 공간은 이념의 보수와 해체가 혼재하던 당대의 사회상을 반영한다. 사회 구조의 변동 속에서 전통적이고 관습적인 이념을 고수하면서도 자신들의 삶에 대한 새로운 가치를 부여하고자 원했던 당대인의 혼재된 사고체계가 근거리와 원거리 공간 구도의 정태적이고 동태적인 양면성으로 나타난 것이다.[25] 〈김인향전〉의 창작 기반에는 18세기의 시대적, 사회적 변화에 기존 이념으로 대응하고자 한 의식과 새로운 변화에 능동태로 대응하고자 한 의식이 정태적 공간과 동태적

---

23 〈김인향전〉, 190면.

24 〈김인향전〉, 190면.

25 "문학작품의 공간적 질서는 작품의 통일성을 유지하게 하는 질서이면서 또한 작품에서 벌어지고 있는 대결의 양상이다. 통일성이 없다면 작품이 와해되지만 대조, 대립, 갈등에 의한 대결이 없다면 작품 자체가 무의미하게 된다."(조동일, 앞의 책, 165면.)

공간 배치로 작동하고 있음을 살필 수 있다.

2) 공포담의 수용과 대리만족

주인공의 비극적 죽음을 담고 있는 이 작품의 정조는 무겁고 어둡다. 가장 안온한 공간이어야 할 가정에서 일어난 비극을 다룬다는 점에서 인향이 부활해 부귀영화를 누리는 순간까지는 음울한 정서로 일관된다. 서사 주체의 고립되고 억제된 공간성은 기이한 발상으로 새로운 서사를 축조해 간다. 기존의 관습과 제도 아래 통제된 인향당에 충격의 파고를 일으키는 방식으로 공포담이 가담한다. 이는 "사후세계가 인간세계와 다른 공간임에는 틀림없지만 존재의 원리는 동일하며 현생은 내생과 상관성을 지닌다는"[26] 한국의 보편적 사생관이 투영된 공포담을 기저로 한다.

〈김인향전〉의 공포담[27]은 '불온한', '미지의', '두려운' 소문에 의해 생성된다. 정태적 공간의 인물들에게 불온하면서도 미지의 두려운 소문을 옮기는 대상은 외부인인 무당 할미다. 정 씨가 인향을 해하고자 하는 의중을 내비쳤을 때 무당 할미는 흉살 비방을 알려준다. "무덤 위

---

26 박대복, 「고소설의 사생관: 주인공과 그의 부모를 중심으로」, 『어문연구』 91, 어문연구학회, 1996, 62면.

27 "원귀가 들려주는 '음성'이 개인적 사생활로서가 아니라 사회적 사건으로 펼쳐지기를 원했던 자살자들의 욕망과 결부되며, 그러한 서사화 과정을 유희적으로 향유하고자 했던 독자층의 기대와 희망을 투영한 것으로 판단된다."는 최귀숙의 언급은 〈김인향전〉의 공포담 형성과 수용 과정을 이해하는 데 도움이 된다(최기숙, 「여성 원귀의 환상적 서사화 방식을 통해서 본 하위 주체의 타자화 과정과 문화적 위치–고전소설에 나타난 '자살'과 '원귀' 서사의 통계 분석을 바탕으로」, 『고소설연구』 22, 한국고소설학회, 2006, 339면).

에 난 돌메밀로 떡을 하여 먹이고 큰 구렁이를 잡아다가 두엇 먹이면 얼굴에 새알기름이 끼고 숨결이 높아 남 보기에 아이 밴 모양과 같사오니 화타 편작인들 어찌 고치리오."[28] 민간에 소문처럼 떠도는 흉살 비방이었다. 이 비방이 실체를 갖춘 소문이 되어 인향을 위기로 내몬다. "자연 소문이 나되 좌수댁 소저가 행실이 부정하여 아이를 배었다 하면 제 어찌 부끄러워 살기를 바라리오." 실체를 갖춘 소문으로 인해 인향은 살해 위기에 놓인다.

〈김인향전〉의 서사에 마을 사람들이 인향을 향해 비방하거나 손가락질하는 내용은 보이지 않는다. 그러나 정 씨의 사주를 받은 무당 할미가 민가를 돌며 "본 읍 좌수 김석곡의 딸 인향이 행실이 부정하여 아이를 배었다 하고 돌아다니니 이 소문이 원근에 낭자하여 공론이 자자하더라."[29]는 문맥과, 감좌수가 관가에서 일하던 중에 "인향의 요란한 소문을 듣고 참괴함을 마지 못하여"[30] 집으로 돌아와 소문의 진실을 헤아린 것으로 보아 향촌의 구성원들이 이미 그 소문을 실체로 수용하고 있었다는 사실을 유추할 수 있다.

소문의 확장성은 여기서 머물지 않고 인향의 죽음을 설원하는 사건으로 넘어가는 데 기능한다. 인향이 죽은 지 반년이 되는 때부터 심천동에서 귀곡성이 울린다는 소문이 퍼진다. 이 소문은 고을의 관장이 거듭 변사하는 사건과 인과 관계를 맺는다. "그 고을 김좌수의 딸 형제가 심천동에 빠져 죽은 후로 원혼이 되어 원님에게 설원하러 들어간즉

---

28 〈김인향전〉, 186면.
29 〈김인향전〉, 186면.
30 〈김인향전〉, 186면.

원님마다 놀래어 죽기도 하며 혹 병들어 올라간다."[31]는 소문이 돌고 안주 읍이 폐읍되기에 이른다. 소문이 정태적 공간성을 허물고 '폐읍'이라는 극단적 동태성을 보여주는 대목이다. 인향의 죽음을 애도하는 주체들에 의한 소문의 확장성을 볼 수 있다. "애도 주체는 〈김인향전〉의 주체일 수도 있고, 작품 속에서 유령의 존재를 인식하고 있는 고을 사람들일 수도 있지만 진정한 애도 주체는 〈김인향전〉의 향유층"[32]이란 접근은 당대의 대중이 충분히 공포담에 노출되어 있었고 또 긍정적으로 수용하고 있었던 사실을 뒷받침한다.

동헌은 관부 공간이고 부사의 공간은 더더욱 공적 영역이다. 그래서 일반 여성의 몸으로는 함부로 들어설 수 없는 공간이다. 그러나 원귀가 된 인향 자매는 공적 공간에 소문의 실체로서 등장한다. 공적 인물과 사적 인물이 대면하는 동헌 공간에는 공포담을 수용하는 당대인의 심리가 내포되어 있다. 인향 자매의 등장은 매우 기괴하게 표현된다. 희미한 달빛 아래 은은히 신을 끄는 소리, 슬픈 울음소리, 소매로 낯을 가리고 치마 끈을 목에 맨 기괴하고 두려운 형상이다. 인향 자매가 공적 공간에 예를 갖춘 모습이 아니라 죽기 직전의 형상으로 나타난 것은 그만큼 억울한 심정을 강조하기 위한 장치이자 공포담을 수용하는 대중의 몰입도를 높이기 위한 기법이기도 하다.

마을에서 퍼져 인향당을 비극으로 덮친 소문은 실체가 없는 것을 실체라 여긴 것이다. 반대로 온 나라 안을 돌아 동헌으로 진입한 소문은 실체가 있는 것이었다. 공적 공간인 동헌은 개방성을 띤다. 동헌에서

31 〈김인향전〉, 206면.

32 서유석, 앞의 논문, 134면.

인향 자매의 억울한 누명이 벗겨지고 공간의 개방성에 힘입어 세간으로 새로운 소문이 확장되어 나간다. 진실이란 실체를 담은 소문이다. 한 개인의 죽음이 폐읍이라는 대사건으로 확장되고 왕까지 나서서 사건 해결에 나서는 데에 있어 소문의 확장성이 중요한 역할을 한다. 소문의 실체에 대한 두려움이 커질수록 공적 공간의 개방성이 확장된 까닭이다. 온 나라를 휩싼 공포담은 그 실체보다는 소문에 따른 공간의 확장성에서 기인한다.

〈김인향전〉의 공포담은 살해와 자살이라는 참극이 빚은 소문이다. 기존 질서와 관습이 강하게 작용하는 정태적 공간에서 출발한 소문에서 기인한 것이다. "서사를 전달하는 서술자나 작품을 읽는 독자들은 원한을 가진 인물이 고통과 슬픔에 공감하는 형식으로 당사자의 피해의식을 정당한 것으로 승인"[33]하는데 이러한 공유 의식은 정태적 공간에 함몰되지 않고 진상 규명의 소문 방식으로 목화밭, 심천동 연못, 폐읍지, 동헌, 조정 등 온 나라를 망라한 동태적 공간을 선사한다. 인향의 공간에서 가까운 구도의 공간일수록 비밀은 은폐되고 원거리 구도의 공간일수록 비밀은 해체된다.

인향 자매가 동헌이라는 공적 공간에서 설원하고 부활할 수 있었던 배경에는 이와 같은 공간 구도의 원리가 지배적으로 작동한다. 인향이 자신의 생을 단절시킨 남성에게 의탁해 설원하는 과정을 살피면 그 공간의 정태성은 더욱 선명해진다. "여자 귀신이 직접 문제를 해결하는 존재가 된다면 현실에서 관리가 설 자리는 사라진다. 귀신에게 현실을 맡긴다는 위험한 발상이 조선시대 사대부 문학에 자리할 여지도 없었

---

33 최기숙, 앞의 논문, 350면.

다."[34]는 지극히 현실적인 결론에 도달한다. 그러나 "서술자가 겨냥한 이야기의 초점은 하나이지만 독자는 다중의 초점으로 이야기를 다시 읽을 수 있다."[35]는 전제를 생각하면 〈김인향전〉의 저자와 수용층은 유교적 이념 아래 포석된 의미를 수렴한 것이라 이해된다.

그런데 왜 이러한 공포담을 통해 설원 과정을 거쳤는지 의문이다. 인향이 외부 공간으로 구조를 요청하거나 피신을 시도하지 않은 이유는 무엇인지, 인향의 오라버니 인함은 왜 인향이 살해당하는 과정에서 관헌의 힘을 빌리지 않았는지, 인향의 아우 인함은 왜 그처럼 수동적으로 자살을 선택했는지. 이미 살펴본 것처럼 이들은 철저히 기존의 질서와 관습에 순응하는 정태적 공간의 인물들이기 때문이다. 관습과 통념을 벗어난 공간이어야 정태적 삶을 깨뜨릴 수 있었다.

심천동 연못은 초월계의 힘을 얻어 이러한 바람을 실현해 낸다. 인향당에서 가장 원거리에 배치된 심천동 연못에서 인향은 살아서는 깨뜨릴 수 없었던 정태적 삶에서 비로소 벗어나 자신이 살았던 세상으로 돌아온다. 관습과 통념의 부조리를 상징하는 괴기스러운 공포담의 주인공이 되어 살아 돌아온다. "인향의 이러한 삶의 양상은 현실 세계와는 별개로 또 다른 '집단의식의 낭만성'을 표출한 것"[36]으로 이 작품의 작가와 수용층의 욕망을 드러낸다. 단절로 끝낼 수 없는 생에 대한 애

---

34 최기숙, 『처녀귀신』, 문학동네, 2010, 80면.

35 최기숙, 위의 책, 80면.

36 이금희, 앞의 논문(2005), 120면. 한편으로는 "주인공의 원억한 죽음이 이후 사회·국가적 차원의 사인 규명이 무시된 채 원귀를 등장시켜 해결하는 과정은 당대 상황이 사회 정의의 부재라는 일종의 아노미(Anomie) 상태였음을 암시해 준다."는 견해도 〈김인향전〉에 나타난 공포담의 형성 요인을 설명하는 데 단서가 된다(한상현, 앞의 논문, 220면).

착보다 자신을 포박했던 세계의 논리를 해체하기 위해 기이하고도 두려운 대상이 되어 돌아온 것이다.

공포담은 유기체처럼 마을로 향하고 산 자들의 공간을 폐읍으로 만드는 강력한 힘을 발휘한다. 왕과 조정이 나서서 대안을 마련할 정도의 위력(威力)으로 돌아온 공포담의 의미는 무엇인가? 조정의 대리처와 같은 동헌을 초월계와 소통시키며 개방한 의도 파악이 중요하다. 이 모든 의문 뒤에는 당대의 민중이 품어 보았을 법한 '균등한 삶에 대한 대리만족'이 은닉되어 있다. 격변하는 시대와 사회 구조에 따른 능동태의 사고행위가 숨어 있다는 의미다. 신분적 압박과 계층적 부조리 속에 잠들어 있던 정체성에 대한 열망이 원귀인 인향을 통해 터져 나왔고 '개아의 삶은 세계의 차등과 상관없이 균등'하다는 의식이 이 작품의 주제의식으로 작용하고 있다.

균등한 삶에 대한 대리만족을 충족시키기 위한 공간 구도는 곧 새로운 삶에 대한 열망이라고 바꾸어 말할 수 있다. "고전소설의 공간성은 주체의 행위에 따라 공간이 다층적으로 생성되는 등가적 속성을 보인다. 이는 세계의 작동 원리에 귀속되지 않는 생동하는 행위, 곧 경험에 관심을 둔 당대인의 문예적 관점을 드러낸 것"[37]으로, 이 작품의 등장인물들이 유교적 통념 위에 있으면서도 동태성을 보이는 것은 그와 같은 새로운 삶의 가치 창출 때문이다. 원근 구도의 공간 배치를 통한 공포담은 이러한 주제의식을 확산시키기 위한 문학적 장치다. 당대의 민중이 어떠한 논리로 공포담을 생성시키고 수용했는지 살펴볼 수 있다는 점에서 〈김인향전〉에 나타난 원근 구도의 공간 배치와 기능은 중요하다.

---

37 김현화, 『고전소설 공간성의 문예미』, 보고사, 2012, 100면.

4. 결론

〈김인향전〉은 원근 구도의 공간 배치에 따른 정태적 삶과 동태적 삶을 보여주는 작품이다. 이러한 공간 구도의 특질은 이 작품에 대한 새로운 인식 지평을 열어 준다. 가정소설 하위 장르로서의 계모형 소설이라는 성급한 오해에 대해서도 해명의 여지가 남는다. 〈장화홍련전〉의 모방작 혹은 아류작으로 인식된 채 창의적으로 해석되지 못한 미진함에서 벗어나 이 작품만의 개성을 찾는 후속 연구에 디딤돌이 될 것이다.

이 작품은 특정한 공간 구도를 통해 등장인물을 개성화하는 데 성공하였다. 대개의 고전소설 작품에서 추구한 아름다운 형상의 인물이라거나 추하고 악한 인물만으로 묘사되지 않는다. 〈김인향전〉의 인물들은 내면적인 심리 묘사나 행위, 대사를 통해 성격을 전달한다. "노복들도 다 정 씨에게 꾸지람을 들을까 좋은 일이든 좋지 않은 일이든 모두 정 씨에게 보고했다"는 표현처럼 자신의 입지를 다지기 위해 모질게 구는 정 씨의 성격을 개성화한다거나 "계모가 뒷방 구석에다 몰아넣고 일월을 못 보게 할 뿐만 아니라 죽도록 일만 시키면서 음식과 의복을 제때 주지 않으니 기갈이 심하기만 합니다."라는 대사를 통해 두렵고 고통스러운 상황에 처한 인향의 심리를 대변하기도 한다. 이는 모두 폐쇄성과 고립성을 바탕으로 한 공간 구도 안에서의 인물 묘사라는 점에서 주목된다. 이 소설의 근대소설적 가능성은 이와 같은 공간 구도의 구축으로 전대의 관습과 통념을 유지하면서도 인물의 개성화에 성공하고 있다는 점에서 찾아 볼 수 있다.

〈김인향전〉의 공간은 사회성과 역사성을 함의하고 있어 교육적 측면(강의)에서도 유용하다. 이 소설이 직시하고 있는 문제를 현재 삶의 대안으로 삼을 만한 것인지 교육적 측면에서 연결해 보는 것이다. 당대인의 문제를 체감하고 그들이 삶을 변화시키기 위해 노력한 부분에 대해 긍정적 평가를 내려 볼 수 있다. 이 작품의 등장인물은 보수적이고 고독하며 절제된 삶을 살거나 자신의 본능과 욕망에 솔직하게 움직이는 인물로 나뉜다. 후자의 경우 당대의 관습과 통념에 위배되어 그 역할이 거세되고 배제된다. 반면 당대의 관습과 통념대로 자신을 희생하고 욕망을 억제한 인물들은 행복을 쟁취한다.

21세기의 논리에서 보면 욕망에 솔직했던 정 씨나 무당 할미의 파멸에 대해 비판할 부분이 없지 않다. 그러나 18세기의 논리 위에서 〈김인향전〉을 바라보면 정 씨나 무당 할미는 기존 제도와 통념에 분명 위배되는 인물들이다. 선(善)의 논리 위에서 그렇다는 뜻이다. 개인을 위한 것이든 집단을 위한 것이든 선은 최상의 가치였다. 〈김인향전〉은 그 선의 향방을 가정 비극에 빗대어 구축한 작품이다. 원근 구도로 배치된 공간들은 이 작품이 문제 삼고 있는 윤리적 선의 실현 공간과 비윤리적 공간을 모색하는 장치로 나타난다.

〈김인향전〉은 '집을 나서서 일정한 목적지에 이르는' 노정형 서사를 품고 있다. 좁게는 집에서 심천동이라는 산중의 못을 거쳐 다시 집(유한림의 집)으로 돌아오는 노정이지만, 넓게는 자살이라는 사(死)의 경계를 돌아 생의 공간으로 귀환하는 노정이다. 그 노정의 거리가 짧든 길든 서사를 역동적으로 만드는 공간들이 생성되는 가운데 사건이 흥미로워진다. 이러한 점을 여타 노정형 소설들과 대비해 공간 성격을 조명하는 것도 유익한 일이 될 것이다. 〈사씨남정기〉는 물론 〈최척전〉, 〈구운몽〉, 〈육미당기〉와 같은 노정형 서사의 소설과도 문학적 교섭이 이루어졌는지 대비가 가능하다. 이를 통해 〈김인향전〉이 가정 비극을 다룬 가정소설 장르만이 아닌 노정형 소설로서의 문학성도 가미하고 있다는 사실이 새롭게 주목될 것이다.

〈김현감호〉에 나타난 공간양상과 문학적 의미

1. 서론

이야기의 상상력은 공간의 상상력에서 출발했다. 공간에 대한 상상력은 현실의 시공에 구애받지 않는 초월계로 확장되어 서사의 폭을 넓혔다. 일회성의 삶, 단절의 삶, 파국의 삶을 극복하고 치유하는 방편으로 영속과 연명, 회귀의 삶으로 이입하는 공간을 조성했다. 서사 주체는 정의와 신념, 충과 효, 절의 등 자신의 신념이 제도와 통념에 위배될 때 이질적이고도 생경한 공간으로의 월경을 마다하지 않았다.

애정전기소설의 서사 주체 역시 이러한 욕망의 실현자들이다. 그들은 '애정'이라는 사유체계로 견고하게 무장한 이들이다. 애정 실현을 위해서는 육체의 소멸도 개의치 않았으며 영적 부활을 위한 공간 탐색도 마다하지 않았다. 〈최치원〉, 〈조신〉, 〈김현감호〉의 서사 주체들은 이와 같은 애정전기소설의 기조를 보여주는 불사(不死) 화신(化身)들이다. 특히 〈김현감호〉의 서사 주체는 애정 실현을 위해 극적인 죽음을 입체화함으로써 실사감을 더한다.

일찍부터 〈김현감호〉는 설화성과 전기적 장르성에 대한 검증을 받고[1] 전기소설의 효시작으로 언급되며[2] 고전소설 초기 작품으로서의 위상을 다졌다. 작품성의 유사성 때문에 주목을 받은 중국 작품 〈신도징〉 이나 『대동운부군옥』 소재 〈호원〉과의 비교 연구[3]는 물론 서사구조, 여주인공 '호녀'에 대한 정밀한 연구(남주인공에 비해 주목받지 못했던 까닭에)[4], 나아가 〈김현감호〉의 문학치료학적 연구[5] 등 다방면의 연구 성

---

1 박일용, 「소설의 발생과 수이전 일문의 장르적 성격」, 『조선시대의 애정소설』, 집문당, 1993, 51-85면.; 「소설사의 기점과 장르적 성격 논의의 성과와 과제」, 『고소설연구』 24, 한국고소설학회, 2007.
소인호, 『한국전기문학연구』, 1998, 국학자료원.
이정원, 「조선조 애정 전기소설의 소설시학 연구」, 서강대학교 박사논문, 2003.

2 임형택, 「나말여초의 전기문학」, 『한국한문학연구』 5, 한국한문학연구회, 1980.
김종철, 「전기소설의 전개양상과 그 특성」, 『민족문화연구』 28, 고려대학교 민족문화연구소, 1995.
박희병, 『한국전기소설의 미학』, 돌베개, 1997.
윤재민, 「전기소설의 인물 성격」, 『한국한문학연구』 19, 한국한문학회, 1995.
윤채근, 『소설적 주체, 그 탄생과 전변-한국전기소설사』, 월인, 1999.
김승호, 「불교전기소설의 유형 설정과 그 전개 양상」, 『고소설연구』 17, 한국고소설학회, 2004.
류준경, 「김현감호를 통해 본 전기소설의 형성과정과 그 특징」, 『고소설연구』 30, 한국고소설학회, 2010.

3 이상구, 「나말여초 전기의 특징과 소설적 성취-당대 지괴 및 전기와의 대비를 중심으로」, 『배달말』 30, 배달말학회, 2002.
류준필, 「김현감호형 서사의 비교문학적 접근」, 『한국학연구』 45, 인하대학교 한국학연구소, 2017.
임재해, 「화소체계에 따른 김현감호 설화의 유형적 이해」, 『한민족어문학』 13, 한민족어문학회, 1986.
조현우, 「금현감호와 호원의 대비 연구」, 『어문연구』 29, 한국어문교육연구회, 2001.

4 정충권, 「김현감호형 설화의 구조적 고찰」, 『한국국어교육연구학회 논문집』 55, 한국국어교육연구회, 1995.
조하연, 「김현감호에 나타난 호녀와 김현의 상호 인정 관계에 대한 고찰」, 『고전문학과 교육』 23, 한국고전문학교육학회, 2012.
정규식, 「고전소설 동물 주인공의 의미와 위상-〈금현감호〉, 〈호질〉, 〈서동지전〉을 중심으로」, 『고소설연구』 33, 한국고소설학회, 2012.
김종대, 「김현감호에 나타난 호녀의 상징에 대한 의미와 재해석」, 『어문론집』 70, 중앙어문학회, 2017.

과를 거두었다. 고전소설의 초기 성립 문제부터 설화와 지괴, 전기와 전기소설에 이르는 장르론, 현실과 초월계의 갈등 관계에 따른 서사구조까지 충족할 만한 업적을 쌓았다.

〈김현감호〉의 장르적 성격과 이본 간의 문제, 소설사적 출현 동인, 등장인물의 조명, 주제 등에서 활발한 논의가 이루어졌지만 이 작품만의 진수를 논할 여지는 남아 있다. 앞서 언급한 대로 공간을 통한 새로운 연구 방안의 재고가 그것이다. 애정 관계를 왜 '인간 대 인간'이 아닌 '인간 대 이류'의 관계로 주조한 것인지 가장 기본적인 물음에서 이 작품을 해석하면 서사 주체의 자발적 행위에 먼저 시선이 간다. 애정 실현을 위한 자발적 행위는 공간의 특수함에서 기인한다는 사실을 발견한다.

이러한 이유로 이 작품의 공간 연구가 비중 있게 다루어져야 하지만 아쉽게도 논의의 중심에 서지 못한 인상이다. 〈김현감호〉의 공간 연구는 이 작품만의 문학성을 변별해 내는 연구 방안이다. 현실계와 초월계의 연동 속에서 이루어지는 인간과 이류(異類)의 조우는 낯설다. 인간과 닮은 사고행위를 하는 이류는 그 자체만으로 기이하다. 그러나 그럴 수 있다고 수긍된다. 이러한 감정적 유대감은 지극히 인간적 속성을 지닌 이류의 모습에서도 기인하지만, 내가 살아가고 있는 현실 공간과 닮은 공간이 출현함으로써 기이함이 수긍의 단계로 넘어간다. 인간의 삶은 공간과 불가분의 관계에 있고 문학작품 안에서 그 공간을 재경험하는 일은 기시감을 기반으로 하기 때문이다.

〈김현감호〉의 새로운 문학성 도출은 다양한 공간양상에서 살필 수

---

5 신재홍, 「김현감호와 조신의 비극적 삶과 치료적 글쓰기」, 『문학치료연구』 13, 한국문학치료학회, 2009.

있다. 개방공간과 은닉공간의 배치, 이속공간과 비상공간의 존치, 대속공간과 구제공간의 병치 등 〈김현감호〉만의 특별한 공간성을 유추해 낼 수 있다. 이 공간양상은 등장인물의 주체성 강화 및 사건의 정밀화에 관여한다. 단순한 외경이 아닌 서사 주체의 내면을 가시화하고 사건의 유기적 배열에 관여한다.

〈김현감호〉의 공간양상을 통해 두 가지 측면의 문학적 의미를 논할 수 있다. 우선 '애정지상주의 서사 주체의 출현'이라는 측면이다. 애정을 기반으로 한 전기소설이 조선 후기까지 명맥이 유지된 사실을 놓고 보면 그 시발점에 선 작품의 서사 주체에 대해 조명하는 일은 필수적이다. 그 서사 주체가 왜 애정지상주의 실현자로 탄생했는지 공간의 특질로 추론해 보는 과정이기 때문이다. 또한 '대칭적 세계관의 애정 공간'을 구현했다는 점에서도 그 문학적 의미를 논할 수 있다. 〈최치원〉의 부지소종이나 〈조신〉의 종교적 탈화(脫化)보다 현실성을 갖춘 애정 공간, 지상에 존재할 법한 애정 공간을 구축했다는 점에서 〈김현감호〉의 문학적 의미는 새롭다. 애정지상주의 서사 주체와 애정 공간은 조선 시대에 이르러 〈만복사저포기〉나 〈운영전〉, 〈최척전〉이나 〈숙향전〉과 같은 작품에서 그 자취를 살필 수 있다. 〈김현감호〉의 공간 연구는 애정전기소설의 창작 기법을 새롭게 탐색하는 과정이라고 할 것이다.[6]

---

6 〈김현감호〉는 다음의 자료를 논의 기반으로 삼는다(일연(1997), 『삼국유사』 2권, 이재호 옮김, 솔 출판사).

2. 공간양상

1) 개방공간과 은닉공간의 배치

〈김현감호〉의 첫 번째 공간양상은 개방공간과 은닉공간의 배치로 나타난다. 서사는 인간의 사건을 다루고 그 사건은 시공을 전제로 한다는 점에서 공간의 개방성과 은닉성은 모든 작품의 공통 조건이기는 하다. 그러나 창작자의 면밀한 의도 아래 서사 주체의 심리와 행위, 주제를 함의한 공간은 그 개방성과 은닉성 면에서 새로운 해석을 시도해야 한다. 특정한 공간을 의도적으로 개방하거나 은닉한 점에서 특별한 목적성이 두드러진다. 이를 살피기 위하여 〈김현감호〉의 사건 단락을 분절해 보면 다음과 같다.

① 김현은 흥륜사에서 탑돌이를 하다 한 처녀와 만나 정분을 맺다
② 김현은 사양하는 처녀를 따라 서산의 초가로 따라가다
③ 늙은 어미가 두 사람의 관계를 알고 세 아들이 나쁜 짓을 할까 두려워하다
④ 처녀가 김현을 구석진 곳에 숨기자 바로 세 마리의 범이 나타나다
⑤ 세 마리의 범이 김현의 냄새를 맡고 잡아먹으려 하자 처녀와 어미가 꾸짖다
⑥ 하늘에서 많은 인명을 해한 세 마리 범 가운데 하나를 죽여 악을 징계하겠노라 울리다
⑦ 처녀가 대신 벌을 받겠노라 말하자 세 마리 범이 도망가다
⑧ 처녀는 자신이 김현과 다른 이류(異類)임을 밝히고 두 사람의 부부연을 말하다
⑨ 처녀는 자신이 자결함으로써 김현이 출세할 수 있는 방도를 알려주고 헤어지다

⑩ 사나운 범이 성 안으로 들어와 사람들을 해치니 원성왕이 포살(捕殺) 명을 내리다
⑪ 김현이 자청하고 칼을 쥔 채 숲속으로 들어가다
⑫ 범이 처녀로 변해 반겨 웃으며 김현의 칼을 뽑아 자결하자 범의 형체로 변하다
⑬ 김현은 벼슬에 오른 뒤 서천 냇가에 호원사를 짓고 범의 저승길을 인도하다
⑭ 김현이 죽을 때 처녀의 희생에 감동하여 전기로 남기다

〈김현감호〉에서 개방성을 띤 공간은 흥륜사다. 흥륜사는 매년 2월 초여드레에서 보름까지 남녀노소가 모여 복을 비는 공간이다.[7] 등불 은은한 절 마당에서 탑돌이를 하던 김현은 호랑이 처녀와 시선이 마주친다. 춘심(春心)에 사로잡혀 두 사람은 정분을 맺는다. 인간과 호랑이의 극적인 사랑이 성사될 수 있었던 중심에는 이처럼 개방성을 띤 공간이 존재한다.

개방성을 띤 공간이므로 서사 주체의 물리적 이동이 가능했다. "만일 김현이 호녀의 삶에 개입하지 않았다면 호녀의 죽음이 동족 또는 가족을 위한 희생 정도의 의미"[8]로 남았을 것이라는 주장은 김현의 물리적 공간 이동에 중심을 둔 해석이다. 바꾸어 말하면 호랑이 처녀가 개방공간으로 행보하지 않았다면 이 작품의 출발은 다르게 전개되었을 것이란 이야기도 된다. 호랑이 처녀가 김현과 조우하고 정분을 맺는 데 주저하지 않은

7 新羅俗 每當仲春 初八至十五日 都人士女 競遶興輪寺之殿塔爲福會, 〈김현감호〉, 370면.
8 조하연은, "인간과 짐승의 경계에 서 있는 호녀의 삶을 인간의 세계로 견인하는 역할을 해 '사회적 자아'를 부여한 것"으로 보았다(조하연, 앞의 논문, 307-311면 참조).

것을 보면, 그녀는 인간세계에 대한 이입 내지는 월경을 지향한 것으로 보인다. 이렇게 주목하면 김현보다는 호랑이 처녀의 물리적 공간 이동이 가능했기 때문에 애정 공간이 형성된 것으로 다가온다.

김현은 일시적인 감정이 아니었던 듯하다. 처녀가 집으로 돌아가며 한사코 동행하기를 만류하는데도 고집스레 그녀의 집까지 따라간 것을 보면 어떻게든 인연을 이어가고자 했던 속마음이 유추된다. 그래서 ①과 ②의 서사에서만큼은 이들의 애정에 파국이 생길 전조는 보이지 않는다. 처녀의 정체가 드러나고 김현이 위기 상황에 빠지는 ③, ④, ⑤의 서사에 이르러서야 이들의 애정이 순탄치 않을 것이란 암시가 드러난다. 비밀리에 은닉되어 있던 공간 안으로 그들이 들어섰기 때문이다.

은닉공간의 중심은 산중의 초가삼간으로 표현된 호랑이 처녀의 집이다. 인간세계로부터 은닉된 이류의 공간이다. 호랑이라는 정체가 드러날 수 있는데도 그녀는 김현의 동행을 반대하지 않았다. 김현과의 조우가 스쳐 가는 인연이 아니라 영속성을 띤 관계로 나아갈 수도 있겠다는 희망을 전제한 사고가 엿보인다. 그렇다면 산중의 이류 공간은 "인간을 살생하는 여느 호랑이와는 다른 사람다움의 순수를 지향하는 예외적 소수성의 가치"[9]를 은닉한 공간이란 가설이 성립된다. 후일 호랑이 처녀가 김현을 위해 자진하는 행위도 그래서 설득력을 얻는다. 초가삼간은 '하늘의 소리(천창, 天唱)'로 은유된 초월계 존재의 힘이 은닉된 곳이다. 이 공간은 '천창'의 구심력에 따라 움직인다. 호랑이 처녀가 죽음을 선택함으로써 "김현에게는 세속적 출세와 창사, 여인에게는 세 오라버니의

---

9 이정원, 「전기계 소설에 등장하는 여주인공 형상과 의미」, 『어문연구』 30(2), 한국어문교육연구회, 2002, 161면.

목숨을 구하고 절에서 축원 받는 기회"[10] 가 생성되는 공간이다.

〈김현감호〉의 개방공간과 은닉공간은 곧 서사 주체의 '조우와 이행(移行) 동선'에 현실성을 싣는 장치로 기능한다. 우연히 만나 사랑을 키운 이야기가 아니라 구조화된 서사 안에서 두 인물이 만날 수밖에 없는 필연성을 부각한다. 즉 두 인물의 만남에 대한 목적성이 뚜렷한 공간을 의도한 작품이란 뜻이다. 개방공간을 통해 조우를 유도하고 은닉공간을 통해 이행을 확보함으로써 인간계와 초월계의 물리적 장벽을 허무는 동선이 구축된다. 영속적 사랑 이야기의 구현은 인간과 이류의 조우, 그리고 물리적 경계를 와해시키는 동선을 개방공간과 은닉공간에 배치한 결과다.

2) 이속(離俗)공간 비상(非常)공간의 존치

늦은 봄밤 탑돌이를 하며 김현이 빌었던 소원은 명확하지 않다. 상층의 삶을 향한 소망이었거나 애정 대상에 대한 희구 정도가 그의 기복이 아니었을까 싶다. 낯선 처녀와 자연스럽게 정분을 맺고, 그녀의 정체가 호랑이라는 사실을 알고도 혼절하거나 회피하지 않은 것을 보면 후자의 해석이 맞을 듯도 하다. 신재홍의 지적대로라면[11] 김현은 자신의 신분과 계급, 상층 삶과 비교되는 현실적 자괴감이 큰 인물이다. 또

---

10 조현우는, "하늘로 대표되는 초월적 존재가 서사의 전개와 해결에 있어서 상당한 역할을 하고 있는 점"에 주목했다(조현우, 앞의 논문, 185면).

11 "김현이 호랑이 처녀와의 결연과 그녀의 희생으로 출세하는데 비현실적 사건을 통해 소망이 성취되었다는 것은 그만큼 그의 처지가 화랑 중에서도 낮은 등급의 인물이었다는 것을 의미한다"(신재홍, 앞의 논문, 315면).

한 애정 대상이 부재한 외로운 감정 등 복합적 심리 상태의 인물이기도 하다. 그렇다면 이속(離俗), 곧 속세의 번잡함에서 떠나고 싶은 심리 상태였을 것이다. 속세의 일에서 벗어나고 싶은 심리, 아예 상관하지 않고 싶은 심리가 투영되어 찾아든 공간이 흥륜사 탑돌이 공간은 아니었는지 유추해 볼 수 있다.

호랑이 처녀 역시 왜 무리에서 떨어져 인간의 공간에서 탑돌이를 한 것인지 그 기복 내용은 명확하지 않다. 서라벌의 도회적 분위기에 휩싸여 인간세계에 대한 환상을 키우다 나선 길이었을 수도 있다. 그보다는 서사 중반부터 드러나는 종족의 해악성(害惡性)과 이기심(여형제가 하늘의 징벌을 받는데도 기뻐하며 달아나는 세 오라비의 행동을 보면) 등으로 보아 자신의 정체성에 대한 고민으로 종족의 공간을 벗어나 인간들의 복회 현장에 나타난 것으로 보인다. 호랑이 처녀는 비상 공간, 곧 평상시와 다르거나 일상적이지 않아 특별한 공간으로의 월경을 꿈꾼 존재가 아니었을까. 그곳이 연등 빛 황홀하게 흔들리는 흥륜사 복회 공간이었을 것이다.

김현이 간직한 미지의 소원과 호랑이 처녀가 간직한 미지의 소원이 더해져 이속공간과 비상공간이 연통하는 중의적 세계가 펼쳐진다. "환상문학은 결여된 것, 잃어버린 것을 추구하는 문학"[12]이라고 볼 때 우리나라의 환상문학의 시원작(始原作) 가운데 하나로 거론되는 이 작품의 서사 주체들에게 결여되어 있던 것, 혹은 그들이 잃어버린 것에 대한 탐색이 필요하다. 김현은 서라벌의 일상성에서 이속하고자 하였고, 호랑이 처녀는 종족의 정체성에서 비상하고자 하였다. 흥륜사의 탑돌이

12 송효섭, 「김현감호의 환상적 주제」, 『국어국문학』 95, 국어국문학회, 1986, 242면.

공간과 정분을 맺은 야합공간은 서라벌의 제도적 속박에서 이탈하고자 한 김현과 종족의 한계에 회의감이 든 호랑이 처녀의 이탈이 빚어낸 특수한 공간이다.

흥륜사 야합공간은 김현에게 있어 이속공간이자 호랑이 처녀에게는 비상공간으로 기능한다. 이 공간은 호환성을 띠고 서로에게 영향을 미친다. 김현과 호랑이 처녀의 경우 자신들의 삶이 본질적으로 지향하는 바가 같다는 사실을 알고 있었다. 애정 실현을 충족시키는 공간으로의 이속과 비상은 그래서 가능했다. 이는 곧 〈김현감호〉가 구조화한 '작품의 질서'[13]이자 미감이다. 이 질서는 호랑이 종족과 인간세계의 균열을 막고 공존의 세계로 유도한다. 초월계의 주살(誅殺)이라는 극적인 개입으로 남녀 주인공이 비극적 파국을 맞기는 하지만 그것은 표피일 뿐이다. 서사 주체가 존치시킨 이속공간과 비상공간의 호환성은 물리적 외압을 뛰어넘는 애정 공간으로 승화된다.

서라벌의 사찰 공간이 비상공간으로 승화된 이면에는 호랑이 처녀를 통해 투사된 당대인의 우주적 순리관이 내포되어 있다. "제가 일찍 죽음은 대개 하늘의 명령이고 또한 제 소원입니다.(今妾之壽夭 蓋天命也 亦吾願也)" 수요(壽夭), 즉 오래 살고 일찍 죽는 일은 존재 너머의 우주적 순리라는 사실을 강조한다. 그 우주적 순리(천명)를 거부하지 않고 따르는 것이 자신의 소원(吾願)이라고 호랑이 처녀는 말한다. 그만큼 자신이 실행하는 '속죄로서의 죽음'이 지닌 가치가 높다는 사실에 대한

13 "작품의 질서는 일상생활에서 흔히 볼 수 있는 말이나 글과는 다른 것이기 때문에 일상생활의 인습에 사로잡혀 있는 사람에게 충격을 주고, 일상생활의 연속에서는 느끼기 어려운 즐거움을 발견하게 한다."(조동일, 『문학연구방법』, 지식산업사, 1979, 155면.)

역설이다. 무위(無爲)의 희생과 영속적 사랑 이야기의 구현은 인간과 이류의 조우, 그리고 물리적 경계를 와해시킨 이속공간과 비속공간의 존치 속에서 발현된 미학이다.

3) 대속(代贖)공간과 구제(救濟)공간의 병치

〈김현감호〉의 중심 서사를 한 문장으로 축약하면 다음과 같다. '인간을 사랑한 호랑이 처녀가 자진해 죽음으로써 정인(情人)을 구하고 출세시킨 이야기' 이 한 줄의 서사가 비극적이지만 아름다운 사랑의 서사로 정형화되어 전승된다. 숭고한 희생과 세계의 정도(正道)를 수호하고자 하는 미덕이 자리한 서사이기 때문이다. '자진해 죽다', 이 자결 행위를 중심으로 〈김현감호〉는 '애정담'과 '대속행위담'의 성격으로 나뉜다.[14] 곧 애정을 다룬 이야기에 타자의 죄를 대신 속죄하는 서사 주체의 이야기가 결구되어 있는 양상이다. 그런 까닭에 대속공간과 병치된 구제공간이 나타난다. 부지소종과 종교적 탈화(脫化)를 지향한 〈최치원〉이나 〈조신〉에서는 볼 수 없는 공간양상이다.

앞서 살펴보았듯 호랑이 처녀의 초가삼간은 하늘이 징계 대상으로

---

14 신재홍은 〈김현감호〉에 두 가지 축의 주제가 형성되어 있다고 보았다. 하나는 탑돌이를 하다가 만난 김현과 통정한 호랑이 처녀가 그것을 의리로 여겨 죽음으로써 보답하려 하는 '애정과 보은의 문제'이고, 다른 하나는 인간을 수없이 해친 세 오빠를 대신해 처녀가 벌을 받는 '죄와 벌의 문제'라는 주제가 그것이다(신재홍, 앞의 논문, 309면 축약). '죄와 벌의 문제'는 타인의 죄를 내가 대신 받는 벌로서 속죄하는 '대속(代贖)' 행위의 서사 주체를 분리해 조명하고자 하는 이 논의와 상통한다. 대속 행위의 서사 주체를 분별해 내는 일은 후대 애정전기소설의 인물을 이해하는 단서로 작용한다. 이에 대해서는 3장에서 다루기로 한다.

삼은 오라비들의 살생이 원죄처럼 은닉된 곳이다. 호랑이 처녀는 천명에 순응해 죽는 것이 자신의 소원이자 김현을 위한 경사이며 호족의 멸화를 막는 복이요, 나라 사람을 편안하게 하는 기쁨이므로 오라비들을 대신해 죽겠다고 밝힌다.[15] 이 대속 행위의 강직함은 그녀가 자결하는 순간까지 의연하게 이어진다. 그녀는 칼을 차고 나타난 김현을 오히려 반갑게 웃으며 반긴다(虎變爲娘子 熙怡而笑). 자기 발톱에 상처 입은 사람들을 치료하는 방법까지 일러준 뒤 스스로 목을 찔러 자결한다.

이러한 대속 행위의 이면에는 당대인이 품고 살았던 인과의 법칙이 내재되어 있다. ⑤, ⑥, ⑦의 사건 단락을 보자. 김현을 가운데 두고 모녀와 세 아들이 대치한 상황에서 하늘의 징벌이 내리는 것은 선악의 원리를 일깨우며 인간의 윤리의식을 부각[16]시키는 장치이자 사람에 접근하려는 이물로서의 존재인 호랑이 처녀[17]의 성격을 강조하는 장치이다. ⑧, ⑨, ⑩, ⑪, ⑫의 사건 단락에서 호랑이 처녀의 능동적 행위에 따라 사건 전환이 이루어진 것도 인간성을 지향한 성격이 강하게 작용했기 때문이다. 김현과 호랑이 처녀의 사랑 대목은 지괴처럼 괴이한 사건 보고 형태로 간단히 제시하면서 사랑의 좌절 대목에서는 호랑이 처녀의 자발적 희생을 부각하며 공을 들여 묘사[18]한 것은 당대인의 통념이 작용한 결과이다. 그에 따라 호랑이 처녀의 대속 행위가 벌어지는

---

15 今妾之壽夭 蓋天命也 亦吾願也 郎君之慶也 予族之福也 國人之喜也 一死而五利備 其可違乎, 〈김현감호〉, 370면.

16 송효섭, 앞의 논문, 241면.

17 김종대, 「김현감호에 나타난 호녀의 상징에 대한 의미와 재해석」, 『어문론집』 70, 중앙어문학회, 2017, 181면.

18 박일용, 앞의 논문, 2007, 22면.

공간은 환상성이 절제된 성격으로 살아난다.

한편으로는 이러한 전개 속에서 김현이 호랑이 처녀의 자결 행위를 마치 방관자처럼 목도한다는 지적도 해 볼 수 있다. 김현은 "사건 전개에 따라가고 있을 뿐 어떤 주체적 행동도 보여주지 않고 있다거나"[19] "철저하게 숨은 목격자 역할을 하고 있다"[20]는 질타도 받는다. 그러나 이는 호랑이 처녀의 "사랑과 희생이라는 인간적 덕목"[21]을 제시하는 가운데 대속 행위를 강렬하게 부각하기 위한 장치다. 그렇다면 구체적인 대속공간이 어디인지 헤아려 보아야 한다. 산중의 초가삼간은 대속 행위의 근거와 타당성을 제공하는 공간일 뿐이다. 구체적 대속공간은 도성 밖 산중 숲이다. 호랑이 처녀가 김현의 공을 보다 높이고자 하였다면 포살령이 떨어신 도성 안에서 그의 손에 잡혔어야 했다. 그러나 호랑이 처녀는 대속공간을 산중 숲으로 이동시킨다. 거기에는 김현을 위한 보다 깊은 통찰과 이해의 과정이 담겨 있다.

대속 행위와 관련한 일련의 과정에서 김현이 방관자처럼 목도했다는 사실을 이미 짚어보았다. 이것은 그가 이기적이라거나 애정이 결여된 마음이라기보다 호랑이 처녀를 위해 자신이 할 수 있는 것이 없다는 자괴감과 무력감이 작용한 나머지 적극적 사고행위를 하지 못한 것으로 이해하는 것이 적절하다. 이러한 김현의 심적 고뇌를 호랑이 처녀는 읽고 있었기 때문에 그가 결코 자신을 포살하지 못할 것이란 사실을 헤아렸을 것이다. 도성 안의 개방공간에서 자진하는 것은 김현을 출세

19 조현우, 앞의 논문, 186면.
20 조하연, 앞의 논문, 306면.
21 이상구, 앞의 논문, 340면.

시키는 방도가 아니었다. 도성에서 떨어진 산중의 은닉공간에서 비밀리에 대속 행위를 한 것은 이와 같은 사실 때문이다. 그래서 그녀가 김현의 칼을 빼앗아 자진하는 장면은 비극적이면서도 숭고하다.

비장한 슬픔은 엄숙하고 경건한 서사로 치환한다. 대속공간과 병치된 구제공간의 출현에 힘입어서이다. 김현은 출세한 뒤에도 호랑이 처녀를 잊지 않고 호원사를 지어 그녀의 희생을 기린다. 비록 육체적으로는 비극적으로 단절된 관계이다. 그러나 그 영혼은 종교적으로 구제되어 김현과 영속적 관계를 이어간다. 호원사는 애정 실현의 확고한 의중을 선보이기 위해 마련한 구제공간이다. 대속공간만 취했다면 비극성만 강조되어 암울하고 무거운 정조의 서사로 마무리되었을 것이다. 호원사라는 구제공간의 설정은 현실계와 초월계에 걸쳐 여전히 애정으로 연결된(혹은 애정 관계였던 기억을 되살리는) 남녀 서사 주체의 영속적 관계를 환기시킨다.

3. 문학적 의미

1) 애정지상주의 서사 주체 출현

〈김현감호〉는 전후반부의 서사 비중이나 문체, 주제의식(주로 갈등적인 측면)의 향방 등에서 차이점이 있어[22] 그 작품성에 대한 논의가 활발히 이루어졌다. 그래서 이 작품이 민간에서 오랜 전승력을 지녔다는

---

22 박일용, 앞의 논문, 2007, 22-27면 참조; 류준경, 앞의 논문, 129-131면 참조.

특징을 기반으로 원형적인 구조에 '호처녀의 희생'이나 '김현의 출세 지향' 등의 내용이 가미되면서 현재와 같은 변화된 모습으로 『삼국유사』에 기록되었다는 점을 지적[23]한 논의는 충분히 설득력이 있다. 설화성과 소설성을 공유한 작품인 까닭에 창작 기반으로서의 공간 연구는 간과할 수 없는 부분이다. 서사 주체의 행위에 따라 특정한 공간들이 설정되기도 하고 혹은 변이되거나 배제되는 가운데 '삶에 대한 대응 양상'[24]이 드러나기 때문이다.

2장에서 살펴본 공간양상은 〈김현감호〉의 문학적 의미를 가늠하는 단서를 제공한다. 첫 번째는 '애정지상주의 서사 주체의 출현'이라는 측면이다. 김현이 호랑이 종족의 초가삼간에 들어선 순간부터 파국의 전조가 생긴다. 두 사람의 관계가 인간과 이류라는 이질적 관계라는 사실, 호환 당할 위기의 상황, 하늘의 징계 등 이들의 관계에 균열이 생긴다. 그러나 이러한 파국의 전조들은 이 작품이 추구하는 애정지상주의 세계관에 영향을 미치지 못한다.

호랑이 처녀의 자결은 단지 육체적 단절일 뿐이다. 김현이 호원사를 지어 그녀의 명복을 비는 결말은 지상에서 이루지 못한 애정 관계를 정신적 세계에서 이어가고자 하는 애정지상주의를 표방한다. 이 작품이 숭고하면서도 비극적이지만은 않은 것은 "호랑이 처녀의 죽음이 완전한 종말이 아니라 김현의 새로운 삶으로 이어지고 있다는 점"[25]에서 희망적이기 때문이다. 호랑이 처녀의 대속 행위는 남녀 간의 애정 관계

23 정충권, 앞의 논문, 27면 참조.

24 김현화, 『고전소설 공간성의 문예미』, 보고사, 2013, 13면.

25 김용기, 「전기소설의 죽음에 나타난 인연, 운명, 세계-〈김현감호〉, 〈최지원〉을 중심으로」, 『온지논총』 50, 온지학회, 2017, 21면.

를 뛰어넘은 범우주적 사랑으로 승화된다. 애정을 지상 최고의 가치로 여기는 애정지상주의 세계관이 작동한 결과이며 그러한 서사 주체의 출현을 보았다는 점에서 문학적 의미를 부여할 수 있다.

〈김현감호〉에서 출현한 '애정지상주의 서사 주체'는 〈운영전〉이나 〈숙향전〉등을 통하여 전승되고 변주된 흔적을 발견한다. 서사 주체가 호랑이 처녀에서 현실적 인물로 변주되었을 뿐 애정지상주의 서사를 다룬 점은 동일하다. 물론 한국 전기소설사가 일률적으로 애정 불변 테마를 중심으로 계승되어 온 것이 아니라 변심이라는 상반된 흐름이 존재해 왔다는 사실을 입증[26]하는 작품도 존재한다. 〈주생전〉은 그 좋은 사례가 될 것이다. 그러나 여전히 대속 행위와 같은 희생을 치러서라도 애정지상주의 세계관을 고수한 것과 같은 테마가 주요하게 애정 전기소설의 기저로 이어진 것은 사실이다.

호랑이 처녀가 애정지상주의 서사 주체로 문학적 의미를 확보했다고 말할 수 있는 가장 큰 이유는 그녀의 대속 행위 때문이다. 〈운영전〉과 〈숙향전〉의 여성 인물들은 호랑이 처녀와 같은 궤도에 서 있는 존재들이다. 애정을 실현하는 데 있어 사(死)의 경지와 팔난(八難)을 회피하지 않는다는 점에서 그러하다. 호랑이 처녀가 김현을 위하여 그러한 것처럼 운영과 숙향은 애정 실현을 위하여 대속 행위의 실현자로서 서사에 등장한다.

〈운영전〉의 대속 행위는 보다 비극적인 상황에서 전개된다. 안평대군의 궁녀인 운영은 김 진사와 이룰 수 없는 인연을 맺는다. 김 진사의 노비인 특이 주도한 계략으로 두 사람의 애정은 안평대군에게 적발된

26 권도경, 『조선 후기 전기소설사의 전변과 새로운 시각』, 보고사, 2004, 18면.

다. 안평대군은 운영과 김 진사의 비밀을 공유한 궁녀 다섯을 곤장으로 쳐 죽이라 명한다. 이날 밤 운영은 목을 매 자결한다. 운영의 자결은 동기들을 구하기 위한 것이자 김 진사의 안위를 기원한 대속 행위이다. 그녀의 대속 행위 이면에는 권력과 신분 제도에 가로막혀 이룰 수 없는 김 진사와의 사랑을 죽어서라도 지키겠다는 열망이 더욱 크게 자리한다. 나의 목숨을 버려 다른 사람의 삶을 살리는 죽음은 '열린 죽음'으로, 미래가 있는 또 하나의 삶을 선사하는데,[27] 운영 역시 현실적 질곡으로 가로막힌 애정 관계에 굴하지 않고 영원을 담보로 한 세계로 뛰어 넘어간 것이다.

〈숙향전〉의 숙향 역시 대속 행위의 서사 주체로서 애정지상주의를 상징하는 인물이다. 숙향이 말 그대로 배고픔·목마름·추위·더위·물·불·칼·병란과 같은 팔난(八難)을 견뎌 낸 것은 천상계에서 맺은 이선과의 기억을 복기하고 재회하기 위해서이다. 물론 이선의 기억을 복기하기 전까지는 자신에게 닥친 고난에 대해 수동적으로 받아들인다. 이선과의 인연을 복기한 후부터는 생사의 경계를 넘나드는 팔난 속에서도 생의 의지를 불태우는 노정을 선사한다. 이 강인한 생명력은 훗날 이선이 보여주는 구약 노정의 유유자적함과는 상반된 것이어서 숙향이야말로 애정지상주의 서사 주체로서 당당한 위상에 서 있음을 알 수 있다.

호랑이 처녀의 후신과도 같은 운영과 숙향의 대속 행위는 당대 사회의 도덕적 이념을 수용한 결과다. 고전소설의 인물은 하나의 인격이나 개성을 특이하게 나타내는 것이 아니라 도덕이나 윤리 규범에 단단히 무장된 인물로 고정화되어[28] 있어 자발적이든 타의적이든 대속 행위의

---

27 김용기, 앞의 논문, 21면.

서사 주체로 출현할 수밖에 없는 한계점을 보여준다. 사회가 보호하지 않은 채 은폐하거나 방기(放棄)했던 여성들의 삶을 대속 행위로 보여주었다는 점에서 〈김현감호〉와 후대 작품 사이의 문법적 긴밀함을 유추해 볼 수 있다. 그런 가운데 그녀들이 한결같이 수호하고자 하였던 애정의 가치가 지상의 그 어느 가치보다 각별한 의미로 각인된다.

2) 대칭적 세계관의 애정 공간 구현

〈김현감호〉의 문학적 의미는 또한 '대칭적 세계관의 애정 공간 구현'에서 찾을 수 있다. 애정지상주의 세계관 안에서 출현한 공간이다. 호랑이 처녀와 김현의 애정 공간은 지상을 배경으로 한다는 점에서 구체적이고도 입체적이다. 〈최치원〉의 애정 공간은 초현관 앞의 쌍녀분이다. 이국의 땅에서 세 명의 서사 주체가 현실과 초월계가 불분명한 공간에서 조우하고 헤어진다. 〈조신〉의 공간은 더욱 모호하다. 현실계에서 연모한 여인과 한평생을 지냈으나 깨고 나니 꿈속이다. 초현관 쌍녀분 공간과 몽중 공간은 낭만적이지만 숭고미는 떨어진다. 애정을 지상 최고의 가치로 실현하기에는 애정 공간의 성격 면에서 현실성이 떨어진다.

부지소종과 종교적 탈화(脫化)보다 현실성을 갖춘 애정 공간, 지상에 존재할 듯한 애정 공간을 〈김현감호〉의 흥륜사 탑돌이 공간, 초가삼간, 도성, 산중 숲 등을 통해 체감한다. 개방되거나 은닉된 채 때로는

---

28 곧 인물의 존재란 개별화의 결과에 의하여 정립된 것이 아니라 시대적인 통념화에 순응하는 인물에 의해 사건 전개의 과정상에서 이루어진다. 다시 말해 고전소설의 인물은 현실에 있을 수 있는 존재가 아니라 그 시대가 요구한 이상적인 유형으로 형상화되었다(한국고소설학회, 『한국고소설론』, 아세아문화사, 1991, 83면).

이속의 감정으로 때로는 비상의 감정으로 존치하는 곳, 대속 행위와 구제라는 범우주적 사랑이 실현되는 곳이 애정 공간으로 살아 있다. 이 애정 공간은 대칭적 세계관을 기반으로 한다. 천명 아래 자신의 소원과 김현의 경사를 대칭시키고, 호랑이 종족의 복과 인간세계의 기쁨을 대칭시킨다. 인간과 이류, 이류의 공간과 인간의 공간이 기울어짐 없이 대등하게 대칭된 애정 공간이다.

〈김현감호〉의 애정 공간에는 족멸(族滅)의 화를 막음으로써 공동체의 파국을 막고 건재시킨 힘이 자리한다. 그 역할을 호랑이 처녀가 했다는 점에서 사회적으로 선양될 수 없었던 여성의 역량이나 배포가 드러나는 긍정적 공간이다. 한편으로는 세 오라비의 죄를 딸이 속죄한다는 점에서(비록 그녀가 사청한 것이라곤 하나) 사회적 활동 지반이 약했던 여성의 현실적 한계를 드러내는 공간이기도 하다. 이러한 중립적 성격의 애정 공간은 다양한 삶을 체득할 수 있는 기회를 제공하며 한층 성숙한 사유체계의 정립이 가능하도록 이끈다. 그런 까닭에 비극적이지만 남녀 서사 주체의 사랑은 낭만적 기억으로 세간에 공유되어 전승될 수 있었다.

〈김현감호〉에서 확보한 대칭적 세계관의 애정 공간은 〈만복사저포기〉와 〈최척전〉 등을 통해 그 전승과 변주 과정을 살필 수 있다. 〈만복사저포기〉의 양생은 조실부모하고 출사도 못 한 채 만복사에 의탁해 살아가는 서생이다. 〈김현감호〉의 김현처럼 상층의 제도권 안으로 편입하지 못한 공통점이 있는 인물이다. 그러나 양생은 법당의 부처와 저포 놀이를 하며 배필을 만나게 해 달라고 요청하는 입체적 인물이다. 그런 만큼 만복사는 양생이 이미 누군가와 조우할 마땅한 이유를 표방한 공간으로 작동한다.

양생은 여귀의 처소인 개령동 무덤으로 동행한다. 김현처럼 양생도 동행 끝에 그녀의 정체를 알게 된다. 양생은 자신이 처한 상황을 회피하지 않고 그녀의 환생을 위해 음조한다. 전기소설의 애정 서사에서는 남성과 여성 인물이 성애적 욕망뿐만 아니라 서로의 재능을 알아주고 승인해 주는 보증자 역할을 하는데 이러한 상호 인정의 욕망이 마주치는 것이야말로 작품의 추동력[29]이 된다. 양생과 여귀는 곧 서로의 본질을 제대로 이해하고 인정해 주는 대상을 만난 것인데, 만복사와 개령동은 그런 면에서 기울어짐이 없는 대칭적 세계관의 애정 공간이다.

반면 〈최척전〉은 조선에서 안남(베트남)에 이르는 장대한 애정 공간을 포석처럼 준비한 작품이다. 정유재란의 환난 속에서 옥영과 헤어진 척은 남원에서 한양, 평양, 의주, 중국의 영원, 산해관을 거쳐 항주로 이행하고 무역상이 되어 해로에 나서는데 항주에서 홍콩, 마카오를 거쳐 안남에 이르는 공간을 선사한다. 옥영은 포로가 되어 일본 나고야로 이행하고, 무역상의 일원이 되어 황해를 가로질러 안남까지 이르는 공간을 선보인다. 동아시아를 가로지르는 광대한 공간은 환란의 역사 속에서도 소멸하지 않는 애정을 그만큼 강렬하게 부각시킨다. 척과 옥영은 20년 만에 남원 땅에서 재회한다.

척과 옥영의 독자적이고 독립적인 공간은 현실적 고통이나 괴로움을 더 이상 초월계로 전이시켜 해소하지 않고 날 것 그대로 받아들였다는 데서 특수함을 얻는다. 아울러 동아시아 일원에 대해 우주적 공동체로서 자각하고 상생과 공존의 공간들을 선사했다는 점에서 〈최척전〉

---

29 강상순, 「전기소설적 애정 서사의 변주 혹은 패러디에 대한 일고찰」, 『국제어문학회 학술대회 자료집』 1, 국제어문학회, 2007, 33면 축약.

은 애정 공간의 성격에 변화를 주었다고 할 수 있다. 전반부의 서사가 척과 옥영만의 애정 공간을 그렸다면 후반부의 동아시아인과 연대하며 보여준 애정 공간은 이타적 성격을 띤다. 이타적 애정 공간은 이미 〈김현감호〉에서 목격되는 것이긴 하나 동아시아 공동체의 역사 공간으로 그 너비를 넓혔다는 점에서 그 새로움이 있다.

고전소설의 비현실적인 공간은 현실 공간과 긴밀한 관련 하에 설정되는 것[30]인 만큼 그 문학성을 추론해 보는 일은 유의미하다. 공간을 통해 본 〈김현감호〉의 문학성은 『삼국유사』의 기록으로만 남아 있지 않고 그 문법이 후대에 전승되고 변주된 사실을 가늠할 수 있다. 물론 김현의 입신 욕망을 수용하는 지배 집단이 호족과 같은 계층적 타자, 괴물로 형상화되어야 하는 문화적 타자들의 자발적 희생이 아니고서는 유지될 수 없는 허약한 집단이며 이를 감추기 위해 끊임없이 '자학 이데올로기'를 유포해야 함을 증명하는[31] 문제도 분명 불거진다. 그러나 호랑이 처녀와 같은 삶을 통해 인간 고유의 선함, 순연한 본질을 제시하고 그 내성을 지닌 서사 주체를 탄생시킬 수 있었다. 〈김현감호〉는 이 숭고한 대속 행위의 서사 주체를 출현시킨 것으로 그 공간 미학의 진수를 보여준다.

---

30 탁원정, 『조선 후기 고전소설의 공간 미학』, 보고사, 2013, 22면.

31 이정원, 「애정전기소설사 초기의 서사적 성격-"대동운부군옥"에 실린 "수이전" 일문을 중심으로」, 『고소설연구』 25, 한국고소설학회, 2008, 76면 축약.

4. 결론

〈김현감호〉는 설화성과 소설성을 공유한 작품인 까닭에 공간 연구와 같은 논의를 통해 그 문학성을 재검토하는 일이 중요하다. 특히 고전소설사의 초기작으로서 그 위상을 공고히 다지기 위해서는 새로운 연구 방안이 절실하다. 공간성의 특질로 새로운 해석에 접근하는 일은 그래서 긴요하다. 〈김현감호〉의 공간을 연구하는 일은 서막일 뿐이다. 그 후속 연구로 삼아볼 만한 것이 애정전기소설의 공간양상과 전승 그리고 변주 과정이다. 〈김현감호〉의 공간양상이 후대 애정전기소설로 전승되어 변주된 과정에서 독창적 문예미를 발견하고 장르적 속성을 재발견할 수 있기 때문이다.

〈김현감호〉의 공간 안에서 발현된 애정지상주의 서사 주체가 후대의 애정전기소설 작품에서도 출현하고 있다는 사실은 시사하는 바가 크다. 애정지상주의 서사 주체가 과연 어떠한 변화를 거쳐 재탄생하고 있는지, 그 서사 주체가 구축한 애정 공간의 성격은 어떻게 변주되어 가는지 나말여초부터 조선 후기까지 명맥을 유지한 애정전기소설의 공시적이고도 통시적 문학성을 타진해 보는 계기가 될 것이다.

이러한 공간 연구는 교육적 활용방안으로도 유효하다. 예컨대 문학치료학적 접근에서 〈김현감호〉의 공간을 적극 활용해 보는 방안이다. 학습자의 심리적 정서적 물리적 심리를 반영한 글쓰기를 하는 데 도움이 될 것이다. 〈김현감호〉에 나타난 개방공간과 은닉공간, 이속공간과 비상공간, 대속공간과 구제공간 등을 구체적으로 활용해 보는 방안이 그것이다.

첫째, 개방공간과 은닉공간의 일상성에 대해 발표해 보는 방안이다.

나의 일상 가운데 개방공간과 은닉공간은 어디인가? 개방공간에서의 '나'와 은닉공간에서의 '나'는 어떻게 다른가? 그 이유는 무엇인가? 문학작품에서의 개방공간과 은닉공간은 나에게 어떤 영향을 미치는가? 둘째, 이속공간과 비상공간이 필요한 때에 대해 생각해 보는 방안이다. 내가 이속공간이나 비상공간을 꿈꿀 때는 어느 때인가? 이속공간과 비상공간의 환상성과 낭만성에 대해 토론해 볼 수도 있다. 시나 소설 작품의 이속공간과 비상공간을 찾아 발표해 보는 교안도 가능하다.

셋째, 인간에게 대속공간과 구제공간이란 어떤 의미인지 토론해 보는 방안이다. 대속공간과 구제공간은 과연 '절대선'을 지향하는 공간인가? 최선의 대속공간이자 구제공간을 담고 있다고 생각하는 작품을 발표해 보는 활동이 가능하다. 대속과 구제가 가능한 대체 공간이 있다면 그것은 무엇인가?

문학작품은 고형(固形)의 기억이 아니라 세대에 유전하며 당대의 사회 문화적 현상을 담아내는 유기체와 같다. 〈김현감호〉에서 선보인 개방성과 은닉성, 이속성과 비상성, 대속성과 구제성의 공간은 후대의 사회상과 문화상에 따라 작품마다 달리 수렴되며 변주되었다. 이것은 하나의 문법이자 창작 기법이다. 〈김현감호〉의 창작 기법이 후대에 전승되고 변주될 수 있었던 것은 애정지상주의 세계관, 그것을 가시화한 애정 공간의 구축 때문이다. 개아적 삶과 공동체 삶의 연대에 대한 각성이 세대 간에 공유되었고, 그것이 〈김현감호〉를 비롯한 애정전기소설의 흐름에 있어 주요한 문법으로 작용한 결과다.

논문 초출

〈만복사저포기〉와 〈하생기우전〉에 나타난 관습적 서사의 구축 양상과 의미

김현화, 「만복사저포기와 하생기우전에 나타난 서사의 구축 양상과 의미」, 『반교어문연구』 54, 반교어문학회, 2020, 47-71면.

서사무가 〈바리공주〉의 이야기 주조방식과 문학적 성취

김현화, 「서사무가 바리공주의 이야기 주조방식과 문학적 성취」, 『한국언어문학』 116, 한국언어문학회, 2021, 167-194면.

〈방한림전〉에 나타난 서사 전개의 특질과 의미

김현화, 「방한림전에 나타난 서사 전개의 특질과 의미」, 『한국언어문학』 120, 한국언어문학회, 2022, 65-94면.

고전소설의 동화적 문법과 해석을 통한 새로운 접근

김현화, 「고전소설의 동화적 문법과 해석을 통한 새로운 접근」, 『한민족어문학』 100, 한민족어문학회, 2023, 35-71면.

- 이 논문 또는 저서는 2020년 대한민국 교육부와 한국연구재단의 지원을 받아 수행된 연구임 (NRF-2020S1A5B5A17087925)

〈숙향전〉에 나타난 고통의 문학적 해석

김현화, 「숙향전에 나타난 고통의 문학적 해석」, 『한국문학논총』 77, 한국문학회, 2017, 77-107면.

〈숙향전〉에 나타난 환상성의 작동 방식과 의미

김현화, 「숙향전에 나타난 환상성의 작동 방식과 의미」, 『한민족어문학』 87, 한민족어문학회, 2020, 153-177면.

〈주생전〉에 나타난 결핍의 서사 구성 양상과 의미

김현화, 「주생전에 나타난 결핍의 서사 구성 양상과 의미」, 『한국언어문학』 105, 한국언어문학회, 2018, 100-120면.

〈심청전〉의 공동체 의식과 말하기 방식

김현화, 「심청전이 공동체 의식과 말하기 방식」, 『어문연구』 99, 어문연구학회, 2019, 79-102면.

〈김인향전〉에 나타난 원근 구도의 공간 배치와 기능

김현화, 「김인향전에 나타난 원근 구도의 공간 배치와 기능」, 『한국문학논총』 87, 한국문학회, 2021, 5-34면.

- 이 논문 또는 저서는 2019년 대한민국 교육부와 한국연구재단의 지원을 받아 수행된 연구임 (NRF-2019S1A5B5A07110841)

〈김현감호〉에 나타난 공간양상과 문학적 의미

김현화, 「김현감호에 나타난 공간양상과 문학적 의미」, 『우리말글』 92, 우리말글학회, 2022, 171-194면.

- 이 논문 또는 저서는 2021년 대한민국 교육부와 한국연구재단의 지원을 받아 수행된 연구임 (NRF-2021S1A5B5A17047368)

참고문헌

1. 기본자료

김만중, 『구운몽』, 김병국 교주, 서울대학교출판부, 2007.
김부식, 『삼국사기』, 이재호 역, 솔 출판사, 2004.
김시습, 『금오신화』, 이재호 역, 솔 출판사, 2004.
김일렬 역주, 「홍길동전」, 『한국문학전집』 25, 고려대 민족문화연구소, 1995.
신광한, 『기재기이』, 박헌순 역, 범우, 2008.
윤석중, 『윤석중전집』 24, 웅진, 1988.
이검국, 최환 저, 『신라수이전 집교와 역주』, 영남대학교 출판부, 1998.
이상구 역주, 『17세기 애정전기소설』(수정판), 월인, 2003.
이원수, 『이원수 아동문학전집: 아동문학입문』 28, 웅진, 1988.
이지, 『분서』, 김혜경 역, 한길사, 2004.
일연, 『삼국유사』 1, 이재호 역, 솔 출판사, 2002.
____, 『삼국유사』 2, 이재호 역, 솔 출판사, 1997.
장시광 역주, 『방한림전』, 이담, 2010(개정판).
조지훈, 『조지훈 전집』 3(문학론), 일지사, 1973.
황패강 역주, 「숙향전」, 『한국고전문학전집』 5, 고려대학교 민족문화연구소, 1993.

2. 논문 및 단행본

강상순, 「전기소설적 애정 서사의 변주 혹은 패러디에 대한 일고찰」, 『국제어문학회 학술대회 자료집』 1, 국제어문학회, 2007, 29-36면.
강신주·고미숙 외, 『나는 누구인가』, 21세기북스, 2014.
강은혜, 「바리데기 형성의 신화·심리학적 두 원리」, 『한국어문연구』 1, 한국어문

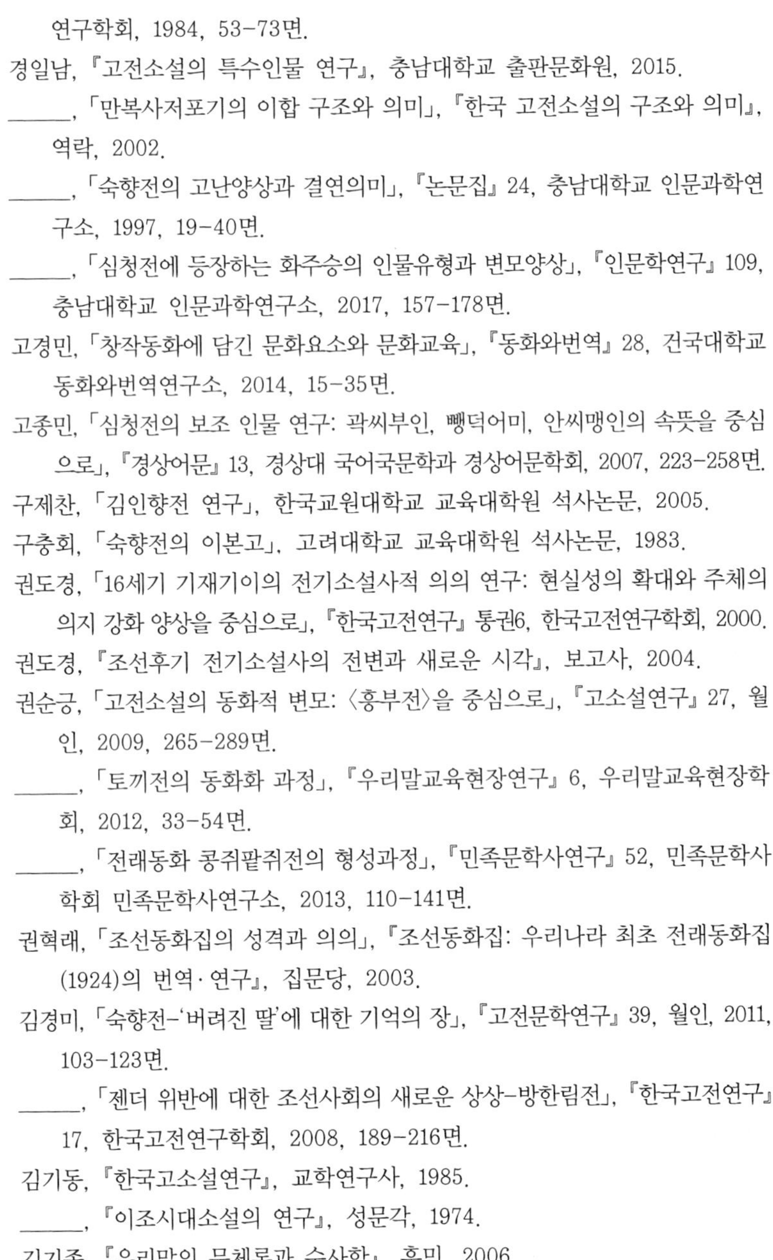

연구학회, 1984, 53-73면.

경일남, 『고전소설의 특수인물 연구』, 충남대학교 출판문화원, 2015.

_____, 「만복사저포기의 이합 구조와 의미」, 『한국 고전소설의 구조와 의미』, 역락, 2002.

_____, 「숙향전의 고난양상과 결연의미」, 『논문집』 24, 충남대학교 인문과학연구소, 1997, 19-40면.

_____, 「심청전에 등장하는 화주승의 인물유형과 변모양상」, 『인문학연구』 109, 충남대학교 인문과학연구소, 2017, 157-178면.

고경민, 「창작동화에 담긴 문화요소와 문화교육」, 『동화와번역』 28, 건국대학교 동화와번역연구소, 2014, 15-35면.

고종민, 「심청전의 보조 인물 연구: 곽씨부인, 뺑덕어미, 안씨맹인의 속뜻을 중심으로」, 『경상어문』 13, 경상대 국어국문학과 경상어문학회, 2007, 223-258면.

구제찬, 「김인향전 연구」, 한국교원대학교 교육대학원 석사논문, 2005.

구충회, 「숙향전의 이본고」, 고려대학교 교육대학원 석사논문, 1983.

권도경, 「16세기 기재기이의 전기소설사적 의의 연구: 현실성의 확대와 주체의 의지 강화 양상을 중심으로」, 『한국고전연구』 통권6, 한국고전연구학회, 2000.

권도경, 『조선후기 전기소설사의 전변과 새로운 시각』, 보고사, 2004.

권순긍, 「고전소설의 동화적 변모: 〈흥부전〉을 중심으로」, 『고소설연구』 27, 월인, 2009, 265-289면.

_____, 「토끼전의 동화화 과정」, 『우리말교육현장연구』 6, 우리말교육현장학회, 2012, 33-54면.

_____, 「전래동화 콩쥐팥쥐전의 형성과정」, 『민족문학사연구』 52, 민족문학사학회 민족문학사연구소, 2013, 110-141면.

권혁래, 「조선동화집의 성격과 의의」, 『조선동화집: 우리나라 최초 전래동화집(1924)의 번역·연구』, 집문당, 2003.

김경미, 「숙향전-'버려진 딸'에 대한 기억의 장」, 『고전문학연구』 39, 월인, 2011, 103-123면.

_____, 「젠더 위반에 대한 조선사회의 새로운 상상-방한림전」, 『한국고전연구』 17, 한국고전연구학회, 2008, 189-216면.

김기동, 『한국고소설연구』, 교학연구사, 1985.

_____, 『이조시대소설의 연구』, 성문각, 1974.

김기종, 『우리말의 문체론과 수사학』, 훈민, 2006.

김동욱 외, 『삼국유사의 문예적 연구』, 새문사, 1982.

김문기, 「17세기 중국과 조선의 재해와 기근」, 『이화사학연구』 43, 이화사학연구소, 2011, 71-129면.

김문희, 「숙향전의 환상담의 서사전략과 독서효과」, 『한국학연구』 37, 고려대학교 한국학연구소, 2011, 165-192면.

_____, 「숙향전의 환상성의 창출양상과 의미」, 『한민족어문학』 47, 한민족어문학회, 2005, 55-80면.

_____, 「인물의 내면소설로서 만복사저포기와 이생규장전의 독법」, 『고소설연구』 32, 월인, 2011.

김병욱, 「한국 신화의 시간과 공간: 팽창과 수축의 등가성」, 『어문연구』 13, 어문연구학회, 1984, 65-77면.

김상욱, 「아동문학의 장르와 용어」, 『아동청소년문학연구』 4, 한국아동청소년문학학회, 2009, 7-29면.

김선영, 「원귀형 설화의 현대적 변용 연구: 아랑전설, 장화홍련전을 중심으로」, 아주대학교 교육대학원 석사논문, 2006.

김성룡, 『한국고소설의 창작방법 연구』, 새문사, 2005.

김수연, 「모성 대상에 대한 자기서사의 단절과 재건: 장화홍련전」, 『고소설연구』 제40집, 월인, 2015, 141-168면.

김수연, 「소통과 치유를 꿈꾸는 상상력, 숙향전」, 『한국고전연구』 통권23, 한국고전연구학회, 2011, 429-459면.

김승호, 「불교전기소설의 유형 설정과 그 전개 양상」, 『고소설연구』 17, 한국고소설학회, 2004, 107-125면.

김열규, 『한국신화와 무속연구』, 일조각, 1982.

_____, 『한국인의 신화, 저 너머, 저 속, 저 심연으로』, 일조각, 2005.

김영민, 「바리공주 무가에 나타난 영육관과 저승관」, 『문화연구』 7, 한국문화학회, 2002, 15-33면.

김영숙, 「여성중심 시각에서 본 바리공주」, 『국어문학』 31, 국어문학회, 1996, 73-91면.

김영희, 「한국창작동화의 팬터지에 관한 연구」, 연세대학교 교육대학원 석사학위논문, 1978.

김용기, 「강·산의 초월적 성격과 문학적 대중성」, 『어문논집』 46, 중앙어문학회, 2011, 7-36면.

______, 「전기소설의 죽음에 나타난 인연, 운명, 세계: 〈김현감호〉, 〈최치원〉을 중심으로」, 『온지논총』 50, 온지학회, 2017, 9-33면.

김응환, 「숙향전의 도교사상적 고찰」, 한양대학교 대학원 석사논문, 1983.

김일렬, 『조선조 소설의 의미와 구조』, 형설출판사, 1984.

김자연, 『아동문학 이해와 창작의 실제』, 청동거울, 2003.

______, 「한국 동화문학 연구: 한국동화의 환상성 연구」, 전주대학교 대학원 박사학위논문, 2020.

김재용, 『계모형 고소설의 시학』, 집문당, 1996.

김정녀, 「방한림전의 두 여성이 선택한 삶과 작품의 지향」, 『반교어문연구』 21, 반교어문학회, 2006, 223-252면.

김정란, 「설화의 동화화에 대한 연구1」, 『동화와번역』 1, 건국대학교 동화와번역 연구소, 2001, 17-48면.

______, 「설화의 동화화에 대한 연구2」, 『동화와 번역』 3-1, 건국대학교 동화와 번역연구소, 2002, 5-38면.

김정섭 외 2인, 『동화를 통한 창의성 교육』, 서현사, 2004.

김종대, 「김현감호에 나타난 호녀의 상징에 대한 의미와 재해석」, 『어문론집』 70, 중앙어문학회, 2017, 173-195면.

김종철, 「심청가와 심청전의 '장승상부인 대목'의 첨가 양상과 그 역할」, 『고소설연구』 35, 월인, 2013, 295-333면.

______, 「전기소설의 전개양상과 그 특성」, 『민족문화연구』 28, 고려대학교 민족문화연구소, 1995, 31-51면.

김종헌, 「한국 근대 아동문학 형성기 동심의 구성방식」, 『현대문학이론연구』 33, 현대문학이론학회, 2008, 52-74면.

김진영, 「심청전의 구조적 특성과 그 의미: 본생담과의 비교를 중심으로」, 『어문학』 73, 한국어문학회, 2001, 317-341면.

김천혜, 『소설 구조의 이론』, 문학과지성사, 1990.

김태영, 「서사무가에 수용된 고전소설의 적강화소 양상과 성격 고찰-동해안, 함경도 지역 서사무가를 중심으로」, 『한국무속학』 36, 한국무속학회, 2018, 195-222면.

김하라, 「방한림전에 나타난 지기관계의 변모」, 『관악어문연구』 27, 서울대학교 국어국문학회, 2002, 225-245면.

김현룡, 『한중소설설화비교연구』, 일지사, 1977.

김현수, 「김인향전 연구」, 부산외국어대학교 교육대학원 석사논문, 2004.
김현양, 「주생전의 사랑, 그 상대적 인식의 서사」, 『열상고전연구』 28, 열상고전연구회, 2008, 325-354면.
김현주, 「가족 갈등형 고소설의 여성주의적 연구」, 경희대학교대학원 박사논문, 2010.
김현화, 『고전소설 공간성의 문예미』, 보고사, 2013.
______, 「고전소설에 나타난 노제(路祭)의 문학적 의미」, 『어문연구』 61, 어문연구학회, 2009, 219-244면.
______, 『기재기이의 창작 미학』, 보고사, 2014.
______, 「만복사저포기의 환상 구현방식과 문학적 의미」, 『한국문학논총』 65, 한국문학회, 2013.
______, 『창작의 원류, 고전문학에서 보다』, 보고사, 2017.
______, 「하생기우전 여귀인물의 성격 전환 양상과 의미」, 『한민족어문학』 66, 한민족어문학회, 2013.
______, 「홍계월전의 여성영웅 공간 양상과 문학적 의미」, 『한민족어문학』70, 한민족어문학회, 2015, 235-266면.
김환희, 「설화와 전래동화의 장르적 경계선: 아기장수 이야기를 중심으로」, 『동화와 번역』 1, 건국대학교 동화와번역연구소, 2001, 77-105면.
나도창, 「숙향전 연구」, 숭실대학교 대학원 석사논문, 1984.
노성숙, 「신화를 통해서 본 여성 주체 형상: 바리공주 텍스트 분석을 중심으로」, 『한국여성학』 21(2), 한국여성학회, 2005, 5-37면.
류병일, 『한국서사문학의 재생화소 연구』, 보고사, 2000.
류준경, 「김현감호를 통해 본 전기소설의 형성과정과 그 특징」, 『고소설연구』 30, 한국고소설학회, 2010, 125-152면.
______, 「영웅소설의 장르관습과 여성영웅소설」, 『고소설연구』 12, 한국고소설학회, 2001, 5-36면.
류준필, 「김현감호형 서사의 비교문학적 접근」, 『한국학연구』 45, 인하대학교 한국학연구소, 2017, 149-192면.
민경록, 「숙향전 배경설화의 종합적 연구」, 『어문론총』 32, 경북어문학회, 1998, 59-82면.
______, 「숙향전의 서사 구조와 의미 연구」, 『문화전통논집』 8, 경성대학교 부설 한국학연구소, 2000, 103-126면.

박경원, 「숙향전의 구조와 의미」, 『어문교육논집』 12, 부산대학교 국어교육과, 1992, 247-259면.
박대복, 「고소설의 사생관: 주인공과 그의 부모를 중심으로」, 『어문연구』 91, 어문연구학회, 1996, 51-70면.
박상란, 「여성영웅의 일대기, 그 두 가지 양상: 바리공주와 정수정전을 중심으로」, 『동국논집』, 동국대학교, 1994, 75-91면.
박상재, 『동화 창작의 이론과 실제』, 집문당, 2002.
박용식·김정란·박혜숙, 「중원지역의 설화를 동화화하기 위한 연구 및 개발」, 『중원인문논총』 19, 건국대학교 부설 중원인문연구소, 1999.
박운규, 『태초에 동화가 있었다』, 현암사, 2006.
박일용, 「'강상 풍경' 대목의 변이 양상과 그 의미」, 『판소리연구』 8, 판소리학회, 1997, 87-133면.
_____, 「만복사저포기의 형상화 방식과 그 현실적 의미」, 『고소설연구』 18, 한국고소설학회, 2004.
_____, 「소설사의 기점과 장르적 성격 논의의 성과와 과제」, 『고소설연구』 24, 한국고소설학회, 2007, 5-33면.
_____, 「소설의 발생과 수이전 일문의 장르적 성격」, 『조선시대의 애정소설』, 집문당, 1993, 51-85면.
_____, 「심청전의 가사적 향유 양상과 그 판소리사적 의미」, 『판소리연구』 5, 판소리학회, 1994, 51-100면.
_____, 「주생전」, 『한국고전소설작품론』, 집문당, 1990.
_____, 「주생전의 공간 구조와 환상성」, 『고소설연구』 35, 월인, 2013, 139-166면.
_____, 「주생전의 환상성과 남녀 주인공의 욕망」, 『고전문학과 교육』 25, 한국고전문학교육학회, 2013, 399-426면.
박정용, 「설화의 전래동화 개작 양상과 문제점 연구: 〈해와 달이 된 오누이〉, 〈콩쥐팥쥐〉, 〈아기장수설화〉를 중심으로」, 한남대학교 석사학위논문, 2005.
박태근, 「숙향전의 문체론적 연구」, 단국대학교 대학원 석사논문, 1994.
박태상, 「하생기우전의 미적 가치와 성격」, 『조선조 애정소설 연구』, 태학사, 1996.
박헌순, 『기재기이』, 범우사, 1990.
박혜숙, 「여성영웅소설의 평등·차이·정체성의 문제」, 『민족문학사연구』 31, 민족문학사학회 민족문학사연구소, 2006, 156-193면.
박희병, 『한국전기소설의 미학』, 돌베개, 1997.
방은숙, 「계모형 가정소설의 인물성격 연구」, 세명대학교 교육대학원 석사논문, 2002.
백수근, 「계모형 고소설의 갈등구조와 인물 연구」, 전주대학교대학원 석사논문, 2004.
서대석, 『군담소설의 구조와 배경』, 이화여자대학교출판부, 1985.
_____, 『한국무가의 연구』, 문학사상사, 1981.
서신혜, 「개인의 아픔으로 읽는 방한림전」, 『한국고전여성문학연구』 2, 월인, 2010, 275-300면.
서유경, 「숙향전의 정서 연구」, 『고전문학과 교육』 22, 한국고전문학과교육학회, 2011, 65-93면.
_____, 「심청전 변이의 소통적 의미 연구: 공양미 삼백 석 시주 약속에 대한 심청의 반응을 중심으로」, 『판소리연구』 18, 판소리학회, 2004, 103-134면.
_____, 「심청전 중 '곽씨 부인 죽음 대목'의 변이 양상과 의미」, 『문학교육학』 7, 한국문학교육학회, 2001, 141-170면.
서유석, 「김인향전에 나타나는 애도작업(Travail du deuil)의 두 가지 방향: 애도 부재로 인한 자살과 해원을 통한 재생의 새로운 의미」, 『라깡과 현대정신분석』, 한국라깡과 현대정신분석학회, 2013, 121-145면.
석용원, 『아동문학원론』, 학연사, 1982.
설중환, 「만복사저포기와 불교」, 『어문논집』 27, 고려대학교 국어국문학연구회, 1987.
성현경, 『한국소설의 구조와 실상』, 영남대학교출판부, 1981.
소인호, 「주생전 이본의 존재 양태와 소설사적 의미」, 『고소설연구』 11, 한국고소설학회, 2001, 177-200면.
_____, 『한국전기문학연구』, 국학자료원, 1998.
소재영, 『기재기이 연구』, 고려대 민족문화연구소, 1990.
손기광, 「심청전 공간 문제와 이념의 기능」, 『어문학』 95, 한국어문학회, 2007, 311-348면.
송효섭, 「김현감호의 환상적 주제」, 『국어국문학』 95, 국어국문학회, 1986, 231-251면.
신동흔, 「바리공주 신화에서 '낙화'의 상징성과 주제적 의미」, 『구비문학연구』

49, 한국구비문학회, 2018, 273-309면.
신상필, 「기재기이의 성격과 위상」, 『민족문학사연구』 24, 민족문학사학회 민족문화연구소, 2004, 188-215면.
신재홍, 「금오신화의 환상성에 대한 주제론적 접근」, 『고전문학과 교육』 1, 태학사, 1999.
_____, 「김현감호와 조신의 비극적 삶과 치료적 글쓰기」, 『문학치료연구』 13, 한국문학치료학회, 2009, 301-326면.
신태수, 「기재기이의 환상성과 교환 가능성의 수용 방향」, 『고소설연구』 17, 한국고소설학회, 2004.
_____, 「주생전의 낭만성에 대한 문학사회학적 독해: 남조풍과 사상(士商)을 중심으로」, 『어문연구』 66, 어문연구학회, 2010, 149-177면.
_____, 「주생전의 창작 배경」, 『한국언어문학』 76, 한국언어문학회, 2011, 109-150면.
신헌재, 『아동문학의 숲을 걷다』, 박이정, 2014.
심우장, 「바리공주에 나타난 숭고의 미학」, 『인문논총』 67, 서울대학교 인문학연구원, 2012, 149-186면.
심치열, 「심청전의 구조화 방식 연구: 경판(한남본) 24장본과 완판 71장을 중심으로」, 『한국언어문학』 43, 한국언어문학회, 1999, 97-125면.
양혜란, 「고소설에 나타난 조선조 후기 사회의 성차별의식 고찰: 방한림전을 중심으로」, 『한국고전연구』 4, 한국고전연구학회, 1998, 109-155면.
_____, 「숙향전에 나타난 서사기법으로서의 시간문제」, 『우리어문학연구』 3, 외국어대학교 1997, 103-128면.
여세주, 「주생전의 서사구조와 性모랄」, 『한민족어문학』 25, 한민족어문학회, 1994, 161-192면.
염창권, 「동심론에서 '발견/자아확장'의 구조: 이준관의 평론을 중심으로」, 『새국어교육』 96, 한국국어교육학회, 2013, 377-407면.
오세정, 「한국 전래동화에 나타난 설화 다시 쓰기의 문제」, 『한국문학이론과 비평』 65(18권 4호), 한국문학이론과 비평학회, 2014, 5-29면.
왕숙의, 「주생전의 비교문학적 연구: 곽소옥전, 앵앵전과의 비교를 중심으로」, 한양대학교 석사논문, 1986.
우미진, 「장화홍련전과 김인향전의 대비 연구」, 안동대학교 교육대학원 석사논문, 2007.

우쾌제, 『고소설의 탐구』, 국학자료원, 2007.
월터 J. 옹, 『구술문화와 문자문화』, 이기우·임명진 옮김, 문예출판사, 1995.
유기옥, 「기재기이의 소설사적 의의」, 『논문집』(인문사회과학편), 전주우석대학교, 1992.
유선영, 「바리공주를 통해 본 한국인의 죽음관」, 『한국의 민속과 문화』 13, 경희대학교 민속학연구소, 2008, 141-169면.
유영대, 「심청전의 여성 형상: 곽씨부인과 뺑덕어미를 중심으로」, 『한국고전여성문학연구』 1, 월인, 2000, 103-122면.
유정일, 「기재기이의 전기소설적 특징」, 동국대학교 박사논문, 2002.
_____, 『기재기이 연구』, 경인문화사, 2005.
윤경수, 「심청전의 원초의식: 국조신화의 동굴모티프를 중심으로」, 『성균어문연구』 33, 성균관대학교, 성균어문학회, 1998, 51-85면.
윤경희, 「만복사저포기의 환상성」, 『한국고전연구』 4, 한국고전연구회, 1998, 235-258면.
_____, 「주생전의 문체론적 연구」, 『한국고전연구』 6, 한국고전연구학회, 2000, 123-159면.
윤분희, 「방한림전에 나타난 모권제 가족」, 『숙명어문논집』 4, 숙명여자대학교, 2002, 276-303면.
_____, 「여성 영웅소설 연구」, 『한국문학논총』 32, 한국문학회, 2002, 171-217면.
윤승준, 「醉鄕과 현실일탈의 꿈: 주생전의 문학적 감염장치」, 『동양학』 31, 단국대학교 동양연구소, 2001, 103-123면.
윤정안, 「김인향전의 의미 형상화 방식: 장화홍련전과의 차이를 중심으로」, 『국어국문학』 152, 국어국문학회, 2009, 307-330면.
윤준섭, 「함흥본 바리데기의 서사문학적 특징」, 서울대학교 석사논문, 2012.
윤재민, 「전기소설의 인물 성격」, 『민족문화연구』 28, 고려대학교 민족문화연구소, 1995, 53-67면.
윤채근, 『소설적 주체, 그 탄생과 전변-한국전기소설사』, 월인, 1999.
_____, 「주생전과 折花奇談의 사랑 방식」, 『한국문학연구』 4, 고려대학교 민족문화연구원 한국문학연구소, 2003, 183-204면.
윤호병, 『비교문학』, 민음사, 1994.
이경하, 「바리공주에 나타난 여성의식의 특징에 관한 비교 고찰」, 서울대학교

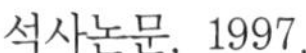

석사논문, 1997.

______,「바리신화 '고전화' 고정의 사회적 맥락」,『국어국문학』26, 국문학회, 2012, 7-31면.

이금선,「만복사저포기에 나타난 사랑」,『어문논집』4, 숙명여대 한국어문학연구소, 1994, 181-209면.

이금희,「계모형 소설 연구: 장화홍련전과 김인향전을 중심으로」,『고소설연구』19, 월인, 2005, 113-135면.

______,「김인향전 연구」,『고소설연구』15, 한국고소설학회, 2003, 167-188면.

______,「김인향전에 나타난 노인(어른) 삶의 양상」,『문명연지』4(2), 한국문명학회, 2003, 113-137면.

______,『김인향전 연구』수록〈김인향전〉(활자본), 푸른사상, 2005.

이기대,「숙향전에 나타난 생태적 세계관」,『국제어문』37, 국제어문학회, 2006, 61-89면.

이기대,「장화홍련전 연구」, 고려대학교대학원 석사논문, 1998.

이명현,「숙향전의 통과의례적 구조와 의미: 신화적 구조와 세계관 변용을 중심으로」,『어문연구』34(2), 한국어문교육연구회, 2006, 113-135면.

이미림,「한국 여성신화에서의 유교적 의미와 해석: 바리데기, 제주 본풀이 신화를 중심으로」,『사회사상과 문화』22(2), 동양사회사상학회, 2019, 173-199면.

이민희,「한국문학사에서의 고전아동문학 성립가능성에 대한 일고: 조동일의 한국문학통사(제4판, 2005)를 중심으로」,『국어국문학』144, 국어국문학회, 2006, 301-323면.

이상구,「나말여초 전기의 특징과 소설적 성취: 당대 지괴 및 전기와의 대비를 중심으로」,『배달말』30, 배달말학회, 2002, 317-346면.

______,「숙향전의 문헌적 계보와 현실적 성격」, 고려대학교 대학원 박사논문, 1994.

______,「한중 전기소설의 관계 양상 및 그 특징: 17, 18세기 애정전기소설과 당대 전기와의 관계를 중심으로」,『고전문학연구』21, 한국고전문학회, 2002, 351-390면.

이상진,「한국창작동화에 나타난 희극성」,『현대문학의 연구』35, 한국문학연구회, 2008, 235-269면.

이상택,『한국 고전소설의 이론 I』, 새문사, 2003.

이성훈, 『동화의 이해』, 건국대학교 출판부, 2003.
이성희, 「심청전의 환상성과 낭만성」, 『한국문화연구』 8, 경희대학교 민속학연구소, 2004, 67-104면.
이수자, 「무속의례의 꽃장식, 그 기원적 성격과 의미」, 『한국무속학』 14, 한국무속학회, 2007, 407-442면.
이오덕, 『어린이를 지키는 문학』, 백산서당, 1989.
_____, 『동화를 어떻게 쓸 것인가』, 삼인, 2011.
이유경, 「고소설의 전쟁 소재와 여성영웅 형상: 여성영웅소설을 중심으로」, 『여성문학연구』 10, 한국여성문학학회, 2003, 138-157면.
_____, 「숙향전의 여성성장담적 성격과 그 과정에서 나타나는 환상의 기능과 의미」, 『고전문학과 교육』 22, 한국고전문학교육학회, 2011, 499-528면.
이유리, 「방한림전의 소수자 가족 연구」, 『한국문학논총』 75, 한국문학회, 2017, 93-131면.
이윤경, 「계모형 가정소설의 서사구조적 원리와 존재양상 연구」, 『고소설연구』 16, 한국고소설학회, 2003, 5-43면.
이재복, 『판타지 동화의 세계』, 사계절, 2006.
이재철, 『한국현대아동문학사』, 일지사, 1978.
이재호, 『금오신화』, 솔, 1998.
이정원, 「애정전기소설사 초기의 서사적 성격: 『대동운부군옥』에 실린 『수이전』 일문을 중심으로」, 『고소설연구』 25, 한국고소설학회, 2008, 63-87면.
_____, 「전기계 소설에 등장하는 여주인공 형상과 의미」, 『어문연구』 30(2), 한국어문교육연구회, 2002, 153-170면.
_____, 「조선조 애정 전기소설의 소설시학 연구」, 서강대학교 박사논문, 2003.
이정자, 「상대시가 배경 설화에 나타난 동화적 요소 고찰」, 『동화와번역』 5, 건국대학교 동화와번역연구소, 2003, 121-143면.
이종묵, 「주생전의 미학과 그 의미」, 『관학어문연구』 16, 서울대학교 국어국문학과, 1991, 167-189면.
이지하, 「김인향전의 인물형상화와 작품지향성의 관계: 장화홍련전과의 비교를 토대로」, 『동양고전연구』 38, 동양고전학회, 2010, 137-167면.
_____, 「고전소설과 여성에 대한 문제제기와 전망」, 『국문학연구』 11, 국문학회, 2004, 200-225면.
_____, 「욕망주체로서의 방관주와 자기애의 미덕: 방한림전에 대한 새로운 독법

의 모색」, 『국제어문』 82, 국제어문학회, 2019, 219-243면.

_____, 「주체와 타자의 시각에서 바라본 여성영웅소설」, 『국문학연구』 16, 국문학회, 2007, 31-57면.

이지호, 「아동문학교육론: 동심 문제를 중심으로」, 『문학과교육』 8, 문학과교육연구회, 1999, 103-124면.

이창헌, 「경판방각소설 숙향전 판본의 재검토」, 『열상고전연구』 31, 열상고전연구회, 2010, 37-68면.

임성래, 「숙향전의 대중소설적 연구」, 『배달말』 18, 배달말학회, 1993, 155-176면.

임재해, 「화소체계에 따른 김현감호 설화의 유형적 이해」, 『한민족어문학』 13, 한민족어문학회, 1986, 169-192면.

임형택, 「나말여초의 전기문학」, 『한국한문학연구』 5, 한국한문학연구회, 1980, 89-104면.

자크 데리다, 『문학의 행위』, 정승훈·진주영 옮김, 문학과지성사, 2013.

장경남, 「심청전을 통해 본 부권의 형상」, 『어문학』 76, 한국어문학회, 2002, 439-461면.

장석규, 「심청전에 나타난 만남과 헤어짐의 문제」, 『판소리연구』 4, 판소리학회, 1993, 157-179면.

장시광, 「방한림전에 나타난 동성결혼의 의미」, 『국문학연구』 6, 국문학회, 2001, 253-277면.

장시광 옮김, 『방한림전』, 이담, 2006.

장효현, 「고전소설의 현실성과 낭만성 문제」, 『한국고소설의 창작방법 연구』, 새문사, 2005, 73-89면.

전성운, 「금오신화의 창작방식과 의도: 만복사저포기를 중심으로」, 『고소설연구』 24, 한국고소설학회, 2007, 93-121면.

전종한 외, 『인문지리학의 시선』, 논형, 2005.

정규식, 「고전소설 동물 주인공의 의미와 위상: 〈금현감호〉, 〈호질〉, 〈서동지전〉을 중심으로」, 『고소설연구』 33, 한국고소설학회, 2012, 83-111면.

_____, 「주생전을 읽는 즐거움: 거짓말과 애정전기소설의 변화를 중심으로」, 『어문학』 131, 한국어문학회, 2016, 131-156면.

_____, 「주생전의 인물 연구: 상호적 관계성을 중심으로」, 『고소설연구』 28, 월인, 2009, 5-37면.

_____, 「하생기우전과 육체의 서사적 재현」, 『한국문학논총』 53, 한국문학회,

2009, 231-261면.

정병헌, 「방한림전의 비극성과 타자(他者) 인식」, 『고전문학과 교육』 17, 한국고전문학교육학회, 2009, 373-399면.

정소영, 『한국전래동화 탐색과 교육적 의미』, 도서출판 역락, 2009.

정운채, 「만복사저포기의 문학치료학적 독해」, 『고전문학과 교육』 2, 태학사, 2000, 209-227면.

_____, 「바리공주의 구조적 특성과 문학치료학적 독해」, 『겨레어문학』 33, 겨레어문학회, 2004, 173-203면.

_____, 「하생기우전의 구조적 특성과 서동요의 흔적들」, 『한국시가연구』 2, 한국시가학회, 1997, 171-198면.

정일승, 「장화홍련전의 구조적 특징 고찰」, 인천대학교 교육대학원 석사논문, 2004.

정종진, 「숙향전 서사 구조의 양식적 특성과 세계관」, 『한국고전연구』 통권 7, 한국고전연구학회, 2001, 206-229면.

정주동, 『매월당 김시습 연구』, 민족문화사, 1961.

정진채, 『현대동화창작법』, 빛남, 1999.

정출헌, 「심청전의 민중정서와 그 형상화 방식: 고전소설에서의 현실성과 낭만성」, 『민족문학사연구』 9, 민족문학사연구소, 1996, 140-170면.

정충권, 「김현감호형 설화의 구조적 고찰」, 『한국국어교육연구학회 논문집』 55, 한국국어교육연구회, 1995, 24-45면.

정하영 외, 『한국 고소설에 나타난 죽음의 인식』, 보고사, 2010.

정한기, 「숙향전의 구조와 초월적 모티프의 작품 내적 기능에 대한 연구: 국문 경판본과 한문 활자본의 비교를 중심으로」, 『관악어문연구』 20, 서울대학교 국어국문학과, 1995, 441-472면.

정환국, 「한국 전기서사에서의 상인 소재와 그 의미」, 『민족문화연구』 68, 고려대학교 민족문화연구원, 2015, 73-99면.

정희정, 「구비설화의 전래동화로의 재창작 방법」, 『어문연구』 52, 어문연구학회, 2006, 175-196면.

조광국, 「주생전과 16세기말 소외양반의 의식 변화와 기녀의 자의식 표출의 시대적 의미」, 『고소설연구』 8, 한국고소설학회, 1999, 137-163면.

조도현, 「주생전의 현실지향과 미학적 특질」, 『어문연구』 55, 어문연구학회, 2007, 349-369면.

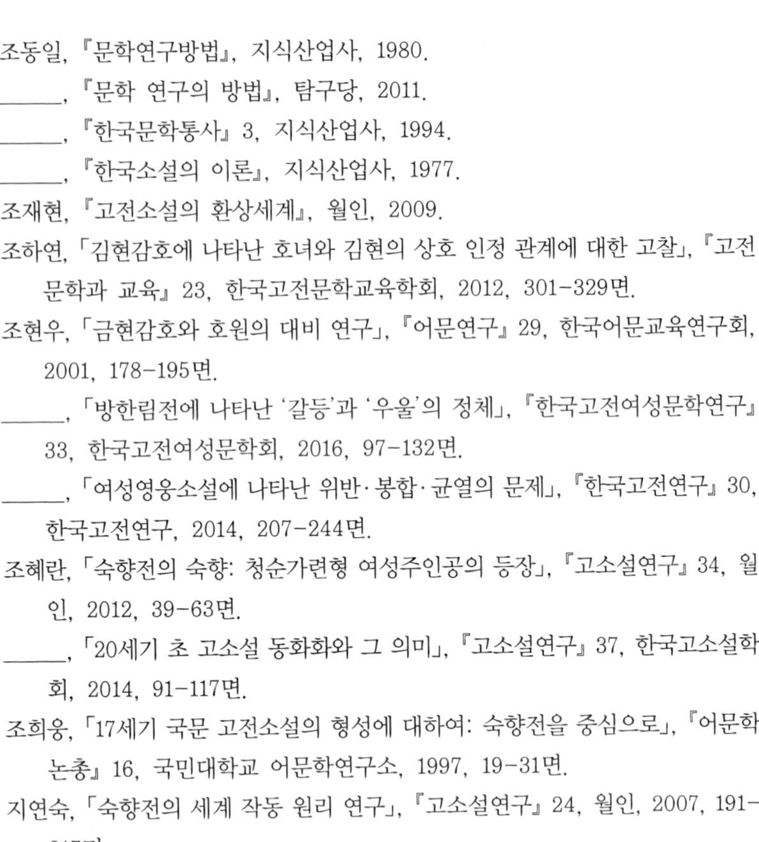

조동일, 『문학연구방법』, 지식산업사, 1980.

______, 『문학 연구의 방법』, 탐구당, 2011.

______, 『한국문학통사』 3, 지식산업사, 1994.

______, 『한국소설의 이론』, 지식산업사, 1977.

조재현, 『고전소설의 환상세계』, 월인, 2009.

조하연, 「김현감호에 나타난 호녀와 김현의 상호 인정 관계에 대한 고찰」, 『고전문학과 교육』 23, 한국고전문학교육학회, 2012, 301-329면.

조현우, 「금현감호와 호원의 대비 연구」, 『어문연구』 29, 한국어문교육연구회, 2001, 178-195면.

______, 「방한림전에 나타난 '갈등'과 '우울'의 정체」, 『한국고전여성문학연구』 33, 한국고전여성문학회, 2016, 97-132면.

______, 「여성영웅소설에 나타난 위반·봉합·균열의 문제」, 『한국고전연구』 30, 한국고전연구, 2014, 207-244면.

조혜란, 「숙향전의 숙향: 청순가련형 여성주인공의 등장」, 『고소설연구』 34, 월인, 2012, 39-63면.

______, 「20세기 초 고소설 동화화와 그 의미」, 『고소설연구』 37, 한국고소설학회, 2014, 91-117면.

조희웅, 「17세기 국문 고전소설의 형성에 대하여: 숙향전을 중심으로」, 『어문학논총』 16, 국민대학교 어문학연구소, 1997, 19-31면.

지연숙, 「숙향전의 세계 작동 원리 연구」, 『고소설연구』 24, 월인, 2007, 191-217면.

______, 「주생전의 배도 연구」, 『고전문학연구』 28, 월인, 2005, 317-350면.

진은진, 「심청전에 나타난 모성성 연구: 효녀실기심청을 중심으로」, 『판소리연구』 15, 판소리학회, 2002, 237-270면.

차옥덕, 「방한림전의 구조와 의미: 페미니즘적 시각을 중심으로」, 『고소설연구』 4, 한국고소설학회, 1998, 113-169면.

차충환, 「숙향전의 구조와 세계관」, 『고전문학연구』 15, 태학사, 1999, 206-226면.

______, 「숙향전 이본의 개작 양상과 그 의미: 한문현토본과 박순호본 '슉향전이라'를 중심으로」, 『인문학연구』 4, 경희대학교 인문학연구소, 2000, 119-152면.

채연식, 「하생기우전의 구조와 전기소설로서의 미적 가치」, 『동국어문학』 10·

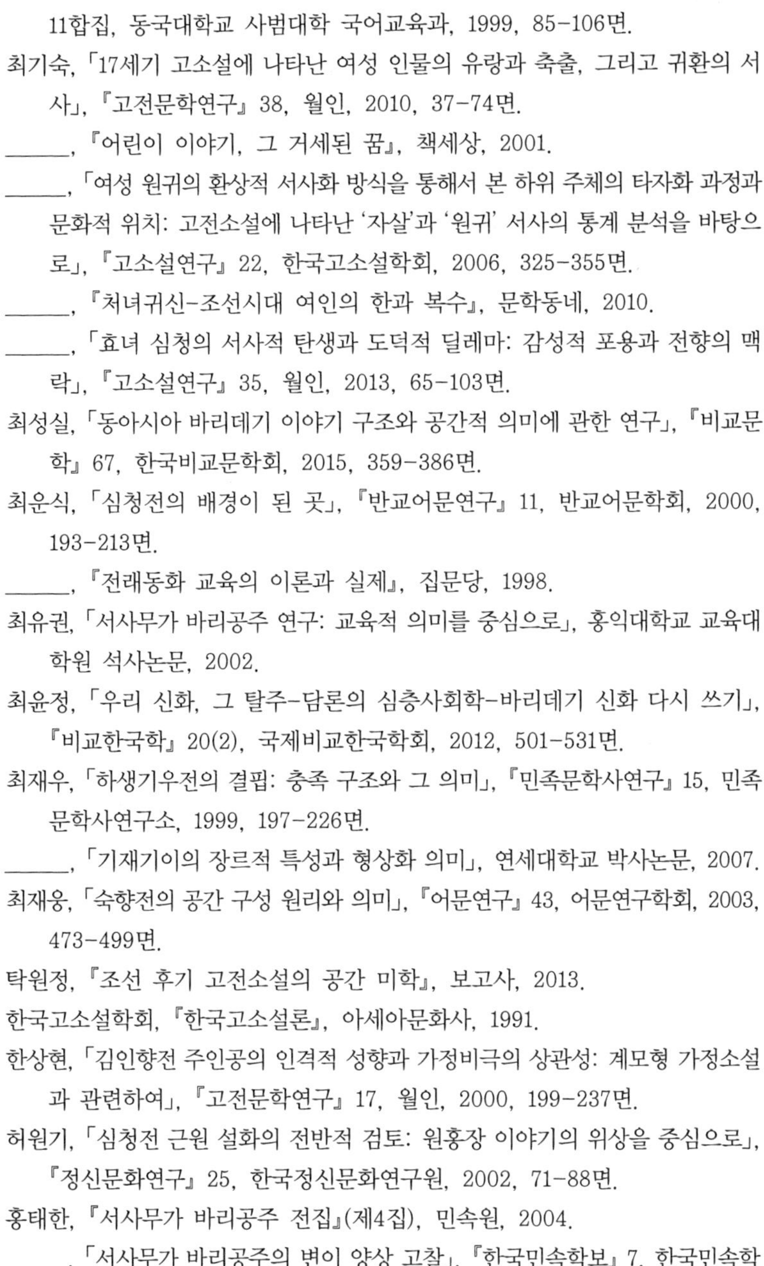

11합집, 동국대학교 사범대학 국어교육과, 1999, 85-106면.
최기숙, 「17세기 고소설에 나타난 여성 인물의 유랑과 축출, 그리고 귀환의 서사」, 『고전문학연구』 38, 월인, 2010, 37-74면.
_____, 『어린이 이야기, 그 거세된 꿈』, 책세상, 2001.
_____, 「여성 원귀의 환상적 서사화 방식을 통해서 본 하위 주체의 타자화 과정과 문화적 위치: 고전소설에 나타난 '자살'과 '원귀' 서사의 통계 분석을 바탕으로」, 『고소설연구』 22, 한국고소설학회, 2006, 325-355면.
_____, 『처녀귀신-조선시대 여인의 한과 복수』, 문학동네, 2010.
_____, 「효녀 심청의 서사적 탄생과 도덕적 딜레마: 감성적 포용과 전향의 맥락」, 『고소설연구』 35, 월인, 2013, 65-103면.
최성실, 「동아시아 바리데기 이야기 구조와 공간적 의미에 관한 연구」, 『비교문학』 67, 한국비교문학회, 2015, 359-386면.
최운식, 「심청전의 배경이 된 곳」, 『반교어문연구』 11, 반교어문학회, 2000, 193-213면.
_____, 『전래동화 교육의 이론과 실제』, 집문당, 1998.
최유권, 「서사무가 바리공주 연구: 교육적 의미를 중심으로」, 홍익대학교 교육대학원 석사논문, 2002.
최윤정, 「우리 신화, 그 탈주-담론의 심층사회학-바리데기 신화 다시 쓰기」, 『비교한국학』 20(2), 국제비교한국학회, 2012, 501-531면.
최재우, 「하생기우전의 결핍: 충족 구조와 그 의미」, 『민족문학사연구』 15, 민족문학사연구소, 1999, 197-226면.
_____, 「기재기이의 장르적 특성과 형상화 의미」, 연세대학교 박사논문, 2007.
최재웅, 「숙향전의 공간 구성 원리와 의미」, 『어문연구』 43, 어문연구학회, 2003, 473-499면.
탁원정, 『조선 후기 고전소설의 공간 미학』, 보고사, 2013.
한국고소설학회, 『한국고소설론』, 아세아문화사, 1991.
한상현, 「김인향전 주인공의 인격적 성향과 가정비극의 상관성: 계모형 가정소설과 관련하여」, 『고전문학연구』 17, 월인, 2000, 199-237면.
허원기, 「심청전 근원 설화의 전반적 검토: 원홍장 이야기의 위상을 중심으로」, 『정신문화연구』 25, 한국정신문화연구원, 2002, 71-88면.
홍태한, 『서사무가 바리공주 전집』(제4집), 민속원, 2004.
_____, 「서사무가 바리공주의 변이 양상 고찰」, 『한국민속학보』 7, 한국민속학

회, 1996, 361-385면.
_____, 「서사무가 바리공주의 형성과 전개」, 『구비문학연구』 4, 한국구비문학회, 1997, 393-429면.
_____, 「서울 진오귀굿 바리공주의 저승관과 그 의미」, 『한국학연구』 27, 고려대학교 한국학연구소, 2007, 105-133면.
황윤정, 「상상적 이해의 문학교육 방법 연구: 서사무가 바리데기를 중심으로」, 서울대학교 석사논문, 2010.

김현화(金泫花)

대전 출생
충남대학교 문학석사·문학박사
현재 충남대학교 출강 중

2000년 동화 「미술관 호랑나비」로 '눈높이아동문학상'
2002년 동화 「소금별공주」로 국어문화운동본부 주최 '올해의 문장상'
2007년 청소년소설 『리남행 비행기』로 제5회 '푸른문학상'

주요 저서로는 『고전소설 공간성의 문예미』, 『기재기이의 창작 미학』, 『창작의 원류, 고전문학에서 보다!』 등이 있다. 창작집으로는 『동시 짓는 오일구씨』, 『뻐꾸기 둥지 아이들』, 『구물두꽃 애기씨』, 『리남행 비행기』, 『조생의 사랑』, 『기린이 사는 골목』 등이 있다.

고전소설, 서사의 무게를 견디다

2023년 9월 8일 초판 1쇄 펴냄

지은이 김현화
펴낸이 김흥국
펴낸곳 도서출판 보고사

책임편집 이순민
표지디자인 김규범
주소 경기도 파주시 회동길 337-15 보고사
전화 031-955-9797(대표)
팩스 02-922-6990
메일 bogosabooks@naver.com
http://www.bogosabooks.co.kr

ISBN 979-11-6587-554-1 93810

정가 21,000원